施元辉译文精选

检查官雾岛三郎

高木彬光 著
施元辉 译

海峡出版发行集团 | 海峡文艺出版社

作者简介

高木彬光（1920年～1995年），日本著名推理小说作家，与江户川乱步、佐野洋、森村诚一和横沟正史并称日本推理文坛五虎将，主要作品有《破戒裁判》《检察官雾岛三郎》《零的蜜月》等；1948年发表处女作《刺青杀人事件》，小说构思新颖，手法独特，一炮打响后走上专业作家道路；1961年发表了代表作《破戒裁判》，开拓了推理小说在法律题材上的新领域，小说塑造了一个有正义感的律师，歌颂了人道主义精神；另一部小说《能面杀人事件》获日本推理作家俱乐部奖。高木彬光一共写了60多部推理小说，如《鬼面谋杀案》《女富翁的遗产》等，深受广大侦探小说爱好者的欢迎。

高木彬光作品的特点：富有敏锐的观察力，运用侦探题材，深刻揭示资本主义社会的黑暗面，从侧面反映了人与人之间的关系；在法律领域中，塑造了检察官、律师、法医、警官等鲜明形象，他们甘于与上层斗争，不徇私情，以正克邪；叙述细腻生动，作品有很强的逻辑性，文笔活泼，结构严密。

序

张 炯

《施元辉译文精选》即将出版，这是我国翻译界和中日文化交流的一件可喜可贺的事！施元辉是我认识多年的老朋友，也是隶籍福建福安的同乡。他是中国作家协会会员，知名的翻译家、散文家。他从北京外语学院毕业后分配到外交部工作，曾任我国驻日本领事并长期从事中日文化交流活动。出于对文学的爱好，他先后翻译了当代日本作家的作品十多部。其中既有儿童文学作品，更多是受到读者广泛欢迎的推理小说。他还出版过自己创作的散文集。他精选的译作共三百多万字，这次结集出版，编为十卷，可谓皇皇巨著！

中日文化交流可以追溯到汉唐，渊远而流长。特别是唐宋以后，日本曾派遣大批留学生来华，鉴真和尚携带许多书籍并率领大批工匠赴日，使中国文化得以广泛传播于日本。历代日本天皇多酷爱中国文化，也多方搜购中华书籍。所以，著名的日中友好人士白土吾夫先生曾说："明治维新以前，日本的文化多来自中国"。而明治维新后，日本率先学习西方，自此我国也多有留学生到东瀛学习。我国新文学的兴起，大多得益于通过日本而吸取和借鉴了许多欧美等国的文学。鲁迅、郭沫若、郁达夫、茅盾以及周扬、胡风等都先后去过日本，并从日文翻译了不少西方和日本的作品。

施元辉翻译多部日本儿童文学作品和推理小说应非偶然，当今我们从日本动画中就可窥见日本儿童文学的发达。儿童是人类的未来，优秀的儿童文学作品对儿童精神世界的影响，已为世界各国所高度重视。日本最初的推理小说借鉴过中国明清的公案小说，后来才受到西方侦探推理小说的影响，并发展为具有深刻社会内容的小说品种。这种小说由于具有强烈的悬念，而层层推理在满足读者审美需求的同时又能培养读者的智慧，它之广受读者的欢迎是很自然的。

我国翻译外国小说的历史可以追溯到19世纪90年代。那时译界的名人严复和林纾都是福建人。康有为曾有诗称："译才并世数严林。"而严译学术名著，林译欧美小说。林纾先后译有外国文学作品达180余种，其中不乏世界名著，如《巴黎茶花女遗事》《黑奴吁天录》《块肉余生述》《撒克逊劫后英雄略》《滑铁卢血战余腥记》《迦茵小传》《鲁滨孙漂流记》《伊索寓言》等，林纾不会外语，与人合作，别人口述，他以文言译之。后来鲁迅、周作人也曾用文言译《域外小说集》。那时译家蜂起，据阿英《晚清戏剧小说目》统计，翻译小说从1882年至1913年计有682种，可见翻译小说之盛况，而侦探小说居然占一半以上，说明这类小说受欢迎由来已久。

施元辉翻译的日本小说也不乏名家之作，如井上靖的《红庄的悲剧》、松本清张的《跟踪》、高木彬光的《零的蜜月》、草野唯雄的《复制的脸形》、江户川乱步的《奇面城的秘密》、森村诚一的《恶梦的设计者》等，差不多遍及日本当代推理小说的各流派。他翻译的《恶梦的设计者》《零的蜜月》等作品多次再版，并被改编为电影、电视和广播小说。此外，他还翻译出版了日本著名作家山崎丰子的名著《女人的勋章》以及日本儿童文学鼻祖小川未明的《红蜡烛与人鱼姑娘》和滨田广介的《黄金的稻穗》等多部日本儿童文学作品。他自己写过小说和散文，他的译笔忠实于原文，流畅、生动、简洁、富于色彩。严复当年曾提出并实践译作的"信、达、雅"的要求。他在《天演论译例言》中说:"译事三难:'信、达、雅'。求其信已大难矣,顾信矣不达,虽译犹不译也,则达尚焉。"可以说,施元辉的译文做到了"信、达、雅"的要求。严复、林纾当年以文言来译,要做到"达"很难。而施元辉以现代汉语——白话来译,普通读者读起来是毫无障碍的。他翻译的作品曾得到著名日语翻译家文洁若女士的赞赏。

《检察官雾岛三郎》是日本当代著名作家高木彬光之杰作。这部小说以曲折复杂的故事,引人入胜的情节,成功塑造了一个有血有肉的检察官形象。这是荣获江川户乱步奖的作者高木彬光,以其代表作《破戒裁判》博得日本文坛高度评价之后,又一部成功地描写检察官司法活动的长篇小说。这部小说发表后,曾被拍成电视连续剧上映,在日本产生很深的影响。

中国和日本为一衣带水的邻邦,有过两千年友好交往的历史,近代以来却不幸发生过战争。今后两国如何和平共处,继续友好,这是两国有识之士和广大人民都十分关心的。我国领导人提出建设人类共同体的建议,我想,其目的就在提倡各国友好、和平共处,把我们的世界建设得更美好!这期间,加大加深各国彼此的文化交流、包括文学的交流非常重要。施元辉原是从闽东北山村走出来的子弟,被家乡人誉为福安的第一个新中国外交官、第一个文学翻译家、第一个电影出品人。他退休后还投身企业界,创办了文化交流公司,热心家乡公益事业。我希望他不要忘记文学工作,译文集的出版不是终点,而应是新的起点,人们会期待他翻译更多的日本文学作品,帮助中国读者通过文学更多认识地日本;同时也将中国当代的优秀文学作品翻译为日文,帮助日本读者更多认识地中国,继续跟他熟悉的日本友人和作家一道为促进两国的文化交流和人民友好做出更大的贡献！

2017 年 2 月 20 日于北京

（张炯是中国著名的文学评论家，原中国社会科学院文学研究所所长、学部委员、中国作协副主席）

目　　录

第一章　检察官的约会 …………………………… 1
第二章　不祥的使者 ……………………………… 11
第三章　杀人和麻药 ……………………………… 20
第四章　最坏的事态 ……………………………… 29
第五章　检察官的烦恼 …………………………… 38
第六章　检察官一体制 …………………………… 47
第七章　等待，然后才 …………………………… 56
第八章　搜查第一步 ……………………………… 65
第九章　到检察厅去见面 ………………………… 74
第十章　检察官和私立侦探 ……………………… 84
第十一章　一只夜蝴蝶 …………………………… 93
第十二章　假设逃亡 ……………………………… 103
第十三章　第二具尸体 …………………………… 111
第十四章　疑案的发展 …………………………… 120
第十五章　暴力的背后 …………………………… 129
第十六章　咒语 …………………………………… 139
第十七章　鸿沟 …………………………………… 148
第十八章　金钱之谜 ……………………………… 157

第十九章	凶器	166
第二十章	失去的机会	175
第二十一章	两人的孤独	185
第二十二章	外行人的猜想	195
第二十三章	来访之女	204
第二十四章	死里逃生	213
第二十五章	活着的证据	222
第二十六章	错乱	231
第二十七章	漩涡	240
第二十八章	检察官西飞	249
第二十九章	像父亲的人	258
第三十章	又一求爱者	267
第三十一章	堕落的女人	276
第三十二章	检察官与娼妇	286
第三十三章	局面的扭转	295
第三十四章	善意的背叛	305
第三十五章	询问	314
第三十六章	倾吐	323
第三十七章	恭子失踪	332
第三十八章	第三次杀人	341
第三十九章	两条道路	350
第四十章	奇特的男人	359
第四十一章	所谓奇迹	368
第四十二章	夜港的事件	377
第四十三章	真相	386
高木彬光给译者的信		399

第一章　检察官的约会

这是公审部检察官最为苦恼的时刻。

雾岛三郎在即将说出最后那句话的时候，慌张地向整个法庭扫了一眼。

他担心人家会不会把他看作是一个初出茅庐的新手却又在装腔作势呢？这么一想，那最后一句话，不知怎的竟然牢牢地卡在喉咙里，使他一时发不出声来。

穿着黑色法衣的审判官们正襟危坐，神情比平时愈发严肃。对面坐着的大月律师，闭目养神，似乎在做什么祈祷。被告人山本浩二坐在他的紧前面，耷拉着脑袋，肩头微微颤抖。尽管山本清楚他的结局将会如何，但现在检察官最后要说出的这一刑罚，也会恰似一把尖刀猛地捅进他的胸膛的！

雾岛三郎稍停了一会儿，望了望旁听席的一角。

龙田恭子端正的布娃娃似的俏脸，泛起了红晕。她是律师的女儿，但旁听公审，这还是第一次。她陶醉在兴奋的感情中，睁得大大的一双眼睛，闪烁着炽烈的光辉。

——鼓起勇气呀！

三郎从她的眼睛里看到了这样的鼓励。恭子无忧无虑的神情和坐在最后的被告妻子的那张苍白憔悴的面孔,一双含满泪水的眼睛,形成了鲜明的对比。

现在,雾岛三郎的嗓子终于显得畅快了,于是他又一次瞪着被告,说出最后一句话:

"为此,本官请求对该被告处以死刑!"

人影稀疏的旁听席上,悄悄地骚动了一下。被告人的两肩痉挛似地抽动着。由于这一刑罚早已在审判官们和律师的意料之中,所以他们不露声色,无动于衷。

雾岛三郎慢吞吞地坐到椅子上,再一次望着旁听席。

恭子的眼睛更加美丽而妩媚。

——对,你说得好极啦!

她一定在这样喃喃细语哩!瞧,那薄薄的嘴唇还挂着微笑呢!

坐在她旁边的被告妻子静枝,用书捂着脸,极力控制着自己,惟恐失声恸哭。

——我是没有办法的呀!无论谁当检察官,对于这样的罪犯都会要求判死刑的。他们都不得不这样办呀!我并不是为了给恭子听才这样装腔作势地说呀!

三郎心中说道。这时立花庭长习惯地轻轻晃着满头白发宣布:"下一次,即十月十七日,由辩护律师作最后一次辩护。今天的审判,到此结束。"

"起立!"

审判官、律师、检察官、书记、旁听人一下子全都站起来。只有被告人失魂落魄地用胳膊支撑着,好不容易地才站了起来。

审判官们和庭长走在前面。当他们从正面后门出去时,被告人的双手被戴上了手铐。这时,他才第一次抬起头来,望着检察官的席位。他那发狂的眼神,好像蕴含着几分懊悔,但却掺夹着一缕诅咒似的奇异而微妙的光。

雾岛三郎避开了他的目光,着手整理桌上的文件。

被告山本浩二今年三十岁,和雾岛年纪相同。他在练马区开办了一个房地产小交易所。因为迷上了竞轮①和赛马,又跟池袋酒吧间的女人发生了关系,弄得手头拮据,只好向高利贷者田村源造借了二百万日元。当田村逼他还债时,他就毒死田村,偷走借据,把尸体埋在自家院子里,装作若无其事。

这是一桩报纸第三版经常登载的那种司空见惯的谋杀案件。

"当时,我也不知道为什么会干出这样的事,真是追悔莫及呀!"

对于这套在法庭上不知听过多少次的话,人们是不会为之所动的。三郎反复思索:自己能否既作为一名检察官,又作为一个普通人那样,从这套千篇一律的话里,去揣测说话人内心的真实思想呢?

但这毕竟是自己五年检察官生活中第一次提出对罪犯判处死刑。尽管犯罪动机只是由于微不足道的些许财物,罪犯的心理难以理解,但是凭自己的一番口舌,就将一个人送上了断头台,这的确是一次惊心动魄的体验呀!三郎望着被绳索捆绑着拉下去的被告的背影,默想自己大概一辈子也不会忘记今天这件事的。

在宽敞的走廊里,三郎没有看到恭子。即使是已订婚的情侣,在法院里肩并肩地走,对于一位检察官来说,也是不允许的呀!

不过,他俩已经约好共用午餐的地点和时间。有乐町或银座。离日比谷法院不远,环境僻静,不引人注意,去这些地方

---

① 竞轮:(赌博性的)自行车赛。——译者注

可以一起度过一段自由自在的快乐时光。

三郎夹着文件袋，从七层乘电梯下楼。到五层时，看到一个男人和一个女人一起走进电梯。那个男人是恭子的父亲龙田慎作律师。

"响？是先生您！今天您是来听……"

"原来是检察官先生，好久不见了。"

虽然不久之后，两人将是翁婿关系，可是当着电梯服务员和乘客的面，还不免要拘于形式地进行寒暄。

也许这是检察官和律师的社会第二习性吧！譬如过去一位曾当过雾岛的上司的律师，一直叫他"雾岛君"。但在雾岛当了检察官之后，这位律师马上改口称他"检察官先生"，而且连眼神里充满讨好。这使三郎感到不自在。三郎不禁喟叹：人竟然因处境不同而变得如此之快呀！

仅仅五年的检察官生活，三郎他磨练出了公私分明，善于使用两副面孔的性格。如今他自信至少在第三者面前，决不会让对方从自己的脸色上看出自己的内心感情。

从电梯下来走到一层走廊时，龙田慎作向周围望了一眼，放低声音问道："恭子今天来没来听你对被告提出的刑罚呢？"

"来了。不过在此地不能一块儿走。她一直坐在旁听席里……我们约好一起去吃午饭，现在她大概在有乐町等我了吧！"

"噢，原来是这样啊。她说要请你吃饭，还从我这里要了一些钱去呢！"

"不过，我刚才要求对被告判以死刑，所以现在觉得似乎咽不下饭。"

"年轻哪！你……啊，不过，谁开始的时候好像都是这样。会习惯的。很快……在审判、法律等方面，就会习惯的。"

一位当了法律家将近三十年的五十六岁的律师，说出这些话是很自然的。可是三郎却不以为然，有些抵触情绪。

整天埋头于深奥的法律论文、判例和八股式的案件记录里，接触到的人，除了法律家、警察官之外，就是罪犯。习惯于这种生活的人，其感情自然就不正常了。对于这个问题，就在最近，三郎和一位曾在研究所一起工作过的，现在也是检察官的朋友谈论了一个晚上。如果将来有一天，自己对于要求处以死刑也习以为常无动于衷，那自己将会变成一个什么样的人了呢？的确，这种想法，现在是不能向未来的岳父讲出来的。

两个人从法院后门出来，向律师会馆和检察厅走去。还不到十二点，因此路上行人寥寥无几。

"恭子有一个奇怪的担心。她说以后你和我有可能在法庭上成为对手。她还说那时是决不偏袒父亲的。哈哈，对父亲还是以不谈自己的未婚夫为好。"

"尽管是翁婿，但作为律师和检察官，遇到这样的事也没办法。不过对您，我是抵挡不住的。我希望以后不要碰到这样的机会。"

"哈哈，我还不甘心败在年轻人手下。我甚至对女儿讲，即使和你对抗，那时我也要全力以赴，把你击败！因为法律界的人，对公私有别是必须严格遵守的。噢……"

龙田律师停住脚步，望着右前方。

在他所属的第二律师会的会馆外石砌台阶前，站着一个女人。背向着这边，看不见她的脸。不过从她穿着时髦和服和善于打扮的样子看来，好像是一个女招待。

三郎一下就看出龙田律师是带着一种奇怪表情注视着这个女人的。当然，前来委托律师辩护的人千差万别，无论什么人在什么时候来找律师都不足为奇，但是龙田律师的表情的确充满着疑惑和不安。

"那么,再见了!……这个星期天请一定到家里来一趟。商量一下媒人请谁和其他细节问题。不管怎样,要租妥黄道吉日用的婚礼场所"。

龙田律师一边说着,一边眼睛一动不动地盯着那个女人,好像相当注意她。这个女人是谁?三郎没有问。

"那么,我一定去拜访。"

"好,再见!"

龙田心不在焉地举起右手和三郎道了别,径自朝女人那边走去。

三郎向左转弯,走进检察厅。

再也没有比这一层建筑更煞风景的了。办公室外的走廊连一个窗户也没有,宛如一条隧道。

"这条走廊大概是检察官生活的象征吧?左右两边什么都看不见,只有笔直地往前走。"这时,三郎想起在学生时代就以善于讽刺挖苦人而出名的一个当了新闻记者的朋友,在一次来访问自己时,这样说过。

和恭子约会的时间是十一点五十分,地点是有乐町的一家名叫"维斯塔利亚"的餐厅。因为今天对被告提出刑罚,是检察官一个人表演的舞台,所以不难掌握时间。

这家餐厅位于新建的九层"有光楼"的地下室内。当踩着猩红地毯走进摆设着北欧式器具的餐室时,三郎竟然有些畏缩不前了。

当然,这并非是由于这里的气氛,而是因为在这离东京地方检察厅咫尺之隔的场所,就要和未婚妻共用午餐,感到羞窘的缘故。

餐桌有多半还是空着的。恭子坐在角落里的热带鱼水槽旁,面前放着可口可乐的杯子。当她看到三郎进来时,满面笑容地站了起来。

"等久了吧?"

"不,是我来早了。你是一向准时的呀!"

三郎坐到椅子上,拿起了菜谱。虽然刚才龙田律师说恭子要请吃饭,但自己是不能让恭子破费的。

"吃什么好呢?"

"吃份饭吧!因是午餐,再说马上又要上班。不过,不喝点啤酒是很遗憾的啰!"

三郎订了一千日元的份饭。他想到平时自己在会议厅或是地方检察厅的地下食堂用饭都在一百日元以内时,觉得花一千日元可算是相当铺张讲究了。可检察官也是一个人呀!不管现在自己有没有食欲,在和未婚妻约会时,还是想亲身体验一下豪华的气氛。再说,自己也想早一分钟从刚才提出刑罚时给自己造成的沉闷心境中摆脱出来。

"刚才你真行!看来男人最了不起的是在岗位上全神贯注地去干自己的工作。"

"恭子,这么说你是不知道我内心多么难受呀!要求对被告判以死刑,我想,这在别人看来,自己好像是一个凶神恶煞哩!"

"不会这样的。不犯下恶极滔天的罪,是不能判处死刑的。既然规定有死刑这种刑罚,那么,适用这种刑罚的罪犯,在社会上终归是有的吧?"

大概由于是律师的女儿,在谈到这样的事时,还能讲出个条条道道来。虽然年龄不过二十四岁,而言谈给人的印象,却像三十岁似的。

三郎苦笑着,闭上眼睛,回顾自己的恋爱史。

在东京大学学习期间,他通过了司法官考试,因而来提亲的人，多到他难以一一拒绝的程度。那些家有正值婚龄女儿的法律家们，大都想在集中于司法研究所的青年中物色一个有作为的乘龙快婿，因此来提亲的八九成都是这些法律家。

然而雾岛三郎却爱上了与法律界完全不同的另一业界"大车物产"公司常务董事的女儿安藤澄子。

可是，他们的恋爱在最后阶段却告吹了。他们已经订了婚，委托了媒人，预订了婚礼场所。就在临近举行婚礼前一个月，澄子突然离开了家，原来她又有了别的情人。

为了收拾事态，安藤家单方面似乎尽了最大努力，无奈一个女人一旦横下这条心，是不易动摇的。

澄子的父母只好两手扶膝，流着眼泪向三郎再三表示道歉。对他们，三郎无法动怒。但这次失恋给他年轻的心灵刻下一道深深的伤痕。他觉得女人不可相信了。

从研究所毕业不久，许多朋友都结了婚。三郎只身往仙台赴任，在部里度过了两年的时光。

后来，他回到东京地方检察厅，继续他那住公寓的独身生活。就在今年由独身法律家和法律家的女儿们所组织的"本芽会"的一个酒会上，他认识了恭子，并深深地爱上了她。

恭子是一个漂亮而又刚强的姑娘，和澄子相比，两个人都如花似玉。澄子是长脸，好像带有阴影；恭子是丰腴的圆脸，可能是环境好，性格开朗活泼。她一开始就对三郎怀有好感，随着时间的推移，两人的爱情日益笃厚。

三郎的双亲和他与之商量的上司检察官们，全都无条件地赞成这门婚事，于是就像刚才龙田慎作所说的，现已进入正式委托媒人和决定婚礼日期的阶段了。

"喂，三郎，您在想什么？是刚才被告的事吗？"

"不是。"被恭子一问，三郎抬起了头。

"您不是保证过和我一起时不考虑工作的事吗?"

三郎苦笑着。他不能告诉她刚刚在想曾和自己订过婚,可是后来又分了手的一个女人的事。

"昨天我遇到一个朋友,告诉他我今天和您约会的事。他长叹一声道:'在有乐町约会,像诗句一样,多么富有浪漫色彩哟!'"

"我们是从法院出来顺路到这里的,并非追求什么浪漫。可是有一位在研究所任教官的高年级的检察官喝酒之后曾这样唱道:'我和你的心里话,到检察厅去说吧!'而我则希望你不要到检察厅来,那是一个多么令人厌烦的地方呀!"

"是呀!因为法庭是公审部检察官的工作岗位。"

恭子微笑道。她的眼睛里闪烁着一种迷离神往的光辉,好像看了一出激动人心的戏剧后,还没有从陶醉中清醒过来。

"是,是。刚才在法院遇到你父亲了。他说这个星期天要订下婚礼日期什么的。"

"是吗?……那么,父亲也去法庭了?"

可能感到害羞,恭子略微低下头,岔开了话题。

汤端上来了。恭子安详地抬起了头。突然,她那压抑不住的高兴神情,消失了,她那因感到难为情而微泛红晕的脸,一下子像充了血似的红涨起来。

"怎么回事?"

三郎扭过头往后看。就在这时,门外走进一个看样子有二十八、九岁的男人来。

当然一看就知道是到这里吃饭的人。他穿着整洁的西服,但脸色发青,眼睛像蛇的眼睛似地炯炯发亮。显然他是注意到三郎和恭子而凝视着这边的。大概是看到了三郎的目光,这个人便顺势坐到旁边桌子的椅子上,拿起了菜谱,可是仍然不时将目光向这边扫来。

"是熟人吗?"

"是我哥哥的朋友。"

恭子低声回答。

第二章 不祥的使者

这样的人，为什么突然出现在此时此地呢？

看到须藤俊吉，恭子不禁有些害怕地这样想着。刚刚陶醉在蔷薇色美梦中的心田，一下吹进来一股冷风。她想，须藤出现在这里也许是偶然的，但心中顿时又产生了一种预感：这是不是自己结婚的不祥之兆呢？

须藤坐在对面的桌子旁边，将菜谱放下，盯着这边，嘴角浮现出一种恶意和轻蔑的冷笑。

——难道能喜欢上这样的人吗？

耳边似乎有一个声音对恭子这样说。

"他是谁？是评论家吗？"

三郎放低了声音这样问道。恭子终于恢复了平静。

"是一个有钱人家的子弟。究竟是干什么的，我也不知道。哥哥之所以变成现在这样，可能是受这些人的影响吧！……"

"你是不是说得过分了？"

三郎稍稍扭过身来说。可是恭子觉得自己的话并不夸张。

恭子的哥哥慎一郎是一个典型的放荡不羁的浪子。如果说一个律师的子弟，却讨厌法律家所干的行业，这在社会上还不算什么稀奇的话,可慎一郎的爱好文学的青年所具有的性格,却与其父大相径庭,格格不入。

他开始产生反抗意识是在大学二年级的时候。他违拗父亲要他考法学系的愿望而进入文学系,于是父子间的争吵就更加激烈了。

大学毕业后,他离开了家住进公寓里。他虽自称是评论家,可恭子却从未看到过他署名发表的文章。他没有固定的职业,随便胡乱写些杂文,好像也能勉强维持生活。

有一次,母亲园子叹了一口气说:

"哪怕你只写出一本像样的节来,大概你父亲也就把气压下去了。"

母亲说这话时,恭子也在。当时哥哥的反驳是相当粗暴的:

"话虽这样说,可父亲还不是暗中被人称之为'缺德律师'吗?要是老子稍微好一点,我做儿子的,一定会很尊敬他的。"

当时母亲显露出悲痛已极的神情,使恭子毕坐难忘。母亲性格是很刚强的,平时遇到一些什么事,脸色从不会变,可是这一回儿子的粗暴语言把她气得脸色发青,全身痉挛,连斥责他也无力了,哇地哭起来了。

"哥哥!你也太不像话了。"恭子不得不责备起慎一郎来。

"再过一段时间,你会知道我说的话是没错的!"慎一郎大声地说。恭子觉得没有比这时候更憎恨哥哥了。

在这样的哥哥的朋友当中,恭子最讨厌的莫过于这个须藤俊吉了。他是一个地主的儿子。他在东京都的许多地方,现在还拥有大片土地和几处公寓楼房。这些方面的收入,足够他奢侈放荡挥霍之用。每当他那冷酷而令人讨厌的目光射向恭子时,都使恭子感到一阵恶心。

慎一郎大学毕业的时候,须藤曾托人向恭子求婚。父母摇摇头,不过仍把他求婚的事告诉了恭子。恭子毫不犹豫地拒绝了。

但是,须藤俊吉出奇地表现出他那执拗的性格,不止一次地在恭子从学校回家的途中向她喊道:

"你要不和我结婚,我就要竭尽全力阻碍你和别的男人结婚!"

虽可把他看作是一个疯子,可是这些话,却在恭子心中投下了阴影。当和三郎订下婚约时,真挚的爱情在心中发了芽,同时她觉得:即使毒如蛇蝎的坏人,大概也惧怕在职的检察官吧!

就是这样的一个人,现在出现在这个地方,冷冷地睨视着自己,悠然自得地呷着啤酒,这种讨厌的目光,使恭子连喝汤都咂不出香味来。

"可能会分给我们机关宿舍,不过还要根据结婚时间而定,大概给我们十四坪左右的公职人员公寓吧。象恭子你这样住惯大住宅的人,搬到这样的小房里,大概要经常碰破额头的。"三郎压低声音这样说道。恭子不禁笑了起来。

"这很好。父亲也在担心结婚晚了会不给你机关宿舍,还说你要是一般职业,到我们家一起住一段时间或者再盖一间房也无妨,可一个是检察官,一个是律师,虽是翁婿关系,也总觉得不大方便。"

"再说,当检察官说不定什么时候被调到地方上去,不过高年级同学中,有人认为年轻的时候能到地方上去转转,也是个学习的好机会呢!恭子,你不愿离开东京吧?"

"无所谓。只要能和你在一起,什么地方都行,……再说,将来有了孩子,住地方的官邸,也不会感到寂寞的呀!"

两人吃完午饭,须藤俊吉已不在餐厅了。他喝的茎啤酒,吃的是三明治,由于吃的很简单,所以比三郎两人早吃完了。他离开了这里,使恭子感到轻松多了。

此外,恭子感到高兴的是三郎再也没有提起须藤俊吉的事。关于哥哥的情况,早就对三郎说过,当时三郎听了之后说:"无论哪一个表面看来多么幸福的家庭,其实进去一看,都有这样那样的纠葛呀!何况令兄走这条路,说不定将来还会扬名于世呢!再说,人结婚后,都能变好的。我想你们日后一定会有一家人团聚一起有说有笑的时候的。"因此,对于这样的哥哥即便有一、两个坏朋友,三郎也不介意。至于须藤俊吉如何执拗,想不通,只有随他去。此时此地,自己不必将拒绝他求婚的事,向三郎表白。

"怎么样?饭后咱们去日比谷公园散散步好吗?"

"我若是一般的公职人员,那是无妨的。"三郎不好意思地苦笑着,"或者离检察厅远一点的地方也可以。可是在这里,我不仅仅是一个普通男人。说不定什么时候会被别人撞见的。"

"六法全书好像说过,检察官必须是'木石之人①'我有个朋友曾经问过我一个讨厌的问题:'检察官先生是如何向你求爱的呀?'我开玩笑地回答她说,他向我求爱的第一句话是这样的:'知情人,你爱本官吗?请起立宣誓后,回答我吧!'她听后吃惊得目瞪口呆。"

恭子见三郎无忧无虑地笑了起来,就紧接着道:

"反正你回检察厅时,要经过日比谷公园的。在公园这样的公众场所,一个将是你妻子的人,离你七尺远跟着,难道不允许吗?又不到你那检察厅办公室去!"

"好,算我输给你了。"

---

① 木石之人:不懂人情的人。——译者注

三郎把餐巾放在桌子上说。

出了门，往日比谷公园走去时，恭子心中又充满幸福感。秋风送爽，令人心旷神怡。她甚至在想：世界上再也没有什么力量能够妨碍我们的美满婚姻了。

在穿过日比谷公园途中，三郎始终没有开口。走到检察厅前的大街时，他显得难为情似地说：

"好，请原谅，就走到这里吧。结婚以后，不管怎样，我们每天晚上就都可在一起了。"

"让你为难了。那么，我到百货公司看看就回家。"

恭子站在公园出口处，望着三郎走进检察厅，不禁叹了口气。可是当她回过头来，一下子不由得毛骨悚然：就在眼前，不过咫尺之间，站着须藤俊吉。他正在直瞪瞪地盯着自己。

"恭子，好久不见了！"

须藤那女人似的忸怩语调，使恭子十分厌恶。

"叫我？有什么事？"

恭子冷冷地回答。她本能地在想，对于这种男人，不能让他有一丝一毫的缝隙可钻。

"因为我们好久不见了，才向你打招呼的。可是瞧你，就象对着被告似地，显得不耐烦，不要这样嘛！刚才那位是你的男朋友雾岛检察官先生罗？果然是个好样的男子汉。听说他是在东大学习期间，通过司法官考试的秀才，怪不得你迷上了他！"

"请您不要讽刺。"

"不，我是想对你说，你们太可怜了！"

"你说什么？"

恭子一下火了，真想给他一记耳光。

"即使从表面看，也可看出你们是一对相亲相爱的情人哪！我在远处看，你们象被耀眼的光线照耀着似地，真是光采夺人，

15

让我艳羡不已！要是二位能够白头偕老直到看见自己的孙子，那我倒要向你们道一句祝贺之辞哩！然而不幸的是你们还没有举行婚礼吧？所以我要说，你们太可怜了。"

恭子眼前一阵发黑，她气得想要大声斥责对方。可对方的话语中却又充满着自信，这使她喉咙发麻，喊叫不出，脚也象被钉住似的，不能移动。

"我并非故意让人不痛快才说这些话的。怎么样，咱们一道去喝杯茶吧！说不定你还有用得着我的时候呢。"

"对不起，我不和你谈。请你不要再在我面前纠缠了。"

恭子稍稍放大声音说完后，像从束缚中解脱出来似地转过身，走到大街旁，叫住了一辆出租车。

坐上车后，恭子还担心须藤会不会坐车尾随自己，几次从汽车后窗往外看，没有发现什么动静。

她再也不想去百货商店，径自回到自己的家——涩谷常磐松。

——真无聊，能真的相信那疯子的话吗……

走进自己的卧室，恭子照着镜子，脸上不安的神情，久久不能消失。要是在过去，遇上这样的事，恭子会马上告知母亲的。而今母亲园子却在八个月前因心脏麻痹症去世了。

父亲说他今天下午在法庭，可为这种事也不能直接打电话到法院呀！恭子只好给日本桥的事务所去电话，拜托他们如果父亲与所里有什么联系，请转告他马上给家里来电话。哥哥那样的人，是什么也商量不出来的。这样的事，无论如何不能告诉三郎。既然如此，能够求助的只有父亲了。

可是三点过去了，四点又过去了，父亲还是没有来电话。

刑事案件的公审，一般是在上午十点至十二点，下午一点至三点。当然，由于审理案件，有时进行到下午五点左右也是有的。但即使是这种情况,中间也有十分钟到十五分钟的休息时间,父亲是可以给事务所打电话联系的。

到了五点,父亲还没有来电话。恭子又和事务所联系。据事务员说,下午刚过三点时,父亲给事务所来过电话,已将恭子的话转告给他了。

大概父亲在为什么重要的事情而烦恼吧?他竟然把女儿的事情置之度外,这更使恭子深感不安。

五点之后,三郎打来了电话,说今晚有"天通会"研究所十期生第二班的聚会。他利用去那里之前的一点空隙时间,和恭子通电话。

"刚才,托你的福,度过了一个愉快的中午。"

听到三郎兴致勃勃的话语,恭子不好道出心中的不安。

"是吗?那太好了……"

"刚才我去公审部长春海先生那里,他提到媒人的事。问我托检察厅长怎么样。我想你和父亲如没有不同意见,那就拜托他了。"

"我听你的呀!我想父亲也决无异议的……今晚他回家时,再问他一下。"

"我要说就是这些。你现在在做什么呢?"

三郎轻声地问。他们每天总要通一次这样的电话,似乎已成一种习惯了。

恭子虽然适当地应答着,但语调忧郁,不似往常。谈情说爱者对对方的话总是敏感的,三郎是检察官,对此更为敏感。大概他觉出恭子有点异常,于是担心地问:

"你怎么啦?刚才那么有精神,可现在,究竟发生了什么事?"

"没什么……好像感冒了,有点头晕发烧。"

"这可不行呀！请医生看了没有？弄不好转成肺炎可不得了……"

"还不至于，暖暖和和地睡上一个晚上就好了。"

为了使三郎不必为她担心，恭子撒了一个谎。

"那好，请多注意。"

"请等一下。你爱我吧？无论发生什么事？"

为什么突然从自己口里迸出这句话，恭子自己都说不清。但是大概以为恭子在故作娇嗔，三郎答道：

"这当然。我不是说过为了你，可以牺牲一切吗？你可能因感冒身体不舒服而想得太多了。要好好休息呀！"

放下电话听筒时，恭子眼窝里涌出晶莹的泪珠。从须藤俊吉的一向为人来看，他完全能干出像给三郎写诬陷信，罗列一些捕风捉影的事来中伤恭子的。恭子确信，就是发生了这样的事，听三郎刚才的口气，他是会对之不加理睬，并且也不会告诉给她的。

父亲还是没有跟家里联系。母亲去世之后，除了出差和旅行之外，父亲并非没有在外边住过，不过，恭子还不致于像个孩子似地责怪父亲。尽管那样，父亲也还是要给女佣人近藤和子打电话，很客气地告诉她，这已是他的习惯了。可是今晚，却没有来电话。

恭子度过了难眠的一夜。她在床上翻来覆去，心中不禁在想：要是三郎现在在自己身旁……

早上，刚过八点钟，恭子正在对镜梳妆时，近藤和子惊慌失措地跑了进来。

"小姐，警察来了！"

"警察？"

恭子悚然一惊。想到父亲昨夜无故外宿，大概不是一件寻常小事的这种不祥预感,蓦地掠过心头。

门口站着一位警官,看见恭子,稍稍低下头问:

"据说昨晚先生没回家,他经常这样吗?"

"不,是第一次。究竟发生了什么事?为什么这么早……"

"详细情况我也不知道……"警官稍带犹豫的声调接着说,"今早,发现了一具名叫本间春江的女人尸体。有关这一事件,想向先生了解一下……"

第三章 杀人和麻药

一般姑娘听到尸体呀、杀人呀、强奸这样的词儿，总不免要皱起眉头，可是作为律师的女儿，恭子对这些词儿却毫不介意。甚至三郎有一次对她说：恭子你成了检察官夫人以后，大概一辈子要跟这样的词儿打交道了。恭子听了，也仅一笑置之。

不仅如此，恭子从小就见过不知多少犯罪的人呢。

父亲是想尽可能严格区分职业和家庭关系的。但是那些请律师的人，大都不能做到这一点。大约两个月前，有个杀了人的家伙，深更半夜被其兄拉到这里找律师商量自首后的善后对策，着实把恭子他们吓了一大跳。

虽然过去无论在什么场合她都有一种无所谓的感觉，当听到尸体这个词时，一向都是无动于衷的，好像医生用显微镜观察病原菌一样。但是，如今"尸体"这个词就要成为一件阴森森的可怕东西横在自己眼前，使恭子紧张起来。

"请您进来吧！究竟是什么事？"

恭子不愿站在门口谈，以生硬的口气对警官说。警官稍稍犹豫一下道："那么失礼了。"就脱下鞋，走了进来。

当他走进正门旁的会客厅时，恭子迫不及待地问："那个妇女是什么人，和家父有什么关系？"

"嗯……小姐，我这样说可能……有理由推测她是得到令尊关照的人。"

虽然不知道名字，恭子曾已模模糊糊地意识到父亲有这样的女人。就在前不久，她还撒娇似地对父亲说："爸爸，我就要离开您了。您一个人不觉得寂寞吗？您不要顾虑，再结婚吧！您一定有喜欢的人。"父亲听了，脸上浮现出一丝寂寞的苦笑。可是，恭子却万万没有想到，在今天这种情况下，从警官口里听到了这个女人的消息。

"这个女人是怎么死的？是汽车事故，还是什么？"

"不，那……是在先生名义的房子里，被绞杀致死的。"

这位警官间接地提到出事地点而避免直接使用"妾宅"这个词，他好像不忍看恭子似的，低着头。

"现在还不知道罪犯是谁。当然先生还比较年轻，别的地方大概还有相好的人吧？因而昨晚如果在别的相好那里过夜，就没有什么了。……不过，我们请他作为知情人到警察所那里去一下，如能从他那里了解到被害者的身份以及他们之间交往关系等情况，对于搜查会很有帮助的……"

话是经过一番考虑后说出来的，相当委婉，但是这一言一语仍然深深刺痛着恭子的心。

——是不是警察方面把父亲作为嫌疑犯了呢？

普通人家的姑娘大概是不会联想到这一点的，而恭子脑海里却马上浮现出这种想法。当然她是绝对不会相信自己的父亲能够亲手杀死和他有关系的女人的，决不会，决不会的。她心中这样轻轻地说。然而这一瞬间，她却想起一件往事：大约半年前，那时父亲正接受某一杀人案件的辩护。一天晚上，他脸色微红，似醉非醉地说道："男人为了女人，有时竟会失去了判断力,即便是受过教育,富有教养,在社会上有地位的人,有时也变得和凡夫俗子一个样。

"那么,这个女人是一个什么品性的人呢?"连恭子自己也不知道,为什么说这话时声音颤抖。

"对不起,具体的我不知道……总之,先生要是回家或与您有什么联系了,请他马上到涩谷署去一下。我们会尽量注意避免有损先生的名誉。"

恭子深深地叹了一口气。警察说这话可能是在宽慰自己,也许是希望自己婉转地转告父亲:他们不是把他当作嫌疑犯,而仅仅是当作知情人。

"那么失礼了。"

"您实在辛苦了。"

把警察送到门口,回到会客厅时,恭子不知所措地颓然坐到沙发上。

首先想到的是和三郎联系。可他的宿舍没有电话,给检察厅打电话,现还为时尚早。打电报吧,这电报送到他手上时,也一定要到他上班之后了。

"小姐,先生究竟怎么啦?"

近藤和子铁青着脸问道。

"不知道……近藤,你知道那个女人吗?希望不要瞒着我。"

"我也是觉察到他在什么地方好像有一个相好的女人……不过姓名和住所我不知道……"

恭子想,近藤说的大概是实话吧。即便再问她诸如父亲还有没有别的情人等等,也不会问出所以然来。

"小姐,这样的时候,是不是和你哥哥联系一下?"

言之有理。恭子用颤抖的手拨动转盘,给哥哥住的公寓挂了电话。

"龙田先生出去了。"接电话的人冷冷地回答。

到了检察厅公审部时,勤杂人员告诉雾岛三郎说,龙田律师家给他来过电话。他颇感意外,恭子为何这么早就来电话呢?

大概昨晚自己因为有点感冒,开完会以后没给她去电话,她为此生气了吧?三郎这样简单地推测着,不禁苦笑了起来。他开始拨转话盘。

"是你呀,可了不得了!"

恭子大概是守在电话旁,焦急地等待着回电谲。当三郎报了自己姓氏后,就传来了她发颤的声音。

"究竟发生了什么事?"

检察厅公审部的检察官们,和普通部门的职员一样,在大办公室里并排摆着桌子办公。这时,他的两旁都已坐着办公的同事了,因此,他尽量使用客气的语气郑重其事地讲话。

"父亲昨夜没有回家……不,这还不算什么。问题是有一个说是父亲情人的女人在昨晚被杀死了。警方派人来找父亲……当然他不在,警察空手回去了。这怎么办呀?"

"你说什么?!"

三郎恰似当头挨了一棒。恭子的语调反常而慌乱。在旁人眼里她是一位刚强的姑娘,在自己眼里则是天真烂漫的情侣,这两种性格特征,现在像被一阵狂风吹得不知到什么地方去了。

尤其这个电话的内容,使三郎大为震惊。当然,事件的详情现在还不知道,但凭着一个检察官的经验,他心里火辣辣地觉得大概这是一起十分严重的案件。

"那么,先生……警察找他,是把他当作知情人呢?还是嫌疑犯呢?"

旁边桌子的吉野检察官从皮包里取出文件后,向这边扫了一眼，三郎不禁一愣。不过，他自慰地认为检察官或律师在电话里谈这些事是习以为常的。

"这我也不知道……大概是作为知情人的吧。可是否要被当作嫌疑犯？我一想起这些就觉得可怕极了。你说，该怎么办呀？"

"是呀，您也知道，现在除静观事态发展外，别无办法。因我还要参加别的公审，在午休或是其他什么时候再和您联系好吗？"

"谢谢……本部方面的检察官或者负责涩谷方面案件的刑事部检察官，大概只是初步了解这桩案件吧？请你暗中打听一下。"

"我也正这样想。那么，被害者的住所、姓名？"

"因我一时慌张，忘了问她的住所了。听说住的是父亲的房子，可是我从来没听说过有这样的房子呀！名字叫本间春江。不至于在同一天会有同一姓名的两个人被杀吧？"

"知道了。那么过一会儿，我给您去电话。"

三郎放下电话听筒，揩了揩额头上的冷汗。

幸亏两旁的检察官大概以为是工作方面的电话而没过问。因为"知情人"呀，"嫌疑犯"呀这样的语言，在检察厅的电话里，几乎每次都会谈到。

三郎慢慢地点上一支香烟，沉思良策。

如果可能，现在就去见恭子，安慰她并了解详细经过，商订以后的对策。但是今天有重大公审会，审理一桩复杂的诈骗案件，有掌握事件关键的重要证人出庭，且对手是老练的律师胜村辰造。由于预料在庭上将有直接询问和反询问的激烈交锋，因而十天前三郎就开始拟订周密的询问腹稿。按照检察官一体制的原则，凡属执行公务，全体检察官都被承认具有同样资格，在非常场合，谁都能代表其他检察官处理公务。然而，在关键的情况下，谁都不会以此为理由，将自己的公务委托给别人办。况且，一个钟头的午休时间，往返于恭子家，也是来不及的。

三郎毅然甩掉香烟，从四层的公审部下到三层的刑事部。敲了一下本部检察官利根健策的办公室门，可是无人答应。

搜查本部共设置了四个，可以想见负责搜查的检察官是何等之忙了。今天早上一定是到哪一个本部去了吧？即便是午休时间，也只有碰巧才能遇到他们。

开庭时间就要到了。三郎又折回公审部办公室，抱着文件包走出检察厅。当走到检察厅拐角的地方，三郎停住脚步，回过头来望着第二律师会会馆。

他和龙田律师在这里分手到现在为止还不到二十四小时，可是刚才的电话，好像把昨天发生的事，推向遥远的过去一样。

——那个女人究竟是谁？他见到那个女人为何那么心神不定？这和这起杀人案件以及和龙田律师失踪有何联系？

"雾岛，今天我去听你的公审会。"

背后有人这么一喊，三郎从朦胧中醒了过来。原来是分配在检察厅工作的名叫佐伯英一的研究生。他是雾岛的同乡，又是同一所大学的毕业生，因此两人的亲密关系胜过一般同事。

"是吗，我可没有往常那样有把握。不知为什么总觉得心绪不好。"

"是不是感冒了？你脸色好像不大好呀！"

英一滔滔不绝地对三郎说着，三郎只是嗯嗯地答应着，两人走进了法院。

坐到法庭检察官的椅子上时，三郎的斗志油然而生。但是不安情绪仍未消失。

他下狠心和证人、律师激烈交锋。但到上午审判结束时他已筋疲力尽，差一点要倒下去。

"雾岛，今天的询问够厉害的。我还没有见过询问得这么尖锐呀！"

在法院的走廊里，英一轻声说道。但此刻的三郎，早已心不在焉了。

他想请求下午的公审延期，但下一个证人已特地从大阪赶来。作为一名公务人员，这样做是不允许的。午休时和恭子通了电话。恭子告诉他仍不知父亲的去向，警察也没说什么。因此，三郎下午只能在法庭继续对峙了。

见到利根检察官是在下午四点钟左右。他今年四十一岁，对本职工作富有魄力，以至有"鬼检察官①"之称；而在私人交际方面，却像喂养小鸟那样地温和具有耐心。这种刚柔相济的性格，使他成为一个检察官的楷模，赢得年轻检察官们的尊敬。可是最近他的身体一直欠佳。

三郎走进房间时，利根检察官本来气色不好的面孔，更加显得黯淡了。

"是雾岛君吗？我和雾岛君谈谈工作，你暂时退席好吗？"

利根检察官对坐在旁边的检察事务官说。

检察官在同嫌疑犯或知情人谈话时，旁边必须坐有事务官，一则作为见证人将来在另一场合可以作证，二则可以协助写出调查书，但检察官同僚间谈话，就没有这种必要了。

当只剩下他们两个人时，利根检察官轻轻地叹了口气道：

"雾岛君，你和龙田律师的小姐订婚了吧？"

"是的。"

三郎立即觉得心跳迅速加剧。自己还没有说为什么要到这

---

① 鬼检察官：极有魄力的检察官。——译者注

里来！对方却挑起了这个话题，看来事态远比自己意料的严重得多。

"问题在于本间春江被杀的事上？"

"是的。"

"现已决定在涩谷署设立搜查本部来处理这桩案件，并且由我负责……"

利根检察官一口气说出这话之后，慢吞吞地点上一支香烟。即使是十秒、二十秒，他也想停一会儿。三郎知道利根难以启齿。

"搜查刚开始不久，其间就有几钟假设。特别是警察官，各自都有相当大胆的想法……而真相可能是最初提出的几个假设中的一个……因此，无论我说什么话，你也别介意呀！"

"明白了。我是作为检察官来听取另一位检察官的看法的。"

利根检察官轻轻地连着眨巴了几下眼，然后，用带有悲痛之感的语调说：

"那我就说，现在警方是把龙田律师作为最重大的嫌疑犯的。"

虽然有所意料，但从负责搜查本案件的检察官口里听到这话时，不禁觉得似被猛击一拳。

"知道了……"

三郎再也说不出第二句话来了。利根检察官几乎是机械地一口一口地吸着烟，随后把烟蒂揉灭在烟灰缸里。

"如果龙田昨夜住在哪个相识的人那里，喝醉了酒而现在才刚刚睁开眼，那就万事大吉了……可是弄不好这桩案件会给你们的婚事造成不堪设想的后果。"

"这我估计到了。现在您能不能谈谈这起案件的经过？龙田被认为最大的嫌疑犯的最有说服力的理由是什么？"

三郎急于想知道这个问题，可是因激动竟差一点连提问的气力都没有了。

"作案的时间，初步推测为夜里十点。就在那时有人在现场附近见到酷似龙田的人……在妾宅附近出现而不进去就走了。这点我们认为是奇怪的。"

利根检察官终于恢复了检察官的态度。

"当然，仅凭这点无法说明龙田就是罪犯。再说不能断定目击者的话就没错。但是本案件除杀人之外，还有一个重大问题，这个问题如何进展，看来将成为一个严重问题。"

"这个重大问题是什么呢？"

"是麻药。在被害者房间里发现有近五十克的海洛因。普通人持有麻药是违法的，因此，警察中有人甚至怀疑龙田是否参与了麻药交易。"

第四章 最坏的事态

案件刚发生的这个阶段,负责搜查本案件的检察官对整个案情是无法预料的。

他力所能及的只是:为准备破案而进行现场查证,听取警察介绍初步调查情况,他们对案情的简单估计以及侦察方针。

当然检察官可以责成搜查人员按自己意图进行调查,可是现阶段谁也拿不出成熟的意见来。

因此雾岛三郎从利根检察官口里听到的,只不过是案件的大概情况,这也是没办法的。

作案现场距涩谷车站约有步行五分钟的路程,在一幢名叫松风的大楼里,六层六一八号房间。

这幢大楼是在两个月前建成的。从四层到八层是分让①的高级寓所,当时龙田律师用现款买下这一间。

"自己名义的家"或是"妾宅"这种词的概念同过去说的就迥然不同了⋯⋯

所以,当在这个房间里发现被绞杀女人尸体时,涩谷署立

---

① 分让:土地或房屋分成小块或房间零星出售。——译者注

即派警官到龙田律师本宅进行那样的质问,是理所当然的。实际上,本间春江的名字,名册上虽有记载,但迁移证明等什么都没有,好像是都市中的一个幽灵。公寓管理人虽然见到过这个人,但对她的身份和来历却全然不知。

案件的发现是奇怪的。早上七点钟左右,邻居六一九号住的流行歌歌手谷口和也家的女佣人在走廊里看到六一八号房门半掩着,从房间里跑出本间春江喂养的那只猫。

猫跑到女佣人脚下,发出哀叫声。女佣人扭头对着六一八房间喊了一声,往门里一看,发现在里面的日式房间里,躺着春江的尸体。

要不是这样,大概还要更晚才能发现尸体哩!

警察立即开始行动。搜查一科刑事老手们一致直感,估计死亡时间在前半夜十点钟左右。当然,准确时间有待解剖的结果。但是,这个判断是根据第一线的刑事们长期经验作出的,如无特殊情况,几乎是不会有什么差错的。

据推测,致死原因是凶手从背后用双手有力地掐住死者脖子,使之昏迷,然后用腰带勒死。这种谋杀法使被害者几乎来不及呼救,何况在这样的楼房建筑里,邻居房间里听不到响声,是不足为怪的。

房间里相当混乱,衣橱和西服衣柜里的东西乱七八糟。让人一看这样的现场,就觉得像是一起普通盗窃杀人案件。但有一位刑事警察,凭着多年的经验,直观地认为这大概是一种伪装现场,相当多的人同意这个看法。

如果是盗窃杀人,那些值钱的东西一定会被盗走的。也确实在现场几乎没有发现现金和高价的装饰品。可是,因死者一人单独生活,只要龙田慎作不来,旁人是无法知道内情的。

装麻药的小瓶是在梳妆台镜子下面的抽屉里发现的。大概罪犯想不到在这样的地方放着值钱的东西，因而没有动。茶色的小瓶放在抽屉最里边的位置，里面装着纯海洛因约有五十克。

这种可怕麻药的价格是经常变动的。据说现在香港的批发价一克为五百日元，而日本最低的零售价一克大约也要五万日元左右。

因为这种东西体积不大，而价格又如此昂贵，所以即使明知被查出后要治以大罪，但走私贩卖、黑市交易仍然一直不能绝迹。

当然，现在还无从知道现场发现的麻药是谁、在什么财候、以什么方式弄到手的。目前只能推断其入手价格在两万五千日元到二百五十万日元之间。

搜查的人最初以为是盗窃杀人或是伪装盗窃杀人的情杀案，可是当发现了海洛因时，都紧张起来，于是马上成立搜查本部，立即开始有组织的搜查。

调查结果，发现了对龙田慎作不利的事实。

这幢楼的同一层六〇七号房间，住着三幸物产商事会社的常务董事仓岛武夫妇。据仓岛武讲，昨晚九点半左右，他出外散步，在离楼大门一百米左右的地方和走向大楼的龙田慎作擦肩而过。

仓岛武和龙田从未讲过话，只是在电梯和走廊里见过两三次面，知道他是六一八号房间住着那个女人的男人，是一个律师。

因为仓岛武是一个受过教育的、有教养和社会地位的人，所以警方几乎无条件地接受了他的证言。

因而也就是说，龙田慎作在推侧的作案时间前不久，出现在现场附近后，连家也没回，就消失了。

在现在几乎没有发现其他线索的时候，他首先被认为是最大嫌疑犯是理所当然的了。

雾岛三郎怀着吞下铅块似的沉重心情,走出了利根检察官的办公室。

他知道利根检察官不会撒谎欺骗自己。诚然,如果还有什么隐瞒着的秘密的话,那也是在搜查本部内部提出的,连负责搜查本案的检察官也不能过问的一类情报。

但是,仅凭这些材料就可以推测,警察当局已经加深对龙田律师是罪犯的怀疑了。

三郎不能在检察厅打电话告诉恭子这些情况,虽然过去三郎把恭子家当作自己家一样,随便出进,可是这个时候要进龙田住宅的大门,则不免顾虑重重。他走到日比谷公园,用公用电话叫恭子到涩谷车站附近一个叫丽思的吃茶店等自己。

三郎来到吃茶店时看到恭子正对着喝了一半的咖啡杯子发愣。她看见了三郎,再也不像过去那样满脸笑容了。

"从家出来?家里很不安宁吧?"

"嗯……姑妈来了。可是到这时她也靠不住了。刚才我说要去见你,她板着脸冷笑:'三郎是个薄情郎,这种时候还不第一个赶到这里来?连一点人情道义都没有呀!'不过我向她说明:'他是现职检察官,还有比人情道义更重要的检察官之道呢!'"

恭子抬起头,睁大眼睛信任地望着三郎。又道:

"是不是像我所说的那样,你首先以检察官之道来对待这个案件呢?"

"嗯。让我先告诉你刚才听到的情况吧!"

三郎给自己要了一杯咖啡。压低声音,把利根检察官告诉自己的话,原原本本地讲给恭子听。

"是这样吗……那么,父亲究竟怎么样了?"

这是三郎现时无法回答的问题,他只想如何委婉地劝慰恭子。

"据说东京一年有一千几百人失踪。如果一个月一百人，那么每天就有大约三个人一下子消失得无影无踪。最初，我听到这些话的时候，心情很不痛快，认为这是现代城市的一大怪事。可决没想到，这样的事竟然发生在自己身边。"

"但是那些是一般的失踪，并不和犯罪有牵连，因为警察也不积极去查清。"

三郎深深地叹了一口气，因为恭子说到问题的本质上了。

"是呀！据说在这些一般的失踪事件中，有些有钱、有地位、有家庭的人，在别人看来，他们毫无预兆、也毫无理由会失踪，然而却突然间销声匿迹了。因而，不能排队你父亲有可能属于这种人，而恰当此时，发生了杀人案件。当然，认为这只是和失踪事件偶然巧合，无论如何，那也是过于乐观的。"

"那么，也就是说，父亲的失踪有两种可能性了。一个是父亲是罪犯，现在逃跑了；另一个是父亲不知在什么地方被真罪犯杀死了。"

"还有第三个可能性，虽然这种可能性极小，但也不得不在考虑之列。即被人用暴力绑架，现在不知被监禁在什么地方。"

"是吗……我想起父亲说的话了。大概因为父亲受过很多苦，现在当了律师，所以经常若有所思地痛切告诫我们：'人如果遇到什么困难，首先要作最坏的设想，而后订出对策，如能做到这点，困难基本上就能够克服了。'可是我决没想到在结婚之前，因父亲的事，而不得不面临最恶事态的挑战呀！"

眼泪眼看就要夺眶而出。若是旁边没有人，恭子一定会扑到三郎怀里，痛哭一场的。

"总之，我现在听到的就这些。这里离涩谷署很近，一般人大概会以为我现在就可钻到搜查本部，以一个检察官的身份，让他们把所有情况都告诉我，然而，这是不允许的！"

"这我也知道。"

恭子咬着嘴唇，低下了头，深思一阵后，又抬起头来：

"那么，我们的事怎么办呢？"

"是结婚的事吗？"

"嗯。万一父亲杀死了那个女人……一位检察官先生大概不能和罪犯的女儿结婚吧？"

这是三郎现在最为伤脑筋的事。他本来想，至少今天一天不谈到这个问题，可是恭子却首先提出来了，这也是不得已呀！

"不错，是这样的。不过我已下了决心，实在不得已，就辞去检察官职务和你结婚。"

"啊……"

恭子竟象触了电似地浑身颤抖起来：

"这样能行吗……"

"我只有这么一个决心。诚然，一旦改变自认为是天职的职业而从事别的行业，是很遗憾的。但是如果当一名律师的话，大概生活是不会成问题。检察官摇身一变成为律师的先例也不少见。只不过对我来说，这种改变过早了一点。即使你父亲干了什么坏事，父亲是父亲，女儿是女儿。无论如何，我将是海枯石烂永不变心的。"

"是吗？听了你的话，我就放心了……这以后无论发生什么事，我也不怕了，"

恭子用手帕掩住脸啜泣着。

告别了三郎回到家时，恭子看到了哥哥慎一郎。他大概知道家里出事了。平时觉得靠不住的哥哥，这时候能回家来，也是难得的。

恭子把刚才三郎告诉她的话，告诉了哥哥和姑妈浦上英子。

慎一郎一面拿出父亲平时珍藏的威士忌酒的黑瓶子津津有味地自酌自饮，一面听恭子说话。哥哥慎一郎的这个样子很不像话，但是他说这是兴奋剂，也无法责备他。

"这可不应当了。哥哥怕被坏女人勾引去了。要是园子嫂嫂还活着，大概他不会这样的。他一个人忍受不了寂寞的生活，被恶魔附上了身体。"

姑妈性格稳重大方。她丈夫浦上礼吉是东洋火灾的常务董事。因为家庭基本上是圆满的，没受过什么苦，也只能说出这样平平淡淡的话来。

"姑妈，话虽这么说，男人这种动物，即便有老婆，也不能保证他不胡来。被坏女人一引诱，哪怕石部金吉[①]也要陷进去的。"

慎一郎恶狠狠地说。他本来就口舌恶毒，发生的事件又使他十分烦躁，加上刚刚喝了酒，因而嘴里说出这些话也不足为奇。只是这样一般地说说还好，可是他不能自己，又继续道：

"譬如，姑父在您面前伪装老实，可算得是典型的二等公司领导，一等丈夫了。可是一跨出门槛……"

"慎一郎！"

"哥哥！"

姑妈和恭子从两侧同时喝住了他。这时他才感到说得过分而沉默下来。

"我因为不放心，才特地赶来。你还说这些……亏你是龙田家的长子！"

姑妈气得脸都变了色。恭子急忙道歉，劝解姑妈，把哥哥

---

① 石部金吉：铁石心肠，头脑僵化的人。——译者注

拉回父亲的书斋里。

"哥哥,你说的话太无礼了,怪不得姑妈发怒了。在这样的时刻,怎么还得罪自己的亲戚呢?"

"就是因为这样的时刻,我反而想说了。你也知道,我是最讨厌伪善者的。"

恭子刚回到家时,慎一郎就已经醉了,后来又喝威士忌,以致这样胡言乱语,真没办法。虽然他自己说,喝一点酒能使头脑清醒,可是现在恐怕已经超越了那条微妙的界限了。

"老子的事,无论我们现在怎样担心,也是无济于事的。你不是已经给该去电话问的地方都已打过电话了吗?如果还找不到他,那只好听天由命了。总之,老子是老子,我们是我们,今后我们自寻出路吧!"

起初恭子认为哥哥虽则喝醉了酒,却说出了比平时正经的话。可是接着从他嘴里突然冒出使恭子伤心得恰似被匕首剜割心肝的一席话来。

"只是,你很可怜呀!和雾岛的婚事这下算吹了。"

"为什么?就在刚才,三郎还说即便父亲发生什么问题,他也不会取消婚约的呀!"

"现在他不会见到你就说:'那么,我们解除婚约吧。'但是他可以无限期地拖延举行结婚仪式,然后再取消婚约的。由于这次事件,你除了忍气吞声之外,是毫无办法的。"

恭子知道自己哥哥的性格,但却没料到他在这样的时刻,在自己面前,充分表现出他那天性的残忍和冷酷无情。

恭子低着头,紧咬着嘴唇,竭力地克制自己。

"他确是一个好男子汉。年轻聪明,富有勇气和正义感。但是检察官毕竟是官僚,而官僚有一个最大的共同特点,就是功名利禄之心熏人。当然,他将来未必能够当上最高检察厅长,但混成一个什么地方的检察厅长那样的人物,大概不成问题吧?我想,他不会愚蠢到为了一个女人而抛弃自己锦绣前程的地步吧?如果他有意要当一名律师,从研究所出来时,就会选择律师这个行业了。如果他为了你,哪怕将来改变行业也在所不惜,那么,今天他就应该不再顾全检察官的什么体面,而径直跑到我们家来。不这样,我就不相信他的话是可靠的。"

这些话已经超过恭子忍耐力的最大限度了。她双手捂着脸跑回自己卧室,痛哭了一场,可心情仍难以平静。

就这样,她又度过了不安的第二个夜晚。

清晨九点钟,来了几个警察,拿出家宅搜查证给恭子看。她深切感到自己已面临着最坏的事态了。

第五章　检察官的烦恼

雾岛三郎也度过了一个难眠之夜。

作为一名检察官，正因为精通有关犯罪和搜查的种种知识，在这个时候设想的要比别人多得多，所以反而陷于更深的苦恼中。

上班途中，他在车站用公用电话和恭子通了话。从电话中，听出恭子声音发颤，说话吞吞吐吐：

"这里现在很乱……过一会儿，我会给您去电话的……或者……"

三郎立即明白，恭子因顾虑她身边有人，才使用郑重的语言回答自己。如果身旁是自己人，按恭子的性格，说话是不会这样顾虑重重的。

一种使人战栗的恐怖感通过三郎全身：

"是警察进行家宅搜索吗？"

"是……"

"那么，他们掌握了什么要害的东西了吧？"

"眼下我什么都不知道呀……"

这是当然的。警察一旦决心闯了进来，是不会将自己手中的秘密，告诉嫌疑犯的家属的。不过，搜索初步结束以后，大概要对家属成员进行一一讯问。再往后，事态的进展就难以想象了。

"那么，再……无论发生什么事，我会帮助你的。振作起精神，对付下去！"

"谢谢，再见……"

听得出，恭子是含泪回答的。三郎放下话筒，心中又一次发誓道：无论自己作出多大牺牲，也要保护她。

他心情沉重，从来没有像今天这样忧心忡忡地走进检察厅，他甚至觉得自己不再是检察官而成了一名嫌疑犯了。

令人啼笑皆非的是，今天审理的恰是一桩关于贩卖麻药毒品的案件。

这就是以东京高岗地区为其势力范围的叫作桥爪组的流氓团伙的年轻头子斋藤文平，利用其组织的小流氓和他自己的情妇在池袋、新宿、六本木等地贩卖麻药的案件。

因是第一次公审，还没有进入对细节事实的审理。但事件梗概已经通过调查文件和刑事部麻药组伊东敏男检察官的汇报完全知道了。

主犯斋藤文平对毒品的入手途径，守口如瓶。其他同犯供认，他们的小数量麻药是从斋藤手里分来贩卖的，因而不知麻药的来源。

坐在公审部办公桌旁，摊开文件以后，三郎努力不去想恭子，把注意力集中到工作上来。

"尽管斋藤本人噤若寒蝉，有关方面的专家，或许也能推断毒品的入手途径。"

乍一听使人觉得，伊东检察官的话语中伴有异样的感情。

"日本麻药交易的最大源泉是神户。神户和被叫作'K'的地方，集中着从全国各个港口来的麻药。譬如进入横滨港的外国船船员带上岸的麻药，几乎并不在京滨地区推销，而是运到神户，交到黑市大投机商手里。然后他再分别运到全国各地贩卖。因为是一个非法组织，一旦投机者被查获，虽不被判死刑，也得蹲上几年监狱，所以这些人有铁一般的统治。不做到万无一失，是决不敢贸然行动的。而且假使其中一个小组织一旦被查获，其损失也要局限在这个小范围内的最低限度上。……虽然我们估计幕后可能隐藏着更坏的家伙，但没掌握直接的证据以前，检察官是无法再深入调查的。"

伊东检察官是以东京地方检察厅内屈指可数的硬骨头汉子而著称的。他讲以上的话时，脸色发红，露出愤怒的表情。

"举个例子，挢爪组的组长桥爪健是神户稻津组组长稻津新太郎的拜把兄弟。稻津——桥爪——斋藤这条线的存在，只要有一般常识的人，都可以想象得到的。当然，稻津组未必是神户唯一的最大黑据点。但是我担心，至少本案件如果不触动稻津组，看来是……"

三郎耳边又响起了伊东检察官深沉的声音，这声音深深地刺激着他。

这时三郎又沉浸在一种奇特的想象之中：在本间春江那里发现的海洛因，会不会和自己马上要审理的这个案件有关呢？

这大概是异乎寻常的想法吧！如果把神户这条线比作一条铁路，而设想存在着的稻津——桥爪——斋藤的分销系统就是奔驰在这条铁路上的一列火车了。此外，还会有眼睛看不到的无数列火车在这条铁路上奔跑。在这起杀人案中突然发现的海洛因，寻其源，一定来自神户，但将这件事同斋藤案件连起来考虑，无论如何也使人感到太富于联想了。

三郎点燃一支香烟，想打消这个念头。但是一种想象一旦浮现在脑海里,就很难使它消失。

当天的公审很快就结束了。三郎一直没有找到利根检察官,他可能奔波在各个搜查本部之间而十分忙碌。虽则揣测他的去处,可以打电话找到他,但这样微妙的问题,在电话中是不能交谈的。

三郎也和恭子通了电话。看来警察在家宅搜索后,对慎一郎和恭子讯问的语调是相当严厉的。警察对嫌疑犯本人的态度如何暂且不提,而对其家属的态度是决不会比恭子说的那种态度再厉害了。一定是恭子神经过于紧张,把这种讯问,看得过于严重吧?于是三郎竭力安慰她,但她的心情依然很沉重。

慎一郎被带到搜查本部,接受种种调查。当然,由于他和案件没有直接关系而没让在拘留所过夜,然而这显示了搜查本部异乎寻常的决心。

紧接着的打击是各报纸的晚刊一齐报道了这次搜索家宅的消息。

继而一想,这不过是既定事实,是理所当然要发生的事。可是一旦看到报纸上那一个个活生生的铅字时,三郎感到一阵目眩,不知所措……

就在这天晚上,偶然碰巧,三郎和神户地方检察厅的原田丰检察官邂逅。

原田丰是雾岛三郎研究所时代的独一无二的挚友,这次到仙台出差回来途经东京。好久未见了,于是事先就约好三郎一起去吃晚饭。

倾诉自己内心的烦恼并与之商量对策最合适的人,莫过于密友了。

三郎按约定,晚上六点钟来到有乐町的啤酒馆一层。看见坐在那里，面前摆着一个大玻璃杯的好友时，好像一缕希望之光，第一次照射进了自己的心田。

"怎么？"

当三郎走近时，原田丰稍稍举起一只手，并奇怪地问道：

"你一个人来啦？"

"嗯……"

本来应该把恭子带来介绍给原田丰的。可这一次办不到了。三郎默默地坐在旁边的椅子上。原田丰皱起浓眉问道："你怎么啦？脸色很不好，萎靡不振哪！"

原田丰虽然年轻，但很胖，乍一看像是行动迟缓似的，可是他感觉之敏锐胜过常人一倍。而且，他作为检察官，由于接触各种不同的人，使本来就具有的相面术似的观察力，比以前更为尖锐了。

"原因就是这个。"

三郎默默地将晚刊摆在面前，指着上面的报道说。原田丰立即用眼扫了一下，抬起头焦急地问："龙田律师不是你未婚妻的父亲吗？"

"是呀，所以这下就糟了。请你给我想个办法吧！"

"那好，这个地方不太好。咱们在这附近找一个好饭馆，边吃边谈吧！"

原田丰性情爽快，他一口气喝完杯里的啤酒，站了起来。

两人走出店门，来到旁边一家中国饭馆，在一个小单间里坐下。

"那么说，事态变得很严重啦！"

听完三郎的讲述，原田丰叹了口气，盘着胳膊道：

"值得同情。作为检察官这确是一件最伤脑筋的事。"

"是呀，我的婚姻运气总不好。"三郎苦笑道。

原田丰又将啤酒杯拿到嘴边。他虽能豪饮，但喝起酒来，很少一下子痛饮而尽的。

"你真的爱她吗？"

"是的。如果这门婚事告吹……而且我仍然始终是一名检察官，大概我要打一辈子光棍的。"

"那也就是在她那方面主动提出退婚的情况下了。可你自己有没有退婚这种想法呢？"

"不，我绝对没有。如果事态发展到要和她断绝婚姻关系的地步，那我随时都可提出辞职。"

"令人赞佩不已呀！你们的恋爱……像我那样的恋爱，是不会产生这样的决心的。"

原田丰自言自语地说着，又一口喝干了啤酒。

"你一向就是一个感情纯洁的人，所以这次表现出来。我不阻挠，不阻挠。不过你好不容易当上检察官，却又要辞掉，令人惋惜呀！"

从原田丰的语气中，听出他是默认了龙田律师真是罪犯的。

三郎也勉强地喝干了啤酒。平时喝三、四瓶这样的啤酒毫不在乎，可现在却像喝了纯威士忌酒一样，感到胃壁受到强烈的刺激。噢，原来从早晨至现在还没吃过一点像样的东西哩！

"总之，最后的决断什么时候都可以下。不过还是要听听哪一位可信赖的前辈的意见再定如何？因为你我年龄相仿，想法容易趋于一致，而年龄相异的人，可能会从另外的角度观察问题。"

"对。你说得很有道理。那么，找利根检察官商量怎么样？"

"不行，就是这件事不能找他商量。"

原田丰皱着眉头，摇头道。

"为什么？他可是最了解这一事件的人呀！"

"正因为这样才不能找他。你不认为现在找他商量这件事会苦了他吗？在事态最坏的情况下，作为一名检察官，他越同情你，就越苦恼。即使你，在未被获准辞呈之前，也必须始终遵守检察官之道呀！"

"知道了。刚才我想错了。我再也不为这件事去找利根先生了。"三郎感慨地说完这句话后，又把第二杯啤酒喝了下去。

他眼前浮现出几位前辈检察官，但是能够与之商量这么深刻而又微妙问题的人，却想不出一个来。

和原田丰分手以后，三郎又独自到几家店里喝了酒。以酒消愁愁更愁，他总是不能在一家店铺里，平心静气地喝下去。

"和你睡觉，要五千石吗？"

"什么五千石，和你睡觉！"

去他去的最后一家酒店里，一个看起来有六十多发的人低声哼着一首人们遗忘了的古老歌曲。

在这种时刻，这首歌强烈地刺激着三郎，使他无法忍耐。他走出店门，叫了一辆出租车，回到世田谷经堂宿舍。

这所宿舍是他的一个远亲的房产。大学时代他一直住在这里。调回东京以后，他怀着重返故居的心情，又回到这里住。

"雾岛先生，您去什么地方了？龙田小姐刚才就来了，正等着您呢！"

走到大门口，有人这样告诉三郎。三郎顿觉酒醒，三步并两步，跑回二层自己的房间。

恭子坐在那里，凝望着漆黑的窗外。三郎进屋时，她慢慢地转过头来，没有笑容的脸上挂着泪花。

"等久了吧？"

"不。"

三郎喘了一口气，坐到恭子身旁。

"我在这样的时刻，喝醉了酒，你可能认为我这个未婚夫是一个靠不住的人吧？可是我不得不借酒消愁呀！"

"我谅解你……哥哥从警察那儿回到家，脸色铁青地对我说：'这下完了，老头子被指名全国通缉了。'说着喝起了烧酒。我想问他事情的原委，他竟醉得难以回答……我虽知对他毫无办法，但没料到他竟如此沮丧。"

恭子用手帕擦着眼泪。

"平常我会沉默不再问了，可这回我非要同个究竟才可。这样一来，哥哥不耐烦了：'你要更详细地知道案情，去找雾岛。他是现取检察官，知道得比我多。'他这样大声吆喝……于是我跟他争吵了一阵，就跑到这里来了。"

三郎大声地叹息着。据说，人的真正性格，只有在发生非常事态时，才表现出来。可是慎一郎颓废到这般地步，却是想不到的。

"三郎，你今天见到利根检察官了吗？"

"我未能见到他。不，不是今天我找不到他，是我发誓再不问他有关这起案件的事了。"

恭子深深地叹息着。

"那么，我……连你也不能依靠了？"

"我多次说过，我决不抛弃你。今天我还和神户地方检察厅的原田君商量了今后的对策……虽然我身在检察厅的核心部门，而实际上是被蒙在鼓里的局外人，并且我也不忍心亲眼看着你遭受苦难，这样一来，检察官这个职业，不就成为使我良心上引起致命烦恼的根源了吗……如果事态发展到你父亲被指名全国通缉的地步，我只有尽快提出辞职，然后，当一名律师和你一起奋斗。"

三郎十分激动，有些语无伦次。恭子似乎在这一瞬间从他的话语中悟出了真挚的爱情。

"真高兴呀……你这样讲,我就有生活下去的信心了。这以后无论发生什么事……"

恭子扑到三郎怀里,轻轻的喘息声,春风似地飘过三郎的耳边。

"你……我已经对我们的事开始失去信心了……今晚我来这里的时候……你是检察官,而我……"

"而你,又怎么啦?警方怎样打算,我们还不知道。可说你父亲就是罪犯,还嫌为时过早。"

"可是报纸已经报道……要是父亲还不出来……就不可能洗清耻辱了……所以今晚我把一切交给你……然后,怀着这难忘的记忆,一个人,一辈子……寂寞地活下去……"

断断续续的细语,充满着灼热的深情。

三郎感到周身发热,心头激动。他虽然是一名检察官,毕竟也是血肉之躯。何况,他现在决心为了她,哪怕抛弃甚至自己一向认为是天职的职业,也毫不反悔呢!

雨开始滴滴嗒嗒掉在屋顶上,远处传来隐隐约约的雷鸣声。

三郎站起来,关上窗户。恭子抬起头,望着他,谜一般的眼神哟!

"谁都看不见我们了,就只我们两人了?"

"嗯……"

"刚才广播天气预报说有大雨。"

三郎转过身来,紧紧地抱着恭子。一瞬间,什么杀人呀、公审呀、自己是检察官呀,这些一直纠缠在脑海里的念头,象狂风扫落叶般地消失得无影无踪了。

两人进入未知的世界,三郎决没想到会在这样的时刻,逾越过这条界限。

第六章　检察官一体制

在全国指名通缉龙田律师以后，翌日报纸报道了这个消息。

雾岛三郎立即拿着早已准备好的辞呈，去找公审部长春海镇雄检察官。

今年五十一岁的春海检察官被人称作比"木石之人"还要冷酷无情的"树岩汉①"。三郎想起有一次龙田慎作酒醉时，对他说过：

"春海君实在是个没意思的人。他无疑是一个出色的检察官，除六法全书和专业书籍外，大概连一本周刊杂志也不读吧？他滴酒不饮，烟也不沾，又不看电影，完全不懂世俗人情的微妙，不理解人心软弱的那一面。我倒不是劝人轻佻，他大概除了其夫人，不曾对其他女人动过心吧？就我个人来说，我是不愿和这种人来往的。"

三郎本人对春海的印象也大抵如此。当然作为检察官，具有这种性格决不是坏事，而且可以说好处甚多。如果仅是工作上的问题，无论什么都可以和他商量，可是如属个人问题，就

---

① 树岩汉：指最不懂得感情的人。——译者注

觉得似乎和他没什么好商量了。虽然原田检察官曾劝三郎和上司商量，而三郎之所以没有想到自己的这位顶头上司，其原因就在这里。但是，事态已经发展到如此地步，现在是必须和这位部长面对面摊牌的时候了。

早上，当三郎走进公审部长办公室时，春海检察官正面对书橱，寻找什么书。见到三郎，有些掩盖不住不安的神情。

"部长先生，有件重要的秘密事和您商量。"

"是吗？"

春海检察官肯定在一定程度上知道了三郎所说的秘密之所在了。但他神不外露地慢吞吞地回到办公桌旁，叫事务官和女办事员离开办公室后，拿出手帕擦着眼镜。

"是关于龙田君的事吗？"

春海检察官依然以平淡的声调问道。

"是的。为这件事我想了很多很多……觉得在这种情况下，我辞去检察官的职务是合适的。所以我提出辞呈。"

"你说什么？"

显然，春海部长确实没有料到，三郎如此之快地采取这种毅然的行动。

他慌忙戴上眼镜，反复地看了看放在桌子上的辞呈，又看了看站在面前的三郎，然后，又用他那极其平淡的语调道：

"我并非不理解你的心情……"可是，下这么大的决心，是不是为期尚早呢？"

"可能人家会这样认为。但是，我觉得再也没有其他更好的办法了。"

"咳……你年轻哪。你呀……在这样的时刻，三思而后行早十分重要的。再说，现在也不能判定龙田君就是罪犯。你再静观一段事态的发展，然后再作决定吧。当然，发生了这样的事件，推迟结婚日期，在所难免了！"

"但是部长先生，在法庭作出有罪判决之前，所有嫌疑犯都应被看作是暂没有事实根据的真正的嫌疑者才对。可是对待龙田律师却似乎不是这样。诚然，对这一案件，我所了解的情况并不比报纸上登载的多，但我觉得，同样是嫌疑犯，如果被警友指名在全国通缉，那么，恐怕警方业已掌握了他的某些重要证据，从而是非常肯定而自信的了。因而一般人士大概都会认为龙田律师十之八、九，不，十分之九点九是罪犯了。"

"可能是这样，不这你们仅最订婚，还没有结婚，这起事件是他们家的事，与你有何相干？从法律上说，你和龙田家毫无关系，所以即使龙田君是罪犯，你也无须那么紧张吧！"

这些话与其说是常识之谈，毋宁说是只讲道理而不近人情的空话。以春海检察官的性格来看，讲出这套话来，是三郎所能意料到的。但他一时却答不出话来，只好低着头，咬了咬嘴唇。

"你提出辞呈的理由只是这些吧？还有没有别的？"

"没有了。不过，想当一辈子检察官的心情，现在依然没有变……"

"那好，你还是认真考虑考虑这个问题吧。这是关系你一辈子的事。"春海检察官又接着道：

"以普通常识推论，辞去检察官后只能当律师，那么你五年的检察官生活岂不半途而废？如果在一个乡村小镇，干了五年检察官，结识了相当多的人，虽然年方三十出头就开业当律师，满可以优哉游哉地干下去了。即便在名古屋或是神户，大概也都还可以混下去。可是东京就不行了。要是这样，倒不如当初从研究所一出来就当律师，比现在改行不知要强多少倍呢。"

这些议论不过是一般检察官全都一清二楚的常识，可是春海部长再也拿不出更有说服力的道理来劝说三郎了。

"因为你现在和龙田君的小姐正在热恋中，难怪不能冷静思考……其实，即便这门婚事告吹，也还会有许多出色的姑娘吧。实际上过去我曾想到一个姑娘可以作为你的新娘候选者，就在我要告诉你时，听说你和龙田小姐订了婚，只得无奈作罢。当然，除此之外还有许多好姑娘。你不能为了一个女人而抛弃美好的前程呀！"

春海检察官流露出问题到此应该结束的表情说。然而对三郎来说，他这一席话远远不能解决问题，因为自己的决心是经过充分考虑才下定的。

"部长先生，您的话我明白，但我的决心不变，请您还是接受我的辞呈吧！"

"你究竟为什么呢？"

春海检察官两眼透过眼镜射出严厉的目光，连手里拿着昀香烟也在微微抖动。

"因为我非她不娶。如果她并非本身责任，而是由于父亲的罪过蒙受痛苦的话，我情愿和她共同承受痛苦，这是我现在的决心。我不愿意由于自己是一名检察官而伙同别人一起对她落井下石！"

"但是，即便万一龙田君作为罪犯被捕提交审判，也不会由你所在的组来审理吧？并且绝不会让你在法庭上对被告要求判重刑的。"

"这样的道理我明白。既然有检察官一体制这样的规定，即便别的检察官对被告要求判死刑，我也觉得就像由自己口里提出来似的，对我来说这是无法忍受的。"

"嗯。现在这样预测还为时过早吧……"

春海检察官好像才意识到三郎的态度是认真的。这使他脸上的神情变得十分尴尬，因而说话更慎重了。

"总之，这个问题十分重大，能否让我考虑两三天。如果你的决心仍不变，我也得和地方检察厅长官商量一下。"

"你即使再考虑几天，我的决心也是不会变的。不过，有一种情况是例外的……"

"什么情况？"

"发现了龙田律师的他杀尸体，使大家公认他不是罪犯而是无辜者。……检察官和没有双亲的人结婚，大概是不会受到责怪的吧？即使她父亲死于非命的这种可能性，是谁都能想到的，而当警察采取了如此强硬手段后对这种可能性也不能不考虑，难道不是这样么？"

春海检察官叹了口气，闭上了眼睛。

"嗯，我要认真地考虑一下。"他为难地说。

"那就拜托了。另外，请你放心，在正式受理我的辞呈之前，我仍然会努力履行检察官的职责。至于事务的移交，我将准备好，随时可以办理。"

三郎恭敬地低下头，退出春海部长办公室。

虽然已经正式表明自己的决心，但根据春海部长的脾气，大概他要把辞呈在自己手头放上两、三天，然后才和地方检察厅长官商量吧？这也无可奈何，三郎对这些已有精神准备。

因而，当天下午四点钟，三郎被叫到部长办公室去时，以为会是为了别的工作。当春海检察官让旁边的人离开一点，然后谈到上午的问题时，三郎反而感到突然了。

"其实，上午你走之后，我为其他事情到地方检察厅长官办公室去。谁知他却问到你，我只好将你提出辞职的事一五一十地告诉了他。因此，我本人就无暇考虑你的问题了。这一点，请你谅解。"

"请你不必介意。那么。地方检察厅长官有何指示呢?"

提起地方检察厅长官,统率东京地方检察厅的森正行检察官,是大家公认的检察部门屈指可数的一位人才。他机敏果断,极有魄力,并且拥有锋芒含而不露的大人物风度!他政治手腕高明,拔萃超群;作为一名检察官,高瞻远瞩,视野广阔。

虽然三郎很少直接聆听他的训导,但这位地方检察厅长官大概听到请他做媒的话,所以在案件一发生时,他就很注意自己的动向了,这是可以想象到的。

"嗯……我就要和你谈一件极为秘密的事。希望你在下辞职决心之前,即使对检察官同僚也不要透露此事,否则,当初的话就算作废。你能保证做到这点吗?"

"好,我保证。"

从春海部长的神色可以猜测出地方检察厅长官要他传达的指示内容有多么深刻和关系重大。三郎全神贯注地听春海部长说:

"首先,地方检察厅长官要我问你,你希望不希望转到刑事部本部去工作。"

三郎"啊"地惊叫一声。森地方检察厅长官的魄力是众所周知的,可是决没想到他竟如此之快地用这种方式来解决这个问题。

"利根君现在被一种叫做'游走肾'的奇怪病缠住了身体。据说这种病的症状很奇特,肾脏摇来晃去。因此他希望调到比较轻松的工作岗位上去,然后再动手术。当然这不是一两天内非解决不可的问题。为此地方检察厅长官打算派一个人去帮助他承担一部分工作,减轻利根的负担,使他能够得到休养。总之,处理四个案件,对于一个检察官来诘,已经相当繁重了,何况又是一个病人？所以当发生第五起案件时，采取当前这个措施，无论谁都会认为是必要的。"

显然这是转弯抹角的话。三郎一下子就明白了其意图之所在。

从一个检察厅调到另一个检察厅，单凭地方检察厅长官一个人的意见是决定不了的。但如果是东京地方检察厅内部人事调动、布局改变等问题，地方检察厅长官则有权断然决定。在东京地方检察厅内部从特搜部到公审部，或者从公审部到刑事部这样的人事调动，是极为平常的。

现在自己被安排在刑事部本部了，那么自己就有权力参加这次事件的搜查工作，并且可以自由地听取搜查本部的情报。一旦决定了明确的方针，就可据以指导搜查……

"怎么样？按照雾岛君的脾气，即便现在下野当律师，也不会对此案件袖手旁观，熟视无睹的吧？既然要亲自出马去弄明真相，倒不如以一个检察官身份进行活动，比起一个律师来，你不觉得会更加方便和富有成效的吗？"

这是不言而喻的。这对自己迫不及待地要参加这起案件的搜查工作的心情是有吸引力的。但是承担这起案件，作为一个检察官，心里却很不自在。

"但是部长先生，检察官不能接触自己亲属的案件，这是个大原则呀！我们的婚约，检察厅里有相当多的人是知道的，这不会被人认为公私混淆了吗？"

"幸运的是婚约在法律上不被承认作为正式夫妇关系。龙田家不是你的亲属，什么都不是。即便被指责为公私混淆，地方检察厅长官说那也无妨，他可以承担全部责任。的确，这是非常措施……"地方检察厅长官认为，像诈骗之类的微末案件可以姑且不论，可是这样明摆着的重大案件，哪一个经手人也无从枉法徇私。经手人力所能及做到的，譬如在发现罪犯时，不立刻采取逮捕措施，而是尽情尽理地劝其投案自首。地方检察厅长官还说，雾岛君在关键时刻，作为一名检察官，大概不可能背离人之正道吧？"

三郎默默地低着头。检察官一体制，作为只此一家的意识，动辄遭人指责。但在当前情况下，三郎不由地感到它对自己却显示出体谅自己难言苦衷的深情。

"地方检察厅长官还说，对你这样年轻有为的检察官不拉一把，似觉可惜。当然，这也是我的看法哩。地方检察厅长官所利根君汇报说，这起案件还纠缠着麻药毒品走私的问题，预料该案件非短期内可解决。他还认为，就如你所说，不排除龙田律师在哪个地方被真正罪犯杀死的可能性。总之，有关你个人进退问题，待搜查告一段落后再考虑，怎么样？说不定，你不仅没有必要提出辞职，而且还要投入复仇之战呢！"

确是富有说服力的一番话。春海部长竭力劝说三郎，以致三郎觉得他和方才判若两人。三郎不得不下定决心。

"知道了，按您所说的办。"

"是吗？答应了？那森先生一定很高兴了。"

春海检察官放心地松了口气，停了会儿又说：

"只是对你有两点要求。第一，无论事态如何变化，不可中途撒手不干，即使事情发展到最恶劣最严重的地步，你的辞呈也要保留直至案件全部解决为止。能做到吗？"

"知道了，一定坚持到底！"

"那么，第二点，在这个案件解决之前……至少在没有事实根据证实龙田律师无罪之前，你不能和你的未婚妻恭子单独见面。"

"部长，这，只是这一条……"

"你们的心情我谅解。但是,目前恭子是重大嫌疑犯的女儿。作为检察官要是忘记这一点,每天和她约会,那就把公私混淆不堪了。地方检察厅长官说,倘若发现这种情况,马上受理辞呈。"

的确,取得特权也会伴有个人牺牲的。既然地方检察厅长官能体谅自己而采取这一特殊措施,自己和恭子又岂不能忍耐这一点……三郎暗自思忖,但仍不愿干脆地答应。

"森先生还说,根据情况,有时可能需要将恭子作为知情人,向她调查了解。因此你可以通过搜查本部或检察厅将她叫来,在检察事务官在场的前提下,向她询问,这是允许的。我也没想到,地方检察厅长官竟是如此一位饱经世故、通达人情的人呀……"

的确,这是一种多么体谅自己的关照呀!

现在,除了恭子来到这里,在第三者在场的情况下两人才能见面外,别无其他约会的机会了,这是令人难受的。但三郎相信,只要自己亲自参加这起案件的调查,这一点恭子还是能忍受的。地方,检察厅长官的这个决定,更加燃起他作为一名检察官亲自出马解决此案的强烈愿望。

"那么,打电话无妨吧?"

"只要你们发誓能保守秘密……无论是你用公用电话找你的情侣,还是她打电话找你,都是允许的。"

春海检察官脸上浮现出微笑。

第七章　等待，然后才……

走出公审部长办公室，三郎就立刻乘电梯下到一层，匆忙跑到日比谷公园，用公用电话找到了恭子。

"是你？"

声调变得和昨天完全不一样。虽是一声悲怆的呼唤，却似饱含热烈的爱慕和坚贞的信赖。

"辞呈已经递上去了，是在今天早晨。可是发生了奇妙的事，地方检察厅长官要调我到刑事部本部去，也就是要我协助利根检察官处理搜查本部的案件。这样一来，我就能够正式参加这起案件的搜查了。因此，我决定撤回辞呈。"

"啊！……"

对这一出乎意料的变动，恭子感到惊异而茫然不知所措了。她感慨地叫了一声，就连续地粗声喘息着。

当然，那第二条要求，现在不便告诉恭子，不过，春海部长对他谈的别的话，三郎还是尽量详细地讲给她听。

"今天来个一百八十度的大转弯。即使你说我食言，也是没办法的呀！我没想到地方检察厅长官对我如此体谅和慈爱。会不会像春海先生所说的我要参加复仇之战了呢？这样即便事态变得更加严重，如我能掌握全局情况，也比现在因关在公审本部作为局外人而担惊受怕要感到轻松一些。你说对吗？我接受他劝告时的愉快心情，你大概会理解的吧。"

"嗯……你昨天的决心使我感到很高兴……我流泪了。可是，现在你既然接受了地方检察厅长官的指示，我也就没什么可说的了。"

恭子竭力抑制自己不要啜泣起来。

"那么，这样微妙的事不好在电话中再谈下去。我想见你，好好地……我想看着你，听着你说呀！"

对于刚刚把一切给了自己的一个女人来说，这种感情，三郎是可以理解的。不过，此时他也不得不下了狠心。

"可是，这不行呀！"

"您是因为忙吗？噢，刚从公审部转到刑事部，交接时事情多。不过，时间短一点也可以。三十分钟、二十分钟。不，十分钟也行，我到哪儿等你好？"

"不是工作忙，工作再忙也可以挤出时间。可是暂时，我是不能和你见面的。唉！这是这次工作调动提出来的一个条件呀！"

"为什么？"

恭子声音颤抖地问道。三郎只好难过地反复向她说明这个条件。

"作为一名检察官，做到公私分明，是至关重要的！特别是在这种情况下。恭子，我也很想念你呀！可目前的处境，就连这样人之常情的事，也是不允许的。"

"那么，我们究竟要忍耐到什么时候才能见面？"

"我决心坚持到这起案件解决时为止。在这期间，我的处境不管多么困难，只要我不提出辞职，我们的见面就要等到案件结束之时。"

"那，我，简直会要发疯了……"

"是呀，我也是这样。幸亏地方检察厅长官教我一个好办法。他说你们要真的忍受不了，可以把恭子作为知情人叫到检察厅来，在此情况下，事务官坐在中间，我对你进行询问调查。这虽然十分别扭，但也是无可奈何的……"

"到检察厅去见面——上次所说的笑话，真的成为现实子。"

"是呀……我也没想……不过，地方检察厅长官说还允许我们通电话。我们两人可以经常通过公用电话联系，但要不让别人知道。因刚刚告诉我此事，还没来得及想出更好的主意，是不是还有别的好办法呀？不过暂时要做到表面上不让别人知道为好。"

"知道了。这对我是极为痛苦的事。但无论如何，我是要忍受下去的。"

恭子好象终于从这次打击中苏醒过来似地说。

"实在是对不起了。我们的前辈，不少年轻夫妇因为战争，被迫仓促举行徒有形式的结婚仪式，然后就长期分离。倘若我早生下二十年，大概也可能被征去当兵，从而饱尝离别之苦，其情景也许和目前差不多吧！这么一想，你还是能够忍耐的吧。何况我们现在和战争时期不一样，相互间不必担心生命危险呢？"

"嗯……如果你觉得这样好，我只能默默地照你说的办。不过，在你正式转到刑事部之前，我们能不能再见一次面呀？"

"这就是所说的恋恋不舍呀……我想，如果我们见了一次面，还会找借口见第二次面。见第二面以后，还想要借口见第三次面的……那就不籽办了，现在就开始忍耐吧！互相地……基督山伯爵的最后一句话是：'等待，然后才希望。'我们现在除了遵守这个格言外，别无他法了。"

"等待，然后才……"

恭子默默重复着，擦干了眼泪。

三郎迈着沉重的脚步，回到检察厅公审部办公室里，有人告诉他刚才利根检察官给他来了电话。他服从这一调令的事，当然很快会转告给利根检察官了。三郎边想边迈进他原先决心再不走进去的利根检察官的办公室。

利根健策正在痛苦地吞吃着黄色药片。

"您的身体怎么样？"

三郎站着问道。健策脸上掠过一丝寂寞的微笑。

"原以为是慢性胃下垂，可是最近越来越严重。经医院仔细检查，说是患了'游走肾'症。明年是我的本厄年[①]，若这样置之不管，怕有什么意外，于是下决心动手术。"

"是吗？是大手术吗？"

"医学上算不了什么大手术。好像是用猪肠做的线，将晃晃荡荡的肾脏系在肋骨上，不让它动。可是一想到要把肚皮割开，就不由得要长叹一声呀！"

利根检察官苦笑地指着椅子：

"坐下，坐下。刚才部长来电话，说要调你到这里来。"

"是的。刚才已向我下达秘密命令了。请您多关照。"

"你可算帮我大忙了。我也是很倔强的，可是身不由己呀！前不久差一点倒了下去。现在有你这样的年轻助手，太好了。"

这是肺腑之言。但利根检察官讲话时，还是颇为留心坐在旁边的事务官。

---

① 本厄年：本身有厄运的年份。——译者法

"刑事部和公审部差异甚大,其工作往往不可预先作安排。不过,我承担的四个案件,其中一个案件,罪犯已在昨天被捕,现在进入善后处理阶段。另一个,一切准备就绪,解决它只是时间问题了,所以不必借助你的力量。最后两个,因为既已由我开始,那还是由我干到底吧。我虽然要动手术,但也不是非马上动不可。所以从本间春江被杀案件开始以至以后的案件,请你负责。"

如果说森地方检察厅长官的决断出自父母式的慈爱,那么,利根检察官的这种工作安排就充满着兄弟般的情义了。短短的几句话,三郎深感利根检察官为了使自己能专心一意地处理这起案件,给了自己多么大的关照。

"是。我一定照您所说的办。"

"这个案件,我可以说完全没有接触,所以你的工作不是很有干头吗?总之,在正式转到这里之前,大概还需要几天时间进行事务交待等事宜,希望你尽快地了解案件的梗概。要是你方便的话,今天回家时,和我一起顺便到涩谷署,听听搜查本部的各种意见,对你正式负责这个案件,会很有帮助的。"

检察官一体制的优点在这里得到充分的发挥。利根检察官的建议,把自己内心的希望之火燃烧得更加旺盛了。

"那么,您就更忙了。"

"没什么,这也是我的工作呀。当然现在不必,但是以后你要注意,对刑事部的工作,不要过于认真,拘泥礼节。警察官员对于检察官的那种神经质是极为反感的。可是有时我们暂把事情放一放,他们反而又给我们干了。当然,他们有时也会瞎忙一阵的。巧妙地掌握这种分寸,对检察官来说,是极为重要的。"

这时电话铃响了,事务官拿起话筒,望着他们两人,稍事犹豫。

"找负责搜查本案件的检察官。"

说着把话筒递给三郎。

"喂，您是谁？"

一个略带嘶哑的声音，没有直接回答，却报告一个出乎意料的消息。

"检察官先生吗？我在横滨的黄金町，看到了你们要找的龙田先生。想通知你们，才……过去我因为一桩案件，委托他辩护过，很熟悉他。"

三郎感到似有一股恶寒穿过了脊梁。横滨的黄金町过去被认为是东京附近最大的麻药街，可是遭到几次毁灭性的查抄打击之后，那种毒品交易的黑市，似已销声匿迹了。但一想起在杀人现场发现麻药的事，三郎便担心地认为，不能将这个电话当作一种恶作剧而一笑置之。

"那么，为什么向东京的检察厅……您通知警察了吗？"

"如果打110号电话，对方不就知道我这里的电话了吗？因为在过去的案件中，东京地方检察厅的检察官先生对我不错，所以我告诉你们这件事，这也是作为一种报答呀！再说这个龙田要走了我很多钱，却不给我认真辩护。"

用可笑的语言表达他那不正常的想法，是那些犯过罪的人常有的怪癖。

三郎正在猜测他还要说些什么时，电话一下子挂断了。

"怎么搞的？"

桌子对面的利根检察官睁大眼睛。

"是一个男告密者电话。说在横滨的黄金町发现龙田律师。对方没有报姓名，说过去他在某起案件中委托过龙田辩护，很熟悉他。"

"横滨的黄金町吗……在发生案件时,搜查本部曾接到许多恶作剧的电话。可是检察厅却很少接到这样的电话……不过提到这条町的名字,好像倒使我们有所联想呀!"

"我也有同感。"

利根检察官好像沉思着什么似地慢慢点上一支香烟,吐出了紫色的烟雾。

"这样吧,详细情况请搜查本部告诉你,大概他们会讲到为什么要对龙田律师进行全国指名通缉的。"

"那就请您关照了。"

三郎顿时感到一阵紧张。

"案件发生后,除刚才打电话的人以外,还有好几个人说他们见到了龙田律师。因而,他被真罪犯在什么地方杀死的假设,已经不能成立了。"

"等待,然后才……"

打完电话之后,恭子不断地玩味三郎引用的这句格言。

"等待,然后才……"自己究竟希望得到什么呢?恭子不禁心情沉重下来。

过去恭子在电视和报纸上,听过、看过那些重大案件在逃犯的家属发表的讲话,当时她曾为这些讲话嗟叹不已。

"要是面对众人认罪,倒不如自杀了好……"

这些家属相互类似的悲痛告白,使人觉得不像是出自骨肉亲人之口,但此时此刻自己却已超越了同情而亲身深刻体验到他们的心情。

这时要让自己说出内心真实想法,很可能会说:

"哪怕被真罪犯杀死,也……"

作为女儿,内心却埋藏着盼望父亲得到悲惨下场的想法。

恭子一想到这里，不禁毛骨悚然。

哥哥对家里发生的事，总算认真对待起来。他告诉恭子说，警察之所以要在全国指名通缉父亲，是因为在案件发生后，有好几个人见到过父亲，当然，是什么人在什么地方发现父亲，尚不清楚。不过，这大概是搜查人员手中的最后一张王牌吧。今天，慎一郎找了一位当新闻记者的朋友，说是要想办法探听消息，就出去了。事务所方面来了个年轻的事务员，但看他那茫然不知所措的样子也是不足以信赖的。

对于三郎的心情，自己是完全理解而毫不怀疑的。恭子觉得自己好像一个病人，如要进行一次性命攸关的手术，则希望由一位老相识的高明医生来做。可是，在案件未完全解决之前，不要说和三郎亲吻了，就连握手也办不到，这实在要使自己发疯呀！

如果发生最严重的事态，自己即使成不了检察官夫人，那也能成为律师之妻的……但是，目前已同以往不同，可以想象，面前一定会有许多严峻的困难在等待着自己。

就在这时，恭子得知寺崎义男来找她。

大约一年前，寺崎在父亲的事务所当办事员。他白天上班，晚上上夜校，接连参加司法官考试，但屡试不中。当然，这绝非他头脑愚笨，大概是由于法律这门学问不适合于他之故吧。于是他终于对自己这方面的才能感到失望，离开了事务所，到一个名叫东京秘密侦探社的私立侦探机关供职。

想到这里，恭子竭力打消自己杜门谢客的念头，而想要听听他讲些什么。

于是她擦了擦满是泪痕的脸，稍稍打扮了一下，走到会客厅。寺崎义男见到恭子，像装有弹簧的木偶一样，刷地站起来，低下头。

"最近发生的事,真是出人意料……我急忙来看看,以表示慰问。"

"谢谢。您是第一位来慰问的人。您请坐……"

"失礼了。"

看着坐在对面椅子上的义男,恭子想,他还是那么年轻。他应该比三郎大一岁,可是看起来就像二十五、六岁。他那红扑扑的童子脸上,今天的确充满着同情之意。

"小姐,我本来想说您的外表变化不大,可是……"

"我好像变了一副面孔吧?我在照镜子时,觉得自己的表情和前不久在法庭上见过的那个杀人犯的妻子似的,但有什么办法呀!"

"我理解您的心情……可是无论如何我也不能相信先生会干出那样的事情。"

"我们虽然不相信,可是一看到警察竟然采取如此强硬的手段……"

"警察未必就没有错呀。正由于检察官和审判官都不是神,所以冤假错案才一直不能根绝。我认为这一事件的背后一定隐藏着什么重大的秘密,我确信先生绝不是罪犯。"

"谢谢。您讲的这些话,使我感到高兴。"

"小姐!"

寺崎义男热切地说:

"让我来调查这起案件吧。缴实际用的一点费用就可以了。过去我得到先生很多关照,而未能对他有所帮助。现在,通过在目前这家公司学习一年,也学到一些侦探别人秘密的本领。在这样的时刻,我想用它来报答先生的恩情……"

第八章　搜查第一步

恭子起初只是呆呆地听着寺崎义男说，但当他说完用眼睛盯着自己时，恭子蓦地觉得，这难道不是神佛对自己的启示吗？

"现在不能再沉默了……"仿佛有人在轻轻地对她说。

恭子听说，以前父亲曾在某一案件中，因对警察的搜查方针感到愤慨不满，于是使用私立侦探按独自的方针调查，从而取得很大成果。

虽然现在的情况和当时不同，但此时有一个确信父亲无罪的人，出现在自己面前，虽只一个人，也还是给自己壮了胆。

显然警方认为父亲是罪犯并据以进行搜查的。虽然三郎这时是作为检察官投入搜查的，但他对案件一开始就形成的这种趋势，是无法扭转的。

对待同一个问题，由于观察角度不同，看法也会完全不同。恭子作为律师的女儿，对于这种常识，是一清二楚的。

哥哥是那样的人，不可依靠；三郎现在又被那么苛刻的条件所束缚，因而只能亲自动手，全力以赴去弄清这一事件了。

今后，三郎和警察当局一起，正式参加搜查，了解到的情况，大概会经常通过电话告诉自己吧？而自己则用与警方迥然不同的观点去分析,也许从中能够得到些什么吧?这也是对三郎的一种支援,从而意味着自己参加了为父亲的复仇之战。

这样一想,陷于绝望中的她,仿佛看到了一丝希望之光。

可这样做不就等于希望自己的父亲被人惨杀而死了吗?这么一想,不禁又打了一个冷颤。她心乱如麻,真不知如何回答才好。

"小姐,怎么样?我不会是无理要求……哪怕我自己赔钱,也要帮助您呀!当然,结果怎样,我不是神仙,无法预测……"

"好,请您办吧!费用由我负担。"

恭子毅然答应。虽然心中仍在犹豫不定,但似有一股无形的强大力量,使她答应了。

"是吗?"

寺崎义男两眼发亮,闪烁出一种与他那孩子脸不相称的冷酷逼人的寒光。在这种情况下,恭子感到他是一个可靠的人。

"太好了,我要从内心感谢小姐。看来我有机会报答先生的恩情了。"

"您如此给我们出力,应该由我向您表示感谢。不过,请问您究竟采取什么方针进行调查呢?"

"小姐希望调查哪一方面,当然我就调查哪一方面。不过,我总觉得这桩案件并非偶然发生的,它可能和先生过去处理的什么案件有联系。由于我过去在先生的事务所工作了四年,也许能够起到他人所起不到的作用吧。"

"譬如,什么样的案件?"

"小姐,说实在的,我现在知道的只是些从认识的新闻记者那里听来的消息。不过警察中有不少我认识的人,过一段时间,也许能从他们那里得到比较详细的私人情报。但据说,现在还不知道被杀的本间春江是一个什么样的女人。听说在现场还发现了相当数量的麻药呢！"

"是呀。……不知道父亲和麻药有何联系？"

"在我工作的四年间，先生曾处理过三起与麻药有关的案件。当然，这是很正常的事。因为无论审判什么案件，都要有律师参加。问题是本间春江这个女人是否和其中哪一案件有关。打个不好听的比方，她可能是关押在刑务所哪个犯人的情妇之类，在审判过程中，和先生相识后，结下了孽缘。"

恭子情不自禁地打了一个冷颤。的确，这种假定是很有道理的。父亲既然知道对方是这样的女人，可为什么又陷入这种罪孽关系之中，这她是不愿去思索的。但是她不否认，男女之间往往有一种奇妙的使之结合在一起的力量。

"当然，如果说这是我自己随便瞎猜，也没办法。不过，我可以回家查一下当时的记录，如能发现什么线索，当即通知您。"

"谢谢。除拜托您这件事外，还想请您给我调查另一个问题。"

"好。是什么问题？"

"我哥哥有个名叫须藤俊吉的朋友，我想他的住所一定在中野区的大和町，门牌是几号，我正托人打听。你调查一下，这个人是否从哪儿知道了这桩案件的秘密。"

"您为什么要提出这个问题？从您清楚地说出他的姓名和您讲话的口气，我想您大概有什么根据了。"

"我只是偶然想起的。"

于是恭子将自己在有乐町和三郎约会之后，在日比谷公园被须藤俊吉拦住，说了一通话的经过告诉了寺崎。当然，她没说出雾岛三郎的名字，而用"有个人"来代替。

"有道理，这家伙可能掌握了什么。但是我去问他，他大概不会说，甚至会逃之夭夭。"

寺崎义男将铅笔和笔记本放在桌上，陷入了沉思。寺崎这么一说，恭子几乎失去信心。她不由得想：这样的问题，私立侦探大概无能为力吧？应该把一切告诉三郎，请他在搜查这桩案件过程中加以调查为好。

雾岛三郎和利根检察官乘刑事部的一辆汽车来到涩谷署的搜查本部。在这个本部承担这起案件调查工作的是从警视厅搜查二课派来的名叫桑原敏的警部。利根检察官向警部介绍道：

"桑原君，这位雾岛君将由公审部调到刑事部本部，负责这起案件。不过，因为交代事务和其他的事，正式调令可能要拖几天才能到。我想让他先了解一下此案件的梗概，因此有劳你再给他介绍一下，好吗？"

利根漫不经心地说。当然桑原警部对他的话是丝毫不会怀疑的。

"那您辛苦了，雾岛先生。不仅这起案件，以后请您多关照。"

寒暄毕，桑原警部摊开黑皮记事本。

"案件发生时间，推测为九月三十日星期一夜晚十点钟左右。发现尸体的时间是翌日——十月一日清晨……"

警部声音响亮，简明扼要地开始介绍。三郎把笔记本放在桌上，全神贯注，唯恐漏听片语只字。但最初介绍的部分，却和利根检察官讲的相差无几。

"当然，最初我们对龙田律师并没有产生什么怀疑，只是觉得从在这座楼里设下一所'妾宅'。从与常磐松本宅之间的距离来说，倒是蛮合适的。我们派一名警官去本宅，是为了了解这个女人的来历、交往关系，以订出其后的搜查方针，这是通常惯例。可是当警官回来告诉我们，龙田在前一天就没回来过时，我们颇觉奇怪，但又简单地认为，他大概还有别的情人，在那里过夜了。就在这时发现了麻药，并且得知在推测的作案时间前后，有人在现场附近见到过他，于是我们一下子就觉得他是大有文章了。"

介绍逐渐进入了核心部分。三郎一口气喝完凉了的茶水，等待警部说下去。

"接着刑事到龙田所在的日本桥的事务所和第二律师会馆去了解情况。事务所方面并未发现什么，据说三十日上下午，因为有审判，他没到事务所去。只是在下午三点左右，给事务所来了一个例行电话，问有没有需联系的事，并告事务员说，他今天有急事，要到别的地方去。到下班时间不必等他，可径自回家。事务员说，这样的事，平时也有，因而并未感到意外，何况龙田律师的声调与平时并无异样。"

"是吗？"

"可是在第二律师会馆却发现了一条重大线索。据说三十日下午四点左右，有一个男人来找龙田，传达室的女事务员告诉他龙田律师不在。那人将一个小纸包交给事务员，要她交给龙田。由于刚刚发生了涉及麻药毒品的杀人案件，所以刑事坚持要事务员打开小纸包。纸包里裹着一个小纸盒，纸盒里装着一个茶色小瓶，和杀人现场所发现的小瓶完全一样……"

"这个瓶子里也装着麻药吗？或者……"

"是的。装着净重 50 克的海洛因。据说现场的那个小瓶，也装着约 50 克的海洛因。精确的数量则是四十七点五克。"

三郎的心，受种强烈的冲击。第二律师会馆在检察厅的斜对面，距离之近，手抛小石块可及。尽管目前还不知道真相如何，但近在咫尺的地方，发生转递甚至贩卖海洛因事件，却远远超乎了人们的想象之外。

"怪不得第二天搜索了住宅呢！"

"是这样的。如果仅在一个地方，尚有可说，但在两个地方都发现了与龙田律师有牵连的海洛因，这就使我们不得不采取强硬手段。不过，在他自己家里和事务所，却未发现麻药。"

警部的语调充满着强烈的自信。他从事这一职业已有大半生，并且认定，对他说来再没有比这更合适的职业了，因而这种自信是自然产生的。三郎不禁感到自己像被警部的这种气势压倒了似的。

"话再说回来。当时刑事将发现的情况，用电话向本部作了报告，并根据这一线索继续调查。恰巧这时，来了个名叫秋山庄治郎的律师，以不要公开他的姓名为条件，愿意向我们谈谈他的看法。据说他和龙田律师不和，因而这时候他的话被认为更具有情报价值。"

三郎从未见过这个律师，就连名字也是初次听到，这不足为奇，因为东京有三个律师会。

"秋山先生认为龙田君参与麻药毒品的交易是不可思议的。他说：'一个律师担任一家公司的顾问，每月就能够得到五万日元，这是一般的报酬，而每个人满可以充当八家公司的顾问，因而收入就很可观了。他可以悠然自得地当一名律师，何必冒那样的风险呢？何况除以上收入外，发生了案件，被人委托辩护时，还可以得到另外的酬金呢？……'但是二课的同事们则说，'以我们的经验，人的欲望是无止境的'。听了这样的话，也真令人嗟叹不已呀！"

话虽有点离题，但三郎很明白桑原警部对秋山律师的那些话，是不以为然的。

"接着，刑事又向秋山了解龙田，诸如和女人的关系呀，常去哪家酒店、饭馆呀等等问题。对于龙田和女人的关系，秋山不甚了解。不过，他知道从前龙田相当轻浮，最近似乎变得老实了。在这方面，因秋山和龙田毕竟不是深交，也只能谈这么一点，在谈到常去的什么店铺时，他说：'噢，曾经意外地在玛利亚酒吧间碰到过他。'因此，我们就叫另一个刑事去这家酒吧间调查。在那里，发现了一条意外的线索。"

桑原警部用粗大的手拿起杯子将茶一饮而尽。

"我们原想从这家酒店找到有关那个被杀女人的一些线费。当然，我们也隐隐约约地觉得恐怕是徒劳的。可是，这家酒店的一个名叫鹿内桂子的女招待告诉我们，在案件刚刚发生后的十月一日凌晨一点左右，她见过龙田律师。"

"是在那家店里吗？或者……"

"那样的女人当中，有不少人很有做买卖的魄力。她们在自己的住所开设家庭酒吧间。店铺关门以后，将客人带回家来。她们不仅经营酒食，而且大都连酒食之后的生意也做。特别是鹿内桂子，作为黑酒吧的经营者，如此风流，对龙田律师这样的人，即使不是她的老主顾，也会是她的相当熟客了。"

桑原警部停了一下，叫旁边的警官倒了一杯茶水拿过来。

"据说，鹿内桂子三十日夜把到店铺喝酒的三轮物产公司推销员中村伸吾和他的客户，神户菊川商事公司职员佐藤猛彦这两个男人，带到赤坂她的住所家庭酒吧去喝酒。就在凌晨快到一点钟时，龙田律师给她来了电话，问她他能否马上到她那里来。"

"什么事？"

"这两个男人笑着问她：'是你的男人吗？不一会儿，龙田律师铁青着脸来了，那两个客人走时正和他擦肩而过。这样，当时就有三个人目击龙田律师，时间是在推测作案时间之后大约三个钟头的时候。"

"那么，龙田对她说了些什么？"

"据她说，龙田律师看样子喝了很多酒，可脸色却发青。无论她说什么，龙田只嗯、嗯地点头。说话之间。他又喝了三杯苏格兰威士忌酒，样子有点令人可怕。突然，他抬头问鹿内桂子，愿意不愿意和他一起去九州或是其他什么地方旅行一个星期。在犯罪者中，意识到自己的罪行，为了减轻内疚，偕同女人逃遁到远方，是不乏其例的。"

"那么，她同意了吗？"

"龙田对她说，他已经准备了一百万日元的现金，作一次旅行是没有问题的。为此鹿内曾动了一下心，但她似乎意识到龙田发生了什么重大问题而予以拒绝了。尽管如此，龙田仍然执拗地继续向她诱说。由于她一直没有答应，在凌晨两点钟稍过，他只好走了。龙田说有一百万日元的现金，大概不是撒谎，因为他从提包里取出一叠纸币，抽出一张新的一万日元放在桌子上。"

桑原警部加强语气说道：

"于是，我们决心在全国指名通缉他。当然刑事也调查了那两个男人。他们所谈的面貌、装束，大致一样。但在细节方面，有些出入，这不足为怪，因考虑到这两人也喝了不少酒。自从报纸报道了这庄案件，有不少人来联系说见过是龙田的人。关于此事，目前还在讨论中，一时还没有找到关键的线索。有关本间春江，现尚未找到线索。尸体解剖的初步报告书，已经提出了……这就是当前搜查的大致情况。关于细节方面，有什么问题，无论多少，我都可一一作回答。另外，您还有什么指示，我将尽力照办……"

"那么，你们调查了三十日龙田律师在律师会馆的活动了吗?"

"什么?"桑原警部惊奇地睁大了眼睛。

"在律师们上下午都参加法庭审判的情况下,中午休息一般都在律师会馆,在那里用餐、会客,和别的律师商讨问题等。如能知道他三十日中午在律师会馆会见了谁,这不就可能找到新线索了吗?"

三郎觉得那个自己曾见过其背影的女人,无论如何是不能白白放过的。当然现在还难以设想,调查她究竟能取得多大的成果。

"知道了。这一点可能疏忽了,我马上调查。"

警部低下头回答道。

第九章 到检察厅去见面

当晚,三郎就开始准备办理移交工作。

检察官的事务移交,就是把文件、记录等交给后任,并加以简单说明即可,所以原则上给一天时间办理。

尤其像这样在同一检察厅内部的调动,接替三郎的检察官可以采取简单的逐步交接法。即先向前任了解必须知道的问题,然后自己一个一个地查证文件记录,再听取前任检察官的说明就可以了。

可是三郎的性格是要一下把事情办得干净利落。第二天即星期六,检察厅决定搜查部的中井数一检察官作为三郎的后任调到公审部来。三郎马上和中井检察官商定在星期一办理移交手续。

他想利用星期六、星期天把过去的工作整理完,消除后顾之忧,以便全神贯注地投入新的工作。

这两天,案件的搜查毫无进展。即使暂时还查不出其他的嫌疑犯,警方仍在不厌其烦地扎扎实实继续调查本间春江的身份、经历,想从此摸到麻药来源的某些线索。

从本周开始,三郎在三楼有了一间办公室。充当秘书的检察事务官是一个四十五岁名叫北原大八的人。

这个事务官给三郎的第一个印象并不大好。他红红的脸膛,像是一个酒鬼,面部缺乏表情,使人觉得他似乎有什么与众不同的怪癖。那些上年纪的事务官,对待年轻的检察官,往往采取好像小姑子对待弟媳的态度,至于这个北原大八对自己如何,那只有让时间去作解答了。

幸好,星期一上午的开庭,仅宣布几件判决,检察官只是坐着,不必动嘴,所以即使毫不了解过去审理情况的中井检察官,也满可以充当这个角色。

审判结束后,中井检察官来到三郎办公室,开始办理接替工作。十一点二十分,恭子给三郎来了电话。

"检察官先生,有一个姓龙田的女士给您来电话了。"北原大八说着,把话筒交给三郎。三郎不禁一愣。

"我是雾岛,有何贵干?"

在事务官和坐在那里的中井检察官面前,三郎尽量压低声音,郑重地问道。这使恭子立刻明白怎么回事了。

"我是律师龙田慎作的女儿龙田恭子。我了解到有关此案中本间春江之死的新的重大情况,想去告诉您,不知您现在方便吗?"

尽管语调是悲痛的,但使人感到声音还是有几分力量的。

"是吗……"

三郎一时犹豫,不知如何回答才好。

星期六自己在电话中告诉她,今天正式转到这里来。当时恭子告诉了他有关寺崎义男以及她接受寺崎的建议,委托他调查的事。但三郎对寺崎并不抱多大希望。

本间春江这个女人,是否是龙田律师过去所处理的麻药案件中的有关人员之一的这种可能性的确还不能排除。但是寺崎义男大概还未看到这个女人的遗体照片,并且过去也未必见过她吧。如果说他能在这方面搞出名堂来,可算得是一个奇迹了。何况,三郎根本就不相信,这样的私立侦探的新手,能够发现新的情况。

"我今天因要办理事务移交,十分忙。您的事很紧急吗?"

中井检察官好奇地望着这边,使三郎颇不自在,他停了一会儿,这样问道。

"是的,我想尽早告诉您。"

"知道了。那么,今天下午三点,在我们这里的检察厅刑事部本部等我。"

"好,我一定去。"

恭子放心地说了一声,放下电话。

"是知情人提出要来检察厅说明情况吧?"

中井比三郎早三年从研究所出来,是一名富有经验的检察官。他大概不知内情而漫不经心地说的这句话,却使三郎吃了一惊。

"是呀,本来去搜查本部更合适些。可是女人的想法往往是奇怪的,而且一旦钻进牛角尖,就再不管前顾后了。"

三郎点上一支香烟,慢吞吞地回答。可是心中的不安,却有增无减。

自己也是迫不及待地想见到恭子呀!只是还能意识到自己是一名检察官,所以全力投入工作之中,以此抵消渴望会面的心情。但恭子毕竟是一个女人,大概无法忍耐这种离别之苦,因而马上利用这个机会。可是这样的机会,两人曾约定不可随便滥用的呀。

"到检察厅去见面……"

高年级同学用粗憨的嗓子哼出的"替歌"① 声，又在三郎耳边响起。自从有乐町那次愉快约会以来，仅仅一个星期，就发生了这么多意外的事情……

"雾岛，赶快交待移交工作呀！"

中井检察官催促三郎。三郎彷佛从沉思中惊醒，赶快摊开文件，继续说明工作情况。

移交工作持续到下午。

两点四十分，走廊里的传达员告诉三郎说，龙田恭子已经来了。

"请告诉她在候客室等我。"

三郎说着仍继续工作，可是眼前却浮现出候客室那令人沮丧的景象。当然，在这里等待与刑事部检察官们见面的人，未必都是同罪犯有关的人，但在此时的恭子看来，她周围会都是这样的人吧？因而对于刚强好胜的恭子来说，此时大概会有一种难以忍受的屈辱感在她心中翻腾着。

虽然这样想，可现在的三郎也无可奈何，三点稍过，在基本上结束了移交工作后，中井检察官走出去时，三郎才下决心，把恭子叫进来。

恭子脸色憔悴。她进入房间见到三郎时，那湿漉漉的眼睛，一下放出热切的光亮，随即低下头来。

"我是龙田恭子。"

"我是雾岛，请坐。"

在向检察事务官作寒暄毕，恭子坐在三郎前面的椅子上，接着又用那热切时眼光，悄悄地望了三郎一眼。

"在那个……关于名叫本间春江的女人的被杀案件中……父

---

① 替歌：另填新歌词的歌。——译者注

亲好像被作为重大的嫌疑犯……可是我仍相信父亲是无辜的……"

"我理解家属的心情。可是警方大概是基于坚强的信念，才采取全国指名通缉这样的强硬手段。因为我今天才正式调到这里来，案件详细内容，还不十分了解。"

三郎说着扫了一眼坐在旁边的北原大八。他正无所用心地在纸上涂写着什么，以此消闲。

"那么，您真的不大知道本间春江这个人的情况吗？"

"是的。"

"可是我了解到本间春江的一些情况……至少是名叫本间春江的人……当然自前还不能判定这个人就是那个被杀的女人……"

"您根据什么？"

"大约一年以前，在我们事务所工作的寺崎义男来找我……他说他记得听说过这个名字。之后他经过多方调查得知，在一九六一年秋发生的麻药案件有关人中，就有这个名字。该案件主犯是一个名叫浅川清吉的流氓。他被判五年徒刑，好像现在还蹲在监狱里。当时来委托为浅川清吉辩护时就是叫这个名字的女人。"

"是吗？有这样的事？"

三郎回答着，脑子里盘算着今后的搜查方针。

这么说，寺崎义男的想法果真没错。这个女人大概是主犯的情妇。但是只要卷进这样的事件，哪怕贩卖一点点麻药，也要关监狱的。当时这个女人没有被关起来，因而她也未必深知浅川一伙的勾当。不过，她既然是这个主犯的情妇，那么在以前的该案件中，至少要有两三次作为知情人而受到警方调查吧？如果是这样，让警方查一下当时的案件记录，或许能得知这个女人的原籍和当时住址等情况。然后以此为基点，再作专门的调查，就有可能解开这个女人的过去之谜，抓到有关在现场和律师会馆传达室两处发现麻药来源的某些线索。当然，当时的案件已审理完毕，其审判记录应该还保存着。不过，现在自己去查找这些记录，反不如委托警方去查找为好。三郎当即做出这样的决定。

"据说当时这个女人是新宿一家叫'相爱'酒吧间的聘用老板娘。寺崎说，他想起有两三次我父亲不在的时候她来过事务所。所以他说要看到被害者的照片，大抵能够辨认出来。"

"是吗？那么，这个寺崎先生什么时候到过您那里？"

"第一次是在星期五。以上有关这个女人的话，是他刚打电话告诉我的。"

"是您先谈到这个女人的吧？当时寺崎先生记起她了没有？"

"好像当时的记录本和别的东西一起放在他的高崎老家。他说，第二天去取时，才想起她来。"

"那么请您转告寺崎先生，请他明天到搜查本部去一下，我会预先通知涩谷署的。如果我们能弄清这个女人的过去情况，对于侦破本案是会很有帮助的。"

"我回去就通知他。另外我还想告诉您一件事……如果有人竟能事先知道这桩案件将要发生，检察官先生，您不觉得奇怪吗？"

"是谁？究竟怎么回事？"

"是我哥哥的朋友名叫须藤俊吉。上星期一中午，我在一个地方吃午饭时，偶然见到他。饭后他追着我说了许多不堪入耳的话。说什么我虽然和某某订了婚，但不要很久一定会破裂云云。他如此地用恶言污辱我。"

"这家伙大概是个偏执狂者吧。尽管他说这些话，也不能说他事先就预测到这起杀人案件吧?"

"可总是很奇怪的。昨晚和哥哥谈话,他大概是酒后失言,当说出这个人的名字时,突然冒出这么一句话:'那家伙是麻药中毒患者……'是否须藤由于麻药而和本间春江有什么瓜葛?"

"嗯……"

三郎第一次听到这样的话。

"据说全国麻药中毒患者大约近三万人,这个数字是否准确,谁也不敢保证。须藤俊吉是一个有钱人家的纨袴子弟,过腻了放纵无羁的生活而开始品尝上了麻药的味道,于是渐渐地滑进这个泥坑,这是不足为奇的。但是,搞到麻药的渠道是很多的,就连外行人也能想象得出……"

"检察官先生……"

"什么?"

"我肚子有点疼,去趟厕所就回来,请允许我退席一会儿。"

没等三郎答应,北原事务官就站起来,两手捂着肚子,走出办公室。

"你……"

"恭子……"

没想到,突然办公室里仅剩下他们俩了。刹那间三郎感到茫然不知所措。这时恭子眼睛里忽然闪出热烈的光,从桌子那一头向三郎伸过手来。

"在这里不行。"

"可是,那个人大概看出我们的关系。他是为了周全我们才离开这个房间的吧?"

"在这里,不能这么想。"

三郎狠了狠心,叉着手腕。恭子只好叹了口气,缩回了手。

"我是想见到你才来的呀……可是刚才在那样的候客室里,

我真想哭。"

"但是我们现在的处境,只能使我非这样做不可呀!我也很难受,可是今后只有我传呼你的时候你再来……这以后较长的一段时间里,除了奋战到底,我别无他路可走了。"

"我也在独自一人奋斗了呢……不过,现在这情报,对你可能有所帮助吧。"

"寺崎义男的话不错。然而须藤俊吉果真是如你所说的那种人吗?虽然我不知道他向你求过婚,也不知道对你说过那样刺耳的话,可是迄今我对他这条线,仍不抱什么希望。"

"但是哥哥和他好像常去'相爱'酒吧。虽然现在情况可能有所不同,要是过去本间春江是那里聘用的老板娘,他们之间可能存在着什么关系吧?"

"嗯……"

最近由于加强取缔措施,麻药毒品的黑交易变得更加巧妙、隐晦,连过去一度称作麻药街的街上,光天化日下半公开出售毒品的现象也已不复存在。一个贩卖麻药的人,一般都拥有几个固定的吸毒顾客。贩卖麻药的人先通过电话接受订货,然后发货,或者在特定的酒吧间或吃茶店进行买卖。这样的事,三郎只能从有关麻药案件的文件中得知。的确很难说"相爱"酒吧是不是这种类型的酒吧间。

"你把这个拿着。"

恭子从小提包里拿出一个白信封放在桌子上。若是有事务官在场的话,她真不知如何才能把东西交给三郎。

"这是?"

"钱……我的存款已取出来了。这里装着十万日元。"

"钱,我不能要。"

"我是你的妻子呀!"

恭子像是憋了一口气似地大声叫道。致使三郎为之一惊，生怕这声音传到走廊里。恭子看到三郎吃惊的神情，才放低声音。

"父亲为了让我在结婚时买一些自己喜欢的东西，就以我的名义存了五十元的定期，刚好现在到期，我想把它全部花掉。"

"……"

"譬如你到那个'相爱'酒吧间去调查，或以客人的身份去'玛利亚'喝酒，也许能找到什么线索……那么，这些开销检察厅是不会报销的吧？再说，你的薪金也……我的这些钱，你用在这些方面是很有意义的。这比起增添西服以及其他衣物……怎么样？这是我的要求。"

仅仅是这么一个星期，恭子的变化使三郎大为惊异。三郎曾经担心她经受不了这么大的打击而身体垮下去，甚至因此而发疯。可是现在看来，她不仅已经经受住了这种打击，而且决心自己站立起来。

"你赶快把这钱收起来吧！不然，那个事务官回来，你还要刮肚搜肠地想出一套解释词来。"

三郎只好一边看着恭子的眼睛，一边把信封放进衣兜里。

"谢谢……你如果给我出力，我就没有什么可担心的了。"

恭子垂下眼睛，仿佛自言自语地说道。

这时门开了，北原大八走了进来。如果是去厕所，时间未免长了些，但三郎没有说话。

"检察官先生，失礼了。"

北原大八说着，坐到自己椅子上，闭上眼睛打起盹来。

"您的话我明白了。我会和搜查本部联系的。您还有什么要说的吗？"

虽然检察官善于变换自己的表情，但在这刹那间，由情侣迅速摇身一变为检察官，对三郎来说，确也并非易事。

"是的。"

恭子大概是竭力使自己能应答上三郎的话，肩头竟微微颤抖起不。

"有一位和父亲亲如兄弟的名叫早濑昇的先生……现在去九州了。向他打听一下，也许能了解到有关父亲的某些秘密吧！"

第十章　检察官和私立侦探

在从检察厅回家的车上以及到家之后，恭子万分伤心。本想只要能见三郎一面，直接听到他的声音，哪怕只有十分钟、二十分钟，或许也能解除渴望他的心情，然而事实并非如此。就像在大沙漠中走路的人，区区怀水，怎能解除干渴！

六点半左右，寺崎义男来了，恭子感到像是得救了似的。"我委托他的事，可能没指望。"她虽然这样想着，心里却还是隐隐约约有一线希望：或许他已找到什么新的线索了吧？

走进会客厅，寺崎义男立刻从椅子上起来，谦恭地低下头。

"我刚从搜查本部回来，怕小姐不放心，径自汇报一下"

"您辛苦了，有何情况？"

"那么……失礼了。"

义男又坐到椅子上，翻开笔记本。

"无论死者生前是多么漂亮的美人，但看她的尸体照片，心情总会不大好的……尽管，预料到了这一点，可当看到照片时也还是不禁令人感到恶心。"

"实在对不起，让您办这样的事。那么果真是她吗？"

"是她。当然也不能就肯定百分之百是她。因为这毕竟是很久以前的事，而且当时她也只是间断地来过几次……"

"是吗？那么警方打算如何处理呢……"

"他们说检察厅刚通知他们。由于我的辨认，他们的信心更足了。他们将马上去检察本厅去查看以前案件保存下来的记录。大概不久就能了解到一些这个女人的情况。为此，他们十分兴奋……"

"是吗？"

恭子无力地说了一声。如果自己只把搜查局限在调查犯罪这方面，那么，每得一条重要线索，在某种意义上来说，岂不意味着把自己的脖子又卡紧了一下吗？

"警察方面只了解到这个程度。他们希望我在今后的搜查方面协助他们，我答应尽力而为……在那个地方，警察官是决不会亮底的。当然，他们要从我这里捞到什么是徒劳的。"

"当然，这是不言而喻的……"

"此外，关于您委托的第二件事，即调查须藤俊吉，他已不住在过去的住宅大和町了，那处房子已经拆掉，现正修建公寓楼。据说他现住信浓町附近一座叫藤花庄的公寓楼办公室里。说是办公室，其实是一幢二层楼房，比租来的房子高级得多。原来作为管理员住在这里的是一个名叫三桥由子，曾在酒吧间干过的女人。在本宅①拆除之前，这里好像是作为妾宅的，两人之间有两性关系是毫无疑义的。人们常常听到须藤深夜很晚回来时，两人大声吵闹，看来他好像在别的地方还有一两个情人。"

恭子情不自禁地叹了一口气。这个男人不管过着什么样的

---

① 本宅：平时居住的住宅。这里指须藤在大和町的原住宅，与下文"妾宅"相对而言。——译者注

荒唐生活，都与自己毫无关系。不过一想到这样乱搞男女关系的男人，曾经一度竟向自己求婚时，就感到无比气恼。

"据说这个人是麻药中毒患者，这方面您了解了吗？"

"呀……这样的细节方面，这么短的时间无法调查清楚。如果您一定想搞清，有个办法，那就是让我在那幢楼租下一个房间，住进去。"

寺峙义男好象具有与其外表不相称的执拗性格。但是继续更深入地调查须藤俊吉这条线有否必要，黎子现在还拿不定主意。这以前，自己认为在麻药毒品交易里，须藤俊吉可能与本间春江有着某种关系，但三郎对这种想法很是不以为然，使恭子有些泄气。

"是呀，此事委托你这样干是否妥当，还得让我考虑一下。除此之外您还有什么好主意？"

"小姐，也许您认为这是故弄玄虚的想法：让我们再研究一下先生目前处理的刑事案件，怎么样？"

"为什么？"

"过去我在先生事务所工作过，知道有人骂先生是'缺德律师'，但也有人称赞他好像是神的使者，这是事实，不足为奇。无论如何律师这一职业是具有这两重性格的，只不过这两重性格在先生身上表现得比他人更为突出罢了。先生不断受理那些一般律师所嫌恶的案件，而且，对有些不能牟利的案件，却自己掏腰包垫钱为之卖力。所以在受理那些例如冤案时，有人就说他沽名钓誉。可是在我看来，先生在能赚钱的案件中，拼命赚钱，然后又把这些钱全都用在另外一些案件上，这不过是律师的一个使命。"

"我也认为是这样的。可是您的这些话和刚才所说的有何关系呢？"

"小姐,我已经离开事务所好久了,不了解先生目前处理的案件。但我知道,如果面对一起特别案件,先生可能会采取一般律师所想象不到的办法进行调查。如果该案件又恰恰和麻药纠缠在一起,使得有人对先生的行动感到惊恐不安,于是断然杀死先生,又制造出让人以为先生是杀人犯的假象来。您以为如何?"

恭子此时"啊"地叫了一声。这是自己过去一度想过的,哥哥和姑姑也说过类似的话,只不过谁都不接受这种想法。其后的事态,却朝着这种想法的相反方向发展。就在此时,出现了恰似自己代言人的寺崎,这对自己是很大的鼓励。如果这一想法正确,那么父亲可以说是正义的牺牲者,诚然他死得很惨,但却可以洗清其罪犯的污名。

现在寺崎义男在恭子眼里一下成为可以信赖的人了。哥哥靠不住,三郎和自己又被隔离开来,此时,只能完全依靠这个人了。

"这么吧,寺崎先生,请您明天或什么时候去事务所给我查看一下案件的文件,好吗?"

"知道了。我对审判的文件是十分熟悉的……另外,我还想请问一件事,和小姐订婚的先生是东京地方检察厅的雾岛检察官吗?"

恭子吃了一惊,他甚至连这方面也了解到了。

"是的……您是怎么知道的?"

"大约在二十天前,我因事去日本桥,与先生邂逅,站着说了一会儿话。我向他问起了小姐,他这样告诉我的……"

义男说完,未等恭子说什么,就又迫切地要求:

"小姐,请您给我看看雾岛先生的照片好吗?如果能送我一张,那更好……"

"您为什么需要这个？"

"我想在调查本案件时，一定会在什么地方见到检察官先生的。如果我能事先知道他什么模样，这不是很好吗？"

当天晚上八点钟已过，三郎独自到新宿的"相爱"饮酒。

当然，他不会暴露自己的检察官身份，只想作为一名普通顾客到那里喝几杯，看看能否搞到什么情况。

恭子走后，他立即用电话将谈话内容告诉了搜查本部，并且了解了一下"相爱"店的情况。

据报告，该店经营者是神户的一个香具师①沟口派的一个头头小林准一的姘妇友永寄子。本间春江过去曾是否在该酒吧间工作过，现在还不能马上弄清，本部将让刑事去调查。接着，三郎在电话里与桑原警部进行了如下对话。

"这个香具师是暴力集团的一派吗？"

"香具师中似乎有搞暴力的，也有比较老实的。据我所知，沟口一伙过去在神户、东京发生的暴力事件中，还没有干过什么特别大的越轨事件。他们经营的店铺，在市内为数不少，他们都有正式许可证。只要进行认真营业，警察对他们也奈何不得。"

"不是所谓的暴力酒吧间吗？"

"最近不讲'暴力酒吧间'了，而说'拉人酒吧间'。不过没听说过该店是属于这种类型的。"

"看情况我想今晚一个人到那个店看看，也许是徒劳的，不过说不定也能发现刑事们以正攻法②而抓不到的某些线索呢。大概不会有什么危险吧？"

---

① 香具师：走江湖的商人。——译者注

② 正攻法：正面调查的方法。——译者注

"那么，您辛苦了。酒吧间也因种类不同而有不同做法。不过'拉人酒吧间'对那些自己跑进来的顾客，要价一般不会高得令人吃惊，大概是为了希望客人再来一次吧。而钱被搜括得一文不剩，跑到我们警察这里诉苦的，几乎全都是喝到深夜，不容分说被拉进去的男人。总之，您要有什么事，赶快和附近的警察联系。"

大概桑原警部把三郎看作一个还年轻，不知世故的检察官，而郑重其事地叮嘱他……。

三郎一口气喝干威士忌苏打水，环视一下这间店铺。

总的感觉这是一个中等水平的酒吧间。虽然是香具师的女人开设的，可是女招待们看起来老实、漂亮。也许时间还早，一点也觉不出那种暴力酒吧间的气氛。

"喂，您在想什么呀？"

一个叫笑子的女招待走过来，摇着三郎的肩膀问道。

"正想失恋的人儿。"

在这样的地方，这种场合，无法讲实话。可是突然从三郎口里迸出这样的话，一定是由于恭子一刻也没有离开他心里的缘故。

"哟，像您这样的男子汉，也有失恋的事？要是您把她甩了，我理解。可要是说有女人把您甩了，我可不会相信哩！"

"可是，事实就这样，那又有什么办法呢？"

"那么，对方是一个什么样的人？"

"是一个绝代佳人啰！像电影明星黛伊托丽丝那样漂亮……只是很遗憾，她有孙子了。"

笑子忍不住噗哧笑出了声。

"好呀，您说的真相，差一点我信以为真了。"

"我说的可是真话。好像谁说过，恋爱不在年龄的话呢。"

三郎笑着，又扫了周围一眼。这时，有两个穿着皱皱巴巴的雨衣，其貌不扬的人，一块儿跨进店来。这两个人不喝酒，找了一个男招待，在对面角落里，悄悄地说些什么话。三郎直感，这两人恐怕是搜查本部派来的刑事。

当然，彼此不相识，自己即便坐在这里也无所谓，为了松口气，三郎站起身来，又要了一杯威士忌苏打水后，进了厕所。

从厕所出来，走到盥洗室时，一个对着镜子洗手的人，头也不回地喊了一声"检察官"。

"您是？"

虽然外表和刚才的那两人不同，大概也是刑事吧？三郎这样想着，小声地问道。可是这个人仍然对着镜子站着。

"我叫寺崎义男，刚从龙田先生的住宅见了龙田小姐来这里的。因为请小姐给我看了照片才认识您。我想和您谈谈。"

寺崎小声而很快地说着。

"知道了。那么这里不大方便吧？"

"当然。我们两人分别离开这里，到与这里隔两家店铺的一个叫'真珠'的吃茶店二楼见面，怎么样？"

"可以。"

三郎在寺崎之后洗了手，回到自己原来的座位。虽是意外的初次相遇，但想起恭子刚才的话，三郎相信了他。

那两人依然继续向那个男招待说着什么，但三郎决定不管他们。即便这个酒吧间隐藏着有关麻药或者什么其他秘密，一个晚上也摸不清，三郎决定今天作为试探性的观察就到此结束，日后再来。

按照约定，三郎到了吃茶店二楼等了二十分钟左右，寺崎义男来了。他们重新作了初次见面寒暄后，寺崎义男带着几分羞涩的表情说：

"我预料定会在这个酒吧间一带和检察官先生相遇的，可是没想到会这么快。"

"我也以为我们总会在搜查本部或检察厅见面的。您为什么要把我从那里叫出来呢？"

"是的，要是一般情况，这也许是失礼的行为，可是一想到……在谈到本题之前，让我首先说明一下我的立场。"

他说着，就将自从初次访问恭子直到如今的事告诉了三郎。

夜里又喝了些酒，三郎觉得仿佛是在检察厅里听着他说。今晚三郎听着寺崎叙述向恭子讲的话，虽然觉得不无道理，但自己并不全都赞同他的看法。

"事情就是这样。我以我的方式，为解决此案尽最大努力。当然，我决不和组织庞大的警察较量，只要觉得起到一些作用，就无限荣幸了。"

"感谢您的努力。今天您告诉我的情报，即使是搜查本部也会说是很难得呀。"

"可是检察官先生，由于我以这种立场活动，不仅在正式方面，是否在非正式方面也能担任一个什么角色呢？"

"您说的是什么意思？"

三郎故意冷冷地反问道。

"就是……检察官先生和小姐大概在一段较长时间里不能公开见面吧？如果您两位分别都为尽快解决此案而努力的话，总得想办法沟通双方的想法，我愿在这方面尽我微薄力量，起一名联络员的作用。"

寺崎低着头却翻着眼睛看着三郎这样说道。这使三郎暗中叫苦不迭。

恭子渴望别人帮助的心情，自己是很理解的。

就在此时，出现寺崎义男这样热心、这么机灵的家伙，她有无可能糊里糊涂地将自己的秘密泄露出去呢？要知道，他和恭子现在的微妙关系，是决不能让第三者发觉的呀。于是三郎决定即便恭子因此而产生误解，此时也要下狠心把寺崎这个建议顶回去。

"您是不是误会了？不错，我和恭子订了婚，这是事实。但是，自从发生这起案件，我从公审部调到刑事部承担本案以来，就将婚约之事暂时搁在一旁了。当然，我不采取马上解除婚约的强硬态度，但随时间的推移，解除婚约的可能性，自然还是充分存在着的。"

"检察官先生，我理解您这样讲的心情。"

"请您听我说完把！的确，今天我也见到了恭子，但这不是未婚夫妻的见面，而是我以检察官的身份见知情人的。你们如何研究本案件，抱什么见解，与我无关。我只是通过正式搜查机关，采取正攻法。而且，据迄今所获情报，进行冷静分析，我不得不认为龙田律师就是罪犯。"

虽然三郎觉得这种过火的说法颇为危险，但作为一名检察官，也不得不然。

第十一章 一只夜蝴蝶

将近十点钟，寺崎义男打电话告诉恭子，说有重要事情赶来告诉跑，恭子为之一惊。她心急如火，迫切希望先在电话里得知事情的梗概，但寺崎说此事在电话里不便讲。从声调可以听出他要告诉的事情不会是什么好消息，但恭子仍然希望尽早听到。

不到二十分钟，寺崎义男就赶来了。他一走进客厅就带着几分犹豫的口吻说："我刚刚在新宿'相爱'酒吧间见到雾岛检察官先生，后来，我们又到另一家沏茶店，谈了很多。"

"是吗？你们谈了些什么？"

"小姐，我这种毛遂自荐的做法，可能显得过于热情了吧？您如果批评我超越了受委托的调查范围，那也没办法。事情是这样的：刚才我想起小姐那么悲伤的样子，忍不住对雾岛检察官讲，我愿意做你们之间的桥梁，充当为你俩通风报信的联络员的角色。可是却被他正言厉色地拒绝了，他说多此一举云云。"

义男苦笑着，但恭子只是保持沉默。

"当然，我被他拒绝而丢脸，这没什么。况且这是你们之间的个人私事，我也没有理由说三道四。可是恕我直言，我看得出来，这位检察官可以说绝对相信您的父亲是杀人犯的。"

恭子身体颤动，甚至自己感到在桌子下的两腿膝关节嘎巴嘎巴作响。

"过去先生对我的评价是：'你在法律上看来是无法造就了，但颇有察言观色、洞悉其心的才能。'尤其这一年来，在从事这种职业的工作中，我也感到这种能力得到了进一步地锻炼。因此，在方才那种情况下，检察官先生是出于职务上的考虑，故意耍花招愚弄人呢？还是出于本心说出以上的话，我是不会判断错的……"

"如果说雾岛的确从心里相信我父亲犯了罪，那是不是说搜查本部已掌握了我们所不知道的什么重大线索了呢？……"

"这是很有可能的。在这种情况下，检察官先生即便对自己的未婚妻，大概也下定决心不泄露这个秘密吧！"

对于这种可以想象到的事，恭子除了叹息外，还有什么办法呢？接着义男将在'相爱'酒吧间和三郎相遇以及其后谈话的详细内容告诉了恭子。可是恭子头脑发胀，竟连一半也没有理解。

"小姐，我也为此感到生气。私立侦探的力量比不上有组织的警察和检察厅，这是不言而喻的。但是由于这桩案件和麻药等纠缠在一起，我觉得像是在哪儿有个缝隙，只要一下发现这个缝隙，就能出乎意料地弄清案件的真相。而在寻找这个缝隙时，不能断言个人力量就比不上警察。"

"譬如说在哪些方面？"

"譬如'相爱'酒吧间的事。今天我们去那个酒吧间时，那里也来了两个刑事。他们摊开警察调查本，吓唬被调查的人。的确，他们这样也能了解到一些东西，但是能否搞到并非一般的情报，那就难说了？"

"您是说您将帮我深入调查'相爱'酒吧间的事吗？"

"是的。因为检察官先生决不能像一个老主顾似的天天往'相爱'跑，或者打进香具师的伙伴中去，干那样有损自己名誉的事。而警察如果没有相当的把握，是不能一味追寻下去的。今天我去那里给我留下的印象是，那里似乎有些什么秘密。今后如果我坚持到那里转几天，是一定能有所收获的。"

寺崎义男热烈地谈论着。恭子没想到此人如此执拗。此刻她觉得自己逐渐地被他的计划打动了。

"幸运的是我们所长同意了我的看法。他说：'你遇上有关恩人的案件，这大概是命运的安排吧。'并勉励我道：'为了将来，你应该把它作为学习机会，深造自己呀。'我原想即使辞去工作也要……，经所长这样激励，心里踏实，毫无顾虑了。"

恭子听到寺崎义男又说了一遍同早上一样的话，但这次的感受却大不一样。她用手帕掩住脸说道：

"那就拜托您了。雾岛是检察官，而我哥哥是靠不住的，所以只能依靠您了……至于费用方面，即使卖掉股票，也要……"

"费用算不了什么。如果小姐亲自出马有助于解决案件时，怎么样那时小姐肯亲自出马吗？"

"只要力所能及我都肯干。可是我应该干些什么好呢？"

"首先，明天您能和我一起去见银座'玛利亚'的女招待鹿内桂子吗？她是先生最后见面的那个女人。我们两人去向她了解……如果进行得顺利，可能从她那里打听到重要的情报，这一点我已预感到了。"

"可是，那个女人在警察方面……"

"警察和我们的调查方法不一样。如果小姐动以女人之情……当然，我有作战计划。"寺崎义男自我陶醉似地说。

就在这同时,雾岛三郎来到"玛利亚"酒吧间。

虽然他对"相爱"酒吧还有依依不舍的心情,可是自从那次中途让寺崎叫了出来以后,就不能再去了。雾岛三郎想,索性换个地方,找一下"玛利亚"店的鹿内桂子。

他听了桑原警部的介绍之后,凭直觉感到这个女人身上大有文章。譬如和龙田律师的关系方面就是一例。而且仅靠警察采取一般的调查,有关她的秘密,大概也是难以解开的。

当然,现在他命令警察去调查很容易,并且必要时,自己也可直接参加。但是他想作为一个普通顾客到这个店去猎取有助于侦破此案的一些第一手材料,这甚至可以看作是要谋取得头奖彩票似的一种不正当的手段。

然而,三郎本能上想看到这个女人的另一方面,而这另一方面,她是不可能在警察面前和检察厅表现出来的。如能了解到这另一方面,那将一定会为查明事件真相起作用的。虽然说不出更多道理,三郎却是这样确信不疑。

店里气氛大非"相爱"可比。大概因时间已很晚,屋里烟雾弥漫,到处飘荡着女人身上蜜一般的气味。

"叫桂子的招待在吗?"

三郎用湿手巾擦着手问道。不一会儿,一个穿着天蓝色背后开襟的西服的女人,微笑中带有一丝疑惑的表情,走近桌旁。虽然在这样的地方,很难准确判断女人的年龄,但三郎猜测她大约有二十二、三岁。

她个子高大,容貌端庄。如果白天看她,不知怎样,反正在晚上的这种光线下,她给人以艳丽的印象。

"是桂子小姐吗?"

"是的。"

"我是神户佐藤猛彦君的朋友。在神户他对我谈起了你,因此,我很想见你一面,就来了。"

"是吗……"

刚才对三郎的警惕神情,看来一下消失了。她满面笑容地坐到三郎旁边。

"上一次实在对不起佐藤先生,虽然不是出于我的原因。他生气了没有呀?"

"这样说吧,他不会在我面前表扬你的。非但如此,他还紧咬牙根说,下次到东京,无论如何……我是想先下手为强而来的。"

"那我感到无上光荣了……您要喝点什么?酒来了咱们再慢慢谈吧。"

"威士忌苏打、葡萄酒和红伏特加。"

在这种时候是不能要那些平常喝惯的便宜酒了。要从这个女人口里,自然地套出有关的话,还是打出佐藤猛彦的名字为好。这虽是自己的"作战计划",可也没想到撒起谎来却如此顺畅。

虽然如此,作为一名检察官,他不禁想起在研究所里学过的旧大审院①的一个案例。讲的是一个女人说自己受了一个男人的欺骗,控诉那个男人不履行契约。当时的判决书,现在只能作为教材的历史资料了。其内容是:

"男女之间情痴之语,常有夸张之意、虚假之情,故缺少契约的基本要素。"

尽管现在他和这个女人还没达到"情痴之语"的程度,但

---

① 大审院:明治时代,明治宪法颁布后的日本最高司法裁判所(最高法院)——译者注

也是在饭桌上和她谈话呀。凭自己的身份，即便撒谎，也不会构成犯罪的，三郎这样想着。一会儿他又觉得自己是多么奇怪，无论到什么地方，总是以检察官那种思考方式来想问题，他情不自禁地笑了起来。这大概是自己从这起案件发生以来第一次这样笑呢！

"您笑什么？"

"我想佐藤君这时在神户大概要打一个大喷嚏的。"

总算使对方觉得话很投机，三郎想着，取出一支香烟，让桂子点上了火。

"尽管那样你还是运气好呢！要是带你到九州或是什么地方强迫你一起自杀，你或许要被拖上阿苏山的火山口哩！"

三郎又挑逗鹿内桂子说话。

"是呀……不过这样的事，大概不会发生。可是如果在什么奇妙的地点被抓住，照片登在报纸上，并受警察这样那样地审问，大名旅行就要变成幻灭旅行了。幸好我因有所预料而拒绝了他，才逃过这一劫难。"

桂子象吐苦水似地答道。大概她对于像这样的客人提出这样的话题，感到无可奈何。看样子，这件事她是极不愿意谈的。

"您也是搞贸易的吧？"

"嗯……你说的不错。不过我想当一个作家，在这方面也下了相当的功夫。"

万一谈贸易方面的事，对不上话题怎么办？为了应付万一出现的尴尬场面，三郎预先安下一条伏线。

"是吗？您还很年轻，想当作家，还是有机会的呀。那么您叫什么名字？"

"本名？还是未来的笔名？"

问到自己名字，这是自然的。可是糟得很，自己竟忘记事先想个假名。不过此时稍作停顿,也不会引起对方怀疑的。

"什么都可以。要是告诉我笔名,说不定在新闻广告中还能见到呢。"

不要说编造两个假名了,即使一下想出一个假名也不是容易的呀!三郎稍感紧张。

"本名是利根健策,笔名是雾岛三郎……"

所以接连说出两个真名来,大概是由于有了几分醉意,一时冲动的缘故吧。

"呀,好名字!用了河流和山岳的名字①。你自己起的笔名真好听。"

桂子带有欣赏的语气说。

虽然在店里未再进一步谈到那件事,但三郎认为已经取得初步成功,因为桂子约他关店以后到她宿舍去。到那里不必再顾忌周围的情况,只是两个人,而且自己一个未来小说家的口气继续和她聊下去,也许能从她口里套出些什么。

这是一幢高级公寓楼,她住的是三间一套的单元,其中把仅有六叠宽②的西式房间临时改作酒吧间,所以只能勉强坐下三个人。

"是这样的房子呀?怪不得上次那个杀人犯闯进来时,佐藤君不得不溜走呢。那么,他坐在哪把椅子上了呢?"

"那把椅子。您要喝些什么?"

"喝杯掺苏打水的威士忌吧。"

三郎说着,朝她指的那把椅子坐下。

---

① 日本有一座叫利根川的河流,有一座叫雾岛山的山。——译者注
② 叠:日本房内铺的席子。六叠宽指房间有六块席子宽。——译者注

"但是我理解那位律师先生的心情呀！人到那样的时刻，大概渴望能看一眼自己最爱的人，如母亲呀、儿女呀或者妻子。——你，这么一个漂亮的人儿，他着实是迷上你了。"

"嗯，为什么？他大概对只要是认识的女人，无论哪个，都好吧？"

桂子将倒有威士忌的杯子和小菜盘摆到桌子上。

"警察尽问那些令人讨厌的话，……说什么我和他的关系一定很深呀什么的。唉，真作践我呀。其实，我和他并不是那么回事。当然，他或许喜欢我，而我却仅仅把他当作一个普通客人"。

"真的？我可不相信。"

"您，吃醋了？也许这是作家的脾气吧？"

桂子往自己杯里倒了葡萄酒后，坐到三郎旁边。

"来，别说那些令人沮丧的话，咱们快快活活地喝吧！"

"可我是因对这件事感兴趣才来的。真奇怪，我一踏进这个房，就有种异样的感觉，一定是他的幽灵还没有离开这房间吧？"

"别说得那么可怕啦！您这样一说，我可不敢一个人睡了。"

因为独自跟她来到这里，大概她相信三郎对她有意，就借机有意地表示一下：她也干娼妓的勾当。

"要是能够实实在在地了解到，一个人杀死人之后，心理状态究竟怎样，也许可以写出一部了不起的杰作哩！"

三郎好像没有感觉到她那微妙的诱惑似的用自言自语地口气说。

"我真佩服您，您一定能成为大作家的。"

桂子也只好顺从地接着道：

"那么，我说给您听吧。这可没对警察讲过呀……不管怎么说，因为您是客人，我也不会去干搬起石头砸自己本来已经有点肿起来的脚。这件事我一直隐藏在心中。"

"那么，我洗耳恭听。"

三郎装作平静的样子回答，可实际上觉得胸部像是要裂开似的。自己的大赌注押中了。他从刚才的醉意中一下子醒了过来，开始仔细地听桂子讲。

"我想，那位先生约我去九州旅行，大概是别有用心的。他知道他隐藏起来以后，警察是一定会来我们店调查的。于是他先设下这个圈套，使我能告诉警察有这回事。可是最初警察向我调查时，我还没有想到这里。后来，我想起了先生以前对我说过的话，才恍然大悟，噢，原来他的真正意图是在这里呀！"

"这究竟是什么圈套？"

"'什么圈套'，就是要让警察相信，他逃到九州去了。全国指名通缉的事，我不太清楚，但是警方是不是会在某些地方进行特别搜查？会不会由于我的证词使他们除了在九州布置力量之外，还在别的地方加强了搜查呢？"

"是呀，因我不知道警察内部的情况，所以这方面究竟怎么样，我也说不出什么来。"

"那么，您再听我说。总之，先生是一个头脑很灵活的人。虽然他杀人时，一时盛怒之下，不知自己干了什么，可是一旦平静下来，恢复了理智，那么他的头脑也就恢复正常了。我想大概会是这样的。当时他到我这里来的时候，虽然已是很晚了，但我全然没有觉得他是喝醉了。"

"嗯……不过他一旦逃走，警察就会马上怀疑到他的，现在实际情况就是这样。他要是伪造当时不在现场的旁证，或者制造纯系盗窃杀人案件的假象，难道不比自己潜逃而一下引起嫌疑要更好得多吗?"

"但是，那位先生是个律师，所以在现实生活中他就不会像推理小说中描写的人物那样把小说中描述的手段运用自如的，这一点大概可想而知。尤其他要是由于激情之下杀人，当初就不会想到旁证呀、现场呀，这些细节的事。……我知道，现在他还活着，他在东京。"

听到最后这句话，三郎顿觉似有一把利刃刺进了自己的胸膛。

第十二章　假设逃亡

"你知道？……你说得那么自信，难道你知道他已隐藏起来，甚至知道他藏身的地点吗？"

三郎竭力压抑着内心的激动，强作冷静地问道。

桂子似笑非笑。

"那就不知道了。可是大约半年前，发生过这样一起案件：一个把煤炭装进箱里冒充半导体收音机出口的罪犯，逃到国外，在新加坡还是别的什么地方被逮捕。当时龙田律师好像说过像这样三十六计走为上计，逃往国外，看来是犯罪者的最上良策了。可是那家伙的作案手段太愚蠢了啊。"

"逃到国外？有道理。可是那是个诈骗案件呀。罪犯在作案之前，大概要策划一番，并且他也知道，从作案到可能被发现，还有一段相当长的时间，他满可以利用这段时间办理有手续，取得护照，准备费用，然后坐上飞机，溜之大吉。而且预先还会想到一旦离开日本，到了他国可以采取的许多办法。但这起案件是突然发生的，龙田律师就难以做到这些了，是不是？"

"是的。表面看起来，这是有道理的。可是犯了罪，尤其是犯了杀人罪，他想到自己将要被押赴刑场，所以什么非常手段他都能使用得出来。"

"所谓非常手段指的是什么?"

"这不过是重复他说过的话。据他说,花上三十万元左右,打通国际航线上船长的这个门路,无须履行护照,就可登上开往国外的轮船。只要船长敢于窝藏,无论警察和海关怎样戒备森严,也能钻空子逃走。"

"有道理,小说的情节有了。但实际上,这个计划实行起来却有这样那样的困难。大多数犯罪者总是不顾一切地企图逃脱眼前的危险,而对以后的困难,则无暇顾及了……这些我并非不清楚。"

"您所说的这样那样的困难指的是什么?"

"譬如和船长秘密交涉,避人耳目地溜进船舱,船出港前藏在船上什么地方等等,那都是一道道难以逾越的难关。诚然,这一切即使可以忽略不计,接着他大概就要面临的最大问题就是到了香港或是新加坡等地方之后,将如何生活下去呢?"

"想不到你竟对这些事情如此清楚,真难以想象是贸易公司的人呀!"

三郎不禁一愣。但是在呷了一口威士忌酒后,终于想出了遁词。

"我的堂兄是报社的记者。他每次到东京来,都告诉我许多新鲜事。我把这些事都记在本子里,想作为以后写小说的素材,因而随时都能想起来。可是,假定犯罪者到了外国港口,以后的生活可能也不成问题。即便在香港或新加坡这样的城市不混下去,但要是到比较偏僻的地方,去当牙科医生的无执照助手之类,每月也可得到相当五、六万元的收入。不过,当助手能当到什么时候,就是另外一回事了。……可是龙田律师的情况呢,虽然也有一技之长,但他不是牙科医生,而是律师,这在外国怎样才能发挥特长呢？总之，即便逃到异国，暂且不把语言不通作为一个问题，倘若金钱准备不足，一下子就会陷入经济拮据的困境之中。"

兰郎想，自己即便说出这些话，大概也还是不能从她口里套出关键的话来。她就是谈及有关麻药的什么话，恐怕也是属于人们一般议论的东西，用来试探自己罢了。然而桂子耸耸肩膀，说出了出乎意料的话：

"您说的有一定道理。可是如果逃到香港，可以说他总会有办法的。"

"噢？为什么？是不是因为他是一个律师，可暗地和麻药走私有什么联系因此投靠香港那条线的'头头'，请他在今后几年关照一下自己？"

从自己这方面谈到这个话题，这是一种诱导询问，因为此时再也没有其他手段可供选择了。

"麻药的事，我一点也不知道。不过，据先生讲，他在战争年代，好像是在和美国交战前不久，在广东的什么地方，救了一个中国人的命。后来这个中国人成了香港一带宛如财阀般的企业家。中国人在这方面是很讲情义的。战争结束后，这个人曾来日本，想尽办法终于找到龙田律师，再三感谢他的救命之恩，并且诚恳叮嘱，如果到海外旅行，一定要到香港，他将盛情招待云云。因此，龙田律师在穷途末路之际，能否想到这位中国人呢？尽管他犯了杀人的弥天大罪，可被害者是他的小老婆，中国人对此看法或许和我们不同，因而他也许不计较。当自己的救命恩人逃出日本，哀求给予藏身之地时，我想，大概他会尽一切办法予以安置的。所以如果认为龙田律师逃亡国外，是一点也不奇怪的。"

"再给我一杯威士忌。"

三郎一口气喝干剩下的酒,把杯子递给桂子。他想用这停下来等酒的时刻,在脑海里玩味一下刚才桂子的话。没有必要分析其细节,但应承认,她说的龙田律师想逃亡外国,是十分有可能的。

在日中事变①中,龙田律师救过中国人生命的事,他没有听说过,但这是可以通过恭子向有关亲戚或当时的老朋友调查清楚的。况且,龙田律师若是现在和这个中国人保持着联系,他们大概还通信吧?因而这个中国人的姓名也可以了解到。

但是随着推理的进展,三郎的心却开始隐隐作痛了。

如果他不是一名检察官,而仅是恭子的未婚夫,无论原来如何消极,听到了以上的话,心情也会是高兴的。倘若龙田律师成功地逃往国外,那么,警方所有的搜查,都将以失败告终,即使知道了他潜伏在香港的什么地方,只要自己人守口如瓶,这件事也就算了结了。

但是,作为一名检察官,就不能对这些情报一听了之。如果断定龙田律师要逃往国外,那就必须下达加强横滨、神户以及其他贸易港口的戒备指令,甚至还有可能指挥特别警察官采取"海域逮捕"的行动。

此外,一旦得知他潜伏在海外什么地方,作为负责搜查本案件的检察官,也不能置之不理,必须按照有关国际协定,和有关国家进行交涉,办理引渡罪犯的手续。

这些都是检察官应尽之责。但如若以和恭子未婚关系的立场来看,这些却又都是卡紧自己脖子的行为。

作为检察官和情侣,这公私两面矛盾的烦恼,此刻猛烈地袭击着他的心头。他甚至后悔这次答应调动工作,也许这是大

---

① 指侵华七七事变。——译者注

错特错了。这种后悔，像蛇一般地咬住他的胸膛，使他非常痛苦。

桂子站起身来，冲对威士忌。突然，她回过头来，面向三郎，以一般女人所没有的那种激烈语调说：

"他现在一定在等待便船。如果是堂堂正正地去国外，无论乘坐什么飞机都可以。可是对于他，虽说打通船长的话有一定道理，但要是那条谈好了的船不来，他是一筹莫展的。"

"是的。这很有可能……"

"因而，他潜伏在东京或横滨的可能很大呀。有一个秘密，我只对您讲。前天，我在新桥车站附近见到他了。我坐在出租汽车里，看见他也坐着出租汽车。因为是一晃而过，没有来得及打招呼。可确实是他，没错……"

这消息突如其来，三郎似乎被猛击一掌，以至他自己都感到他那只拿着香烟的手也在激烈地颤动。

"算了，别提这些没意思的事了……喝完这些以后……您为什么老谈龙田先生的事呀？"

刚才紧张的神情，在桂子脸上消失了，却开始荡起了一丝媚笑。

就在这时，壁炉饰板上放着的电话响起来。即便这幢宿舍楼设有电话总机，此刻大概也不给接线了。三郎想，搞这种黑酒吧，竟然也安装有外线电话呀。

"怎么，是您？"

桂子拿着话筒，面目表情一下子变得发僵了似的。

"现在就……我身体不大舒服……明天可以吗？……是吗？如果非这样不可，那也没办法了。那么，您就赶快来吧……"

放下话筒，桂子大声叹着气，拉着三郎的手道：

"很遗憾……本来想让您今晚住这里……您还不急于回神户

吧？明天晚上再来，好吗？"

三郎回到宿舍，已经是午夜后两点左右了，一直到早晨，他未能合眼。

他头疼得厉害，然而此时他又不能缺勤。现在他感受到，战争、时期，当自己还是孩童时，古板的父亲时常对自己说的"死而后已"那句话的真实含意了。

到了检察厅，走进自己的办公室。北原大八向自己问候毕，问道：

"检察官先生，您的脸色不大好，是感冒了吗？"

"嗯，可能。昨晚喝多了一点……我来之前，有没有电话？"

"桑原先生来过电话。他说今天因为要调查本间春江的身份，早上去警视厅了，那里的事办完后，到搜查本部前要到这里来。就这一个电话……"

桑原警部一定是受寺崎义男的暗示而开始这一行动的。三郎估计桑原警部是昨天晚上命令部下进行初步调查的，今天他是亲自去确认并同以前案件的办案人员碰头。

十一点钟，桑原警部来到这里。在这之前，三郎没有接到恭子的电话。不过早上，自己也不打算给她去电话。

桑原警部依然精神抖擞。他好像从来没有生过病似的。脸色红润，两眼炯炯有神。这种神情是那些在棘手案件中找到了某些线索的警察官们所共有的。

"检察官先生，您的气色不大好，什么地方不舒服呀？"

这个警部也重复刚才事务官的话，因而三郎想，自己的脸色，大概很不好吧？

"大概是昨晚喝的缘故吧，没什么。关于本间春江，你们了解到什么了？"

"昨晚叫刑事到新宿的'相爱'去调查了。由于那个店人员变动很大,工作两年以上的男女招待竟无一人,所以刑事找不到知道本间春江的人。另外,我也派人去找了小林准一和友永寄子。可是听说他们都到热海去了,因而刑事们一无所获。上述两人据说今天中午回来,午后我们也许能够了解到什么吧。届时我会把刑事报告的情况用电话通知您。"

桑原警部毕竟是个老练的警察官,他简明扼要地继续向三郎汇报:

"关于一九六一年的浅川清吉事件,我责成刑事调查有关文件之后,见到了当时的办案人员。本间春江是浅川的妹妹,姓不一样是因春江结婚后更改了姓。作为当事者的妹妹,本间春江被调查过两三次。我将她的尸体照片给办案人员看,他们都说不错,是这个女的。因而这个女人的身份、经历终于开始渐露端倪了。常言说:'烛台旁边反倒看不清①'。因为警视厅是个人数众多的部门,所以这种事也并非就没有。"

"是吗?那么,本间春江当时确是'相爱'的聘用老板娘了。"

"是的。这是当时的情况,在其后两年里,有什么变化,就不了解了。不过我们得知,她在一九六一年前后,和一个叫本间贞治的男人结了婚。她的男人在一家叫'远东商船'的公司工作,具体的工作是在一艘名叫'第三天龙丸'的货轮上当联络员。这艘货轮经常去外国,因而本间贞治一年中大约有一半左右的时间不在家。据文件记载,春江是在一九三三出生的,一九六一年她年仅二十八岁,没有孩子,又大体算得上是一个美人,因此丈夫不在家的时候,她如同热锅上蚂蚁,不知如何是好,去当受聘老板娘,也就不奇怪了。我们想马上见见她丈

---

① 喻身旁的事物,往往反而弄不清——译者注

夫，就给她丈夫的本公司去了电话，不巧她丈夫不在日本。不过据说他预定一个星期后经香港回日本……"

桑原警部说到这里突然停了下来，望着三郎似乎征求他的什么意见。三郎虽然头脑在一跳一跳地作疼，但马上觉察到警部想要说什么。

"桑原先生，那么有一件事是可以想象到的。她的丈夫作为一名船员，是不是可能在麻药毒品走私方面扮演了一个什么角色呢？"

"嗯，在上次的案件中，办案人员在这方面确曾怀疑过他，也作了一定的调查，结果因为抓不到任何证据而作罢。……是呀，因为是同胞兄妹，她为其兄委托辩护，是合乎情理的。但是她的丈夫，与此案件毫不相干，却蒙受怀疑，受到调查，大概他对其内兄的犯罪而受累，是要大发雷霆的呀！如果这一对夫妇在当时闹得要离婚，我也一点儿不觉得奇怪。"

"但是实际上发生这样的事了吗？"

"这方面已开始向公司调查了。因为这条线的搜查，从昨天很晚才开始……但是有一点是清楚的，如果当时闹了一阵平静下来，两人继续保持正式的夫妇关系，本间春江还会拥有另外一处住房的。当丈夫不在日本国内时，譬如可以借口回娘家，掩人耳目。而当丈夫回到日本时，则再回到这一处住房作人妻子。但她是不能安于充当龙田的二号[①]的。"

警部话语似乎别有含意。三郎正推敲时，旁边电话响了起来，三郎心里为之一惊。他本能地想到，是不是恭子来的电话呢？大概是精神作用，他觉得望着自己的警部目光，突然变得更加锐利起来。

[①] 指妾。——译者注

第十三章　第二具尸体

"嗯……我叫富永，请找雾岛检察官先生。"

恭子对着话筒一边低声地说着，一边向周围扫了一眼。

她已经和三郎约好，在自己向检察厅打电话时，使用富永这个假名。可是一旦使用这个名字时，却又像干一件多么坏的事似地觉得慌张，感到痛苦。

"喂，我是雾岛……"

电话里传来令人思恋的声音，但却像不愿理睬自己似地显得冷漠无情。

"我们现在正商量一件很重大的事，请您简单地说吧！"

恭子意识到三郎的旁边有人，竭力控制自己不要哭出声来。

"好……我想和寺崎先生现在就去找'玛利亚'酒吧间的那个鹿内小姐，好吗？"

"是吗？这未尝不可吧！"

"您昨晚见到她了吗？"

"见到了，初步向她了解了一下……您有什么事下午再说吧！"

"好的……"

恭子叹了一口气挂上了电话。本来雾岛对事情是清楚的,可是在电话里不能明说,因此,到底是怎么回事,恭子也不知道。

恭子回到原来的桌边,正当她拿起那杯凉了的红茶时,淡紫色的玻璃店门被推开了,寺崎义男走了进来。

寺崎脚擦着地板走到桌旁,气喘吁吁地道:"让您久等了。刚才我经过事务所,大致浏览了一遍先生最近处理的几桩案件的文件,当然无法一眼就看出哪个是关键材料。不过有两桩案件材料是很可疑的。首先就从这两桩案件的材料开始调查吧。"

他过于自负了吧!但是他这种热情对于正身处苦境的自己也是一种救助呀!恭子情不自禁地想着。

"这只能拜托您了。我们就要去见鹿内小姐了,应问什么问题,如何对付她呢?"

"我总觉得,这个女人向警察官说的证言中有弄虚作假的成分。"

义男抬起有些充血的眼睛,望着天花板,出乎意料地这样说道。

"为什么?是什么地方使您感到奇怪?"

"她的所有证言都有可疑之处。首先是时间问题。据她说,先是在午夜一点左右到达她的房间,两点左右离开的。夜里两点走——这是个不当不正的时间。从这时直到清晨这段时间,先生在什么地方度过?"

"旅馆?或者……"

"大概这是不礼貌的话。如果她作证说,先生是和她在一起睡觉度过的这段时间,我反而会相信她的。因为她是一个高级娼妓嘛。只不过她选择嫖客时,多少还是按自己的意思。她不是说先生给了她一万元吗?还说先生是她的最后一位客人吗?

刚刚作了案，谁都还不知道这个案件是怎么回事，因而先生清晨之前在她那里度过是极为自然的事。不管当时先生神经多么兴奋，也不至于深夜从她那里出去，到街上去找别处住宿以度过清晨前最难熬的一段时间了。"

"您说得很有道理……"

这时，恭子不得不重新评价寺崎义男了。这如果是在各处搜集了许多情报的前提下得出的结论，暂当别论。可是他只是靠自己的分析和判断得出的结论，这是她未曾意料到的。

"可是，大概她觉得讲出这样的事，不成样子，于是用了些漂亮词句来粉饰自己……而警察大概也觉察到这一点，只是因为觉得和本案没关系，未再追问。您说对吗？"

"可是这问题，即先生推开她房间是午夜两点左右，还是清晨？是搜查能否成功的关键所在。大概警察在这个问题上不会不一再追问她的。可是她肯定是横下一条心，以极其强硬态度，重复说是一点来，两点走的。"

"那么您是不是说，即便是刚才说的特别警察官对这件事也是束手无策的？看来我们俩大概也要碰壁啦……"

"这就难说了。我对这个女人还有许多怀疑。这时间问题只不过是其中的一个罢了。"

寺崎义男带有几分不痛快的语气说。

"但是，我要是以私立侦探的身份去找，是要吃她的闭门羹的；以客人的身份去嘛，又麻烦，花了钱可能还搞不出什么名堂。所以请小姐和我一同去，我想去初步了解一下并寻找些线索。您就说我是您的堂兄弟好了。要是今天能发现什么线索，以后再从别的角度进行调查……"

恭子他们到达鹿内桂子住的公寓楼已是十二点十五分了。

路上花了不少时间问路,总算找到这里了。

这幢公寓楼的一层和二层各有两个单元,每个单元各自有独自的出入口。鹿内桂子住在二层右侧单元内。

他们从楼外的楼梯走上去。当在要找的房门前站住时,寺崎义男不按门铃,也没敲门就把手放在门把手上。就在这时他突然回头对恭子说:

"您看,事情才开始干,就沾染上了怪毛病。"

他辩解似地说着,又按了电铃。可是里面毫无动静。

"是不在家,还是在睡着呢?"

"奇怪。可能是碰巧了,门没上锁。"

寺崎义男歪着头,再按电铃。

"奇怪……这真奇怪。"

"是不是到附近去买什么东西了?"

"我想不会吧!"

说着他猛地将门一推,溜了进去。

"寺崎先生……"

恭子惶恐地看了一下周围,还好,没发现有人注意他们俩。

"小姐!"

就在这时,从屋子里传出寺崎义男的惊叫声。

"您来看!这个、这个……"

恭子像被一种无形的力量所吸引似地走进房门。她向右侧的西式房间一望,不禁吓呆了。

一个女人坐在椅子上,虾米似地弯着俯伏在桌子上。敞开的西服露出青白色的皮肤,令人恶心。她的脖子上还缠着一条蛇一般的绳子。

"啊……"

恭子惊叫一声,身体跟跟跄跄地晃动起来。她平生第一次遇见尸体,经受不住这种恐惧,差一点吓昏过去。

"小姐……"

寺崎义男走过来,紧紧地抱住她,扶住了她。

"让您来这样的地方太对不起您了。我简直不相信自己的眼睛……"

寺崎义男尖声地叫道。因为虽说是私立侦探,可在日本几乎是见不到这样的杀人现场的。

"死了吧?是被人杀害的吧……"

"是,完全是他杀。"

"她就是鹿内桂子小姐?是我们要找的人?

"我想大概是吧。不凑巧,我过去没见过她……"

寺崎义男好像才想起来似地松开抓住恭子的手。

"不管怎样,必须通知警察呀……"

"对。这桩杀人案件和上次那桩杀人案件是不是有什么联系……"

寺崎义男像是自言自语,却又更像梦呓般地低声说道。

"对不起小姐,稍事休息后再说。在报案之前,总觉得好像还有事要和小姐商洽,不过,现在头脑混乱极了……"

"请说吧!"

恭子眼光避开了尸体,面对着墙回答道。

寺崎义男拿出烟来点上火,吸完一支又吸了一支。

"警察来了,无疑要问我们:'你们为什么到这个地方来?'那时,我们将如何回答好呢?"

"我们只好原原本本地告诉他们了。"

"是呀,这就是说'正直是最良之策'呀!"

寺崎义男的话里,似乎有什么含意。恭子正极力思索着的时候,义男又开口了。

"小姐,不过这一次,不得不请您作一个让步了。"

"什么让步呢?"

"我想请您对警察说,到这个地方来,是您的意思。"

"为什么呢?"

"如果说是我建议的,那么警察可能要追问我是怎么刺探到这个女人的秘密的,并且要追究我的情报来源。那位向我提供情报的警察也会对我产生怀疑。这样一来,今后我就再也不能为您效劳了。"

"是呀……这就不好办了。可是如果问我怎么知道这个女人的事时,我该如何回答呢?"

"从某种意义上可以说,小姐也是这桩案件的当事者。因而您如果坚持说是某人告诉您的,也能说得通的。既然知道这个女人是与自己父亲最后见面的人,来找她谈谈,这也是不足为奇的……"

恭子深深地点着头。虽然感到寺崎义男在关键时刻有意回避责任,但也觉得他的说法颇有道理。在目前这样的时候失去这样人物的帮助,可不行呀!

"好,那我就这样解释。关于您,我就说是我请您当护卫陪同前来的,可以吗?"

"好,就这么办。"

寺崎义男轻轻点头,从尸体旁边走到壁炉饰板旁,用手帕包起自己的手,拿起电话筒。

雾岛三郎接到桑原警部通知他又发生一起杀人案件的电话是在下午两点五分前。

"什么?鹿内桂子……你说她被杀了?"

三郎不相信自己的耳朵。因为昨夜刚去过她那里,所以对他来说这打击太大了。

"是的。我也刚刚接到报告，恐怕和上一次案件有什么联系。因此我想赶快到现场——她的住房去。检察官先生，您打算怎么办？"

"我也就去。"

"那么，我就在那里等您。地点在赤坂……"

"我已知道。"

"咦？"

桑原警部感到奇怪似地说了一声。

三郎瞬间愣了一下。但又想到，无须隐瞒昨晚去过这个女人住所的事。不过到现场再向警部说明也来得及。

"总之，现在赶快去现场。关于这桩案件，我还有许多事要告诉您，见了面再说吧。"

三郎放下电话，喘了口气。

"检察官先生，又发生了什么事情？去现场检验吗？"

检察事务官往往被人认为是老奸巨猾的人，他们比年轻的检察官们更具有敏锐的感觉。此时北原大八平时那种像是打瞌睡似的迷迷糊糊的神情一下子消失了，眼睛里闪着光。

"现在有没有车呢？"

"刑事部的'库莱斯拉'这部车，真叫人难以相信是部外国名牌车呀！不定什么时候一出毛病，就会马上报废的。"

北原大八虽然发牢骚，但还是马上给总务科打电话要车。刚好有一部车子从外面回来，保证了三郎的用车。

"没有到你已经掌握工作要领了。"

这位事务官第一次表现出性格的另一面，使三郎感到惊奇。可是大八却哈哈笑着露出一排洁白的牙齿道：

"检察官先生，您知道江户时代的有名侦探钱形平次吗？他手下有个无能的小侦探叫嘎拉巴。如今我也被人称为嘎拉巴了。"

当三郎和北原大八一起赶到现场时,那里已经混乱不堪。桑原警部从里面跑出来,在门前向三郎低语道:

"现在正在拍照现场,估计再过五分钟即可结束。您能等一会儿吗?"

警部对检察官是十分尊重的。但警部的话里却强调了这样一个意思:只要是有关现场搜查的事,都应该先由警察官处理。

"无妨,那我在这里歇一会儿。"

"对不起。这桩案件实在奇特。我原想今天或明天责成谁成再调查一次这个女人……没想到……"

警部脸上的确流露出了服输的表情。

"就是说这个女人还有什么可疑之处吧?您弄清了调查初期不清楚的问题了吗?"

不知何故,警部不直接回答这个提问。

"总之,推定的死亡时间为昨夜,不,是今晨一点至三点之间。表面上看来像是被绞致死的,但完全可以怀疑她是被投毒身亡的。"

三郎稍稍颤抖了一下。这个推定的时间是在他离开这里不久。深夜过后一般是不会再来客人的。难道是自己在那里时,那个来电话的家伙……想到这里,似乎有一股奇异的寒气猛地向他袭来。

"另外,据附近的人说,被害者在昨晚十二点左右,和一个相当漂亮的青年在这幢楼前下了车。一定是从店里带来的'野鸭'。当然不能肯定这个人就是罪犯,但此人是相当可疑的。如果今晚再向店里调查,即便调查不出这个客人的姓名,那至少也能得到有关他的一些重要线索。"

"要是调查这个客人,那就没有必要去了,这个客人就是我。"

倘若在平时,三郎一定会笑出声来的。但是这一回他却怀着一种痛苦的心情回答。

"为什么?检察官先生……"

桑原警部惊讶地望着三郎,随即恭敬地低下了头。

"实在抱歉。真没想到检察官先生能紧紧盯住这个女人。那么,您几点回来的?"

"我回到宿舍是两点左右。但是我在那里时,好像有一个男人打来了电话……这个打电话的人可能就是罪犯。"

警部沉思了一会儿,以洋洋自得的神情问道:

"那么检察官先生,您当时难道不觉得,这个女人将龙田律师窝藏在自己房子里了吗?"

"不,我还没有注意到……您有什么证据说明这一点?"

"有。虽然不能断定龙田律师在案件发生后一直住在这个女人那里,但我们掌握的几个证据却可以说明,他大概在这里住了好几天。"

警部的话,使三郎心里又增添了几分不安,只不过他没有说出来。"

"另外,发现这桩案件的是一个很奇怪的人——龙田律师的女儿恭子。检察官先生曾在检察厅见过她。就是她和那位叫寺崎的私立侦探一起,刚才在十二点左右到这里,发现了尸体。真难理解一位正经的律师女儿竟在中午到一个素不相识的女招待住所来。是不是她觉察到她父亲被窝藏在这里了呢?否则,她的访问动机真是令人费解。"

第十四章 疑案的发展

雾岛三郎自当上检察官以来,参加现场检验将近十次之多,但从未遇到过这么可怕的横死尸体。

桂子的脸丑恶而痛苦地歪斜着。虽然这是被绞杀的自然特征,但是三郎简直不敢相信就是这个女人,昨夜在这个房间里,向自己献媚,使自己几乎陷进去。尽管那是昨夜的事,但对三郎来说,却仿佛是发生在一年以前似的那么遥远了。

北原大八对着尸体,神妙地双手合掌,口中念念有词。事后三郎才知道,他是日莲宗①虔诚的信徒,遇到什么事,有小声诵经的习惯。

"这只杯子里的掺水威士忌有奇特的苦味,是放进去马钱子碱了吧?当然,下结论还有待于检验的报告。"

桑原警部指着桌上的杯子说。三郎不知道那是什么牌子的威士忌,但一见到这琥珀色的液体,就觉得有些东西从胃里涌上喉咙,感到无名的恐怖。

"要不要把架子上的威士忌一瓶一瓶地检验一遍?"

---

① 日莲宗:以日莲为教祖的佛教宗派。——译者注

"要检验。瓶里装的酒全都要检验。不过,检察官先生,您记得您昨夜喝的是哪一种酒吗?"

"是黑威士忌酒。"

"那边的小茶几上还残留着一点酒,这掺水威士忌很可能是罪犯在那张茶几上对的。"

桑原警部又指着酒柜前的小茶几说。

"就是说罪犯并不是把毒药放进酒瓶里,而是直接放到杯子里了?"

"现在还不清楚,只有解剖以后才能知道。马钱子碱中毒的症状,光凭肉眼观察是难以判断的,尤其在脖颈上还有被绳绞的情况下,就更难说了。"

桑原警部以一个老练警察官的口气断言道。

"可是我在这里的时候,她好像只喝葡萄酒……"

"我承认爱喝掺水威士忌的多是男人……但有时也有例外呀!"

桑原警部的回答,使三郎产生一种受到冷淡的感觉。当然这种态度不像敌对情绪那么强烈,但也使人觉得,桑原警察官对检察官表现出了一种完全没有必要的冷淡态度。

"总之,装葡萄酒的杯子没有在桌子上,这是事实。难道后来男的和女的喝的酒,是由同一个杯子分开的?"

桑原警部仿佛自言自语地说着,引三郎走进旁边的六叠①宽的日本式房间。

"检察官先生,昨夜您到这里来了吗?"

"一步也没有擅越这个'雷池'。"

"当时难道您没觉察到这个房间里躲藏着人吗?"

---

① 六叠:六张榻榻米(日本人铺的席子)。——译者注

"嗯……如果他能够做到屏住呼吸、一动不动,我可能听不出来。然而他能做到这点吗?"

桑原警部点点头,打开在房间角落放着的西服立柜。

"这里放着一个男用皮包,从里面的文件、笔记和信中,可以看出这大概是龙田律师潜逃时用的皮包。这究竟是怎么回事?"

"有道理。这是您所说的龙田律师隐藏在这里的证据吗?"

三郎深深地叹了一口气。

"毫无疑义,这个女人对警察撒了谎。她说龙田律师带着装有一百万元、现金的皮包,到这里以后,马上又走了。如果说在那种情况下,龙田律师走时忘记带走这些贵重东西是不可思议的话,那么,她也决不可能把这一百万元藏了起来。"

"同感。至少现在这个皮包里没有现金。"

桑原警部用锐利的目光望着三郎,一字一句有力地说着:

"检察官先生,我只能认为这两桩杀人案件是出自同一罪犯之手的连续杀人案件。但是这两桩案件,尤其这第二桩案件,却令人察觉不出罪犯的杀人意义来。当然,在发生案件后,不能过于强调这一点……"

"所谓杀人意义,主要是指动机问题了?"

"是的。"

警部扭动着短脖子,表情显得更加深沉。

"这样说可能过于抽象了。多数案件是当我们一踏进杀人现场时,往往会直观地察觉到这是情杀、仇杀还是谋财害命等等。可是这两桩案件,尤其这第二桩,却没有这些感觉。甚至还令人觉得好像是一种无缘无故的杀人案件。从某种意义上说,这比那种使人一看就知道其动机何在的案件更为可怕。"

警部望着三郎诉说着。

"还好，检察官大约在发生此案件的前一个钟头和被害者在一起度过一段时间。所以我想首先请您谈谈。"

这幢公寓楼是相毗邻的两栋楼，构造完全一样。管理人员宿舍在另一栋的一层。

在临时调查室的管理人员西式宿舍里，三郎将昨夜的大概经过告诉了警部。此时，他忘记了自己是一名检察官，甚至觉得自己是嫌疑犯了。

"是啊，您事先只告诉我去新宿，因而我没想到您又从银座到赤坂去。对不起，我决不是挖苦您。可是今晨我去检察厅时，您哪怕只言片语地告诉我一些有关这个女人的情况也好啊。"

说不是挖苦，可实际上却是十足尖锐的挖苦。三郎为自己在这方面考虑不周，办得不妥而心里发火。

"不，只不过昨夜回来后，我打算再调查她一个晚上，或许还能搞到什么……这样，自己对她有一个笼统的印象后再告诉你们，正式责成你们进行搜查。我可没有其他更多的考虑呀！"

"知道了。检察官先生采取慎重态度的心情，我理解。发生了这样的案件，我抑制不住自己的心情，发了一通牢骚，请多包涵。唉，即便您早晨讲了她的问题，也无济于事，因为我们也不能预先防止杀人。"

桑原警部似乎终于理解了三郎的行动，又表现出原来同心协力的态度，开始向三郎汇报和商量问题了。

他之所以怀疑鹿内桂子窝藏龙田律师，是由发现皮包而开始推理的。他那几个所谓的"证据"也不够属实，警部自己承认自己的判断过早过急了。

但是关于皮包，仍然是一个难解之谜。

雾岛三郎和桑原警部很快就一致认为：鹿内桂子的话里定有谎言。

当然鹿内桂子在警察向她作第一次调查时说的话和其后对三郎说的话有不一致的地方，并不奇怪。因为如果把桂子昨夜说的话看作是她第一次谈话的补充，即增加一些她后来想起的或重新考虑的情节，也能自圆其说，毫无矛盾。

只是无法解释这个皮包的存在。

龙田律师最初访问的时候把一百万元放在皮包里留在这里自己却走了，这无论如何是不可思议的。如果说桂子以什么理由窝藏了龙田律师，那么这个皮包可以作为一个证据。但是，桂子又怎么可能对初次见面的三郎说出那些甚至细节推理的话呢？诚然，她的确不知三郎是检察官，可是说出心里话，说不定什么时候会传到警察耳朵的。她如不懂得这一点，她就是一个精神分裂症患者。她这样做等于一方面帮助了龙田律师，另一方面却又干着向龙田背后捅一刀的背叛行动。

讨论结果，两人一致认为，关于这个皮包，不能过早下结论。待其他问题弄清之后，再来重新探讨这个问题也不迟。

这桩案件令人奇怪的是，两个房间里一点也不混乱。不到三万元的现金和戒指、首饰、手表等值钱东西，几乎原封不动地留在那里。当然，因为是一个女人的独居之处，难以断言就没有被盗的危险，但很难想象出有人仅为财物而抢劫杀人。死者可能是喝了被人暗下毒药的饮料后，失去意识而被绞杀的。尸体没有抵抗和格斗的迹象，也没有被强奸的迹象。

的确，正如桑原警部所说的，是罪犯事先准备好了毒药，有计划部署的杀人案件。但其目的和动机，竟至令人莫测。

尽管如此，桑原警部还是竭力地认为这桩案件和上一次的案件有联系。

尸体运去解剖。有关方面的调查基本结束之后，桑原警部又将三郎拉到一旁，说道：

"检察官先生，那个叫龙田恭子的姑娘，令人可疑。"

"为什么？"

三郎故意扭过头问道。

"据说到这幢公寓楼来是她的主意，是她要那个私立侦探陪她来的。当然这没什么。问题是她为什么想来这里。据她说，昨天深夜，有一个不相识的男人给她打了一个电话，告诉她，只要调查鹿内桂子，就能揭开案件的秘密。于是她就迫不及待地赶来了。"

"噢！"

三郎慢慢地把头转向警部。这时警部又以那恰似刺进三郎皮肤的针尖似的激烈语调说道：

"据说她的神情使听她讲话的刑事十分惊讶，因为一眼就能看出她在撒谎。要是过去就应该不容分说地斥责她：'喂，不要撒谎了。'可是现在不能这样做。由此看来，我仍坚持认为鹿内桂子窝藏了龙田律师，而那个姑娘不知从哪里觉察到这点，于是来找她父亲。"

当晚，三郎在涩谷署待到很晚才回去。

关于第二桩案件，即鹿内桂子被杀还刚刚开始搜查，其结果如何，无从预料。可是据桑原警部上次的报告，有关第一个被害人本间春江的许多情报，搞到手将是不成问题的。

当然，由于突然发生了第二桩案件，使搜查工作产生了一些混乱，因而推迟了有关本间的调查也在所难免。不过六点过后，从热海度假回来的香具师小林准一来到搜查本部自愿作证，提供了有关本间春江的情报。

负责向小林做调查的泉俊六刑事部长，在与小林调查了解了约一个小时以后，到另一个房间向等待在那里的三郎和桑原警部讲述了调查的情况。

据泉俊六刑事部长说，他首先出示被害者的照片让小林准一确认，小林认出是春江。可是当泉刑事问他最近注意到这桩案件了没有时，小林准一以自己近来没有认真看报纸为口实，说全然不知该案件，想逃避泉刑事对有关案件的询问。

接着又调查了本间春江当老板娘时的情况。

据小林说，他聘用春江是由其兄浅川清吉介绍的。当然这是在意想之中的。她丈夫是船员，因长期不在家，使她感到苦闷无聊，从而受聘去当老板娘，这也是很自然的。

小林讲，春江当老板娘勉强胜任。她是属于一种稍微给人以孤独凄凉感的美人，中年以上的男人对她评价较高，不过最初，并没有听到她有什么越轨的风流韵事。

这期间，突然发生了浅川清吉的案件。小林准一说他毫不了解该案内容。只不过案件发生后，春江找他商量过有关这方面的许多事。

"谈到这里，小林提到龙田律师的名字了。"

泉刑事看着记事本报告道：

"原来以为可能是小林介绍他们相识的，其实不是。据说春江是通过一位认识的顾客去委托龙田律师辩护的。像这类案件想通过律师来左右判刑是不可能的。小林讲，他也不管这种闲事。"

"那么，知道介绍龙田的客人是谁吗？"

桑原警部以问了也徒劳无益的表情望着刑事问。

"小林记得是一个叫须藤俊吉的客人。据说此人是龙田律师儿子的朋友，因而当本间春江找他商量关于刑事案件的问题时，他自然地想起了龙田律师。"

刑事以事务性的语调说着，可是三郎却紧紧抓住了这句话。

须藤俊吉是春江的客人，又是她和龙田律师最初的牵线搭桥人。这倘是事实，可以设想他们之间定有直到最近仍保持着连续不断的且不为外人所知的接触。因而那一次须藤向恭子说了"谜"一般的话，也就不足为奇了。

至少现在可以对须藤俊吉开始进行正式的调查了。只要上述事实被证实，自己将须藤传到检察厅，也就不会被人指责为混杂着什么私心了。

"该案件的审理用了半年左右，已初步结束。其间，春江和龙田律师之间大概发生了两性关系。小林虽觉察到了，但是没有干涉，只保持沉默。"

"不过小林手下的人，大概会对他们进行一些勒索。倘若对方不是律师的话，小林谅必亲自出马，敲诈勒索龙田一把的。"

"保持沉默——这话确有这种含义。该案审判结束后不到两个月，春江就辞去了这个店的工作。当初她委托律师辩护的费用，是从小林那里借来的，现在她已全部还清了这笔钱。据说小林也曾挽留过她。总之，要是别的店就凭她的胞兄因贩卖麻药而服刑，也要解雇她的。可是这个店却没有采取对不起她的行动。"

"那么，当时小林大概会问她今后有何打算吧？"

"据他说，他没有其他更深一层的意思，只是这样问她：'那你就靠龙田先生的关照了？'当时春江摇摇头，并且说了这样一句可怕的话：'要是那样的话，我会被杀死的，这句话现在竟然成为事实。"

一直闭着双眼，微微晃着身体的桑原警部，突然睁开眼睛望着三郎：

"检察官先生，这句话十分奇怪。可是要不认真推敲，会以为是一个女人，在一个有势力的男人面前诉苦时，随便说出的话……泉君,小林当时追问春江这句话是什么意思了没有?"

"他们比我们警察官更习惯于砍呀、杀呀这些激烈言词。小林说他没把她的话放在心上,只是一笑了之……可是,警部先生,您也知道在这种场合,他们对警讲的,只能是很一般的事,而且是和自己没有直接关系的事。我以为小林肯定知道有关本间春江和龙田的更深一层的秘密,但要让他讲出来,我是无能为力的了,真不知如何是好!"

第十五章 暴力的背后

一阵令人窒息的沉默之后，桑原警部开口了：

"检察官先生，您看怎么办好？"

他预料三郎会说"那就委托你了"之类的话，但是拘于礼节，还是这样问了。

"嗯，我亲自讯问。"

三郎无法抑制从刚才一开始就憋在心中的冲动，这样回答道。桑原警部睁大眼睛，惊讶地望着三郎。

诚然，在当前阶段，检察官本人亲自讯问这样的知情人，并不违背法律，但是，也算得一项破例的行动。因而负责搜查的第一线人员，心里有所抵触，也是自然的。可是此时的三郎认为，即便自己的冲动多少有些无理，也要在所不顾，决心自己动手调查。

"那您有什么线索吗？"

"没有特别的线索。不过，我想，询问者不一样，对方的回答大概也会不一样吧。"

警部脸色表现出愤慨。三郎之所以敢于独自去找鹿内桂子，并且闯入她的巢穴，大概手头掌握着关键性的情报。可是却不告诉自己，反而装作一无所知的样子，着实可恨！警部心中在胡乱猜疑。

"知道了。那就请您调查吧！在这之前，向您提供一个可能作为参考的情报。本来想找个时间向您报告的。"

"请。"

"据说香具师沟口一家①的头头沟口伸太郎受黑泽大吉的支配。当然，这和本案件也许没有什么关系。"

"黑泽大吉是政治家吗？"

"是的。"

桑原警部苦着脸点了点头。可这话却使三郎心中为之一震。

黑泽大吉是一位赫赫有名的政治家，他的名字有好几次和各省②大臣并排在一起。虽然他还不是马上就能当上下届首相竞选人那样的超级大人物，但也是可以作为政界中的一颗惑星③只要发生一些什么有关的事，他的名字，就会一时成为人们的议论中心。

他年纪才五十出头，可是他的思想在政治家中是属于极右翼的，因而被共产党等左派视作眼中钉。像这样的人和香具师或某些右翼团体有一定程度的联系，不足为奇。只是，桑原警部在这时候讲出这个人来，却使三郎感到一种茫然的不安。

"沟口伸太郎大概是在去年夏天当上这个香具师一伙的头头的。当宣布他继承名号时，因为现职大臣还送去庆贺花环和祝辞，新闻界还喧闹了好一阵。庆贺的人物名单中领头的就是这个黑泽大吉。警视厅中那些处理暴力问题的有关人员对此感到

---

① 沟口一家：香具师的一个组织。
② 省：即政府机构中的部。如外务省、通产省。
③ 惑星：实力难测的竞争者。——译者注

很恼火。但是他们也觉得没有必要对他们的个人交往横眉竖眼，看不下去。因为那些政治家认为，在选举时，增加哪个人的一票两票，无关大局，可是如果能够争取到一个组织的选票，不管它是什么样的组织，那也是了不起的。"

桑原警部好像言犹未尽就不再说下去了。

小林准一年方四十五、六岁，眼睛像一双蛇眼似的熠熠闪光。左颚有一条五厘米长的刀痕，放在桌上的左手有两个指头被切去一节。这样的人却穿着素雅的和服，从而给人以故作斯文的感觉。

"检察官先生，您直接向我调查，我感到无上光荣呀！"

显然他是满怀恶意地说出这句话的。言外之意是：瞧你这若僧①，还配当一个检察官呢！

三郎耐住性，开始讯问。

"恕我直言，你有无前科经历？"

"犯过杀人罪，于昭和二十三年被判五年徒刑，在宫城服完役后回来。"

他闪露出激怒的目光，像挤出来似地答道。

"是单纯杀人罪吗？"

"是的。因为当时世道不平静，我又正是血气方刚的青年，吵架时拔出了短刀。这实在是很不像话的。对方是个唱戏的。"

"那么，你是在那个时候加入沟口一家的了？"

"是的。那个时候我从军队复员回来，找不到职业，到处流浪。五年的军队生活，光教我们怎样杀人，因而一和平，就没有本事找个糊口的职业了。从某种意义来说，我也是一个战争

---

① 若僧：无经验的年轻家伙。——译者注

的牺牲者呀。像检察官先生您这样年纪的人，可能是不理解的。"

"那么，你在沟口一家中处于什么地位？"

"实际上是喽啰。不过香具师这行当和从前不一样了，因为现在世道已经平静了。即使能和从前一样，在露天下搭起一顶帐棚就做买卖，收入也是微不足道的。所以我让老婆开了一个吃茶店赖以谋生。虽说是香具师一家，那不过是精神上的关系，好像亲戚似的。"

小林准一仍然佯装什么都不知道，这是三郎预料到的。香具师的人比起那些纯粹流氓来都能说会道，因而他是个相当难对付的讯问对象。

三郎决定暂不追问关于沟口一家的事，开始询问有关本间春江的情况。可是小林准一仍然重复着刚才泉刑事所报告的内容，只不过形式有所不同罢了，不给三郎以任何可乘之隙。

岂止如此，他大概认为对三郎这样年轻的检察官，应该恫吓恫吓，于是在桌上一手托腮，一手拿烟，漫不经心地应答着，随即又故意地露出了两个手腕上的青黑色文身刺画来。

当看到小林的这两个手腕时，三郎好像得天启示似地想出了一个主意。

"你的文身很好看呢！"

"是吗？大概是无知的行动。刺全身必须仅用三七二十一天，这才是男人勇气的一种表现。黑泽先生也说过：'能够忍耐这样的痛苦，大概没有什么事办不了的了！'"

这时突然说出黑泽的名字，无疑是一种威吓。但三郎好像若无其事似的：

"是啊，据说全身刺画一般须用半年到一年的时间，不到一个月就刺完，这要是没有坚强耐力是不可能的。"

"没有这种耐力,怎能算是一个真正男子汉呢?"

"但是,大概还要借助别的力量吧!"

小林准一的两眼,开始露出不安的神色。

"据说在勉强文身时,为了减少痛苦,有人在墨里混上可卡因。当然,如果用量很小,或者刺身时间拉得长,没有什么。可是全身刺画,又要一个月以内做完,这就大概会产生可卡因中毒的啰。"

"……"

"这个手腕内侧,那没有画的部分注射痕迹是什么?从那起了茧子的地方看,你大概注射相当的量了。你大概爱用维生素什么的吧?"

"检察官先生……"

"可卡因中毒者进而成为吗啡、海洛因那样的麻药中毒者,具体实例是很多的。因为麻药瘾者有不断追求强烈刺激的倾向。只是有关麻药方面的取缔条例规定,只要不断地向自己身体注射麻药,就构成了犯罪。"

"检察官先生!"

小林准一的声音近乎哀鸣。三郎慢慢地站起来,突然大声叫道:

"小林准一!你作为违反麻药统制令的嫌疑犯,已被逮捕!"

当然这并非三郎的真实目的。只是从小林准一的答辩中,三郎本能地领悟到小林与其背后的沟口一家同此次杀人案件定有某种形式的联系。而对这个有五年在刑务所劳役经历的、以全身刺画引为自豪的人,仅仅采用普通办法,肯定是不能让他全盘托出的。三郎估计到这一点,于是对他断然采取强硬措施,予以拘留处分,迫使他产生成瘾性症状。这一强硬措施大概在几天内能决定胜负予以分晓的。

三郎的这个逮捕命令，使桑原警部感到震惊。但是对于检察官的决断，警察官几乎是不能从正面反对的。后来三郎向他解释："迫使他产生成瘾性症状，是自己的目的"时，警部才恍然大悟，拍着大腿道：

"有道理。那么要由他中毒的程度来决定了。不过两天之内其症状就要表现出来。那时就可以让医生诊查，给他扣上麻药常用者的帽子。我虽然因为工作不一样，缺乏这方面的知识，但在处理麻药犯罪案件时，以中毒患者或是什么嫌疑而逮捕一些人，迫使他产生成瘾性症状而非常痛苦，只得供认了自己犯罪事实，然后破了案，这样的例子不少。尤其小林准一，他如果与麻药有关系，大概会是一个相当的人物，即便同本案件没有直接关系，也可能揭露出相当规模的麻药事件。对不起，我没想到检察官先生如此深谋远虑，亲自调查他。"

"不。这如果成功了，也只能说是侥幸的呀！"

三郎谦虚地回答。

"但是他是麻药中毒患者，那么其姘妇友永寄子有百分之九十九的可能也是麻药中毒患者。"

"他的姘妇也不用一个月刺完全身吗？"

"据说文身对于女人来说是难以忍受的。不过有肉体关系的男女，只要一方中了毒，另一方就不那么安全了，以至有'麻药夫妇'一说。"

警部慢吞吞地点上一支香烟。

"麻药中毒者染上病后，初期除出现别的症状外，性欲急剧减退。而且他的嫉妒心和猜疑心也突然变得强烈起来。由于患者性功能的衰弱，再也不能像过去那样满足对方的要求，他如果担心对方离开自己的话，只能让对方也像自己一样吸上毒，采用这种迥然不同于过去的办法，才能使对方不能离开自己。

不管是有意识地还是无意识地，麻药夫妇就这样产生了，而且由此他们的周围也产生了很多新的中毒患者。"

警部就这样一句一句地似乎从肚子里挤出来似地说着。

"咳，检察官先生，今晚出乎我意料了。刚才我真担心您如何对付这样的顽固分子。后来您把他的文身和麻药的事联系上，竟然果断地逮捕了他。"

两个人走出涩谷署后，北原大八向三郎低声道。

"那没什么了不起。你今天累了吧？到什么地方去喝一杯？"

适当地犒劳犒劳作为助手的检察事务官，是检察官所不应忘记的。三郎想今晚正是个好机会。

"一起喝吗？那让您破费了。"

大八并不客气，两个人往涩谷车站方向走去。在通玄坂中往右拐，走进一家挂着写有"怀念"两字招牌的小饭店里。

北原大八看样子相当能喝，不一会儿，已喝了五壶酒。

"检察官先生，我这不是吹捧，我是相当佩服您的。我愿效犬马之劳。"

大八酒后说话声音低沉，给人以粘粘糊糊的感觉。

"噢，那实在难得！不过你过奖了。作为检察官，我还很不够老练呢！"

"您这样说就好了。检察官要是有检察官气味，就不好办了。"

大概是酒后之言。作为检察事务官的北原大八话说得有点越轨，但三郎不想责备他。

"你所说的有检察官气味的是指什么人？"

"是说那些光想出人头地而对工作不负责任的检察官。"

大八好像把平日的积愤一下子喷出来了似地说。

"检察官先生，不，雾岛先生，您知道小林准一有黑泽大吉那样的靠山，却又断然逮捕他，您是想一鼓作气一追到底吗？"

"这是理所当然的。"

"像这样您认为是理所当然的事，却理所当然地办不成，这就是现在日本检察厅的一个病根。"

"噢，这究竟怎么回事？"

"他的名字我暂不说出来，有一个现在当上律师了的原检察官，在一次酒醉时，向我流露过不平。他愤慨地说，要抓住政治家的弱点，巧妙地加以利用，是现在日本检察官打算达到出人头地目的的最妙手段。"

"你醉了吧？这话留着以后讲。"

离他们不远坐着不少客人。三郎有所顾忌，但大八仍然滔滔不绝地讲：

"不。您还听我说。总之，据这位律师讲，日本检察厅处理什么违反选举法、贪污渎职之类的案件时，不少是看眼色行事的。因而大都是虎头蛇尾，甚至半途搁置，实在太不像话了！"

三郎从大八的话中，开始感到一种恐怖。

"这类案件起初谁都能看出大都和政界大人物直接有关，实际上这种可能性也很大。可是结果这些大人物们极少——大概还没有百分之一会成为追究对象的。当然就检察官来说，要是没有充分的证据，也无可奈何。不过据说这些人物之所以能够逃脱应有的法律惩罚，乃是他们暗中进行政治活动，掩盖了自己罪责的缘故。"

"有道理，不能说没有这样的事。幸亏我还没有遇到过你所说的事。"

"但是，据说战前就有个检察总长，抓住政治家的把柄，故意压住不予公开，以之要挟而爬上了总理大臣的宝座。"

大八可能激动了,一拳打在桌子上。

"刚才有一个念头在我脑海里闪过,黑泽大吉的名字冒了出来,这大概是件了不起的事。"

"为什么?"

"因为关于黑泽众议员的选举资金来源,有这样那样离奇的传闻。"

看来他还没有完全醉,向周围张望了一眼。

"当然谁都知道搞政治需要暗地花费许多金钱。但是在日本大概不会有人天真地相信:那些政治家们的公开收入——这些收入税务署能够调查清楚的——作为他们进行充分政治活动的经费之用是足够的。因而人所共知的是有大量名目繁多的钱财从财界流进政界。当然从财界搞到钱还是普通的方法,而有些想爬得更高的却不满足于这种普通方法。他们甚至把手伸到走私犯罪上去。譬如据说在某海岸曾发生过这样的事:有些在夜里借口出去钓鱼的船只,开到港口,装运由小汽艇自停泊轮船上运来的东西。当时警察也略有觉察,只是慑于某个大人物的威势而不敢动手缉拿。"

"北原君,别说了。这不是喝酒时说的话。"

"不喝上点酒讲得还不会有这么痛快呢!"

北原大八坚持说下去。

"不过,当时我听了之后觉得他们这样干也还无关大局。当然走私的确是一种违法的犯罪行为,但它没有特定的受害者。虽然国家损失一些税金,可是对于购买的人们来说,能买到比合法商品价格便宜的外国优秀产品,也是高兴的。"

"嗯。这样说大概也过得去。"

"检察官先生,可是他们的经费来源竟然与麻药交易有关系,那就是另一回事了。"

北原大八眼睛里开始呈现出愤怒的火焰：

"那些亲眼看见麻药患者的真实情况，尤其看过其成瘾性症状发作时痛苦得满地打滚那种情景的人，会认为他们就是进了人间地狱的。为了满足自己的欲望，把他人推进这人间地狱的家伙们，真比杀人犯还要可恶十倍！我甚至想，把这些为了出人头地而把从私贩麻药中攫取的巨款作为活动经费的政治家们，以叛逆罪处以死刑也未尝不可。话说回来，如果我听到的传闻属实的话，黑泽大吉马上会在今晚采取措施的。检察官先生，您想到这点没有？"

第十六章　咒语

同一时间，恭子坐在"相爱"酒吧的里面小单间里，心绪翻腾，怅然若失。

一个女人在这种情况下，意外地撞见了这么可怕的横死尸体，该受多大震动哟！何况嗣后她又受到警察寻根究底的询问，以致身心感到极度疲沓，浑身累得恰似一团软泥。

警察询问毕，寺崎义男长叹一口气说："唉，今天晚上要不喝点酒，实在受不了呀！"这种心情恭子是很理解的。当他又提出要喝酒，倒不如去"相爱"酒吧顺便作些了解时，恭子对他的热心充满感激之情。

不过，恭子原不想来这里的。她毫无食欲，只是想请寺崎一起吃顿饭，略表犒劳之意。"小姐，您也和我去'相爱'一趟好吗？"经他这么一劝说，竟然糊里糊涂地答应，和他一起来到了这里。

大概是由于劳累过度，加上晚饭时喝了点酒，她似乎失去自控能力。另外，也可能是她想尽可能延长回家前的这一段时间，因为家里的极端寂寞孤独，使她难以忍受。

寺崎义男说他在这个店里自称是"日东艺能"会社的社员

名叫寺本义一。他还告诉恭子必要时将把她作为自己的同事介绍，请她不必介意，恭子只好点头答应。

走进店里，恭子产生一种近乎恐怖的心情。暗自埋怨：要不是发生了特殊变故，或许自己一辈子也不要跨进这类场所的。

后来她喝了点甜鸡尾酒，有些醉意，不安的心情略有缓和。据说这里被怀疑是暴力酒吧间，可是普通酒吧间与暴力酒吧间有何不同，恭子无法辨别。周围的情景和在电影电视里看到的酒吧间场面完全一样，毫无两样。

义男和别的女人们谈笑着。恭子知道他的"目的"只在于友永寄子，因为看他再三吩咐女招待："老板娘来了时，我要马上见她。"

"让您久等了，您有什么事？"

恭子略微一惊。一个看来有三十二、三岁的女人出现在他们面前。她干瘦干瘦，与其说她漂亮，毋宁说她有些怕人。她两颊凹陷，两眼灼灼亚似男人，声音嘶哑，浑浊而低沉。

"是友永寄子女士吗？"

"是的。您是？"

"日东艺能会社的社员，叫寺本义一。经常从加山社长那里听到有关老板娘您的事。"

"是吗？我时常得到加山先生的关照呢！"

她似乎平静地回答着，坐到义男旁边。虽对她过去经历不清楚，但看得出来，她经营这种待人接客的行当至少已有多年。瞧她点烟的姿态，就给人一种独特的风骚艳丽之感。

"我找您是因为有一项重要的事要与老板娘密谈。请您让旁边的人走开些，好吗？"

"是吗？太可怕了，什么秘密？"

"想向老板娘求爱。"

"真讨厌。瞧您还带着一位漂亮的人儿了呢?"

她婉转地嗔怪着。不过,大概从寺崎义男的表情看出来,他的确有相当重大的事要对自己说,于是让旁边所有女招待走开,压低声音问道:

"什么事?"

"讲之前我顺便告诉您,我个人很得加山社长的信赖,所以即便是老板娘您个人的秘密,我也相当知道,这一点先让您明白。譬如他甚至让我看了老板娘后背的文身照片了,因而您的身上什么部位刺的什么画,我是能猜得出来的罗!"

"是吗!"

寄子皱着眉头,眼睛像猫眼似的闪烁着寒光。

"那是我年轻时留下无知的伤痕呀!请您不要说这些了。我现已后悔不迭。要能办到的话,真想把浑身的皮都扒下来呢!"

短短的几句话,使恭子感到震惊。香具师的姘妇,江湖话称作"大姐",这样的女人文身本不足为奇。可是寺崎义男把这种甚至连身上什么部位刺着什么画的情报,都能在短短时间内,不知从什么地方刺探到,并且现在满不在乎地耍弄着把戏。恭子突然感到十分可怕。

"您所谓的密谈是什么?难道要看我的文身吗?"

"不是。"

寺崎义男慢吞吞迪点上一支香烟,环视一下周围,突然以在恭子面前表现的那种彬彬有礼迥然不同的令人生畏的态度说道:

"老板娘,我能拿到药吗?"

"药?"

当然她肯定知道这是指麻药。于是她干瘦的身躯像得了疟疾似地颤抖着,两眼闪出磷火似的光。

"我不知道呀！那样的东西，什么地方卖……难道加山先生胡说我这里有药？"

"是的，他是这样说的。因为我们必须照顾这么许多艺人。为什么爵士乐队的人爱用这东西，我不知道。不过他们要是强求我们去弄，我们还必须分清谁的要求合理，谁的要求无理。这是多么烦人的事呀！"

"你们那里乐队队员好象麻药中毒患者不少。不过随他们的便，自己用的药，自己找去！"

"可是货的来源，最近那地方被警察破获了。他们的存货即将用完，要是不找一个新来源，实在是无法应付呀！最近一个队员因此生病住院，真是没有办法。这样一来我们很有可能蒙受极大损失呢。"

义男这么说着，寄子好像为了看透他那内心秘密似的，眼光在他和恭子的脸上扫来扫去。恭子微微苦笑，每当那妖女的目光向这边一扫，她就觉得像有一股冷风向她袭来。

"老板娘！您的电话。"

当一个女招待过来通知她时，她那紧张的神情，终于平静下来。

"稍等一会儿。"

寄子说着站了起来。恭子望着她走去的背影，长出了一口气。对义男小声道：

"您行吗？演这么可怕的戏。不……"

"不入虎穴焉得虎子。既然到这里找她，不演这出戏……详细情节以后告诉您。呶？"

寺崎义男按着恭子的手腕，向那边努嘴。恭子回过头，也吓了一跳。

柜台对面的那一头，接电话的寄子浑身上下波浪似的颤动着。由于背向着这边,看不见她的面部表情。她左手紧紧地按住柜台,像是竭力支撑住身躯,以免因过分激动倒了下去。

这个女人即便看到了可怕的横死尸体,大概也会脸不变色心不跳吧!可是为什么一个电话竟使她如此恐惧呢?恭子边想,心里也感到不安。

"奇怪……小姐,肯定是发生了我们未曾意料到的事件。"

寺崎从桌上探过头来,对恭子说。

"是呀,那个人怎么那样心慌意乱?"

"小姐,我猜想她会马上出去到什么地方去,我将跟踪去看一看。本想送您回家,现在只好请您一个人走了。了解到的详情,回头在电话中告诉您。"

"好……不过,您不会有什么问题吧?"

"她是做生意的人,我又不做笨拙的事。再说,我的行动看起来好像是仓促决定的,其实我有我的计划步骤。只是今晚从现在开始的行动,可能多少要背离我那原定计划了。"

寺崎刚刚说完,寄子已接完电话向这边走来。尽管灯光不亮也能看出她的脸色铁青。她走到恭子他们面前,象魔女似的望着他们,放大嗓门说:"我今晚有急事,不能奉陪。最后,我也没有什么可说的。"

走出店门与寺崎义男告别后,恭子象梦游者似的,恍恍惚惚地向火车站方向走去。这种短兵相接的激烈场面,对于男人也许不算回事,可是对于恭子确是非常可怕的。

自案件发生以来,她没有一天,不,没有一时一刻摆脱过紧张、不安和恐怖,今天可说已达到极限了。她想尽快回家,好让自己能够得到片刻休息。可奇怪的是,偏偏又不想叫部出租汽车。

"恭子!想不到在这里见到你。"

突然背后有人叫她，当她回过头时，险些软瘫地倒下去。她最讨厌的人——须藤俊吉向左撇着嘴唇冷笑着站在她的眼前。

"是你……"

"我知道你很讨厌我。对不起，上一次我说了一些不是有意让你生气的话。不过事实证明我的话没错。这也是无可奈何的呀！"

恭子没有搭理他，一心想摆脱他，但又像作着噩梦似的身体不由自主地寸步难移。

"本想告诉您有关这个案件的一些事，可是从您最近的态度看，我要是给打电话，大概您会咔嗒一下撂下话筒不予理睬的。然而随着时间的过去，那个机会可能就要失去，我正毫无办法焦急万分，今天在这里得以见到尊颜，真是天赐良机。怎么样？咱们在一起喝喝茶谈一谈，你大概不会吝惜这一点时间的吧？"

"有话对我哥哥讲好吗？然后我会让他告诉我的。"

"可是目前身处困境的不是我，而是龙田家。我手头正拿着一张王牌，何时扔给何人，这是我的自由呀！"

恭子不由紧咬樱唇。虽然她对须藤这种乘人之危无理威胁的话无比厌恶，可是又觉得他话里充满奇妙的自信和诱人的魔力。如时自己能暂忍一时，也许从他口里能听到什么秘密吧。这样一想，恭子对他竟然无法予以还击了。

"怎么样？喝茶？还是酒？"

"那么喝点茶吧。"

"大概已喝了不少酒了吧？"

对这样的讽刺话，恭子未予理睬。她默默地和须藤来到附近一家叫"白山"的吃茶店。

"你好像对我抱有很大成见。我说这是因为在战时到战后这段时间里，我没有受到教育的缘故。和我同时代的人无论谁，难免在性格中或多或少带有一种空虚的、易于冲动的东西。"须藤俊吉要了两杯咖啡以后说道。

"你不必讲那些过去的事了。赶快谈正题吧！"

"在送来咖啡之前，谈谈也不妨吧。我对你谈的所有的话都是有用的。"

他这样说着，并不觉得这有损于谈话气氛。不但如此，他甚至表现出强者对弱者的得意神情，冷冷地说：

"那么，我从结论开始谈吧。我现在正受到一个人的委托，办理去国外的手续。当然，我不是当官的，又不是在旅行社工作的，因而委托我的并不是那些持有正式护照的人。

"是我父亲吗？"恭子再也控制不住自己身躯的颤抖，终于痛苦地问道。

"这个问题不能从我口里告诉您。世界上所有的东西，都具有两个方面即表面和里面。像我这样被人认为是颓废的无赖之徒，却能够毫不在乎地处理表里两方面的事，这大概是我的特长吧！平常只走明路的人，一旦要他走黑路时，他就会不知东南西北，如果没有适当的向导，那就寸步难行了。"

虽是令人讨厌的饶舌，偏又具有奇妙的说服力；语调冷冷淡淡，却又不可思议地带有一种粘糊糊的甜蜜感。若是普通的女人，定会马上被他吸引住的。

"那个人是我父亲吗？"

恭子虽然知道须藤不会回答这个问题，但仍重复何道。

"那，那个……不过我现在告诉您上次要告诉您的话可以吗？其实我认识您父亲的情人本间春江。当我得知他们之间关系时，就想到这可要产生严重的后果哟！他们之间的关系如此发展下去，哪怕傻瓜也会推测得出，您和雾岛三郎检察官的婚事将难以顺利进行下去。我是根据事实进行冷静地分析，如果听的人认为是威吓或者是恶意挖苦，那只好由她判断去了。"

"这为什么？"

"您还不知道？因为本间春江这个女人是一个麻药中毒患者。"

当然本间春江是个麻药中毒的瘾鬼，恭子也未曾没有想到过，但从第三者口里说出来，这就形成了一桩严酷的事实沉重地压向自己。

咖啡送到了，两人一时停住了谈话。须藤俊吉慢吞吞地将怀子放在嘴边呷了两三口，而恭子却似一口也不想沾。

"我也曾打过麻药。因为当时牙疼，有个女人劝我注射这东西，结果上了瘾。幸亏后来住进医院，戒掉这个恶习，现在已经没什么了。如果您对此怀疑的话，时间会做出结论的。可是如果本间春江是麻药中毒患者，而龙田先生又长期和她保持关系，那么他的身体要不受影响才怪呢。当时我要对您说的就是这件事。其目的无非希望您劝告令尊和她分手。可当时我看即便说了也毫无价值，因为您可能把它当作凭空捏造恶意中伤而不加理睬的。"

须藤俊吉以充满魔力的眼睛望着恭子，用催眠术师般的声调滔滔不绝地说着。

"可是，现在我知道了那个人是麻药中毒患者，并非根据推理，而是根据事实。"

一般情况下，这话是令人听了可怕的，可现在自己听来却觉得很平常。这大概是由于过度紧张之后，自己处于一种精神恍惚失去自控的缘故吧！

"那么，你要我怎么样呢？"

"我想问您，想不想见那个人。"

"你是说我父亲还活着吗？现在在什么地方？"

"不是令尊,是某一个人。"

"让我考虑考虑……"

"是吗?您今天大概遇到不得了的事了,很累了吧?"

须藤俊吉看着带日历的手表。

"但是可以告诉您,他的计划是很微妙的,不能因为与计划无关的第三者而有所变更。如果您不能及时做出决断,那就无法在东京见到他。不过您可以到神户或者北九州去。无论什么地方,坐上飞机,不一会儿就到了嘛。您下了决心,就用电话告诉我。"

须藤俊吉又点上一支香烟,左手在桌上晃了晃。

"您大概不会糊涂到这个地步。假如这个秘密传到雾岛检察官或是什么人的耳朵,我被叫到检察厅去受调查,那么我会矢口否认的。我只回答偶尔在街上与您相遇,看到您好像寂寞的样子就劝慰您,希望有可能和您重叙旧好。因为这是我们两人之间的对话,既无录音又无证人,究竟是谁撒了谎,结局只能是各执一词抬死杠。难道为这样的事,还能使用测谎器吗?"

须藤俊吉稍微一停,接着恶狠狠地说:

"怎么样?您若轻举妄动,其结果等于绞紧那个人的脖子!"

这句话像一把匕首刺向恭子的胸膛。

第十七章 鸿沟

恭子疲惫不堪,拖着沉重的脚步回到家。须藤俊吉虽未再追问纠缠下去,但这一天的经历,已远远超过她这样一个年轻姑娘心身所能承担的限度。

案件发生后很少在家的哥哥慎一郎,今晚却在家等着她,并且出乎意外地想和她谈话。

"你到什么地方去了?"

依然是醉醺醺的。恭子觉得他像是盘问自己,心情烦躁,带着反驳的语调回答道:

"我去一个女人家,就是那个最后见到父亲的那个女人。没想到在那里发现了她的尸体,后来又受到警察这样那样的盘问,搞得筋疲力尽。为了拔除不祥,解解闷,在回家前喝了酒。"

慎一郎吃惊地睁大眼睛。

"那个女人叫鹿内桂子吗?是怎么被杀的?快告诉我。"

"我头晕得很,累得要倒了。让我明天再告诉你吧!"

"嗯……那好,为提提精神喝一杯吧。这时候酒确是最好的药喝。"

看来慎一郎不想勉强追问下去。他拿起桌上一瓶威士忌劝恭子喝。

"那就代替安眠药，喝一杯。"

恭子正举杯欲饮的时候，旁边的电话铃响了。慎一郎拿起话筒，说了两三句应酬话后，把话筒交给恭子："恭子，是寺崎君来的电话。"

"小姐吗？我是寺崎。现在在幡谷的那个老板娘家附近，是用公用电话给你打的。"

"您辛苦了……那么，她从那里直接回家了？"

"是的。她惊慌失措，全然没注意到我在尾随她。她家情况异常，有许多人进进出出……这时候勉强监视是不行的，对方正在火头上。"

"是她男人得急病了？或者家里被搜查了？您有没有听到这方面的情况？"

"这些我一点也不知道。那么再见了，今天我很累。明天早上打算去事务所，调查一下有关文件……"

放下电话后，慎一郎可怕地盯着恭子问道：

"说什么了？听得出来好像是不寻常的事。"

"让我明天说吧！不过今晚我想问你一件事。"

"什么？"

"父亲还活着吧？"

慎一郎身体微微颤动，悄悄地扫了周围一眼。

"我说了你可能要笑我。案件发生后，我还去过一个姓熊泽的算卦先生那里。噢，这可是个了不起的人哪！我很相信他。据先生说，老头子还活着，现在还躲在东京，并且我们在什么时候还可见到他呢……因而我每天要不喝点酒，真不知如何是好。可是你为什么突然问起这个问题？"

"这也明天告诉你……"

恭子刚说完，电话铃又响了。慎一郎拿起一听就皱起眉头，用手掩住话筒："雾岛君打来的。尽管不说真名，我一听就知道是他。"

"是吗？"

"是我。"

恭子答话后，一个令她思恋的、微带醉意的声音，马上传进她的耳鼓。

"是我。今天可真了不得呀！当时很想看看你，可是因为大家都在一起，办不到呀！"

"我也……"

因为哥哥伸长脖子睁大眼睛地在旁站着，恭子只好简短回答。

"今天这桩案件仍是个谜。可是第一桩案件却有相当的进展。"

恭子呆呆地听着三郎讲。三郎说话十分小心谨慎。电话里未谈桂子说的话和发现龙田律师皮包的事。大概因此也使恭子感到三郎有不愿告诉自己的秘密。

"因此我责成警方逮捕了'相爱'酒吧的老板小林准一。我判断他是一个麻药中毒患者，大概是不会错的。在拘留所里，想必要产生成瘾性症状。这种极为痛苦的症状，大概会迫使他吐出一切真情。"

"是吗……"

现在恭子才知道刚才寄子为什么那样狼狈不堪。可是她并不想将自己这一天的经历告诉三郎。

"另外，你帮我调查一个问题。这个问题只要警方没有从别的方面调查出来，你只能把它作为我的秘密，决不能泄露给别人。"

"可以，是什么秘密？"

"你知道战时你父亲在什么地方救过一个中国人的性命吗？那人感恩戴德，战争结束以后特地来到日本，找到你家，登门拜谢救命之恩。"

"战时我还是个小孩子呀。"

"这如果是事实，我想知道那个中国人的姓名和住址。他好像住在香港一带。"

"那么，我问一问亲戚们好了。"

"那就这样……还有，你不会误会吧？我真的爱你呀！无论遇到什么情况，我的心都不会变的。我们俩再努力一阵，度过现在的难关，一定能获得幸福的……"

三郎好像哭了。通过无知无觉的电话机，他那一脉柔情一下子传进恭子的心坎里。可是今晚的恭子却不能用温存的话来回答。

"知道。祝你晚安。"

"好好休息吧……"

恭子放下耳机。慎一郎用锐利的语调问道："恭子，刚才雾岛君托你问什么呢？"恭子不得不告诉了他。不料慎一郎的脸色顿时苍白。

"逃到国外……敌人已怀疑到这方面了。"

"哥哥！"

"恭子，这回该让我作为兄长说一句话了。不错，我和老头子闹别扭；对于你，我可能也是个混账哥哥。可是，我知道为人子弟要尽的最低义务的。"

"是的……"

"怎么样？这件事绝对不要告诉雾岛君。据说古时候武士的妻子，即便与自己的亲兄弟为敌，也要对丈夫忠贞如一，认为这是应循的妇道。可是现在已不是战国①，龙田家不是武士之家，而你也还不是雾岛恭子。"

"是的……"

哥哥如此愤怒而又惴惴不安，可以想见，一定可以从什么地方得知那个中国人的姓名和地址的。恭子再也忍耐不住，哇的一声，坐在那里痛哭起来。

慎一郎也不劝慰，愤然地站了起来。约莫过了三十分钟，恭子止住了悲声，回到自己的卧室。当她经过书斋门前时，不由得停住了脚步。从门缝里透出一股微弱的烧纸焦味，恭子立即意识到哥哥在烧毁信件或是其他什么东西。

她双手掩面，跑进卧室，趴在被子上，又放声痛哭。

恭子一直希望她和三郎结婚以后，二人真诚相爱，无事不可言，彼此互不隐瞒。可是还没结婚，两人就各自走上各自的路，甚至现在还很难说，他们能不能结为夫妻呢？目前，两人间已经开始出现的裂缝，越来越大，越来越深，很可能要成为一条难以填补的鸿沟了。

翌日中午时分，雾岛三郎来到搜查本部。桑原警部好象早已等待着他似的，翻开记事本，开始报告。

"目前，杀害鹿内桂子一案，尚未发现其他可疑的嫌疑犯。检察官先生说的那个打电话给桂子的很可能是一个客人。为此，昨天晚上，我让刑事们到那个店去调查，结果没听说有什么可疑的人物。虽说是没有牌照的家庭酒吧间，但来这里的顾客，一开始总是先去过本店的。据老板娘和女招待们说，鹿内桂子性情不坏，与同伴们相处融洽，人缘也好。因而她的被杀令人

---

① 战国：日本丰臣秀吉统一全国之前的一段历史时期。——译者注

不得其解。"

"那么，最可疑的还是龙田律师了？"

三郎沉重地说。桑原警部点点头。

"从一开始就把搜查方针局限在一条线索上，我们知道，这是很危险的。可是如果没有别的可疑线索的话……说不定今天能够找出其他线索。"

最后一句声音很低，似乎是无关紧要的补充。接着警部拿出一份文件。

"根据今天送到的报告已经清楚，本间春江是麻药中毒患者。虽然当初验尸时，发现她手腕有相当多的注射痕迹，曾有这样的怀疑，但因还不知道注射的是维生素呢，还是兴奋剂或者是麻药，所以要等待部位组织检查。这种检查就是要多次地、有顺序地将高浓度酒精滴入肾脏、肝脏和心脏的切片上，进行化验。需要相当长的时间，今天才终于知道结果。"

这个结果，即便根据现有材料，三郎也能隐隐约约想象到。可是一旦根据科学化验而证实时，这种隐约的恐怖就变成了严峻的现实，摆到面前了。想起昨天听到的"麻药夫妇"，可以认为龙田慎作很有可能已受这个女人的影响，患了麻药中毒症，从而陷入精神异常状态。

"另外，对小林准一的住宅和'相爱'酒吧间，已进行了搜索，未发现任何麻药之类的东西。对他的审讯，已难以进行下去。如果他能出现成瘾性症状，大概也要从今天下午开始吧。现在，作为重要参考人在这里接受调查的有小林的姘妇友永寄子和须藤俊吉。"

三郎认为这个搜查方针还没有失去价值。这时警部稍皱眉头说：

"友永寄子只说一句话'不知道'，使人难以捉摸。须藤则说想见见负责本案件的检察官。那么您看怎么办好?"

一般案件的嫌疑犯以至参考人,出于一种变态的自尊心,有话大多不愿对警察官说,而愿意对检察官讲。可是这一次三郎却觉得面临着正面挑战,感到似有一股血流直冲头顶。

"那就马上调查吧!"

三郎一口气喝干了凉茶,简短地回答。

抱有成见是不对的,但三郎对须藤俊吉的第一印象很坏。这回是面对面的谈话,三郎立刻想到:此人究竟有没有精神分裂症的倾向。

三郎虽然不懂专门的精神病理学理论,但迄今曾遇到过好几个根据常识可以叫作患有精神分裂症的对象。诈骗犯人中多有这样的人。他们拿撒谎不当回事,而且撒起谎来,甚至连自己也相信真有那么回事,这是这些家伙们的一个性格特征。开始仅仅谈了两三句话,三郎就本能地看出须藤俊吉也具有这个性格特征。

虽然如此,对他的讯问开始阶段很是顺利。他无法否认他是那个酒吧间的老主顾;在本间春江哥哥的案件发生后,是他将本间介绍给龙田律师的。

"从那以后直到最近,我没有见过她,因为她已经离开那个店了。女招待或是聘用老板娘转到别的店时,都要将熟客拉过去,可是在她离开时,却没有通知我。因此我以为她成为正经的人了。可是大约两个月前在十月末的一天,偶尔在银座见到她,我对她说:'咱们喝一会儿茶吧!'"

"那么?"

"我并没有打什么坏主意。可是她却滔滔不绝地谈起来。她说她不久就要和现在的丈夫离婚而嫁给一个有名望的人。当然办理离婚手续等事,要等对方的女儿举行结婚仪式以后,因而还要等待一段时间。她那么一说，谁都会问她那未来丈夫的名字的。可是当她告诉我是龙田律师时，确实使我大吃一惊。"

俊吉低声说着，语调却有点粘糊糊的。

"当时我直觉地感到他们结婚是不会顺利的。她作为二号还可将就，但作为律师夫人，就不合适了。我当时如果对她说：'祝贺了！'走开就好了。可是我喜好讽刺人，天生的恶语伤人的性格，突然作怪了。我就说：'你们结婚是谈不成的。'"

"她怎么样？"

"她火冒三丈，驳斥我道：我们的关系已经不能分离了。那个人要没有我，简直会马上死去的。她确实很自信地说。以至当时又使我吓了一跳，同时脑海里一下子闪过麻药的事。可能是由于我本人染上过麻药瘾，之后戒瘾时尝尽了苦头的缘故。"

"那么，你追问这方面的事了吗？"

"是的。因为她知道我的过去，所以我们谈得来，可谓同病相怜。曾经一度陷入那个世界的人，不易忘记一种乡愁似的东西，因麻药这东西是奇妙的。当时我想龙田律师和她结合后，身体方面即便一时不受多大影响，可是如果他们的麻药来源偶尔因故破获，有关的人会全部被牵连的，那怎么办？律师犯了违反选举之类的过失，还有一说，可是如果因为麻药案件而受牵连，那这一辈子就完了。他本人以后生活怎么样，姑且勿论，就连他的女婿，作为一个司法官，也会陷于进退两难的困境呀！"

三郎后背冷汗涔涔。他悄悄瞥了旁边北原大八一眼，觉得这位除非酒醉一般能够不动声色的事务官脸上，竟也露出些许不安的神情。

"有一次我想把这些事告诉龙田律师的女儿，可是她大动肝火丝毫不想听。从前我向她求过婚，但没说成，这是事实。另外，当时她刚刚和情人约会,大概觉得约会后那种甜蜜的气氛遭到损害了吧！哈哈哈！女人沉溺爱情中,就不好办了。"

一句紧接一句,句句话无不刺痛三郎的心。他甚至怀疑,须藤俊吉就是为了让自己听这些难听的话,才提出要见自己的。

"警察在强烈指责我为什么案件发生后的前几天,不来报告这些呢。其实是那两、三天,我正为出卖土地伤脑筋而没有看报纸的缘故。再说,即便看了报纸,也可能会认为是同名异人。总之,因此而受斥责,真不上算呢！"

俊吉实是能言善辩。三郎想他说了这些让自己烦躁的话之后,大概会强硬地提出一些什么来。

果然,俊吉冷笑了一下,高高挺起胸脯道：

"检察官先生,我并非恭维,我一见您就喜欢上您了。我也并非不满于现在警察的做法,可是如果可能,我则想让您去立功。"

"怎么立功呢?"

"这还需要说？假如万一龙田律师还活着,并且躲在什么地方,难道把他逮住还不算功劳吗?"

"你是说你知道他躲在什么地方吗?"

"我始终说的是假定的话。我有我推理的线索。这要说出来,大概会被行家笑话的。"

须藤俊吉这名在检察官面前的参考人,却反常地显露出猫戏耗子般得意扬扬的神情。

第十八章　金钱之谜

雾岛三郎曾听一位前辈检察官讲过，大凡一些把社会搅混而一时难以查清的案件，其中总有几个精神异常者在作怪。

给警察、检察厅或被害者打恶作剧电话的，不乏其人。本来只犯轻罪受到拘留，为了吃上一顿美味的鸡肉炒饭，却说某某大案件是自己搞的，使刑事本来就够瘪的钱包一空如洗。当然，这样的闹剧，警察就可处理，不必检察官费心。然而更有甚者，有的故意做出暗示，他知道什么特别的情报，使办案人员跑了不少冤枉路。这位前辈还说，他在处理一起违反选举法案件时，无意中就吃过他们的苦头。

三郎好像被须藤俊吉的话重重地刺激了一下，久久没有开口。可是当他想到那位前辈以上所说的话时，深深地吸了一口气。

俊吉肯定十分嫉妒自己和恭子的婚事而决心不惜使用任何手段加以妨害的，男人的嫉妒有时会以比女人更为激烈直接的形式表现出来……

因而，当可以说是天赐良机到来时，他不会不充分而彻底地利用的。冷酷的精神异常者决不会放过敌人的哪怕微小的弱点，甚至能够干出抠掉对手眼睛那样残酷的罪行。

三郎又深深地吸了一口气，决心予以反击。

"检察厅是不会完全相信你的推理的。当然这并不是否定你的才能，而是认为你没有完全掌握合理推理所必要具备的各种材料。只是你如现在知道龙田律师潜伏在什么地方这样的具体事实，我倒可以听听。因为偶然的机会，任何人都有可能发现什么线索的。"

"至于他隐藏在什么地方，我不知道。我不是龙田家的亲戚还是什么的。说我窝藏了罪犯，那对不起，难以说服人。我的推理尽管材料不足，但只要你抓住关键的一点，也能悟出一些什么来的。"

须藤俊吉表现出露骨敌意地说着，慢慢地看了看手表。

"我在那边已对刑事说了，我有当时不在现场的旁证。因为那两个晚上，我都和一个女人睡在一起，如有必要请你们调查那个女人好了。妻子的证言据说在法律上不足以作为证据，幸亏我们还没有正式结婚。"

"可是，第三者弄不好，是要犯伪证罪的。"

"所谓伪证就是撒谎吧？可是我们可以对天发誓。首先，我要杀害这两个女人的动机在哪里？哈哈！搞荒唐的事，也要有限度的。先不说本间春江，鹿内桂子我也仅见过一次。"

"你也见过一面？"

对于三郎的反问，俊吉微露不安，大概觉得自己失言了。

"因为她过去在'相爱'工作过，时间不长。她之所以要从新宿转到银座，大概是为了往上奔吧。当时我想如果不向她表示祝贺，情面上未免过不去。"

"你不是说仅见过她一面吗？那么有何必要向她祝贺？"

"我所说的见过一次是指和她发生两性关系而言。"

"那么,你也和本间春江?"

"这是用不着回答的问题了。"

须藤俊吉又看了看手表。

"检察官先生,我马上有重要约会,只要你不以我有什么嫌疑而逮捕我,那么我就告辞了。"

三郎觉得适才完全由这个家伙摆布了似的感到恼火,但他强忍怒气未予还击。对方既然仰仗六法全书的条文说话,那只好等待下一次机会了。

"那么请退出。"

三郎特别使用法律术语回答他。

"如有机会我还要见您。不,我觉得还能在什么想不到的地方再见到您似的。"

俊吉嘴角浮现出一丝得意的微笑,悠然自得地说着走了出去。

"检察官先生,像这种厚颜无耻之徒,真是少有!"

北原大八叹了口气说。三郎没有回答,只是点上一支香烟。大八仍然愤愤不平地说:

"这小子一定知道什么秘密。看来他很恨您,却又故意稍稍露出一点像是知道案件的秘密似的,来捉弄您。实在是一个可恶的坏蛋。如果把和他的对峙比作拳斗,那么在这第一回合中,像是被他得了分。可是您要充分准备,彻底击垮他。我觉得此人即使没有直接参与这起杀人案件,那也一定和某种犯罪案件有牵连。"

虽然他昨晚的酒已醒了,但谈到公事时,他仍不说出他所知道的自己和恭子之间的秘密。

"是呀!"三郎勉强地笑了笑回答说。

这个不能叫作讯问的调查结束之后,桑原警部即建议讯问友永寄子。因为材料较为充分,三郎一口答应。调查集中于有关本间春江方面,而丝毫不触及鹿内桂子,当然也会询问一些自己听到的其他情况。

寄子今天身着和服。或许由于昨夜失眠,她眼睛发红,面容憔悴。可是她的每一举动,都像是在故作媚态,当然这是她的第二天性。但这种天性是由于无法掩盖而自然流露出来的呢;还是别有用心地在自己面前卖弄风骚来引诱自己呢?三郎这样想着。

"明后天我的男人真的有件非办不可的重要大事……因此方才我请求刑事先生允许他回家……可是刑事先生说:'拘留小林是检察官先生直接命令的,还是直接向他请求吧……'"

寄子向上翻着眼瞅着三郎。她虽仍属妙龄之年,也许由于消化不良,也许由于苦恼的折磨,却显得衰老而丑陋。

"只要我们得出他无实的结论,马上就释放他。当然还要在听你的证言以后再决定了。所说的重要事是什么?"

三郎按照和桑原警部商量好的方针办。

"昨晚接到电话说,住在大阪的堂兄弟患癌症,可能一两天内去世。……他们曾约定,有个万一那天,要给堂兄送丧。要是连堂兄的葬礼都参加不了的话,情理上未免说不过去呀!"

这是浪花节①式的借口,三郎本能地感到她在撒谎。

"是吗?那真值得同情。"

但是三郎仍然以不使她失望的语调说了一句。寄子似乎看到了一线希望,有点激动地说:

---

① 浪花节:日本的一种民间说唱。类似我国说唱大鼓书。——译者注

"说我们家男人注射麻药,您是不是弄错了?不是警察也到我们家和店铺里里外外搜查了一遍,并没发现什么吗?他那注射痕迹,是因为他这样的年纪,总说没有精神,就不断地注射维生素和荷尔蒙,所以起了茧皮。这点我可保证。"

古话说,最不可靠的莫过于走江湖人的嘴。这种女人和过去走江湖的大同小异。三郎认为她的话不过是信口雌黄罢了。

"检察官先生,您如果在这里赏我个面子,我想我也能在别的地方给您面子的。因为我们的同伴分布全国各地。我这么说好像在吹牛皮,干哪一行通哪一行。我们有时也能听到各种各样的情报,比警察来得更快。无论世道怎样变化,不懂人情义气,是算不得人的。这是我们一家的家规。"

寄子的话散发出一股铜臭味,这大概是她们这伙人习惯于使用这种陈词滥调的缘故吧。倘是平时,三郎定会控制不住,失声大笑的。可是这次为慎重起见,接着问道:

"例如什么样的情报?"

寄子两眼又像猫一样地闪着亮光。

"譬如搜查杀死两个女人而在逃的龙田慎作,用现在警察这样的手段,何年何月才能逮住他呢?可是,若借用我们的力量,或许三天之内就能搜查出来的。"

虽然三郎心中暗想,这是她在使出卖弄本领的一招哩,可也不禁吃了一惊。假定龙田慎作染上麻药瘾,那么,真的到了一天没有药,就难以活下去的地步,他所隐藏的地方很可能就在这些人手能伸到的圈子里。

三郎没有立即回答,稍事考虑。

"可是,这第二桩案件中被杀害的鹿内桂子,据说曾在你店中工作过,是真的吗?"

"是的。最初,她带着浓重的东北口音,从福岛的一个山村来到这里。大约两年前在我们店工作了半年。刚来时土里土气的,可是后来眼看着她去掉了土气,变得俊俏起来……直到她说要辞去工作回老家时,我们还深为可惜。不过,一者她不是老赤线①她又说要找正当的职业,因此我们也不好挽留她。谁知半年后,听说她又在银座的一家店铺干了,觉得受了她的骗。对于此事,我家男人说充其量只是一个女人的事,为此吵嚷不值得。再说她也没有借我们的钱,不理她算了。所以我只好按住怒气,忍耐下来。"

"在你们店时,她和男人交际方面如何?"

"绝不是我们劝诱她那样干。在和男人关系方面,她是很放荡的。她也不是那种好男色的女人。不过她曾说,在年轻时要不拼命挣钱,就很不上算了。因而大概她在彻底实践她这个'人生哲理'吧!不是相当有钱的男人,她看不上。像我们这种古板的女人,是无法做到的。"

"那么,照她的性格,为了金钱,哪怕相当危险的桥,她也很可能要走过去啰?"

"是的。如果要她作杀人帮凶,她或许会战战兢兢地溜掉。但只要她看准:即便干了也不致蹲刑务所的话,就会贸然充当同伙去干一定限度的犯罪勾当。她衡量一个男人的好坏唯一标准,就看他用钱大方不大方。"

你知道有关她和龙田律师的关系吗?"

"不知道。我只见过龙田一两次。那只是本间要求我去找龙田律师辩护时才见到他的。都个律师不是我们店的顾客。"

"那么,本间春江和鹿内桂子在你的店里一起工作过吗?"

寄子屈指算了起来。三郎认为她可能以此拖延时间,以便

---

① 赤线:新宿的一条娼妓街。——译者注。

考虑如何回答。

"嗯,她们在一起工作过。但是桂子,我刚才说过,她仅工作了半年左右……我觉得她们的关系,并不特别好。"

联结这两个女人的线,除了龙田慎作个人以外,在其他想不到的地方还会有。但另外的线大概有什么秘密掩盖着,三郎一时无法估计。

三郎正考虑如何询问下一个问题时,寄子令人讨厌地叫道:

"怎么样,检察官先生?答应我刚才的要求吗?善有善报,什么事儿都一样。我们无论如何会报答您的。"

说到这里,寄子停住了话头,只是微微掀动着嘴唇。也许因为心情的关系,三郎觉得这个女人好像自言自语:"好坏管它呢!"

后来,寄子对三郎所有询问,一味支吾搪塞,不作正面答复,使三郎无隙可乘。桑原警部建议不逮捕这个女人,让她在外面活动一段时间看看。再说三郎现在也不愿紧接昨天又采取那种强硬手段。

但是最后当三郎决定:释放小林,还有待于再作考虑时,寄子仿佛受了愚弄似地可怕地瞪着三郎。她蓦地站起来,也许是一种无意识的习惯举动:她用手卷起左手袖口,露出了两块乌黑的刺画。

其后在公开搜查方面,也一无所获。这本来是司空见惯的事,检察官无须自责,但现在他所处的地位是复杂而又微妙的。而且,从方才这两人口中听到暗示龙田律师还活着的话,无疑这也刺痛他的心。

当天他很快回家,因为家乡弘前来了电报,说他哥哥一郎要出差来东京。这桩案件发生以来,家里人很为他担心。这位哥哥还给他写了封长信，只是三郎没有心思告诉他详情，只回了一封简短的信。

哥哥比自己大六岁，头脑相当敏锐，只是因为生来体弱，加上战后经济混乱，以致没有进入高等学校。他现在市政府任职，倒也悠闲。三郎的二哥二郎，生下后三岁时就死了。因而在父亲业已年迈的今天，亲属中能够促膝谈心的就这么一位哥哥了。

回家途中，三郎给龙田家去了电话。接电话的是女用人近藤和子。她以不同于往常的粗声粗气答道："小姐嘛，从早上一直躺在床上休息呢。"三郎没有勉强让恭子起来接电话。

回到宿舍，看到一郎正抽着烟，焦急地等待着他。

"哥哥！好久不见了。"

"三郎，你的脸色很不好呀！"

三郎不敢马上直视哥哥。当他转过脸来，看到桌上放着一个大点心盒。这好像不是哥哥的礼物。

"这个？"

"楼下大娘说，她出去的时候，不知是谁给送来的。看家的是一个小学六年级孩子，他什么也没问就接过来了。孩子大概想分到里面的一些点心吃。"

三郎不由叹了口气。不想暗中贿赂检察官，以求得到好处的人，现在还是有的呀！为了避免这种事，还规定了检察官名片上不得印有自己的住址。可是那些一心想查出检察官住所的人，方法还是很多的。但是这东西是谁送来的，现在三郎却几乎想不出。

"打开看看。"

三郎一个人说着，拿起小刀割断包装绳。他想里面可能有名片之类的吧，可是一看，上边放着一个相当厚的信封。

三郎睁大眼睛,撕开信封,里面装着一万元的钞票二十张。

"不少的钱哪!"

在旁边看着的一郎也声音颤抖地说:

"给现职检察官送这样的点心盒,一眼就可看穿这是贿赂。可对方究竟是谁呢?"

"嗯……"

三郎闭上了眼睛。眼前浮现出刚才寄子的神情。

这个表面似乎单纯的女人认为这种小花招是最有效的。嫌疑犯在证据不充分情况下,只要检察官和警察一句话,一般马上就可得到释放的。这点她或许知道。

但是他隐隐约约觉得这第一个想法可能上了什么圈套。他又反复思索,可又无法想出能干这种勾当的第二人。

第十九章　凶器

三郎把最近发生的事情，全都告诉了哥哥。

一郎的脸色越发显得阴沉。

"你竟陷入这样的困境……大概是前世的因缘。"

一郎嘟囔地自言自语。他由于从小体弱多病，显得过早衰老，并且格外相信宿命论，所以此时此刻说出这样的话，大概是他的性格表现。

"总之，如果龙田先生是罪犯，而如今还活着躲在什么地方，那么你们的婚事只能告吹了。要还勉强地结合在一起，那个坏姻缘一定会留给你们子孙后代的……不，事实上你们两人之间已经产生了一条不可逾越的鸿沟，恐怕再也无法在一起度过幸福的一生了。"

"是，您的话是可以理解的。"

三郎痛苦地答道：

"老实说，我在调动工作时，几乎不相信龙田律师会是罪犯，而现在这个信念越来越动摇了，甚至已觉得他十之八九就是罪犯。"

"这大概因为你听了鹿内桂子的话了吧……女人，不，那种送旧迎新的女人，遇事多爱撒谎。如果你要估计不到这点，就对事情容易作出错误的判断。"

"这点我知道。不过我是以一个普通客人身份去的，她不知道我是检察官。当时我还想第二天再责成警察重新彻底调查一番呢……"

"那么，在警察重新调查之前，她就被杀了，原因何在呢？是罪犯怕她泄露秘密吗？可是即便你没去找她，在那之前她也已经向警察谈到一定程度了吧？那为什么罪犯不是马上而是要等了一段时间才把她杀掉呢？"

"是呀！所以这次罪犯作案的动机仍然是个谜。"

"也就是说截至目前的情况：到过她家的那两个客人只见过龙田的面，没有听到龙田和她的谈话。须藤俊吉找你可看作是为了挖苦你。友永寄子则是故弄玄虚，或是为了逃脱罪责信口雌黄一味搪塞。此外，你托自己人或朋友帮助调查，可又搞不出什么名堂来。"

"是的。提起这个女人，她耍的这个把戏，我想任何一个检察官都不会上这个当的。"

"总之，这些情节得让我好好考虑分析一下。我这次是出差，要在东京呆三天。不过，这些点心和现金，怎么处理？"

"马上向部长报告，交给检察厅保管。可是这点心不能久放，须马上处理……"

"听你话的意思是认为这些东西是友永寄子送来的？"

"除了她我想不出别人来。"

"不过，请稍等一下。有没有这种可能……"

一郎慢慢地点上一支香烟：

"我在家时，曾听一位处理暴力案件的刑事说过，那些流氓集团、香具师组织或者其他暴力团体，追本溯源，在日本也只

167

有十大系统。不同系统总部一级的头头们，在东京或是神户见面时，总是满面春风，相互打招呼，和平相处。可是在他们自己控制的地方，不同系统的帮伙之间就大不一样了。他们互相争夺，大动干戈，打得你死我活的事例，屡见不鲜。因为争夺地盘利益，直接关系到各个系统头头们势力的盛衰和消长。"

"这我知道。可这与本案件有何联系？"

"也许我这是外行人的想法：贩卖麻药的都是些非法的黑组织。不同组织的基层之间，时常激烈争斗。但他们却不干那一般舞枪弄棒惹人注目的蠢事。他们杀人也要不露形迹，让人看不出任何动机或破绽来。"

"这也是一种看法。"

作为检察官，三郎已经不能不郑重对待他哥哥的话。

"本间春江、友永寄子和小林准一这三人由于同在"相爱"酒吧间，而建立了一种关系，即可能同属于某一组织。但是如果还存在着与之对抗的另一组织，而这个对抗的组织有人故意地偷偷把这现金送到你这里，使你对小林一伙越发反感，态度更加强硬，这就正中他的下怀。"

三郎不由点头称道。哥哥大概由于久在地方，说起话来拐弯抹角。但他头脑之灵活仍然不减当年。

"好了，不说了，睡觉吧！我累了，你也困了吧？"

三郎没有回答。一郎闭上了眼睛，轻声叹了口气，喃喃自语道：

"我年轻的时候，也曾深深地爱上一个人，我知道她也很爱我。现在她在东京已是三个孩子的妈妈了。往往世上有情人也未必能终成眷属呀！"

三郎心中隐隐作痛。是不是哥哥觉得这门婚事已然无望，而预先安慰自己呢？

恭子整整躺了一天。心灵的痛楚依旧,肉体的疲劳总算得到一定的恢复。

但是她还是没有气力从床上爬起来。将近中午,听说寺崎义男打来了重要电话,她才勉强起床。拿起话筒,传来寺崎颇为兴奋的声音:

"早上好!上午到事务所查文件,有一个意想不到的人打来了电话。是一个香港来的叫陈志德的中国人。您认识他吗?"

"不,他是干什么的?"

"是一个曾被先生救过命的人。这一次因洽谈生意来日本。他想知道一下先生的近况如何,给您家挂了电话。因为近藤女士回答不得体,弄得他摸不着头脑,把电话又打到办公室来。还好,我在那里。接到电话后,我立即赶到这里——帝国饭店见到了他。他日语相当好,不过在电话里,说得还不够流畅……"

"那么,这位先生说些什么?"

"他请小姐即刻来见一面。我已将事件的内容简要地向他介绍了。"

"时间,地点?"

"开始打算去您家,可是怕有人盯梢。如是我一个人,还好说,可是和中国人一起去……所以请您想法到这里来。"

"可是,住宅周围如有监视着的刑事,就会跟踪我的。"

"您可以走进一家有电梯的大百货商店楼房里,乘电梯上上下下两三次,然后从另外大门走出去,这样大抵能够甩掉他。总之,请您无论如何要赶快来到帝国饭店。"

寺崎义男话中带着不容拒绝的紧迫感。

一点左右，恭子来到饭店时，寺崎义男一个人坐在走廊角落里，脸色发青。当恭子在他旁边坐下时，他压低声音道：

"您甩掉跟踪的了吧？"

"按您说的办法甩掉了。"

"陈先生现在回自己房间去了。我马上用电话叫他出来。不过在这之前，有一句话要对您讲。他说他是因谈生意而来日本，这我不相信。其实有理由认为，由于这起事件，他是为了帮助先生而来日本的。"

"这怎么……"

"据他说他有两位亲友分别住在横滨和神户。他也曾告诉过先生，并对先生说：'这两个人和我一样，您有什么事都不妨对他们讲。'"

"那么，父亲还活着，并向他们求援了？"

恭子打了个剧烈的寒战，边问着，边悄悄地望了望四周，幸好旁边没有发现可疑的人。

"这不好说。对方以为我是一个普通事务员，因而有重大的秘密也不会告诉我吧！这不过是我个人的估计罢了。"

恭子运用她那业已麻木的头脑，竭力地思考着。

她曾听人家说过，中国人注重友情胜于父子兄弟之情。如果父亲是这桩案件的罪犯，意识到自己已被迫到穷途末路时，自然会想起这位中国人的话，而和他那两位亲友中的任何一人取得联系。但这和须藤俊吉说的话又有些矛盾了。如果设想在横滨的那个中国人虽然能够隐藏起父亲，但对帮助父亲秘密出国，却又无能为力，那么就和须藤的话没有矛盾了……

"小姐，瞧！我们没有打电话，他就来了。"

听寺崎一说，恭子忽地抬起头来。这时一个五十岁左右，穿着西服的人走了过来。一眼就能看出是中国人，比恭子想象的个子高些。他走到恭子面前：

"是龙田先生的小姐吗？和先生很相像。"日语说得相当流利，但仍带有口音。

三人稍作商量就出了饭店，到附近一家名叫"黄华楼"的北京饭馆，在一个单间里坐了下来。恭子并不想吃饭，只是寺崎义男提出这个地方便于密谈才来的。他还要求恭子让他陪到最后，其实恭子巴不得要他作陪到底呢！

陈酒和凉菜摆上桌来，可恭子连夹菜的气力也没有了。

"这次先生很不幸呀！刚才寺崎先生已将先生的事，简单地告诉了我。"

陈志德终于慢慢地把话题开了头。虽然寺崎推测他完全是为父亲的事而来日本，不过在和自己初次见面时，他是不会径直把目的告诉自己的。这个日本通究竟葫芦里装着什么药呢？恭子这样想着。

"是的。我们边没有想到会发生这样的事……眼下正因为父亲生死不明而十分担心。"

恭子在寒暄中，故意掺杂些"谜语"，说话间还暗中观察对方神情。陈志德薄薄的嘴唇边泛起一丝微笑。

"先生是否还活着，只有上帝才知道。不过，像他那样优秀的人才，上帝大概不会抛弃他的。"陈志德若有所示地回答。

"是的……我对父亲也很尊敬。杀人犯，这是强加在他头上的。"

"我不了解事件的真相。假定先生干出了那样的事，那是上帝和他之间的事。作为我，不能因此忘记过去先生救命之恩，这是上帝和我之间的问题。"

陈志德说着，在胸前划了个十字。

看他这么虔诚似的基督教信徒态度，恭子更加信赖这位初

171

次见面的异国人了。

可是接下去陈志德巧妙地岔开了话题,仅仅露出一点点别有含意的话。恭子觉得他的以下两句话似乎有所暗示:

"在日本再逗留一周,我的生意谈判即可结束啦。"

"小姐,这起事件给您造成的伤痛愈合后,请来我们香港玩一玩吧!为了报答先生的恩情,定要好好招待您一番。"

饭即将吃完时,陈志德起身去洗手,寺崎义男向恭子低声道:

"小姐,您怎么理解他的话呢?"

"嗯,我只认为他是一个可以信赖的人。"

"但是,他的话使我越发加强了刚才的信念。因为他和小姐是初次见面,又有我在场,所以不会谈得更深。"

"那么,我该怎么办呢?"

"对方今天不会更深地谈下去了。这以后,我有一个想法。但是这想法您不能告诉给任何人,特别是雾岛检察官先生。要是透露一点给他,那就糟了。"

寺崎义男象命令似的,用严厉的口气说。

这一天对于三郎可以说是毫无作为的一天。

他知道警方正竭尽全力地进行搜查,但仍找不到任何新的线索,真是令人焦急万分。现实中这种情况并不少见,若是其他一般案件,三郎也一定并不在意的……

他为了把小林准一的逮捕改为"检事拘留"来到搜查本部。小林的态度仍和前天一样。三郎觉得他至少到现在还未产生成瘾性症状,因而稍感不安。只好采取"检事拘留"手段,在最后十天里决一胜负。

桑原警部大概看出三郎情绪低落,就给他鼓气道:

"检察官先生,用不着灰心丧气。虽然没有什么一定理由,仅凭长年的经验,我看得出破案工作定能在一两天内急速取得进展。不过能否抓到龙田,一时还无法预料。"

"那么,您总会有什么特别的根据吧?"

"龙田女儿的动向十分奇妙。今天上午前不久,她从家出来,去东急百货商场。其实她不是去买东西,而是耍花招甩掉了跟踪的刑事。从她有意识地采取这种行动来看,可以认为,她已经用某种方法和她父亲秘密联系上了。"

"是吗?还有什么?"

"昨晚友永寄子在'相爱'酒吧和黑泽众议员的秘书梶原忠通见了面。至于谈些什么,我们不知道。但可以认为他不是偶尔到那里去喝酒的。"

警方向负责本案件的检察官报告,必须简明扼要。根据这一规定,桑原警部如此这般简短地说了几句。毫无疑义地他们正以常规的程序,紧锣密鼓地深入搜查,而桑原警部好像越来越有了信心。可是三郎却感到这是一种奇妙的压力,不想再继续向下问了。

走出搜查本部,已是将近晚上八点钟。三郎说是要独自散步,告别了北原大八和警察,一种深沉的寂寞孤独感,猛地袭上了心头。

本来搜查案件时,负责本案件的检察官这一职务拥有绝对的权限。可是在这起案件中,自己却处于一种无能为力的状态中。思至此他急切地想起恭子来。当然并不就是要见见她谈谈话,但至少是想在暗中看一看她那房间的闪亮着灯光的玻璃窗。

好在涩谷署离常磐松恭子家走着去也不远。他在夜色朦胧中,抄着近路走去。

在离龙田家大约二百米的炮方,三郎想出了一个能够和恭子沟通情况的办法来。这样简单的事,为什么自己过去竟没想到呢?只要在恭子的女朋友中,找一个绝对可靠的人,并能求得她的帮助,自己的困境不就可以解脱了吗?

于是他眼前浮现出在他和恭子初次结识的那个"木芽会"上见到的姑娘们的面孔。在那些法律家的姑娘当中有三个人,三郎觉得还可以,但恭子究竟能把她自己的所有秘密告诉给哪一个,他却不知道。

三郎决定马上将自己的想法用电话告诉恭子,和她商量商量。

他想着想着几乎出了神。在这一瞬间,一种动物的本能使他觉察到有什么危险要发生。他立刻停住了脚步,回过头来。突然,一团黑色的汽车影子向自己猛扑过来。

黑色的影子——这辆车竟不打开头灯。

奔跑着的杀人凶器!

刹那间,这些想法在三郎脑海里一闪而过。他慌忙向路边躲闪,可是那辆车却仍急速向自己袭来!

幸亏可能是因为三郎身旁有一根电线杆,车不得不打了弯,唰地一声从他身边奔驰而过。

其后的瞬间,车的前门松开了忽闪了一下。当时三郎如若再稍靠近路中心即便几个厘米,就非被撞倒不可。

第二十章　失去的机会

　　三郎跟跟跄跄，一下子臀部着地摔倒在路旁。一个想法瞬间闪过他的脑海：敌人在发觉他的目的没有达到，会不会停下车来袭击自己。于是他急忙摆出比较自信的柔道迎击架势。可是，那辆车并没有停下，而是转向横街，消失在黑黝黝的夜色之中。

　　三郎哼的一声站了起来，不由得怒火中烧并夹杂着一股恐怖感，不要说车的牌号了，就连是什么类型的车，他也没看清楚。尽管车灯没打开，但街灯相当明亮，司机若是一个技术熟练的家伙，自己或许也就遭了殃。显而易见，这是蓄意谋杀的行动。

　　这条路已成为建筑用地，夜里行人很少，此刻前前后后竟看不到一个人影。刚才如果自己稍一不慎而丧身轮下，也许只能作为单纯的汽车事故处理了吧！

　　可是，这又是谁干的呢？

　　紧接着第二个问题又在他脑海闪过。三郎用颤抖着的手点上一支香烟，拼命思索着。可是除了小林一伙外，想不出其他人来。

据说麻药成瘾性症状的轻重,是由平时麻药用量多少决定的。普通的从几小时到一昼夜之后,就能明显地表现出来。三郎虽然不是医生,在这方面只有这么一点知识,可是从友永寄子那么急于谋求释放其姘夫来看,可以断定,小林准一至少是中了一定程度的毒,或许,因他平时用量不多,才能用过去那种忍耐文身痛苦的精神,顽强地熬这两天。在这种情况下,如果自己死了,他们只需耍弄一些政治手腕,就能使小林准一获得释放的。与杀人案件相比,麻药案件毕竟还是次要的,可能就不了了之。

平时或许自己会把这些作为一种胡思乱想而一笑置之的,现在却死死纠缠地萦回在脑海里,或是因为自己刚刚遭到冲击的缘故吧?不,据说,一个人在闯过生死关头后的瞬间,会陷入一种茫然不知所措的状态而失掉正常判断力。在这种情况下,以致连赶快打电话给警察,让他们追查扣住这辆汽车,如此简单的事,三郎竟也没有想到。

三郎从那里急速走到外面的电车大道旁,给桑原警部打电话,把自己的遭遇告诉他,责成他查证并向自己报告结果。随后他叫了辆出租车回到了家。此时,他那寂寞孤独的伤感情绪,一股脑地烟消云散了。

一郎以深沉的表情望着他:

"怎么啦?发生了什么事?瞧你的脸色像幽灵似的可怕。"

"没什么。噢,是的,差一点儿变成了幽灵,来和您见面了。一根电线杆,救了我的命。

听了三郎的话,一郎大吃一惊。

"遇到了什么危险?……还是小林一伙干的吧?他们可能把车停在警察署附近,然后追踪你的吧?"

"可能是几个人结成一伙,行动时大概还使用携带式无线报话机呢！香具师一家搞暴力，喽啰中定会有几个亡命之徒的。而且，他们采用这种杀人灭口的手段，搞得顺利，大可逃之夭夭。搞不好，也不过只是作为交通事故过失撞人致死处理而已。"

"是啊，提起检察官，不了解的人以为他们像神一样地了不起，其实他们的职业却是意外地危险呀！"

"今天发生的事，毕竟不多。以后我可要提高警惕了。刚才我要是走大路，他们就不敢冒这么大的风险了。"

"这样说似乎……但这是我个人的体会。好像在这个世上有一些要做那些非干不可的事业的人，神佛是不会抛弃他们的。但是，这样的人就像你一样，在九死一生之际，才能意识到自己的使命。"

"这有可能。一想到在那种情况下如遭毒手就已经去了时，我就觉得今后不会有办不成的事了。起初我只是感到可怕，现在却鼓起了新的勇气。"

三郎觉得平时自己接受不了哥哥的那些神佛说法，今天自己却好像痛切地体会到了。一郎稍稍歇了口气。

"噢，刚才七点钟左右，有一个叫榎本总子的女人来找你。你认识她吗？"

"不认识。"

"她自称是龙田慎一郎君的情人。我觉得是关于恭子家的事，就代表你请她到吃茶店去讲。这样，作为检察官的你，大概就不会被人说三道四了。"

"她谈了些什么？"

"她说她和慎一郎事实上已经结了婚，最近本想向他父亲提出来，补办正式结婚手续。当然，在这种情况下，她话里不能不掺夹着她自己单方面的主观愿望。总之，因为这种暧昧关系，她一直还没去过龙田家。但是她对慎一郎说,这种关系如不公开,就难以做人了,并且要慎一郎介绍她去见恭子。她说慎一郎已经同意。"

"男女结婚,只要双方同意,就没问题了。"

"作为未来的嫂嫂,她说她听到慎一郎提起你和恭子的情况而十分担心。她自告奋勇说,为了沟通你们两人的想法,愿助一臂之力……"

三郎刚刚想出的联系办法,以奇妙的方式眼看就能做到了,真是神助呀!难道恭子的哥哥竟然回心转意要为撮合自己和恭子而来出力了吗?三郎感到一阵不安而踌躇起来。

她的话有道理。即便她的自告奋勇出于一片好心,但毕竟她的名字自己是第一次听到,恭子也是和她初次见面。这女人究竟可靠不可靠,自己无从得知。眼下自己和恭子的关系,正处于微妙阶段,第三者的介入,即使出于善意,也有可能会招致不可挽回的败局。

"这,我还得考虑考虑。"三郎仅仅这样回答说。

翌日,三郎到了检察厅就下达传呼恭子的命令。这是自己第一次决心利用这种两人能够面对面谈话的难得机会。

恭子出现在他面前是十点二十分。她形容憔悴,眼窝深陷,茫然的眼神带着愁苦的病态。仅仅数日未见,竟然与前判若两人。

未婚妻的这种神情,使三郎感到心痛。但作为检察官,他甚至不能说出半句怜悯和劝慰的话来。

他尽可能用事务性的语调开始讯问,并听取她访问鹿内桂子家以及发现尸体的经过。这些谈话内容必须记录在案,否则,传呼参考人讯问而不作记录是不合法的。恭子一直低着头,以啜泣似的微弱声音，断断续续地回答。

她讲的内容与警察的调查记录几乎无一不同之处，三郎立即觉察她的话定有不实之词。

在一般情况下，虽然对方已经几乎要哭出声来，但三郎仍会大声申斥：你不要撒谎！然后再严厉地继续追问其要害问题。可是他不能这样来对待恭子，只得绕着大弯地询问，因而三郎十分焦急，浑身冒汗。

恭子之所以发生如此大的变化，他认为理由只有一个，那就是她或许通过什么途径证实了自己父亲仍然活着。因为这对于他们将来的婚事是最不利的。这一点两人都很清楚。正因为这样，三郎曾作过打算：一旦龙田律师已被查出并即将被捕，自己就马上结束搜查指导工作，提出辞呈，然后重新向恭子提出结婚的要求。

"我听鹿内桂子说，你父亲在战争期间曾救过一个中国人吧？"

三郎不得不问到这个微妙得令人难过的问题了。

"是的……我曾经听说过。这是老早以前的事，细节内容全都忘了。"

"不过，你们家大概还留有那个中国人写来的信件或者其他什么吧？"

"这我不知道。因为父亲习惯定期把那些陈旧信件等等集中起来烧掉，所以如是最近的信，说不定还留着；若是过去的，我想会早已成为灰烬了。此外，我也记不得他的住址本里有住在外国的人的姓名。"

"昨天你好像去涩谷的百货商店了，之后你又去了哪里？"

恭子突然抬起头来，闪着泪花的大眼睛充满着不安和恐怖。

"去买东西……想给朋友买结婚礼品。去了一趟银座，在那里转了两三家商店,因为没有满意的东西而作罢……"

她又低下头回答。三郎一看就明白:她在撒谎。

三郎睨视了大八一眼。他希望大八机警一点,自动退出几分钟。但这只能意会,绝不可言传。可是大八不知为什么,意外地说:

"检察官先生,对不起,要打断您的话了。午饭是不是到地下食堂去吃?"

突然地迸出这句话来,恭子颇为惊讶,身躯颤抖了一下。三郎却一下子就领悟了大八的目的了。显然是"谜"一般的暗示:在食堂你们两位可以装作偶然地坐了一张桌子,从而能够进行至少是短短的交谈。万一谁问起来,你也可以辩解道:"这又不是在别的地方,是在检察厅嘛……"

"那么,今天的调查到此结束……噢,还顺便问一件事,你认识一个叫榎本总子的女人吗?听说是令兄的情人……"

"不认识。"

恭子摇摇头。

"那你辛苦了……这以后,你还是小心谨慎为好呀!要说最近的东京,什么事都能发生的。昨夜我从涩谷署出来,在一条小路上,差一点儿被一辆灭了灯的汽车撞死。"

"是吗?"

恭子惊叫了一声。从这叫声和神情,三郎知道恭子对自己火一般的恋情并未熄灭。

三郎和北原大八一起走进地下食堂。起初,稀稀疏疏地还有几个空座,不一会儿都有人坐上了。北原大八原是个饭量颇大的人,可是却只买了一杯牛奶。他一见恭子走过来,就对三郎道:"检察官先生,我先走了。"说着站起来,头也不回地走出食堂。

"喂,这儿是空座吗?"

"是的,请坐吧!"

恭子坐下时,三郎从桌下递给他刚才在办公室里潦草写好的一张字条。

"我对你的爱情不变。无论怎样都要和你结婚。希望你介绍一位你信赖得过的女友,我会把情况详细告诉她的。"

他知道这样做是很不得体的。对一个检察官来说,是极大的冒险。可是除此之外,又有什么办法呢?

恭子若无其事地看完手里的字条,嘴边才开始浮现出一丝微笑。她把右手放在桌上,作着拨电话的动作,向三郎表示将给他打电话联系。真不凑巧,同桌还有一个认识三郎的研究生市村昌敏在吃饭。因而虽属机会难得,他们却只能相对而视,无法交谈。

两人心中十分焦急。这样约莫过了十分钟,三郎看到刑事部的部长检察官真田炼次走进了饭厅。部长几乎不在这里吃饭,三郎心中不禁叫起苦来。这时,真田部长已走到他的桌前,面有怒色说:"雾岛君,有急事,饭后到我的办公室里来!"

他以命令式的口气说完后,又用锐利的眼光扫了恭子一眼。

"你,刚才在食堂,坐在你旁边的是龙田恭子小姐吧?你不是对春海君发誓说,在这样的时刻绝不约会吗?可是竟然在检察厅的地下食堂这样做了,这太不像话了。"

当三郎一脚踏进部长办公室,真田炼次就皱起眉头怒斥道。

"这可以说完全是偶然的。她作为参考人是在午前被传讯到检察厅接受调查的……在食堂刚好就我旁边的座位是空着的,但我们一句话也没说。还好,研究生市村君当时坐在同一张桌上，这一点他可以作证。"

三郎立即辩解道。这时真田部长眼睛突然闪了一下，但噘着嘴的严厉表情却缓和了下来。

"嗯，午饭时食堂的确很挤……但是我要对检察厅长负责。如果对方是找空座位而定到你旁边去，那情有可原。不过，你应该理解我为什么急忙跑到你那里去的心情。"

"是的……"

"你们应该认识到有人在注意你们的一举一动了。实际上，刚才有人给我打电话说：'雾岛检察官传呼未婚妻龙田慎作的女儿，现正在地下食堂约会呢。他这样做怎么能尽到检察官的职责呢？要是没有这个电话，我怎么会知道你们在哪里呢？"

"您说什么？"

三郎不由叫了起来。自己和恭子坐在一起到真田检察官来到自己身旁，前后只不过十分钟左右。这个告密考，或许已深入到检察厅内部，用楼道的公用电话，向部长办公室打的电话吧！

"部长，有件事还没有告诉您呢，昨天晚上我差一点丧了命。"

于是三郎将昨晚发生的意外事件经过说了一遍。真田部长听罢皱着八字纹道："怪不得……看来这最危险的敌人。为了搞倒你，他什么手段都使得出来。"

"我也是这样想的。我以前听人说过，与麻药贩卖集团为敌，是最可怕不过的事。果真如此。"

"嗯，你抽一支吗？"

真田检察官从烟盒里抽出香烟来，给了三郎一支，自己也点上了一支。三郎立刻明白他再也不追究自己和恭子的事了。

"那大约最十年前的事了，我也和你现在一样把一个家伙关在拘留所里，想迫使他产生成瘾性症状，交代问题。可是那家伙一直安然若素。我也想可能自己弄错了而颇为不安……"

"这究竟？"

"他让人把混有海洛因的香烟和火柴放在'差入'① 里偷偷地拿进来，在拘留所里吸用。这样他好歹能混过一个时期。总之，这次那个小林是不是也用这样的手法呢？这难说呀！因为对方是那样的人，同房间的人大概是不敢多言的。"

"知道了。这方面我将嘱咐他们注意。"

"再说，警察官也是普通的人，很难说譬如对关在拘留所的人进行人身检查，他们就不会疏忽了吗？"

这样话题稍往别处转了一下，真田检察官大概已经归纳了自己的想法。他将只吸了一口的烟，在烟缸上拧灭后说道：

"但我没有听说过，在过去的什么案件中，负责搜查的检察官的生命有直接受到威胁的事。这一点，你是怎样想的？"

"是呀……"

"假定你万一发生了什么事，马上有人会接替你的工作干下去。你的后任非但不惧怕他们，而且还要奋起报仇呢！从这个意义上说，也是检察官一体制优越性的一种表现。"

"是这样的……"

"无论是什么样的敌手，也无法去算计一个接一个的检察官。现在我们认为是敌手的小林一家，难道真的相信，只要杀死你，就万事全休吗？这未免太愚蠢了吧！"

"嗯……"

"当然，我不是神，无法断定。如果那个女人是白痴，那另当别论。不然，则昨夜要撞倒你的人，大概另有其他目的。"

---

① 差入：家属给被拘留的人送的东西——译者注

真田部长抱有与哥哥一郎同样的疑点。

"假定你搞到了警察还没有掌握的某些情报，而这又是可置敌人于死命的情报，尽管你本人还未意识到这些情报的价值……在这种情况下，敌人顿起杀心，是可以理解的。因为在他看来，杀了你，后任的检察官就无法再追查下去了。从这一角度，你再琢磨琢磨，怎么样？"

第二十一章 两人的孤独

真田部长的话,给了三郎很大启发。他开始把脑海里的那些模糊想法,归纳出条理来。

"部长先生,我知道了。凶手为什么对我下毒手呢?我想有两个可能。其一,凶手是一个迷恋上龙田恭子小姐的人,他把我作为情敌了。"

"嗯,这要看什么人了。实际上,这种可能性并不大啰。我也许说得重了些,现在大概第三者都会以为你们的婚约已处在即将解除的边缘了。即便有迷恋上恭子的男人,他也会自觉满有希望,而不至于想到要杀死你的。"

"有道理。我只是想逐一探讨一下。这第二就是因为我见过鹿内桂子。"

"噢?"

真田检察官手在桌子上叉着。一般情况下,刑事部长对所属检察官处理的案件内容,无须一一过问。因这是特殊情冼,真田想事先听取一下更为详细的报告。

"为什么你把这个看作是一个理由呢?"

"因为鹿内桂子是没有通过警察,我自己直接去找过唯一的人。如果她在自己家里对我的谈话中，含有罪犯的致命秘密，那么罪犯就有可能决心先杀死她然后干掉我。这样一来，后任的检察官，就再也无法追查这条线索了。"

"嗯。这是你自己的判断吧。可是凶手怎么能够知道你们谈了些什么呢？"

"因为毕竟是我和她单独见面，罪犯大概感到某种威胁。尤其当时因我有点醉意，在某些细节方面想得不周到。如曾多余地告诉她说，我本名叫利根健策，将来还要以雾岛三郎这个笔名写小说等等。如果这两个检察官名字传到罪犯耳里，他就有可能感到恐怖而胡乱猜疑起来，结果产生杀死鹿内逃脱直接危险的念头。这就完全是可以想象到的了。"

"嗯……这一点你们可以再研究。现在我无法直接作出正确的判断。但是我能够向你提出忠告呀！我想问你，去银座的高级酒吧间和到女人私营的酒吧间，大概要花相当多的钱吧？你有没有接受龙田恭子的钱？"

"您怎么突然问到这个问题？"

三郎掩饰着不安，这样反问道。

"我接到告密的电话。那声音和刚才打电话的一样，是昨天打来的。这个人执拗地咬住你不放，看来在什么地方已抓到了你的把柄，当然，检察官用自己的钱逛酒吧间是他本人的自由。并且一般情况下，接受婚约者的礼物，也不算是什么问题。但是，案件的直接担当检察官接受重大嫌疑犯的女儿的金钱，这就是非同小可的事了。"

"没有这样的事实。"

三郎冷汗涔涔，矢口否认道。真田部长眼光锐利，但却意外地缓和了语气道：

"我相信你的话。今后在处理案件中，你要分处小心谨慎呀！这起案件和你本人所处的立场都是微妙的。稍有差错，就可能造成不可弥补的损失。"

"知道了。"

真田部长不断地点头，然后好像自言自语地说：

"我曾这样想过，检察官是很孤独的。他虽然拥有很大的权力，并且也因有检察官一体的规定得到组织的支持，但是由于觉得什么人都不可相信，而深为烦恼呀！"

当三郎从部长办公室回到自己办公室时，北原大八脸色发青地低下头：

"检察官先生，实在对不起。我在该注意的地方不注意，却在敏感的关节上耍起小聪明来……"

"什么事？"

三郎点上一支香烟，佯装不知地问道。大八显得局促不安，小声对三郎说：

"那位小姐是检察官先生的未婚妻吧？因此我想至少也要让你们在食堂……可是没想到让部长看到了。为了立功赎罪，我一定要为您干一件好事。怎么样？请您原谅。"

他这样一说，反倒引起三郎的怀疑：

"给真田部长两次打电话的或许是他吧？"

要说是在胡思乱想，也未尝不可。一般情视下，作为检察官助手的事务官是不会干出像出卖检察官这样的事的，但现实里也难说就没有偏偏乐于干这样事的人。尤其可疑的是自己接受这笔钱是在办公室房间里，显然别人是不会知道的，可能是这家伙当时走出房间后，在门外竖起耳朵听到的。

当然三郎不能把自己心里的怀疑讲出来。他深刻体会到真田部长批评的严厉和中肯。

"是的。我们订了婚。但事到如今，我们已无法结婚了。只是我对她还有些恋恋不舍之情罢了。"

"是这样吗？"

"请不要再谈我个人的事了。大概再也不会作为参考人而传呼她了。"

"真对不起……"

大八低着头，抽着鼻涕，又出乎意料地这样问道：

"检察官先生，我一个人见见须藤俊吉怎么样？"

"为什么？"

"那个坏蛋显然知道某些秘密的。但是检察官先生不能多次找他，而警察现在也难以从他身上搞到什么。可是，像我这样上了年纪的人，说不定意外地倒能抓到他的狐狸尾巴。即便失败了，也没有什么可难为情的。"

大概大八在此时想露一手建立奇功，而借口说要立功赎罪云云。可是，尽管检察官有权命令检察事务官进行调查或逮捕，但三郎对同意不同意他的建议一时难以决定。

这时电话铃响起来。大八拿起话筒一听，露出惊讶的表情，随将话筒递给三郎。

"是我。你刚才说的人，我想要是尾形悦子，你看怎么样……"

话筒中传来饮哭的声音。尾形悦子是一个律师的女儿，也是三郎考虑中的一个人。

"明白了。"

"还有，刚才那位先生是谁？"

要和恭子谈的事很多，但是他现在甚至连事务官也不相信了，怎敢在电话里再谈下去呢！

"这无法奉告了。请不要再打电话来了。"

"为什么？"

恭子悲痛地叫了一声。三郎无可奈何地放下了话筒。

大八低头叹息。电话铃又响起来。

"是搜查本部的桑原先生。"

三郎用颤抖的手接过话筒。桑原以异乎寻常的兴奋声调说：

"检察官先生，你好！小林终于垮了！"

"产生了成瘾性症状？"

"是的……从今早开始的。现正和医生商量采取措施。"

"他竟能坚持到现在呀！"

"我们疏忽了。那家伙可能担心要被关上两三天，就将混有海洛因的香烟和火柴，藏在内裤兜里带进来。当然在房间里是禁止吸烟的，可是同房间的人都惧怕他三分而不敢声张，因而他才得以忍耐至今。"

"是吗……"

自己的目的达到了。这样将能弄清有关"相爱"的秘密，两起案件的侦破有了希望。但也不能过于乐观呀！

"以后大概就是时间问题了。可是开始会比较费事，因此我们还得粗略安排一下。以后把得到的情况再逐一向您汇报。此外，其他方面今天没有进展。"

虽然恭子想到，三郎接电话时，身旁定有不便于他讲话的人，但是他那生硬的语言和声调，却使她大为吃惊。显然她误解了三郎的意思，深感世态炎凉而陷入了一条虚无的孤独深渊之中。

打完电话，她直接奔向尾形悦子家。见到了悦子，她强抑住眼泪，一五一十地把最近发生的事告诉了她。只是没有说出须藤俊吉的名字，也没有谈及陈志德，这也许是出于一种本能的戒心。

"那太遗憾了。你们……我一直认为你们是天生的一对，没有人能比得上你们了……"

悦子用手帕擦一擦眼睛说。她聪明机智，性情和善。但个子矮，又戴着眼镜，不算浪漂亮，因而也还没有人来提亲。但是善良的姑娘，没有那种婚期已误的女性所常具有的嫉妒心和乖僻脾气。

"一定是办公室有什么人，三郎才那样显得冷漠无情。中午，他交给你信，在那半个到一个钟头期间，你没觉得他态度发生变化吧？"

"但是当时在食堂有一位看来很了不起的检察官先生，板着面孔走到他眼前，大概是部长先生吧……是不是后来三郎被这个人不分青红皂白地训斥了一顿而生气了呢？"

"这件事等我见到三郎时再问他。我愿为你们的事奔波效劳……不过，事到如今，你也应该下决心面对最坏事态的挑战呀！"

"是不是解除婚约？"

"不是。在这之前，有一件急待解决的事，那就是要弄清你父亲是否还活着。否则，你只一味地为你和三郎的事烦恼不堪，虽然你的心情可以理解，但是否先后顺序弄颠倒了？"

"那么，怎样去搞清楚呢？"

"因为这不是我个人的事，说不对你可能要生气。要是我就要去找你哥哥的那个朋友。即便见不到你父亲，如能在电话里听到他的声音也可以。然后再考虑和三郎的关系，怎么样？"

"但是，事情发展到这般田地，父亲即便活着，也不会给我们打电话的。"

"所以，让他打电话，你在旁途听，不就行了吗？你请他把话筒放开，你把耳朵贴上话筒……如果是你父亲的声音，不马上听出来了吗？这样一来，那个人大概无可奈何地会答应让你和父亲见面的。当然，他若是撒谎，那听听他的话也是有益无害，说不定还能听到一些以后有助于三郎搜查的情报哩。"

这个想法甚至可以认为是离奇的。但却深深地打动了恭子。

是的，与其处在这种捉摸不定的状态而烦恼，急得要发疯，倒不如去面对一个清清楚楚的现实，不管这个现实有多么残酷。这样或许能够打开一条道路，悦子的话没错。"在孤独中遇到的友情比沙漠里的泉水还要宝贵。"此到恭子想起了这样的谚语。

恭子随即给须藤俊吉打了电话。五点钟她来到了"藤花庄"的事务所。

这件事她既没告诉哥哥，也没告诉寺崎义男。在去信浓町之前，她没忘记去一趟新宿那家百货商店，在那里的电梯里上下几次。

须藤俊吉在一个约莫十二叠宽的西式房间里迎接她。

"您终于来了，我想到您一定需要我的。但这事谁都不知道吧？有没有尾随的？"

他冷笑着念念叨叨地询问着，使恭子感到非常讨厌。

"这方面请您放心好了。"

"嗯。关于尾随，从这里出去后，我也得注意呀。时间还早，我们在这里聊一会儿再走好吗？"

"那么，请您让我见我父亲，"

"您不是想见某一个人而到我这来的吗？我可没有说过是令尊呀。"

"我无论和你到什么地方都可以，可是必须答应我一个条件。"

"嗯，还不是无条件投降呀！要说条件，我想应从我这方面提出来。"

"我的条件就是首先请您让我在电话里听到我父亲的声音。"

"电话？"

"是的。我不接也可以，只是让我在旁边能听见你们的谈话……"

"没想到，您是一位不明世故的小姐。"

俊吉歪着嘴唇笑道。

"您是想他住在什么大饭店，或者住在日本旅馆那样有洗澡间、厕所，还放着电视的房间吧……要是住着这样的房间，那就很好找了。"

"那么，您怎么和他联系？"

"这很简单。我给某个女人去电话，然后她直接去找他，这不就解决问题了吗？"

恭子紧咬嘴唇，不得不承认，这个家伙诡计多端，高人一筹。悦子的妙算竟起不了作用。

"怎么样？一开始就争吵不好。我们还是谈点儿别的事，好吗？有关麻药的问题怎么样？或多或少可供您参考的。"

"那就请吧。"

"我虽然讲不出专用名词，但是对于揭开这桩案件的秘密，还是能起一定作用的。"

俊吉站起身来，从架子上取下一瓶葡萄酒，将酒倒入两个杯子里。

"虽然干什么都能赚钱，但是好像没有什么比进口麻药更能赚钱的了。问题是怎样把这东西大量运到国内来。因为人家有大胆的而又能安全可靠地干这种勾当的众议员，我也只好拜服而自认不如了。"

"他能买通海关上的人员吗?"

"那种不高明的手段吗？不。他勾结一些他人不明其国籍的，不是大使公使一级的普通外交官。在需要的时候，让他们飞往香港。因为外交官有他们的护身符——外交官护照。他们以有紧急事务为名，仅用两天光景，往返东京香港间，谁都不会奇怪的。在这喷气式飞机时代，星期六、星期日两天就足够他们把事办完。而且，外交官的物品，按国际法规定，不受任何国家海关检查而能自由通过。据说这位众议员就说过，用船舶把这东西运到口岸卸下后终被抓获，只能怪这种办法太愚蠢。"

恭子不由得打了个寒战。俊吉为什么要告诉自己这些呢？她心里嘀咕着。她又想到过去自己所认为再也没有比这更危险的贩运麻药勾当，竟有如此安全可靠的办法时，不由深深感到政治家的"奸智"是多么可怕呀！

"总之，在这些外交官看来，因为他们不清楚日本国内贩卖这些东西的途径，只要能以批发价把这些东西交给可靠的人，也就心满意足了。可是这众议员又将这些东西交给很信得过的大老板，并付上'善后处理'这个条件。"

"'善后处理'是什么意思？"

"这样的组织，越是到基层就越担心被警察破获。因为基层接触客人多，容易在什么时候或什么地方走露秘密。可是不可思议的是，只有这位议员控制的组织，在一旦即将遭到搜查之前，他们都能得到消息。即便警方信心十足，毅然进行家宅搜索，终因发现不了什么而对他们无可奈何。当然，他们从何处得到的消息，我不得而知。大概是因为警察官人多嘴杂，将消息泄露。此外，平时他还收买了那些被人认为是品行不端的人。这大概也是一种政治手段。"

是不是他为了取得自己的信任而有意地暴露一些麻药犯罪的内幕呢？恭子虽然这样想着，但这些话却具有引人入胜的魅力，使恭子原有的戒心逐渐淡薄了。

"你很知道这些内幕呀？"

显然是百分之百的讽刺。但俊吉却冷笑一声，随即回答道：

"你以为我是从谁那里听到的？其实这是一个人在犯了罪之后，以忏悔的心情说出来的。今晚你大概会见到他的。"

第二十二章　外行人的猜想

"另外，要先告诉您一声，我介绍您去见那个人，是一种违犯刑法的冒险行为。您是律师的女儿，这方面我无须多加说明，您也会明白的。"

须藤俊吉一下子转换话题，开始谈到恭子最为关心的问题了。

"是的……"

"还有，我不是古代的骑士，而是一个讲究实用的现代人。'人不为己，天诛地灭。'这是我的生活信条。所以一开始我必须问清楚，我为您办这种事，您将如何报答我呢？"

"要是钱的话，十万元，或者二十万。"

"不巧，现在土地价格暴涨，我需要帮忙的是减少税金。至于您所说的那一点点钱，对我是毫无吸引力。"

"那么，您要什么报酬呢？"

"就是和我发生关系。"

恭子早就知道这个人是个厚颜无耻的无赖。可是当他面对面地向自己直言不讳地提出这样条件时，一时感到突然，不由头脑发胀手脚冰凉。

"你究竟……"

"我认为这是合情合理的……"

俊吉甚至对恭子的发怒也无动于衷地冷冷地道：

"我过去向您求过婚，被您一口拒绝了。当时，我很愤怒。后来一想，你我性情不投，结婚也很难一辈子相处，从而作罢。但是，男人抛弃被自己征服过的女人时，毫不留恋；而对于自己曾经钟情过又未搞到手的女人，却耿耿于心。希望她哪怕一次听自己的话也可以。譬如，雾岛检察官先生，若再遇到那位曾经和他订过婚，之后又抛弃了他和别人结了婚的女人，他大概也会产生这种念头的。"

这样的辩解，简直不堪入耳。若是平时，恭子不仅会掩住耳朵，一定要赏给他一记耳光而愤然离去的。

但是此刻，她就像见到猫的老鼠，俊吉的这些话，似乎具有一种可怕的魔方，紧紧地勒住了她。

"所以我就限定您这样酬谢我。反正你已经答应雾岛君一两次了吧？因为近来和过去不一样了，对于订了婚的人，这种关系大概是被认为很自然的。因此您答应了我，将来您无论和谁结婚，不过等于增加一两回的经验罢了。单从这点看，我也是有情人呀。如果将来您还希望和我永远保持关系，那以后再说。"

"我要走了……"

"您要走，请'随时退出'。这是雾岛君调查我时，对我用的法律用语。另外，说不定会有别人发觉那个人的隐蔽处所呢。那时，雾岛检察官如不采取相应措施，那他就会作为公私不清的人物而遭到猛烈的谴责。"

恭子开始诅咒自己可悲的命运了。女儿为了父亲而牺牲贞操这种事，只有在古代可以想象，而现代却要发生这种事，并且处于这种可悲境地的偏偏是自己,万万没有想到。

俊吉好像津津有味地看着恭子苦恼的神情,摇晃着手里葡萄酒杯。这时,一个身穿白罩衣的女办事员走进来,递给他一张名片。

"检察事务官北原大八……"

俊吉看着名片小声念着,抬起头来怒视恭子:

"你们是预谋来对付我吧?"

"不,没有。"

"那好,请您到那边等一会儿吧。"

俊吉站起来,拉开客厅旁边的木板门,是一个六叠宽的日本式房间,让恭子进去。大概是为了给恭子留点门缝,好让她偷听,俊吉故意不把门拉紧。于是恭子把脸贴在门边,望着刚才自己待过的客厅。

两三分钟后,有人进来了。是的,是她熟悉的北原大八。恭子由于比较清楚法律的那一套程序,她立刻想到北原一定是得到三郎的授意,才来这里的。

但是,难以听清他们的谈话。俊吉好像有意压低声音,而平时大声说话的大八,却也跟着小声地说。

"可是,龙田先生的小姐现正在这里里吧?"

可能提到了自己姓氏,也许大八的声音突然放大了,这句话终于送进了恭子的耳鼓。

"什么话?那么讨厌我,就像讨厌蛔虫似的,她怎么会跑到这里来呢?"

"我看到门口摆着那双女人鞋和昨天她到检察厅时穿的一样。"

"哈哈!太可笑了。检察厅的人都是奇特的疑心十足的人。您去百货商店还可以看到多至几百双的女鞋呢!告诉您,那是我这里女事务员的鞋。"

从门缝里看到俊吉稍稍提高嗓门说话的瞬间神情，还是和刚才一模一样。

随后，像是要吸引大八注意似的，俊吉又改用小声说话，恰似讲些什么秘密话。俊吉低声音说话，也许故意使自己焦急吧？恭子想到这里，不禁恨得咬牙切齿。

小声谈话持续了三、四十分钟。大概所谈内容未使大八感到满意，他嚷道：

"须藤先生，我今晚是以半公半私的身份来找您的。因为我们过去有联系，所以我想您在公事的场合所不能说的话，大概能在这里较为轻松地对我讲。可是您却装模作样，尽说那些无关紧要的事，真是使人无法忍耐。"

"噢，那么您想怎么样？"

"雾岛是一位性情暴躁得甚至连我也感到惊讶的人，在某种情况下，很难说他不把您作为窝藏罪犯的嫌疑犯逮捕起来进行讯问。"

"怪不得，也就是说，如果我不愿落到被逮捕的境地，那就得在这里把所有的东西都告诉您了？"

可能大八的话刺激了他，于是俊吉大声叫道：

"好了，要是这样那就到时再说。对不起，我今天有重要的约会，再见。当然，您如果身边带着逮捕证，把它拿出来，那我就没办法了。"

恭子这时心中不禁一惊。因为她以为大八会喊道："那好，现在逮捕你。"

然而随之而来的却是令人可怕的沉默。

"那么，改日再见。"

大八道别之后，恭子不由叹了一口气。

大八走了一两分钟以后,俊吉拉开板门。

"请过来!刚才您已经听到了,形势越来越紧迫。我为了和您搞这笔交易,终于坚持到现在。可是一旦对方亮出逮捕证,那结局我就无法预料了。"

"是呀……"

"可是,今天晚上我不能留您和我一起了。看来,这周围很难说没有警察的盯梢。因而作为前提条件的幽会气氛,被完完全全地破坏了。"

"那怎么办呢?"

"现在您马上从这里直接回来。明天或是什么时候,我会打电话告诉您指定的见面地点。届时您必须一个人来,并且千万注意有没有人跟踪您。"

"知道了……"

恭子紧咬嘴唇。她冷静地想了想,觉得他竟然已经把自己当作情妇对待了,所以才自然而然地做出这样的安排。想到这里,恭子不禁怒火中烧。

"您无论指定什么地方我都去,可是我有一个希望。"

"什么?"

"那时请您带来哪怕一件我父亲出走时身上带的东西。必须是我有印象的东西。"

"噢,提出奇妙的条件了?"

俊吉突然两眼露出令人可怕的凶光。

"您刚才说不能和那个人通电话吧?您是不是想让我完全相信您呢?如是这样,那就应该出示一个足以使我相信您的证据。如果做不到这点,那么我就无可奈何了。父亲是父亲,我是我,各走各的路。"

虽然连自己也觉得这话讲得过于强烈,但这是自己刚才在隔壁房间里绞尽脑汁想出的一个条件。俊吉似乎一时想不出一个借口来驳回恭子这个有道理的条件，低下头想了一会儿说：

"是，有道理。"

跟着他又立刻接下去道：

"知道了。只要我能让您看到，之后您就按我的条件做。也就是在介绍您去见他之前，您先向我交纳手续费了。"

"那只能在拜见到东西之后再说。"

恭子暗想，自己提出这个条件，看来是自己最后的挣扎了。

当晚，雾岛三郎比较早地回到宿舍。尾形悦子给他来了电话，告诉他今晚她有重要的事不能见面，明天再联系。

宿舍里哥哥一郎面带苦闷神情正在等待着他。见到他进来，就心疼地说：

"瞧你脸色越来越不好了，今天又发生什么了吗？"

"虽然小林开始出现成瘾性症状，是一个进展，可此时我想要给警察一些面子，不必自己去讯问。此外，则尽是烦人的事。"

一郎交叉着双手，默默听着三郎讲出自己的心里话。

"是啊！你的处境和苦衷我很理解。虽然现在事态意外地有了好转，但以后你可能还要继续不断地遇到各种各样令你伤脑筋的问题呢。"

"为什么？这不仅仅是您的猜测吧？"

"不是。可能你会笑我是个门外汉。当初一听你提到小林一家的问题时，我就绞尽脑汁思考一个问题，甚至忘记自己是因公出差来这里的。你不是说追小林这条线索的结果，有可能追到众议员黑泽大吉的头上吗？可是你知道所请政治家他最怕的是什么？"

"落选。这样说来，众议院议员大选马上就到了。"

三郎马上意识到哥哥要讲些什么。

"是的。从检察官立场看，只注意那些选举中违法事件以及如何善后处理，而对选举本身并不过多关心。可是我们这些地方政府供职人员，却要为之大伤脑筋了。你知道，国会解散以后，竞选人进行演说阶段，是选举极为关键的时刻，就像围棋赛中残局封边阶段，而选举部署和高潮都已在这之前结束了。"

"围棋赛中也有胜利在望，但却因终局一步失误，招致满盘皆输的。"

"是的。黑泽大吉这样的人，谁都确信在地方上他会当选无疑。可是就在此时，如果传出他犯了什么刑事罪或者与某些案件有牵连的消息，其结果将如何？"

"可能要失去那些所谓浮动票。如因嫌疑重大而被逮捕的话，就会有落选之危。"

"我也这样认为。议会开会期间，逮捕国会议员，需要国会批准。但是一旦众议院解散以后，直到下届议员选出之前，尽管是前众议员，也没有什么身份上的保障了。因而从某种意义上说，现在正是追究黑泽大吉犯罪问题的绝好时机。这样想来，本案件实际上正处于一个微妙时期。"

"如果说这是偶然的，那真是太可怕的偶然了。"

"案件的发生也许是偶然的。但是政治家成功秘诀之一在于能够巧妙利用突然发生的事件，使之向有利于己方发展。竞选者之间表面装作温文尔雅俨然正人君子，而暗中则要尽阴谋诡计，必欲置对方于死地而后快。这些'智能犯'式的人物间的争斗，正因为不像那些流氓暴力集团耍刀弄枪，打得头破血流那样惹人注目，所以才更为激烈，更加深刻。"

"那么，必须注意黑泽大吉的竞争对手动向了。因为在其对手看来,一旦黑泽倒台,自己当选则是毫无疑义的了。"

"是的。但是黑泽大吉肯定也会拼命阻止这桩麻药案件波及自己,而在一定的时候采取相应的非常措施。即使他本人没意识到问题的严重性,他手下的一些家伙,在关键的选举前夕,或许会因神经紧张而红了眼,发了疯。"

"反之,其竞选对手则巴不得把黑泽大吉的问题搞得表面化。可以想象,这就好像只等拿起筷子去吃现成饭一样地那么轻巧。"

"当然,谁也不会采取令人一眼看穿的行动。但要想竞选众议员,需要几千万元的经费,这是常识。如果说,上次点心盒里放的二十万元是这其中一部分的话,那也是很少的部分支出。这既可认为是黑泽大吉为掩盖自己罪行的贿赂行为,也可认为是其竞选对手企图激怒你的一种手段。因为你,不,检察厅越是注意并逼近黑泽的身边,就越对他的对手有利。"

"是呀,无论怎么想都可以。关于这钱我所担心的是:我们追查小林这条线索,一旦得知这钱确是他的姘妇送的。这时,对方破罐破摔,硬说信封里装的是一百万元,雾岛检察官仅仅说出一部分,其余一大部分他匿起来了。这样一来,作为我的弟兄你的证言是不足为凭的。当然我可以原原本本把事情经过讲出来,可是令人可笑的是检察官往往是神经质的。"

"是呀,这是个很难的职业。当然,你现在所处的立场,可以说是例外的例外。总之,有关这两股竞选势力相争的想法,对于已有线索的继续搜查,姑且勿论,对于今后开展新的搜查,也有些参考价值吧?"

"是的,我得到很大的启发。或者明天我就着手调查这个选举问题。我有一个大学时代的朋友,现在在报社工作,向他了解,就能马上知道黑泽大吉有无竞选对手。如有,又是一个什么样的人物。"

"嗯。这个问题就这样办。另外，龙田先生果真还活着吗？大概已被罪犯杀死并把尸体隐蔽了吧？"

三郎打了个哈欠，咽下一口唾沫。

"我最初也这么想，只是没有什么根据的一种直感。……但是，哥哥您根据什么这样说呢？"

"说在第一起案件后见过龙田先生的人是谁？严格地说，只是鹿内桂子一个人。我好像理解了警察为什么竟对她的话那样感兴趣。你是作为一个普通客人去找她的。她当然不会将知心话对你讲。倘若当时你就怀疑她，责成警察重新调查，或者你本人以检察官身份再认真追查这一点，结果将会如何？我想，她当时要是在胡说八道，恐怕你也不能识破的。"

"啊……"

三郎情不自禁地叫了一声。

"这样说，她和罪犯有直接联系了。单凭她这样的女人是不能编造出一套使别人深信不疑的谎言来的。大概是有哪个人编好后，有意地告诉她，让她绘声绘色地加以表演。当时因我相当醉了，难以作准确判断。须藤俊吉？还是友永寄子？虽然比不上那些政治家，但他们想利用既成的事实，让我更加疑神疑鬼，难下决断。"

第二十三章　来访之女

"雾岛先生！有个叫榎本总子的客人找您。"

这时，楼下传达喊道。

三郎和哥哥相互对看了一眼，心想这个自称慎一郎情人的女人，接连两个晚上来找自己，是不简单的。

"哥哥，您看怎么样？"

"她对我只谈些鸡毛蒜皮的事……不过，你还是见见她为好。说不定她会有什么重要的事告诉你。我在这里若不方便的话，可以离开。"

"我和她到附近吃茶店去谈。因为有规定，独身的检察官要尽量避免在自己住处会见来访的女性。

还好，他现在穿着西服，说着就下了楼。

门口等待自己的是一位看来约莫二十五、六岁、身着西装的女人。她容貌不扬，缺乏风度，但又浓妆艳抹，使人一看觉得好像不是一个正经女人。三郎心暗诧异：慎一郎怎么会看上这样的女人呢？

"您是雾岛检察官先生吗？我叫榎本总子。令兄和您谈起我了吧？"

"听他说了。对不起，房间很乱，我们到附近吃茶店去谈，好吗？"

"好……"

尽管在门口只几句话，可能出于检察官职业的第二本能，三郎预感到，她大概有什么重要的事要谈。

他们来到车站前的吃茶店，在一张桌子旁相对而坐。灯光下，这个女人显得比刚才漂亮一些。两只大眼睛，闪烁着磷火似的光。

"最近，发生这样不幸的事……我想力所能及地为你们效劳。"

坐了一会儿，总子低垂着眼帘说。

"感谢您的好意。可是现在我的处境很是微妙。既然和恭子的婚事，现在先不提了，那么，在此期间我也不想和龙田家的人谈些什么了。"

"是呀，检察官的立场是微妙的……尤其是您，更须采取慎重又慎重的态度，这我很理解。可是，如果这桩案件解决得很顺利，您还打算退掉这门婚事吗？"

"那要在案件结果大白之后再说了。"

"我所说的结果是：她父亲实际上已被杀害，而罪犯又已落网。"

"您这是什么意思？"

三郎颇为震动。这正是自己内心所期望的。虽然刚才和哥哥谈话时，就已作过这种设想，可是从这位颇似了解某些事件内幕的女人口里讲出来，心中好像又燃起新的希望。

"您有什么根据？"

三郎慢吞吞地搅着咖啡问道。对方睁大了眼睛说：

"我在父亲失踪的那天中午见到了他。从他的话里……"

"请稍等一下。当时您在什么地方见到他?"

"午前不久,我在律师会馆前等他。然后我们到日比谷的'桃华饭店'吃饭。"

三郎长吁了一口气。这样说来,原来她就是那天自己看到其背影的那个女人了。虽然当时由于没看见正脸,又是一瞬间的事,印象不大清楚,但现在经她一说,却觉得其身材举止和当时是很相似的。刚才自己就觉得这个女人似曾哪里见过,也许是这个原因吧。

"当时您是第一次见到龙田先生吗?"

"不。我第一次见到他是在那天的十天前。我为了和慎一郎结婚的事去找他……他说一个星期后给我答复。可是后来一直没有消息,所以我又去找他……"

三郎回想当时龙田律师面露难色,想必因他对他们的婚事还没有做出决定,可总子就又突然找了上来的缘故吧!三郎这样想着,又以试探的口气问道:

"你们是成年人了,自己的婚事何必非经父母允许不可呢?"

"是啊,话虽这么说,可是我认为还是征求父亲同意为好。这也是为人子女的孝行呀!但慎一郎有点胆怯,因而我自己单独出面去找他父亲了。"

"有道理。您自己努力去……那么,龙田先生说些什么了?"

"第一次接触时,看来对我印象很好。约我和他一起吃晚饭,对我说:'这不是一下能决定的,再说现在我正为一个紧急问题大伤脑筋呢!过一星期,我给你答复,好吗?'我觉得有道理,就没再说什么。随后我谈了自己的情况。当我说到曾在新宿'相爱'酒吧工作过时,他突然表现出异乎寻常的兴趣,并追根究底地询问我有关'相爱'这样那样的事,当时我也有些吃惊。"

因为这个女人是龙田慎作失踪前见过的,对于现在三郎来讲,她是一个不能轻易放过的调查对象,并且她又说曾在'相爱'工作过,使三郎越发感兴趣了。

"那个酒吧间,我也曾去过一次,看不出有什么重要来。龙田先生为何对之感兴趣呢?"

"是啊!当时我也这样想。但是我把龙田先生讲的和以后慎一郎告诉我的,加以综合分析后,认为可能是龙田先生听到那个酒吧间贩卖麻药的事而想取得确凿的证据。"

"但是,这好像超出了律师的职责范围……"

"他的目的,我是可以想象到的。他是'冢原产业'的顾问律师。这家公司的经理冢原正直先生是个政治迷。据说在这次选举中,被他老家兵库县提名为候选人。可是他在这个选区的强敌是赫赫有名的黑泽大吉。龙田先生和冢原是莫逆之交。为此,冢原很可能请龙田助他一臂之力。而龙田先生大概也想只要搞到一定的情报,交给冢原随他去处理就可以了,自己也就不必出面了……"

她的话有一定的说服力。尤其她提到黑泽大吉的政敌冢原正直的名字,这正是刚刚自己和一郎议论并要调查的。真想不到如此凑巧,三郎甚至觉得这是天助自己呢!

"知道了。那么,第二次一起吃午饭时,他说了些什么呢?"

"他向我道歉,说他最近因为那个问题到了关键阶段,忙得很,抽不出时间和慎一郎谈谈。他还要我告知慎一郎这一两天回家一趟。当然,儿子结婚,作为父亲充分听听儿子对自己婚事的想法,也是人之常情。我觉得有道理,就答应了。"

"当时还谈到别的事了吗?"

"您这一说,我想起来了。有件奇怪的事。当时他重复说了两次,他觉得有人要害死他……所以接着发生了这桩案件,我吓了一跳。"

"还说了什么?"

"我知道他对我的印象很好,但毕竟刚见两次面,他不会把那么复杂机密的事完全告诉我。不过,当时还发生了一件令我担心的事。"

"什么?"

"我们从饭馆出来,告别之后,龙田先生回法院去,我一个人慢慢地往银座方向走去。这时,不知是谁从后叫了我一声。回头一看,是我在'相爱'工作时见过的名叫石本的顾客。他好像是个流氓。他纠缠不休地问:'刚才约会的是龙田律师吧?你们谈了些什么呢?'我很厌烦,借故溜走了……或许龙田律师一从法院出来,就有人一直跟踪着他。"

"这个叫石本的人,是小林一家的人吗?"

"流氓集团的事,我不甚了解,因为我在那家酒吧间工作的时间很短。……但是,经常出入于这个地方的人,我想还是他们同一系统的人居多。"

"嗯,有道理。"

"我事后还这么想:当时龙田先生还对我说:'今晚如能见到某一个人,那个问题就能解决了。'因而是不是他去见'某一个人'时,被尾随的家伙们……"

"这有可能。可是不知道这'某一个人'是谁,也无从着手调查呀!"

"我猜想这个人也曾经在'相爱'工作过。"

"为什么?"

"我之所以要离开'相爱'是因为我在那里工作一个阶段,觉察到那里正在进行着贩卖麻药的勾当而感到害怕。他们不把麻药放在店里,有人要货时,好像是从附近拿来。因而大概店里会有几个人知道隐藏那东西的地方。知道这个地点,就等于抓到了确凿的证据。所以如果龙田先生平安无事,那么,或者第二天,他就可能给您去电话的。"

"是啊,有道理。最近,贩卖麻药的基层组织,行事变得更加审慎,使警察一筹莫展。……但龙田先生这样做,是否过于鲁莽了?已调查到那种程度,譬如就告诉了我,然后我要警察去搜查,岂不更安全吗?"

"这,我也很难……不过,男人往往是固执的。这种固执又往往成为他们失误的原因。"

"这话说得过去。"

谈话间,三郎觉得这个女人并不寻常。虽则是曾当过酒吧间的招待。但不像一个出身低贱的人。这时总子用手抚摸额角,叹了一声。

"怎么啦?"

"我已怀孕了。是慎一郎的……所以我为了要龙田先生尽早答应而焦急万分……"

一瞬间使三郎啼笑皆非。应该说她怀的孩子就是自己未来的内侄或内侄女。但三郎此时对之漠然,仿佛根本不是恭子家的事似的。

但是,为了不伤对方的感情,三郎也略问了一下她的身世。知道她已怀孕三个月,家住前桥的乐屋①。因和继母合不来而出走。她和慎一郎相识是由于他们偶尔住在同一楼房的相邻房间。她辞去"相爱"的工作以后,到涩谷的一家叫"梦"的酒吧间,一直工作到最近。听了这些以后,三郎又把话转到本题。

"可是,您在'相爱'的工作是从什么时候开始到什么时候

---

① 乐屋:地方的名字。——译者法

结束的?"

"那是大约从一年半以前开始,在那里工作了三四个月。"

"那么,您和一个叫本间春江的受聘老板娘,一个叫鹿内桂子的女招待在一起工作过吗?"

"龙田律师也问起她们两个人。可是我告诉他我记不起她们了。"

"那么,您在那里工作的时候,是谁经手把药交给客人呢?"

"您大概听说过友永寄子这个老板娘的名字吧?是她亲自到店外从那隐藏麻药的地方取来,然后交给客人的。这种去取药的事,她几乎从来不让别人代劳。有关'相爱'贩卖麻药的事,龙律师第一次就问到这个问题。"

"我明白了。龙田律师对'相爱'麻药的事是非常感兴趣的。可是他跟警察毫无直接关系,单凭自己一个人,大概无法进行那么精心细致的调查。因而他有没有可能委托谁,譬如私立侦探去进行调查呢?"

这时候,总子用手帕掩住脸说:"对不起,我有点不舒服……"随即站了起来。

这大概是妊娠反应吧?本来在这一时期,精神上应该保持十分安定,可却为这样的事而苦恼,大概很痛苦吧?这时,三郎才开始同情地这样想。

大约十分钟后,总子回到座位上,说了抱歉的话后说:

"刚才您提到委托私立侦探的事,我想他是不会的。这是我听了慎一郎的话后自己的想法。龙田先生知道本间春江患了麻药中毒症以后,通过她去暗中了解'相爱'麻药的事,这是可以简单设想的。并且龙田先生大概还打算等到掌握'相爱'有关麻药投机全部秘密之后,再送本间女士到医院,进行正式治疗。"

"这样说来更应该委托私立侦探了。他不能一天二十四个钟头，跟在她的身边。并且在这种情况下，目标局限于一个人，私立侦探更能发挥一定作用。"

"您是检察官，要这么说，我也没办法。我是一个女人，什么也不懂得……"

总子很不高兴似地答道。这可能是妊娠期一般伴随着的歇斯底里症吧？

"对不起，使您不高兴了。像我这样，即使回到家里也要把检察官的习气带回去的。"

赔了不是之后，三郎又问起龙田慎作和'相爱'的事，可是总子再也没有谈出什么来。

后来总子说她最近想见见恭子，问三郎有没有什么要她传达的话。三郎一口拒绝。为此，总子似乎生气了。可是现在的三郎是不能将秘密对这个女人说的。

临完，总子还再三嘱咐三郎，说她这次来找三郎，是瞒着慎一郎的，希望三郎注意这一点。说着她站了起来。

三郎送总子到车站后，信步回家。当只是自己一个人的时候，他开始胡乱地想起来。

首先浮现在脑海里的一个怀疑是：大概是慎一郎指使这个女人来刺探自己的内心想法。同时，暗示龙田慎作已被杀害了。

不管如何，这个女人接连两次来找自己，是很突然的。是由于妊娠影响而情绪兴奋的原因吗？作这样善意的解释，也并非不可。但是如果认为这是她为了情人，而演出的一出戏，那就更能说服人。假如龙田慎作没有死，并正企图逃往国外，则时间对于对手来说，一天比一天更加宝贵。在这样的时刻，自己或警方为她这种暗示所迷惑而放松了警戒，从而龙田就能毫不费力地从某个港口逃出日本。

但是三郎又想，榎本的话对自己来说，还是有价值的。譬如知道了名叫石本这个人的可疑行径和友永的诡秘行动。尤其有希望从后者的行踪侦查出隐藏麻药的场所。桑原警部建议让她在外面游离一段时间，大概出于和自己目前同样的考虑吧。

刚才谈到私立侦探时，总子之所以显得那么激动，可以认为其中定有重要文章。但是龙田如果委托了什么人，那么，责成警察调查东京都所有私立侦探机关，大概能够搞清楚的。通常情况下，私立侦探有严守秘密的义务。但事情发展到这种地步，三郎乐观地认为他们会愿意协助警方搜查的。

总子的自白，使三郎终于弄清那天中午龙田慎作的行动。但是关于送到律师会馆的麻药，仍然是个谜。关于在公寓杀人现场发现的麻药，由于事后得知本间春江本人就是麻药中毒患者，可以排除与龙田有关的可能性；但送到律师会馆的药，就不能认为与龙田无关了。

突然，三郎奇妙地感到一阵不安，立即停住了脚步。这大概是从那次汽车袭击中，死里逃生之后，预感危险的本能，更加敏锐了的缘故吧！

他敏感地觉察到现在自己处在一片充满杀机的气氛之中。周围是一片离着街上路灯很远的建筑工地，他无法看出凶手隐蔽在什么地方。

第二十四章　死里逃生

一瞬间，三郎本能地急速躲闪到路边电线杆的后面，与此同时，咝地一下恰似撕裂空气的声音，在路中心掠空而过。

手枪！

为了避开第二颗子弹，他仍躲在电杆后面，一股怒火涌上心头。此刻他无法认真思考问题，但脑海中闪电般地闪过一些匆忙的猜想。

敌人已经疯狂得按捺不住了……昨晚用汽车，今晚用手枪，这都不是精神正常的人所能干出来的……

自己已经被人盯上了……无论黑夜，还是白天；无论是办公的时候，还是私人活动的时候。

想至此，不由心中掀起一阵恐怖感。他深深感到，在目前情况下，自己随时都有遭到杀害的可能。

这时，恰好有一部汽车从对面向刚才自己跑过来的方向驶过。由于刚刚枪击之后，凶手如果尚未离去时，一定会暴露在车灯光柱之下。

三郎让汽车过去之后，立即从车后穿过道路，跑进对面小路。他气喘吁吁地扭回头来向汽车前方望去，并未发现任何人影。

敌人大概是相当懂行的一个老手。他知道一次袭击未成，就不穷追，急忙逃之夭夭。转过小路的第二道弯时，三郎这样想。

之后，他又拐了几个弯，转出小路，来到商业街，然后又急速钻进附近的交番①里。

"我是地方检察厅的雾岛检察官。刚刚从火车站回来途中背后遭受像是手枪的袭击。幸而未受伤。请赶快给我搜索。"

"怎么？用手枪袭击检察官先生?!"

警官非常愤怒，神色大变。立即抓过专用电话向上级报告。五分钟内，巡逻车开来了。三郎把被袭击的现场和经过告诉了警察，并责成他们立即行动。然而三郎心里暗想，凶手未必能逮住。他估计凶手是一个不易对付的家伙，这个家伙不会在警戒森严的火车站，由于举止不慎而被缚遭擒的。

譬如他事先把车（也就是昨晚用的那部车）停在什么地方，开枪之后，急忙跳上车逃走，如果这样，要想把这部车查获，几乎是百分之百做不到的……

随即三郎又乘巡逻车回到现场，再一次详细说明经过。可是，就连子弹究竟落到什么地方，在夜里也无法找到。自己若不是一名检察官，并且若还有半点醉意的话，警察们大概是不会相信自己的话的。三郎当时奇妙地这样想。

他让巡逻车送自己回到家。一郎看到这种情景，心想大概又发生什么事了。

"怎么啦？"

"遭到了袭击。好像是手枪……是送榎本回来时，背后

---

① 交番：派出所。——译注者

214

……"

一郎大声叹了一口气,目不转睛地望着三郎:

"真是命大呀!两个晚上都死里逃生啦……"

"是啊,都是在千钧一发之际。可是今晚的心情则非昨日可比。我今天可以说反而勇气倍增。我不知道这是不是因为接连两次奇迹躲地死里逃生,更坚定了神在保佑自己的信念;还是对危险已经麻木不仁了的缘故。"

"好,无论干什么都要有勇气……可是,有两次,就会有第三次。一想到今后还要发生什么事,身上觉得冷气逼人,再也放不下心回乡下了。"

"您不必多虑。他们若还继续这么干,必将自掘坟墓。只要我横下一条心,舍生忘死,我就无所畏惧。"

这绝不是他在虚张声势。如果说昨晚他感到的是可怕的话,那么今晚他感到更多的则是愤怒。从自己内心深处说出这样的话以后,三郎仿佛感到一瞬间自己像是变了一个人。

这时桑原警部也来了。他大概在搜查本部接到电话后,慌忙赶来的。

一郎和警部初次见面,彼此寒暄后,有意识地走出房间。三郎将经过告诉了警部,警部切齿道:

"检察官先生平安无事,这比什么都好。接连两天……真是胆大妄为的坏蛋。可是据我了解,小林一伙现在十分老实,战战兢兢,很难设想在他们之中会闯出几个亡命之徒来。"

"应该肯定凶手不只是一个人。因为一个人无法如此准确地追寻我的行踪。只是这帮家伙是不是小林手下的人,还大有疑问。"

"您是说,还有别的组织……"

桑原叉着手问道。

"不要仅限在与麻药有关的人中去搜索凶手。存在不存在这样一个组织，即它在某种形式上与小林一伙相对立，但为避免造成严重后果，又不愿直接出面向小林一伙寻衅，因而想借用警察或检察厅之手搞垮小林一伙，从中坐收渔人之利呢？"

"那么，我赶快调查。因我还不甚了解暴力团关系内幕，不能立即回答出来。"

"那么，请您马上调查一个名叫'冢原产业'公司的经理冢原正直的住所。因为龙田慎作是这家公司的顾问律师，冢原经理和政界关系密切，其住所不难马上调查出来。此人是个相当大的人物，我不妨见见他。"

"知道了……"

警部从兜里取出笔记本。

"所有和龙田有关系的公司，我都已调查过，是让刑事粗略调查一遍的，当然也可能不够深入。'冢原产业'……有，在这里。经理的住所是世田谷区经堂76号。噫？是在刚才现场的附近。"

警部抬起疑惑的眼光。

"那，赶快给他去电话。通知他如果方便我现在就去拜访他。我们两人一起去，大概不会被人说成是公私混同吧！"

桑原叹了一声道：

"您刚刚遭受暴徒袭击，死里逃生，而斗志却如此旺盛，确实出乎我的想象。不过，请问去拜访冢原，目的何在？"

"我有我的想法……"

他还不打算将榎本总子的话告诉警部，只好这样回答。桑原也没有追问下去，就向身旁坐着的刑事使了个眼神，刑事轻轻点点头出去了。

"此外，'相爱'店有没有一个类似秘密仓库的地方？即暗藏麻药的场所，在酒店附近。"

"可能有吧？我之所以让友永寄子在外自由行动，也出于试图搞到这方面线索的目的。但是，即便有这样的仓库，由于小林身陷囹圄，他们也未必再敢轻举妄动。仅仅为了侦破麻药案件而逮捕小林，我想可能失策了。当然，如作为侦破杀人案件的辅助手段，那又另当别论了。"

这些上年纪的警察官，对年轻检察官的指示，有时提出批评，有时候抱抵触情绪。此时桑原警部话里也流露出这种情绪了。

"就像刚才我电话里告诉您的那样，对小林的审问虽有进展，可他仍然不吐实情。当然他也承认自己注射了麻药，可是问到麻药来源时，他就一口咬定说是从一个住所不明的朝鲜人那里拿来的。显然这是谎话，我们警察当然不会上他的当。于是我们变换各种手法讯问他。但是总还有一个令人费解的问题。"

"什么问题？"

"在普遍情况下，进行大量麻药投机的人，自己可以说是绝对不注射麻药的。这大概是因为他经常看到的麻药中毒症状非常可怕。所以除非是极为特殊的例外，小林一伙即便和贩卖麻药有关，那他也不会是什么'大巫'。"

紧接着三郎和警部来到经堂的冢原住所。冢原正直说明天清早要去关西，要见就得今天晚上见。冢原家离刚才三郎被袭击现场仅三百米左右，因而当他从客厅大玻璃窗望着宽广的庭院时，甚至心里觉得，现在凶手是不是就藏在院子的阴暗角落。正在瞪着自己这边了呢？

冢原正直走进了客厅。他看来五十刚过，身躯肥胖，显得十分威严。两道寒森森的眼光，像是会刺穿人肌肤似地锐利。

初次见面的寒暄后，冢原正直直视着三郎问道：

"雾岛先生，您不是属于地方检察厅的公审部吗？"

"直到前不久是这样的。因为本部方面的利根先生健康不佳，必须住院，所以调我到刑事部协助他。"

"中吗？我这样说怎么样？这是检察官正使出的一条妙策呢！"

话中显然带着讽刺。一定是他从龙田慎作口里得知三郎和恭子订婚的事了。若是两天前，这样的话定会强烈刺激三郎，可能使他难以继续谈下去。但两次死里逃生的经历，使他在这个问题上，神经不再那么脆弱了。

"作为一名检察官，说不定什么时候就要变成鬼的呀！"

"噢！"

一句话使冢原正直瞠目结舌。他大概没有料到对方对他的讽刺竟会如此严厉地予以反击。为了缓和一下，他从桌上拿起一支香烟。

"我也有一次在想，自己这回恐怕要变成鬼了吧！那是在这次战争期间，一次我们被敌方坦克包围的时候。"

"那是战争，可能要死，一开始就会想到的。可是我是在现在的东京，却有人蓄意用黑灯汽车撞我，开手枪打我！"

"有这样的事？"

正直露出不安的神情。他慢慢点上香烟，吸了一口，吐出一片紫色烟雾。

"那么，您今晚驾临舍下是……"

"我听说龙田律师为帮助密友竞选而要调查某一麻药事件。乍听起来，竞选和麻药二者似风马牛不相及，可是有理由使人怀疑，贩卖麻药却正是他密友的政敌进行竞选的一个经费来源。"

"雾岛先生，请等一下。"正直用手止住三郎说下去。

"提到龙田君密友的事，我和龙田君是多年好友，我们之间可谓肝胆相照。当我听到发生了这起案件时，我全然自愧无能为力，您谅能理解我的心情的。"

"也就是说，您怀疑龙田律师是杀害那个女人的凶手，您不轻易行动以免加重人们对您的怀疑，使您更加不利。是吗？"

"是的。如果在事件发生后十几天的期间内，发现了龙田尸体，我就会自动到搜查本部，把自己所知道的全部情况告诉给你们。"

一阵令人窒息的沉默。三郎并非没有预料到他的这种态度，但怎样去突破这道防线呢？他颇感焦急。这时，冢原似乎恢复了政治家的敏感，看出三郎内心似地道：

"但目前阶段，我也并非不协助您，尤其您今天特地驾临舍下，令我感动。我可以向您提供一定程度的材料。"

"那我就洗耳恭听了。"

"记得在九月初，我和龙田君一起吃饭，我们两人已经好长时间没在一起聚餐了。龙田君谈起关于一个女人的事，想听听我的意见。我想他大概要娶新太太了吧！其实不尽然。他说他最近不顾忌年龄和身份的差别，恋上了一个女人，可是她不能作为结婚的对象，问我怎样办。我简单回答说：那就作为二号好了。可是当听他说这个女人不仅形式是有夫之妇，而且又是一个麻药患者时，我不禁吃了一惊。"

"那女人是本间春江吗？"

"是的。据龙田君讲，他最初不知她染上麻药瘾，事后知道时，大吃一惊，就追问起她了。她哭诉说，她有一次因胃痉挛发作，医生不在场时，请人注射了麻药，从此与麻药结下难解之缘。听龙田君说完后，我就忠告他，尽早与她分手。我甚至严厉地对他说:'你何必和这样危险的女人难舍难分呢?世上女人多得很嘛!'可是他抱着头说你所说的我都懂。可是,这种烦恼却无法解除呀!'的确,男女之间的事,第三者是难以理解的。龙田君在其他方面是颇为贤明的。"

"是呀,那么?"

"当时,在情丝难断情况下,那只有秘密拜托信得过的医生,将本间送到医院彻底治疗这一办法了。龙田君也觉得应该这样办。甚至还说即便要和她分手,也应该这样做,这是男人应尽的义务。的确,他当时为这问题委实犹豫不决,否则,作为他的老朋友,我也不会为他的事而脸面无光了。"

"那么,当时龙田律师一定追问那个女人麻药是从哪里弄来的吧?因这东西在任何药店是买不到的,他会理所当然地追问她药的来源的。"

"他追问了。可是对方摇摇头,不告诉他。她一再说倘若她将秘密泄露,就要被人杀死的。于是龙田君根据她过去经历又问她,是不是从'相爱'那里得到的,女人只是无言地哭泣。有时这无言就意味着默认哩。"

"但是,这却不能作为确切的证据。当时譬如他要委托私立侦探去调查,那也许是一种切实可行的手段吧!"

"雾岛先生,您或许是用检察官的想法做出这样判断的。但龙田君是律师,况且又沉溺在与这个女人的爱情之中。从心理上说,他不会无限度地去触动自己的伤痛的。"

"自己的伤痛……您这么说我就没有办法了。可这如果是他人的伤痛,就能去深剜罗?不,要是肿瘤,还要动手术刀咧!"

"如果是……?"

"当时我若是您,大概会作如此打算的。"

三郎觉得像被什么迷住似的,甚至连自己以前想都没想过的话，现在却从嘴里很自然地滔滔不绝说了出来。

"作为老朋友，不能眼看龙田先生因和这个女人的关系遭到毁灭而无动于衷。因而如用普通手段不能拆散他们的话，那么可以采取另外一种手段：委托私立侦探，进行调查，抓到确切证据，在自己并不露面的情况下，将麻药交易的黑幕暴露在光天化日之下。其结果是不难设想的。本间当然要被送进刑务所而不得不和龙田分手。男方为此也可能陷入一时烦恼，但随时间的推移，他也许会醒悟过来的。虽然这是非常手段，但从某种程度上说，这才算得上是真正的友情。"

"您是说我为了龙田君的事，暗自委托某个地方的兴信所[①]之类侦探机关了吗？"

"我是问有没有这么回事。"

"没有。当时我还没有想到这么高超的手段。是呀，要是采用这种办法，或许能够有助于龙田君。"

这时，有人给桑原警部打来电话。当警部出去，房间里只剩两人时，正在默默吸烟的冢原正直，突然把身躯探过来：

"雾岛先生，您还想明天清早一个人到我这里来吗？"

冢原谜一般地问道。

"明天您不是要去关西吗……"

"航班有好几个。我深知您的苦衷，才这样问您。如果您一个人来，我还有很多话对您讲。"

据说政治家所必须具备的条件之一就是利用突然发生的事件，使之向有利于己方发展。冢原正直当然也具备这一条件。

这肯定是微妙钓诱惑，然而这里面也蕴藏着危险。

---

① 兴信所：接受委托调查个人或商店情况的一种组织。——译者注

第二十五章　活着的证据

第二天清晨，三郎又去冢原正直家。他特地穿着便装，使别人看来这是私人访问。万一有人问起，自己也好解释，就说散步途中顺便去取回昨晚忘在他家的东西，瞒哄过去。作为检察官必须随时注意自己的行动，尤其在总选举前，和政界人士的私下接触，更应小心谨慎。

今天冢原正直显得格外亲切随和。他大概为事情办得顺利而暗自高兴。

"我这是关起门来说的话，您认为龙田先生还活着吗？或者……"

"当初我是决心投入一场复仇之战的。但一旦查明龙田作为真正罪犯还活着，那就定要想尽办法逮捕他。"

冢原正直眨了眨眼睛。

"您真是检察官魂①的体现者。好，话归正题。我认为龙田君可能已被杀害了。"

"这是推理？还是？"

---

① 检察官魂：指检察官的品质、精神。——译者注

"雾岛先生，昨晚我不能把真实话完全告诉您的原因，您明白了吧？此外，如果您将我的话作为正式的证言，那我也就无可奉告了。我只是出于对您个人的好意，向您提供看来有助于您侦破杀人案件而已。因为目前正是选举的微妙时期……这一点，请您能答应我。"

"那就按您所说的办。"

"其实昨晚的话有一半是真实的。当时，龙田君听了我的忠告以后说，那就委托私立侦探去调查一下。看来他虽然对那女人仍有留恋之情，但似乎恢复了些理智。"

"明白了。那么结果呢？"

"第二次见到他的时候，我记得是在大约十天之后九月十五日。他告诉我的情况已相当详细了。不过他说这只是侦探的中间报告。"

"请等一下。当时您是否问龙田先生，他委托什么侦探机关进行调查的。"

"没有问。我想等他告诉我最终报告时再问这个问题……"

"那么，调查的内容呢？"

"据说，当时龙田君威胁她，如果再注射麻药，就和她一刀两断。并且拿走她房间里的全部麻药。可是第二天，本间春江跑到小林家，之后又去'相爱'酒吧一趟。在这期间，除此两处外，她没有去过别的地方。按一般常识可以认为：她的麻药是从小林他们那里弄来的。"

"有道理。后来呢？"

"还听说，小林的姘妇友永寄子每周飞往大阪一次。扬言去探望亲友，据说是到神户沟口一家去的。但那里的事办完后，她不经任何地方而马上又乘当天班机直接飞回。由是观之，其中大有文章。因为飞机票汽车费和礼物等等一趟就需花费两万元左右。"

"也就是可以认为,她跑一趟虽则花费这么多钱,但还会是很合算的。"

"此外,黑泽大吉的秘书三天两头去找沟口一家。当然如果解释为这是选举前的活动,也未尝不可。不过,正是这位秘书在东京还经常出入于东南亚国家的大使馆。如把他的行踪稍往坏处设想一下,那又该是怎么一回事呢?"

当他提到黑泽大吉的名字时,眼睛流露出憎恨的神色,声音粗重。使人觉得,至少中间报告里的这部分,他掺进了自己收集到的情报。

"龙田君当时还对我这样说:他已经意识到,在不得已时将自己心爱的女人送进刑务所也要在所不惜。并且将继续进行调查。他说如强制她戒除麻药瘾,她可能会戒掉。否则,他也可能对她死了心的。不过,他仍然打算再调查一段时间后,再将结果告诉她,让她立下决断,这样比较好。也就是把全部事实摆在桌面上,逼她选择:到医院去戒掉麻药瘾呢?还是进刑务所去。"

"有关男女之间的事,像我这样独身的年轻人,多有不可理解的地方呢!作为一个特别事例,这倒是可以理解的。"

"当然,他当时对我说过:'如果这个麻药秘密暴露出来,不是对你有利吗?'不错,上次竞选中,我败给了黑泽君。如果这次他的问题暴露出来无疑对我有利。但是我不愿为了自己的利益而伤害老朋友呀!因为那个女人被关进刑务所,即使戒了麻药瘾,龙田君的苦恼也会是很深重的嘛!"

"那您确信:追查这条线索,顺藤摸瓜,必然要摸到黑泽众议员的身边了?"

"那取决于采用什么方法了。如果从下往上追查小林——沟口这条线,可能中途就被卡住。而如果他的秘书带着麻药从某个外国使馆出来,被当场查获时,那么问题大概就能解决了。那种书生家一旦辫子被人抓住,就变得脆弱无力了。"

冢原正直的这一席话,对于那些功名心很强的年轻检察官们,是很有诱惑力的。可是三郎答道:

"如果有比较确凿的证据,我可以责成特搜部去办。眼下我正全力进行对杀人案件的搜查呢!"

"不,看起来似走弯路,但很可能意外地却是一条解决杀人案件的捷径了呢!会不会是龙田君的调查被小林一家或沟口一家发觉了?于是他们索性把他和本间春江先后杀死了?因为如把两人的尸体放在一起,谁都会一眼看出是第三者干的。但是如果把女的杀死在她的房间里,而把龙田君诱到别的地方杀掉并把尸体隐藏起来的话……"

"这是完全可以设想的。遗憾的是没有确凿的证据。"

"以下的情况并不是听龙田君讲的。听说最近沟口一家有几个年轻亡命之徒来到了东京。这些'铁炮玉'[①]式的家伙,想豁出命来大干一番。他们甚至发誓,即使被抛进刑务所永世不得出来也无所畏惧,或许两次袭击您的正是这些家伙们。"

"您了解得很详细呀!"

"哈哈哈,竞选早就开始了。我虽然没有派出间谍之类的,可是各派动向甚至其中相当的细节,也能传到我的耳朵里。挖掘出那些家伙们的头面人物,可以说是掌握了眼睛看不见的一个团体组织的一批选票哩。"

"那么,请问在神户有没有沟口一家的对立组织?"

"这样说嘛,扇屋一家可以说是他们的对立组织。"

"那么,这扇屋一家是受您支配的了?"

---

① 铁炮玉:打出去不想回头,指豁出命的亡命之徒。——译者注

正直稍露不安神色。

"那一家是支持我这边的。但我们没有那种见不得人的关系。……总之，请将我的这些话非正式告知特搜部的检察官先生或是负责麻药案件的担当检察官先生，怎么样？如还需要这方面的进一步详细情报，我这里还可以收集到。"

"容我考虑考虑。"

"那么好吧。另外，我想把话转一下谈谈其他方面。龙田家有相当的财产哪！主要是土地，时价可值几亿元吧！他还有担任顾问律师的收入……"

"您谈这些是什么意思？"

"我想，看情况出面促成您和恭子结合在一起。"

冢原的话是相当露骨的。言外之意是希望三郎辞去检察官之职，当一名律师，然后帮助他揭发麻药的内幕。

"有关龙田家财产，我没听说过，也没考虑过。我现在想问您：关于这桩杀人索件，您还有没有别的情报。"

"我不是已经说了吗？"

这又是别有含意的回答。言外之意是：您如按我希望的那样协助我，那我还有其他的牌亮给你看。

"那么，您听说过龙田律师在战时救过一个中国人性命的事吗？"

"噢。是陈志德氏吗？由于龙田君的介绍，我到香港时……"

说到这里，正直好像愣了一下，眼睛变得呆然无光。

"检察官先生，您是个很能干的人哪！您究竟从什么地方知道的？"

"这是我的秘密。"

三郎有意地挡了回去。他觉得这第二次的会见，自己好像被对方摆布了一阵，然而核实了那个中国人的名字，也不能说一无所获。

他想，龙田律师进行调查所委托的兴许是寺崎义男，也许是东京秘密侦探社吧？因为一般人在那种情况下，总是希望委托自己熟悉的人或单位的……

昨夜他为此还责成桑原警部去调查，现在他突然想起，不知桑原的调查结果如何。

那天中午，寺崎义男来到恭子家。

"今天，我正酣睡之际，被警察搅醒带到搜查本部，接受询问。我直到现在也闹不清为什么会发生这样的事！"

"他们问您什么问题？"

"他们奇怪地问我，九月初到九月中旬是否接受过先生委托调查本间春江的问题。那时正是公司命令我从四国到九州出差，怎么能接受先生委托呢？但是警察仍不相信，又照会公司，甚至还调查了我住宿的旅馆等等。最后，由于公司经理出面申明：'我们没有接受过这方面的调查，而且寺崎君当时因公不在东京。'他们才放了我。他们完全做了错误的判断，警察已经颇不能自制了。"

"是吗？"

虽然恭子也觉得无论谁遇到这类事，都会表示愤慨的，可是对于这时的她来说，这件事却似乎与己丝毫无关。

"事务所的文件调查已告一段落。当初以为从这里面能得到什么，查阅结果却没有发现什么关键性东西。可能我估计错了，因而浪费了几天时间，请原谅。"

"哪里……您一个人干这么困难的事……即使浪费几天时间也算不了什么。您辛苦了。"

"尽管如此,反正我晚上也闲着,有些事情又已拜托同事分担了。从这一点说,也不能算完全虚度时光。我现在将所知道的事情,向您报告。"

"请"

"首先是陈志德氏。目前他来往于各贸易公司,没有什么特别的行动。当然,他有没有暗中用电话和什么地方联系,私立侦探是无法调查的。"

"是呀……"

"另外,小林一家正惶惶然不可终日,所谓'大姐'友永寄子整天躲在家里,不敢露面。"

"那个人……因为他们的麻药黑幕眼看就要被揭露出来的缘故吧?"

"我也暗地摸了一下那里年轻人的底。看样子他们对这次杀人案件的事全然不知。不过,像这些下面小喽啰不知道自己头头葫芦里装的什么药的事,也是常有的……"

"是吗?"

"另外,关于须藤俊吉的调查。"

寺崎义男提到这方面时,盯了恭子一眼,问道:

"小姐,您瞒着我,一个人到过他家了?"

恭子不由颤抖了一下,没想到会落到自己布置的调查网里了。

"是的……对不起……"

"那当然是因为您掌握着可以认为先生仍然活着的证据了?"

"是的……"

"那么,您见到先生了没有?你让须藤出示足以证明先生仍活着的什么证据了没有?"

"那个……"

这时有人敲门。恭子擦着汗应了一声。女佣人近藤和子推门走了进来。

"小姐，来个客人。"

"谁？"

"她没有说出姓名……只是说看这封信就明白了。"

恭子用颤抖的手接过一个白色信封，信封上面没有一个字。她拆开信封取出一张字条，上面写着：

"今给您送去所要的证据物件。如若相信，之后请在家外给我打电话。另外，送物件的女人仅仅是办事员，不知事件经纬，这一点请注意。看完后将信交还她。"

字体十分潦草。虽未具名，来人也未报姓名，但恭子一下子就知道她是须藤派来的人。

恭子让寺崎义男先到其他房间里稍等，把来人请到客厅里。这是一个三十岁上下，黑皮肤的其貌不扬的女人。她那带有一种野性的眼神，好像在剜着自己心灵上的伤疤。

"我是须藤先生派来的。他告诉我先请您看这个东西。"

女人从手提包里取出一个银光闪闪的打火机递给恭子。打火机下部用罗马字刻的姓名"S. Tatuta"虽然细节记不得了，但确是那个在一次民事诉讼获胜时，委托者送给父亲作为纪念的打火机。父亲对于这个打火机，还是相当珍惜的。在液态气体打火机风行时，虽会被人笑为过时的东西，但他仍然总是随身携带着。

"这怎么样？"

"我想是父亲的……"

"此外，他还要我让你听听这个……"

这个女人随即取出一个半导体收音机那样大小的东西。

"这是名叫'鸣凤'的德国制袖珍录音机。放在衣服兜里，因里面装有受话喇叭，使用电池即可录音……据说可连续使用五个钟头。"

"这里录有我父亲的声音吗?"

"我不知道。他只要我按开关。虽装有喇叭,他还要您用耳机听。"

恭子好像着了魔地急忙将听诊器那样的耳机塞进耳朵。那拿着耳机的双手颤抖不已。

女人恶意地看着恭子,按了一下录音机的按钮。

"船……船的事准备得怎么样了?"

突然一个细小的男人声音传进耳膜,像是父亲的说话声,但仍难以断定。

"您这么紧逼我很为难。眼下我正为您尽力而为了呀!"

这肯定是须藤俊吉的答话。声音很相似,但仍与他平常讲话有点不同。这种录音机的构造不清楚,其性能大概比不上那种不带扩大音量的录音机吧?恭子用业已麻木的头脑想着。

"这我明白……但是这样下去,我会发疯的……希望你努力使我能早日上船。"

"我正积极奔走。但交涉能否顺利,这您知道吧。我不是按您所说的办法,与中国人联系,争取乘中国的船吗?但是船的速度还不到飞机的二十分之一呢!等那位船长所乘的那条特定的船到日本港还需一段时间,这也是没办法的事。但是我听说那条船到神户去装货,然后回香港。所以不久请您去神户找我认识的六甲①的……"

到这里突然一下声音被切断了。女人看着录音机的转数,按下停止的桉钮,并且把耳机插头拔出来,冷冷地说:

"须藤先生告诉我,让您听到这里。"

---

① 六甲:地名。——译者注

第二十六章　错乱

　　恭子深感精神上遭到沉重打击。对面这个女人的脸、墙壁上的镜框以及壁炉台上放着的木偶好像在她眼前团团旋转起来。
　　"您或许是关照着我父亲的……"
　　恭子想起了须藤浚吉的话，有气无力地问道。可是她冷笑着摇摇头道：
　　"他要我什么都不能讲。对不起，我就此告辞了。"
　　"等一等，请等一下。"
　　恭子打起精神走出会客室，跑到寺崎义男所在的房间里。
　　义男交叉着两手，瞑目沉思。恭子进来时，他吃惊地睁开两眼：
　　"小姐，怎么啦？您脸色刷白……"
　　恭子精疲力尽地一下坐在他旁边，小声地说：
　　"寺崎先生，请您跟在这个女人的后面……"
　　"已经出去了？"
　　义男正要站起来时，恭子按住了他。
　　"还在客厅里呢，马上就要走。"
　　"那么，您是说这个女人很可能知道先生的隐藏地点了？她带来了什么可以作为证据的东西没有？"

寺崎义男似乎看穿这一切，一针见血地说。既已如此，恭子觉得没有必要再多作说明了。

"是呀……带来打火机和录音……现在怕被她发觉，过会儿我详细告诉您。"

"明白了。不知顺利不顺利，反正我将尽力而为。"

义男露出紧张神情地回答。

恭子急忙回到自己房间，拿出一万元装进一个信封，回到客厅。如仅作为车费，一千元或二千元就足够了，但有可能她在照料着父亲，为父亲只能做这样力所能及的事了。

"这一点略表心意，权作车费。"

"是吗？那我就收下了。您再打电话和他商量吧！"

女人好像理所当然地把钱收下，冷冷地说了这句话，站了起来。恭子好容易将她送到门口后，突然感到一阵眩晕。

她再也没有气力出去给须藤俊吉打电话。于是，她改变主意，先给悦子打电话。她觉得事情发展到这个地步，必须阻止悦子去见直郎，虽然去找三郎原是自己委托悦子的。

悦子在电话里听到恭子的话前后矛盾，弄得莫明其妙。这也是自然的，因为对恭子来说，她不能把所有一切全都告诉给自己的女友。

"总之，我现在马上赶到你那里去。我到之前，不要乱动。"

悦子带着斥责的口气说着放下电谛。四十分钟以后，她出现在恭子面前。

"怎么啦？电话里听你像是神经半错乱了。又有什么新的变化？"

"是的。不过这件事……总之，你不要去见雾岛了。"

"我已经和雾岛先生约好了。他也在等着我呢！"

悦子为难地紧皱眉头。但是,这位聪明过人的姑娘马上就意识到发生什么事了。

"你已经得知令尊还活着了?是今天知道的吗?"

恭子不加可否,只是默默地脸颊上淌了两行泪水。

"见到令尊本人了?或者有电话?"

"没有。"

悦子长叹了一声。

"那么我就越发怀疑了。仅仅从你刚才的话里,我就可以想象出那个怀着邪念想着你的男人是一个很坏的东西。这样的人仅拿出一件不完整的所谓证据,你就相信他?是不是他企图引诱你上钩呢?"

悦子这一席话,深深打动了恭子,她出神地说:

"我什么都可告诉你,但这件事……不能告诉其他任何人,特别是雾岛,你要保证。"

"好,我发誓一定做到。"

于是,恭子的激情像打开闸门的洪水似地一泻千里,一口气把从须藤俊吉到刚才那个女人的一切行动,叙述了一遍。悦子的表情随着恭子的叙述越发显得不安和疑虑。

"很难说这个录音是怎么搞出来的。双方电话中通话声音只能用特殊的录音机才能录下来。无论袖珍录音机,还是带话筒的较大录音机都不能录,这点我们知道。但有没有这种可能,即:须藤俊吉预先准备好这样的台辞,然后请声音与令尊相似的配音演员或其他什么人来录的音。"

"难道,竟会……"

"恭子,这样的时刻,最忌讳想到'难道'二字呀!无论发生什么事,你都必须下决心认为:这是理所当然的。可是,他拿到打火机这一层却是很奇妙的。以此推论,令尊万一遇害,须藤可能就是凶手或者是知道谁是凶手的人。"

在搜查本部,三郎开始讯问小林准一了。据报告:寺崎义男和东京秘密侦探社都未曾接受过调查本间春江的委托,三郎为此深感失望。但他马上又振作起精神,除指令再向其他私立侦探机关了解外,决定用业已掌握的情报,开始审讯小林准一。

小林准一身体已是衰弱不堪了。在这短短几天内,他竟脸色发黑,两颊塌下,从那凹陷的眼眶里,露出无精打采的目光。

"你的麻药是从神户搞来的,我已知道了。你的老婆来往于神户,每周一次。"

先让小林重复了几遍"是从一个朝鲜人那里拿到的"之后,三郎突然这样尖锐地质问他。此时,小林的两手开始咯咯发抖了。

"那……那样的事,我老婆早出晚归是常有的。可是当天来往于神户这样的事……"

这么脆弱胆怯的神情令人难以相信他还是一个文过身的男子汉。当然,若不是一个麻药中毒患者,在留置所只拘留了几天,也不至就受不了今天这种程度的讯问。这使三郎又一次感到无论多么刚强的人,只要一旦产生成瘾性症状,必然会像孩子似地表现出麻药毒性的可怕症状。

"说老实话,我们找你主要是为了调查杀人案件的。至于麻药来源的调查是次要的。"

当然,三郎并非暗示他不调查麻药来源,可是陷于神经错乱的小林可能以为检察官已心照不宣地要他放心,于是闪亮着眼睛说:

"您提到杀人案件,可是我并没有指使人杀死她呀!"

"但据说本间春江的麻药是从你那里拿去的。"

"那是因为她不知什么时候上了瘾……到我老婆那里苦苦哀求要去的。"

"拿去多少？你知道她每天注射多少？"

"是不是一天一克？我不太清楚……"

"那么，她每次集中买五十天的，还是一百天的药呢？"

"她没有那么多钱……她借口说要买衣服呀、戒指呀什么的，从男人那里要来的钱，大概用这些钱买药吧。实际上，一旦上了瘾……就不把撒谎当作一回事了。"

"再问你，你开始贩卖麻药的动机是什么？"

"动机嘛……我在用了药，神志清醒的时候，也觉得干这种事问心有愧。可是自己掏钱买药，又觉得划不来。自己又无法戒除烟瘾，于是想通过这种买卖，赚点药自己用，以节省买药的钱。"

"那么，这种想法也可用在本间春江身上了。她平时从男人能讨到的钱也是有限度的。因而她会不会也一下买进许多药，然后转手卖给别人，用从中赚到的钱支付自己的那一份药费呢？"

"难道那个女人也有这么一手？……不过，您要这样认为的话……可以向以前她哥哥麻药事件中所涉及的人们了解，也许能找出几个买她麻药的人吧？"

小林的额头汗珠直冒。

"那么，你认识一个姓石本的人吗？"

"是石本进吗？"

"是个什么样的人？"

"是神户沟口一家的一个年轻人……东京他常来常往……但是最近一直没有露面。"

"这个人凶不凶？有无作奸犯科的经历？"

"好像犯过两次伤害他人罪……但平常并不……"

"那么,你认为这个人有无可能杀死本间春江?"

三郎采用左右夹攻的手段讯问他。当对方处于神经混乱时,不断地改变讯问重点,比仅追问一个问题,更为有效。

"难道……我,什么也……要是这样,不如直接逮住他讯问,更快……"

"另外,你知道本间春江的情人龙田律师委托私立侦探调查她麻药来源的事吗?"

小林准一被三郎这样一问,眼睛睁得很大,好像眼球要跳出来,喉咙里发出似声非声的音响,刚刚擦干的额头又涌出汗水,手和肩像波浪似地颤抖着。

"检察官先生……"

坐在旁边的桑原警部站了起来,走近三郎,向他耳语道:

"成瘾性症状好像又发作了。让他休息一会儿,服些药,然后再继续讯问如何?"

"嗯。"

三郎无可奈何地点点头。在三郎看来,再稍许加些压力,对方就会完全支持不住,而将吐露出接近案件核心的秘密。

但綦,从眼前他的痛苦情形看,不像是在假装。负责麻药案件的伊东检察官曾说过、对付麻药中毒者,非得沉着、坚定,富有耐心不可,所以颇费精力。既已了解到了这个程度,看来以后无须焦急了。三郎这样想道。

"那么,就带他去歇一会儿吧。"

小林准一被两个刑事架着胳膊走了出去。桑原叹了一口气说:

"检察官先生,眼看小林就要……"

"我也有同感。你们也讯问他了,情况如何?"

"他说是说了一些，但都是断断续续的。因而我们无法按一条线追问下去。据医生讲这是个顽固不化的汉子，虽然身体衰弱不堪，但仍挺住不吐真情。要是一般人早就坚持不住，有什么问题都坦白出来了。"

"那么，友永寄子的情形如何？"

"突然飞到关西去了。刑事跟踪她到了羽田机场，得知她是乘去大阪的飞机后，我打电话请伊丹的警察在她下机后跟踪了她。据他们报告说她又到神户沟口一家去了。这次或许她不会是为了购买麻药的，大概是找沟口一伙紧急商量善后对策的。"

"嗯……"

三郎停了一会儿，点上一支香烟。一个警官进来，以平直的声调报告说：

"检察官先生，有个叫尾形悦子的女士，说个人有紧急的事想见您。"

三郎向桑原警部留话说，一个钟头以后回来，就和悦子到附近一家吃茶店去。他担心会不会有人尾随自己，进店以后，还注意看着店门口。但在他们之后，隔了很长时间，并无人进来。

"我刚刚见到了恭子，就跑来找您的。她的情况令人担心……"

"是呀，我看您没打电话就突然来了，也在想她发生什么事了？究竟是怎么回事？"

"我看她精神处于半错乱状态。不，可以说她神经完全错乱了。若这样下去，会不会要发生性命攸关的事情呢？"

"您意思是说她要自杀吗？"

三郎觉得心被刀割似地作痛。

"当然这也很有可能的。我虽只听了听她讲的话,也觉得她一个女人,竟然在忍受着那样的痛苦和烦恼呀!"

"可是,我现在实是无能为力呀!如果能会面,安慰她,也许能使她平静些。但我又不能去和她见面,这是我烦恼之所在呀!"

"雾岛先生,我是律师的女儿,并且我父亲三年前也是检察官。所以我觉得我比别人更能理解你们两人的苦衷。"

悦子手里拧着手帕,好像要撕破它似的。

"雾岛先生,在这时,果断地逮捕须藤俊吉怎么样?"

"须藤俊吉?他有什么嫌疑?"

"嫌疑?总是……即便无理也……"

"这不行。作为检察官,我现还没掌握能够逮捕他的理由。如果您能提供确凿证据,那另当别论。"

"可是,有关他的一些问题,我已经对恭子发过誓,不告诉给任何第三者。您只能从我的态度进行观察加以判断。"

悦子眼看要哭出声似地接着说道:

"可是,有件事是我的推测,告诉你也无妨。如果这样置之不管,恭子在最近就会向须藤牺牲只能给你的东西……其结果,成了他的人之后,大概她难以活下去了。"

三郎觉得脊梁开始发抖,一股热血涌上头来,连眼前的东西也变得模糊不清。

"就是说,他说让恭子去见龙田律师,而要求恭子以肉体作为代价了?"

"我不能说,这件事……"

三郎不知如何是好。他为了使自己能平静下来,想点上烟;深深吸上两口。但一时出神,他竟将火点到过滤嘴的那一头。

"雾岛先生,您赶快拿定主意。我这样要求您,虽未免过于苛求，但可以救助恭子呀……。以强硬的手段逮捕须藤，这样，即便你这方面有什么问题，以后也好想办法弥补的……反之，如果对须藤俊吉放任不管，他一定会干出无可挽救的事情。"

"如果仅仅是未婚夫，我会毫不犹豫地这样干。但是作为检察官，我就无法下这么大的决心了。"

"哎呀！……您真是铁石心肠的人！"

象悦子这样文质彬彬富有理性的姑娘，却这样像责骂似地喊起来，说明她实在已经忍无可忍了。她用颤动的双手继续拧着手帕。

"您的心情我理解。但是我想可以不必采用这种强硬手段，还有也可能是意外能奏效的根本解决问题的方法。"

三郎终于恢复了平静。

"您说还有什么办法？

"恭子不是还请了一个名叫寺崎义男的私立侦探吗？您直接请寺崎做保镖护卫她，千万不要离开恭子身旁，您觉得怎么样？这样就可以防止您所担心的最坏事态发生了。"

"这我也已考虑过了……但是，这可能来不及了……"

悦子因痛苦而抖动着身躯。

"雾岛先生，您如果不逮捕须藤俊吉，可以马上责成刑事盯在他的周围二十四个钟头。甚至让刑事追踪须藤到神户的六甲一带。您愿意这样办吗？"

这充满谜一般的话。尤其三郎对她说出"神户的六甲"这个地名，感到愕然不解。

第二十七章　漩涡

神户的六甲,这个特定的地名,怎么能从她的嘴里说出来呢?三郎无法理解。但是从悦子那疑虑的神情中,三郎越来越觉得龙田律师可能就潜伏在这一带哪家别墅里,在等待时机逃往国外。

责成刑事盯住须藤俊吉,或许是悦子灵机一动的想法,而对三郎却是一个绝妙的建议。如果因而得知龙田律师的潜伏地点,并断定他与外面有联系,那就有理由调动警察了,从而也可间接救助恭子。

"尾形小姐,那么,您听说过陈志德这个中国人的名字吗?"

为慎重起见,三郎这样地提出问题。说子顿时脸色苍白。

"为什么您问起……这个名字呢?"

"那么,他现在在日本罗!您知道他在东京什么地方?"

虽是装作随便一问的样子,却好像击中了悦子的要害。她没有直接回答,却带着责备的口吻断然道:

"我是为恭子来找雾岛三郎其人的,而不是来访问雾岛检察官先生。希望您不要提出那些迫使我背叛朋友的问题好吗?"

"是吗?那的确是我的不对了……"

三郎心情忧郁烦闷。看来要想同时扮演好检察官和未婚夫这两个角色,那就无法解决这桩案件……

这时,有个警官在店门口向里张望,随即走到三郎他们的桌旁,带着不满的眼光望着三郎,小声道:

"检察官先生,打搅你们的谈话,有重要紧急报告。"

三郎急忙站起来,把耳朵靠近警官嘴边。

"小林又突然大发作,生命垂危。"

"什么?"

三郎感到像浑身泼了一盆冷水似的。据说在治疗麻药中毒症时,尽管有医生进行细心医疗,但也有极少的人因之引起心脏病发作而突然死亡。难道这就要发生这种偶然的不幸事件吗?三郎想道。

"好,我马上就去。"

说着,他无力地坐到椅子上,抓起杯子,一口气将水喝干。

"发生了什么事?"

望着那个轻轻行了一礼走出店去的警官背影,悦子问道。

"据他报告小林命在旦夕……刚才还能顶住一场讯问呢……总之,我必须回去一下。过一会儿,我给您去电话。"

"好……我等您的电话。但让我再说一句,我恳求您无论如何要设法保护恭子呀!"

悦子眼噙泪珠说道。

"知道了,那么,再见!"

三郎说着出了店门,往警察署跑去。

小林准一已被急救车送往医院,桑原警部也急忙跟着去了,因而三郎没有得到详细经过的报告。只听说讯问中止后十分钟,小林就诉说他感到非常难受,医生赶来一看,认为病情已达到非送医院抢救不可的地步了。

当然这是由于麻药毒性发作引起的,于自己毫无责任。但下步棋如何走法?三郎感到犹豫不决地叹息着。

"雾岛君!"

出乎意外,这是利根检察官的亲切声音。他大概是因处理其他案件来到涩谷署,听到了这件突然发生的事。

"听说小林倒下去了,是吗?"利根检察官走到三郎身旁低声问道。

"是呀,我也刚听说,吓了一跳……"

"真不好办。最近好像在你身边发生几件奇怪的事。希望这个家伙不要有个三长两短……他手下那帮家伙本来就因头头被捕,业已发疯到袭击担当检察官的程度,这次小林一旦死去,他们岂不更要以十倍的疯狂进行复仇的寻衅吗?"

三郎认为利根检察官的见解未免肤浅,但是他也不敢断言:不是案件的直接担当检察官,就无法做出正确的判断,提供正确的看法。

"假定最近对我的袭击是他们一伙干的话,而现在他们的头头如果一旦死去,我认为他们反而可能会变得老实些。因为那些香具师流氓集团,就像秃鹰群一样,他们的头头如系直接死于他人刀下,姑且不论;可是像这样因麻药毒性发作而死去,他们大概就不会进行复仇或干什么的。而且说不定,他们一伙中还有人巴不得头头死去,正好争夺和瓜分留下的遗产呢?"

"你这种设想,也颇能成立。"

利根检察官用眼悄悄地向房间四面扫了一下,突然附在三郎耳边道:

"雾岛君,他万一死了,你应该考虑,他有没有被毒杀或者服毒自杀的可能。"

"难道警察中……"

"我的想法也许超越出了常理。我只是说不排除这种可能性。小林贩卖麻药毒品，其背后是否有个强有力的后台？而当秘密就要暴露时，他就使出异乎寻常的手段。"

此时三郎不由感到浑身发冷，不寒而栗。

"那么，今后你打算如何呢？"利根检察官又接着问道。

"我想抓两点：一是对须藤俊吉进行盯梢跟踪，二是搞清楚那个叫陈志德的中国人是否在东京。"

尾形悦子一再嘱咐恭子，在她回来前千万不可离家半步。

当然恭子知道悦子去找三郎，但她无法阻止悦子去找。

她仿佛觉得自己被卷进一个大漩涡中。所有的人和物都在自己的周围，在自己可望而不可即的地方急剧地旋转着……自己无论如何焦急地挣扎，也无法从这个大漩涡中冲出去……。

这时，近藤和子进来告知哥哥慎一郎回来了。尽管是不中用的哥哥，但对他发泄一下心中的忧怨，似乎也能使自己平静一点吧。恭子这样想着，正要站起来，和子又别有用心地加了一句话："他还带着一个女人呢。"

"女人？"

恭子怒气冲冲地推开和子，跑出自己的卧室，来到客厅。

慎一郎看到她的神情，暗吃一惊，抬起头道：

"恭子，你怎么啦？噢，这位是将和我结婚的榎本总子。这位是我妹妹恭子。"

此时，结婚两字却重重地刺激着恭子。

"是吗？请坐。"

恭子觉得不应过于冷落对方，只是冷淡地应酬一句。

"早就想来问候您了，因为这次事件……请多原谅。"

榎本很客气地寒暄道。今天她大概也是有意地穿着朴素衣服，但恭子总是看她不顺眼，可能是自己心情很不好的缘故吧，恭子边想边带挖苦的口气答道：

"是吗？要是这样，我想倒不如待事件结束以后，我心情舒畅时，再见面为好。"

"恭子，这我知道。今天我把她带到家来是有道理的。她瞒着我去见雾岛君了，我知道后吃了一惊，心想还是让她早一点见你，把经过告诉你。"

虽然已经完全打消了结婚的念头，但从别人口里听到雾岛的名字时，仍然不禁在胸中激起汹涌的浪涛。尽管如此，她强抑感情道："是吗？"

总子叹了口气：

"雾岛真是百里挑一的人哪！我想要是不发生这次不幸事件，该多好呀！"

总子用手帕擦着眼泪，用嘶哑的声音道。

"是呀，他的确是个好汉。但是处理这次事件，他也正在走危险的铜丝绳啰。为了侦破涉及这桩案件的麻药事件，他逮捕了香具师的头头。大概是由于这个原因，据总子说，他接连先后遭到不开灯的汽车和手枪的两次袭击，差一点断送了性命。"

"这样的事……"

恭子马上被哥哥的话吸引住了。她本来就心乱如麻，现在听了这些话，更是心如刀绞，万分难过。

"总之，第二次是在送我走之后不久发生的。据说是遭到手枪的袭击……我想，检察官先生两次死里逃生后也会心惊胆战而提出辞呈的。因而从不同于过去的角度来看，你们结婚也并非是不可能的了。"总子将见到三郎的情形详细地说了一遍后，就这么劝慰了恭子一番。

"他是不会在这时候辞去检察官职务的。"恭子好不容易地这样回答了一句。

"我过去也以为，你们结婚终究是不可能的。可是听了总子的话以后，改变了自己的一些看法。雾岛君虽嘴上不说，但我看得出，他是从内心深处爱你的。我了解他的苦衷。我在想，如果他辞去检察官，你们能否设法重归旧好呢？"

可能是因为有愧于自己过去所作所为，慎一郎讲话的语调也变得异乎寻常地温和了。

"他是不会考虑现在辞去检察官职务的。这得让我好好考虑考虑。"

"是吗？我知道。当然这并非一时就能说妥的事。我只是希望你抱有这种愿望。另外，我还有一件事和你商量。"

"什么事？"

"这也并非现在就能办妥的事。总子现在已怀了我的孩子了，因而总得考虑她入籍的问题。我想就这一点征得你的同意。"

"这是你们的事！"

恭子无法抑制自己的眼泪，向总子轻轻点一下头，回到自己房间，伏在桌上失声痛哭。

过了三十分钟，尾形悦子回到了恭子家。

"你哭了？是呀，在这时候，哭也许是一种良药……"

望着恭子，悦子轻轻地说道。虽然恭子已经匆匆洗脸化妆，但那哭得红肿的眼睛却无法掩饰。

"我去见过雾岛了。想不到他是个可畏的人。他为了从我口里套出什么秘密，竟然对我要起检察官那套策略来了。"

"是吗？"

恭子的心一下像被泼了冷水。与刚刚初次见面的总子比较起来，她当然相信自己老朋友的话了。

"但是，我不能背叛你哟。请你相信我，我一点秘密也没讲出去。"

"我知道……"

"我不在的这会儿有没有什么变化？须藤或者寺峙先生有没有给你来电话？"

"电话是没有……可是，怎么说呢，我哥哥将他喜欢的人带到家来了，现在还在里面。"

"是吗？这时候……这个女人也不体谅一下你的心情。"

悦子表现出未婚女子清高似地皱着眉头道。

"但是……我理解她的想法。她因有了我哥哥的孩子，两次去找我父亲，要求同意他们正式结婚，据她说第二次去见我父亲是在父亲失踪的当天中午。"

"那么，她是什么样的人？如果是良家女子，即便发生了那种事，也不会厚着脸皮独自去找情人的父亲哪！"

"反正现在我已心乱如麻，记不清她还讲了些什么……好像她还瞒着我哥哥去找过三郎。"

"大概男人们都要对她甘拜下风了。那么雾岛对她讲了什么话？"

"细节的……你自己去问她好了……现在让我转述，我也会讲得乱七八糟。"

"也是。"悦子应了一声。她紧咬嘴唇，深思一会儿以后，又以犹豫的口气道：

"恭子，还是由你告诉我好。你和她是未来的姑嫂关系，她大概把实话都告诉你了。而我在她看来则是外人吧……。恭子，你不是说咱们情同姐妹吗？你还是别把那些话闷在心里。"

恭子也觉得有道理，与其一个人左思右想，独自忧郁愁闷，倒不如痛快讲了出来，反能排解忧烦。

恭子终于开了口。出乎意外地竟然把刚才的经过一口气讲完，自己甚至觉得已经一字不漏地把听到的要点，完全转告给了悦子。

"听明白了……讲得很有条理嘛！但是……"

悦子正抱头深思，近藤和子进来说，寺崎义男先生来电话了。恭子让悦子在房间里稍等，自己去接电话。

"是小姐吗？对不起没及时报告。刚才我眼睛一刻也没离开过她。"

"那好。您跟踪成功，盯住了？"

"是的。今天我费了不少劲，经过我就不讲了。现在她最后进了新宿一家叫'梦游'的吃茶店。这里刚好离'相爱'有五六家店铺远……"

"在那里她和谁见面了？"

"会不会须藤俊吉之流和她约定，在这里听她的报告呢？总之，有什么变化，我再给您去电话。"

恭子叹了口气，放下话筒。当然，那个女人极有可能在中途去向俊吉报告，若能追踪到底，那就能得知父亲的隐藏地点了。恭子心中这样想着并默祝义男这趟能干得出色成功。

她正要离开电话机时，电话铃声又响起来。大概又是义男打来的吧？恭子心里想着，拿起话筒。

"喂！喂！是龙田先生的家吗？恭子小姐在吗？"须藤俊吉的声音刺激着耳鼓。

"我就是……"

"你怎么没有给我打电话呢？"话中似带有怒气。

"是证据还不够吗？"

"对不起……因为哥哥和他的未婚妻来了，我一直未能出去。"

"噢,慎一郎君的未婚妻?是谁?"

"名叫榎本总子……"

"是她呀?"紧接着是一阵轻蔑的笑声,恭子不禁打了一个寒战。

"好了,他们的事以后再说。谈正题吧。今晚您能出来吗?"

"是的,想办法……"

"那么,七点钟请到新日本饭店的走廊里。我附带说一句,今晚是在东京的最后一个机会。现在百货商场已关门了,您要注意尾巴。"

那声音宛如钢针刺进她的耳膜。

第二十八章　检察官西飞

在桑原警部没有回来之前，三郎无法将同利根检察官说过的那几条紧急措施付诸行动，因此只好在搜查本部焦急地等待着他。

当然，为了抢救拘留中的嫌疑犯的生命，一时中断搜查活动，也在所难免。可是，作为负责搜查的警方最高人员桑原，却什么非亲自跟到医院不可呢？其中大概有什么奥妙吧？

如往坏处设想，桑原警部是否慑于被认为是小林背后的最大后台黑泽大吉？或者——也许这种想法过于多心了——如同利根检察官所暗示的那样，小林服了毒或是被投了毒。倘若发生这一情况，桑原警部采取行动，竭力掩盖自己的失职，也是不足为奇的。

于是三郎打算亲自到医院去看看，可是过了不到三十分钟，桑原警部就紧绷着嘴角出现在他的面前了。仅从他的神色，三郎看得出来最坏的结局已经发生。

"检察官先生，他不行了。虽然打了几针强心剂和樟脑液，仍无济于事。医生认为这是例外的奇特现象。大概他的中毒症已病入膏肓了。结局虽很遗憾，但我们没有责任。"

在这种情况下，即便是与事态毫无关系的一般人员，刚刚从死者身边回来，可能也会显得心情不安，但警部的语气却平静自若。三郎想这或许由于他长期和刑事犯打交道的缘故吧。

"是吗……看来麻药这东西的确是很可怕呀。那样顽强的家伙竟然因麻药而呜呼哀哉了。"

三郎叹道。警部听了带着自嘲的口气道：

"我一听他危险时，突然想起：人在临死前，往往会口吐真情，把自己的重大秘密或异乎寻常的事说出来……于是我亲自跟着去了。他人都快死了，我却冒出这种想法，怪不得有人说警察官不是人而是鬼呢！"

这句话本无讽刺之意，但却深深刺痛三郎的心。他想，如今大概也有人把自己当作鬼了……

"是吗？那么，小林说了些什么？"

"因为是断断续续的、梦呓般的临死之前的话，有一大部分我听不清。什么寄子啊，磨泽先生呀，说出这些名字，是很自然的。还听他说了'梦游'这几个字，不知是人名还是药名。好像还说了'ケイコ'① 这个名字。这三个字母，我有没有听错，还不敢肯定。最后，他像要饿死似地喊道："药……给我药呀'这我听得很清楚。"

"'ケイコ'是不是第二个被害者鹿内桂子的名字？如果是，那么他们之间的关系，就有可能比我们想象的更深一层。"

"也难说……首先，我不能肯定自己没有听错；其二难以肯定'ケイコ'就不是指桂子以外的其他女人。"

"另外，关于'梦游'这个名字，的确在'相爱'附近就有一个吃茶店叫'梦游'。或许这个店就是相爱的麻药隐藏处所

---

① "ケイコ"——日本假名，是汉字"桂子"的读音。——译者注

吧？当然这也难以断言。不过有一点是肯定的：人之将死，不会从嘴里吐出毫无意义或毫无关系的店名来。"

"是的。您的分析很有道理，我不知道那里有一个这样的店铺。我立即责成刑事去调查。"

"再者，我想提一个奇妙的问题，请您把它作为是因我考虑到万一而提出来的问题。您是否百分之百认为小林死因纯系麻药成瘾性症状所致？换句话说，他有无可能服毒自杀？"

"服毒？"

桑原警部皱着眉头重复道。

"老实说，我没想到这一点。一般情况下，出于所谓的江湖义气，为了自己一个人承担全部罪责而自杀的人，并非没有。可是对于他，我们事先已经进行了严密的人身检查，因而除了麻药香烟外，决难想象他还能藏着带进来自杀用的毒药。如果您对这点仍有怀疑，检事先生，您可以亲自去向医生了解。"

此时，三郎从警部的表情看得出，他话里没有虚假，不是撒谎。

"嗯。这大概是由于我过于多虑了。"

"因为最近连续不断发生奇怪事件，检察官先生变得有点神经过敏，这我很理解。请您以后谨慎一点。因为，那些家伙不通人情，一旦红了眼，什么事都能干出来的。"

利根检察官的话又一次从警部的嘴里说出来，使三郎感到一种新的恐怖。但此刻的恐怖感却不像过去的那么强烈。

下午四点刚过，三郎在羽田机场休息室等待搭乘飞往大阪的日航飞机。

神户的六甲，这个从悦子口里说出的地名，引起三郎强烈的注意，他决心火速飞往大阪。

当然不是作为需要事务官陪同的因公出差,而是非公私人外出去见原田检察官。想借助他的智慧和力量,采取适当的措施或行动后,计划翌日上午返回东京。

如果这是普通案件,通过检察厅之间的直通电话联系,也就可以了。但在三郎看来,如此微妙的问题,非面对面,是无法说清楚的。他只给原田个人拍了一个私人电报通知他。

此刻他坐在休息室椅子上,忽然想起恭子描绘的蜜月旅行计划。虽然细节方面还未决定,但这是有钱律师的女儿之梦呀。新婚旅行路线是先坐飞机往福冈,然后到九州兜一圈,再飞回东京。当时这个计划曾多么使三郎高兴呀!而如今这个梦想,已趋于破灭了。今生能否与恭子同机旅行,已是无法推测的事了……

他叹了口气,望着剪票口。忽然他看到友永寄子从剪票口走进休息室,不由一愣。心想,一定是她得知小林准一暴死,急忙从神户赶回东京的。

几乎在这同时,寄子看到了三郎,一下子脸色大变,停住了脚步。接着她推开了大概是来接她的三个其貌不扬的人,怒气冲冲地向三郎快步走来。

三郎从座椅上噌地站了起来。他看到对方那气急败坏的神情,担心她会干出什么事情来。

"检察官先生,我们家的男人死了吧?"在离三郎两三步远的地方,寄子收住了脚步,两肩颤抖地问道。

"是啊……很不幸呢!"

"'很不幸'没想到从你这样鬼的口里也能说出这样的人话!"

寄子抽动着两颊的筋肉,怒视着三郎。

"要是那时你痛痛快快地放他回家,我男人也不会落到这般下场……你真是凶神恶煞!"

女人又用恶毒的语言咒骂着。

三郎默不作声。这样的女人本来就不讲理,何况现在得知其男人暴死,因而三郎知道,她现正在火头上,自己无须理睬她。

"大姐……"

她旁边的几个人,像是担心的样子来制止她。但寄子毫不理会。

"嗯"寄子哼了一声。随即说出一段可怕的话来:"既种下了仇恨,你瞧着好了。这仇一定要报,要用尽够你受的方式报……"

"大姐,您别说了……您的心情大家知道。可是在这个场合,这样就不成体统了。先生,因为大姐过于激动,请您不必介意。"

这几个手下人大概担心寄子在大庭广众之下,对检察官如此辱骂不休,有被逮捕的危险,就不由分说地架起寄子双手,向三郎打躬赔礼。

"我知道她发怒才不理她。赶快把她带走吧!"

"对不起!"

他们说了一声拉着寄子就走。可是才走了一两步,她甩开架着她胳膊的两个人,走向三郎面前,恶狠狠地道:

"既然这样,我可就不饶龙田了。"

三郎正为从她口里突然迸出的这句话一愣时,一口黏痰飞落到他的脸上。实在是一个无赖的女人啊!"

"要对龙田怎么样?"

三郎擦去痰以后问道。寄子好像发泄了一定程度的愤怒,继续说着一些低声的狂语,眼睛里仍然闪烁着怒火。

"大姐,大姐!快走……"

"先生,请您原谅!"

手下人又跑了过来匆忙架走了她。三郎再也不想把寄子平息下来,问清这句话的意思了。他曾听老同事们说过,有时检察官要成为人们发泄无端怨恨的对象的。看来今天自己这是第一次经受了这样的事。

不明真相的旁观者会用什么样的眼光看自己呢?三郎颇感羞愧。心想还是到吃茶室还是什么地方去等吧。他又擦了擦脸,拿起手提包站起身来。就在这时,他看到小卖店旁边站着一个男人,心里起了一股疑团。

那人约莫三十来岁,衣冠楚楚,戴着黑眼镜。他那两个大眼镜片正对着自己。从那神情三郎总觉得他杀气腾腾。

这个人或许跟踪自己的吧?三郎说不出道理地心中猜测道。

三郎走进吃茶室时,又回头一看,那副黑眼镜依然对着他。

三郎搭乘的飞机到达伊丹机场是六点二十分。

那个戴眼镜的人也搭乘了同一飞机。三郎虽然疑心十足,但仅凭这一点,作为检察官也是奈何他不得。

会不会寄子已用电话告诉神户沟口一伙,说自己将来神户,于是沟口派人到机场来向自己胡闹呢?三郎心里又在暗自嘀咕。可是当三郎在走廊候客室看到原田丰站在那里等着自己时,反而感到很突然了。

"不是特地来接你的。刚好今天这里有要办的事。接到电报后顺便到这里等你。"

原田检察官慢慢地点上一支香烟。

"怎么样?直接到我家,还是到什么地方吃点饭什么的?"

"还是先到那餐厅喝点啤酒吧!"

三郎想在这里停留一段时间。如果这个戴黑眼镜的人是一个与自己毫无相关的人,那么,大概他会很快离开机场的。倘若等自己从食堂出来,他仍在外面徘徊不走,那时就要对他十分警惕了。

"好吧!可是这里不是谈那种话的地方呀!"

原田检察官说着先站起身走。三郎边走边往西周扫了一眼,没看到有什么特别可疑的人。

到了餐厅,在一张桌旁坐好后,原田检察官压低声音道:

"为什么?你一个人以非公差形式飞到这里?大概事出非常吧?"

"是的……"

三郎望了四周一眼点点头。从上次谈话之后,原田检察官似乎相当挂念。回到神户以后,还给三郎去电话,询问其后事态发展情况。三郎仅告诉原田自己从公判部转到刑事部,并被责成处理这起案件。他对原田说,详细情节容待以后奉告。由于三郎忙忙碌碌,终于连给原田写信的时间也没挤出来。

"详细的经过,回头再说。总之,这桩案件十分棘手。共有两个女人被杀害,主要的搜查工作无法进行下去。有关涉及本案件的麻药事件,我们逮捕了一个香具师的头头,可是那个家伙却因产生成瘾性症状今天死了。"

"是呀,对于本部的检察官来说,处理两个女人连续被杀案伴,是相当艰巨的。但愿东京最近不要再发生又必须戒立搜查本部的重大案件,使你不致分散精力,而能专心处理这起案件。"

"我也颇为担心。幸亏最近就仅只处理这桩重大案件。不过有两次我差一点丧了命。一次是夜里一辆汽车黑着灯向我撞来,一次是有人从背后向我开手枪。谚语说:'有第二次就有第三次'还说：'第三次才是生死搏斗'，因而多少我也有些惊慌。"

"怎么？那家伙总也应该适可而止吧！如果龙田律师是杀人凶手，那么他现正疲于设法逃脱，很难设想是他向你下毒手的。可能是搞麻药交易的香具师一伙干的……或许杀死那两个女人的凶手，不是龙田律师而是其他什么人。"

在这迷雾茫茫中，原田丰表现出他那非凡的机敏和过人的洞察力。

"关于这个问题，回头再听您的高见。我总觉甚至整天二十四个钟头都有人跟踪我。刚才就有一个相当可疑的人，和我搭乘同一架飞机。当然这也可能由于我神经过敏……"

"是吗？那么我们在这里观察一会儿吗？好，现在就出去，如果他仍在这里徘徊兜圈子，就叫警官逮住他。好在，我们检察官无论在日本什么地方，都能行使逮捕权。"

原田一口气喝干杯里的啤酒。

"另外，你需要我们帮助调查什么问题，最好现在就告诉我，我立即用电话联系。如你自己有信心去自理的事，那么也可以后再给我详细说明一下。"

"既如此，仅请问一个问题。如果龙田律师有可能现在就隐藏在六甲的某个地方，你看应采取什么措施？"

"什么？"

原田丰闪亮着眼睛。

"如果住在饭店，那问题很简单……但要是潜伏在私人别墅什么地方，就难以搜索了。可是，这情报是怎么得来的？难道是从恭子口里直接听到的？"

"虽然不是我直接从她口里听到的，但有理由认为是从她本人口里说出来的。如果龙田律师隐藏在这一带，则理所当然地可以猜测他要在神户上船选往国外。"

"嗯……"

原田丰似乎为了摸透三郎的意图,以锐利的眼光默默地注视着三郎。

"这里不是谈这样微妙问题的地方,到我家去谈吧。"

原田说着将瓶里剩下的啤酒倒在两个杯子里。

"好吧!"

三郎拿起杯子。就在这时,他看到一个女人走进餐厅。由于惊讶,他竟然差点把啤酒洒在地上。

这是三年前和他订过婚的安藤澄子。她在他们准备结婚前一个月抛弃了三郎,投到别人怀抱。三郎万没想到竟在这里遇见了她。

不知道她现在姓什么。短短几年光景,昔日的美貌,如花已凋谢般地大为减色。她穿着妖艳的和服,看上去好像是一个酒吧间的招待。

澄子似乎没有看到三郎他们,回过头向后面离她一步远的一个人说话。那个人就是在羽田机场同三郎一起登上飞机的戴着黑眼镜的人。

第二十九章　像父亲的人

"你怎么啦？究竟怎么回事？"

看到三郎突然脸色煞白，原田丰探过身来问道。

"噢，是那个？那个戴黑眼镜的人吗？"

"还有旁边的那个女人。"三郎回答着，仍然目不转睛地盯着那边。澄子和那个男子在离入口处不远的桌旁坐下来。那人的黑眼镜好像一度往这边一闪，而澄子却神色依旧。

如果那人最初就是决意跟踪自己的，那么在他和澄子谈话中，就可能提到自己。这样一来，澄子决难仍然表现无动于衷。由此看来，以为他有意跟踪自己，大概是自己的一种错觉吧！三郎又重新作这样的考虑。

自然，原田丰无法领悟三郎这种微妙的内心活动。

"走吧！"他催促三郎站了起来。当他们从澄子后面走过时，橙子也没回头。

出了餐厅，他们两人看到一个身着制服的警察从走廊入口处走出来。

原田丰跑到警察面前，出示名片，和他说了几句话，然后回到三郎身边道：

"我托他尽快查明那两人的身份。走,咱们到对面去等着吧!"

此时此刻,检察官的名片,其本领可谓大矣!警察恐怕有些仓皇失措,因为他必须随机想出不违反人身自由的借口,才好去动问人家的住址和姓名。

两人坐到入口处对面,离剪票口不远的椅子上。

"三郎君,看来我要在其中充当坏角色了。"

原田检察官斜睨着餐厅入口处,突然以热情关切的口气说道。

"坏角色?"

显然在这里邂逅澄子,三郎心中顿起波澜,浮想联翩,以至一时竟未理解原田丰的话中之意。

"也就是,怎么说呢?为了使你不致因亲手逮捕嫌疑犯而陷于被动,我可以出面充当你的替身。当然其前提条件是他现在确在神户。……因此以后你夫人会怀恨在心,使我们断绝个人来往,这是很遗憾的了。不过,尽管不能家庭之间来往,工作上我们仍可保持友情嘛!"

从某种意义上说,这话说得过早了。但语言中流露出来的真挚友情,使三郎深为感动。虽然离开东京时,没有想到这方面,此时听罢这一席话,三郎觉得真是不枉特地跑这一趟了。

"对不起,有关这一问题,回头再说。感谢你的好意。"

"什么?此时正好活用检察官一体制嘛,何需你感谢?"

原田刚说完,方才那个警官从餐厅出来,向周围扫了一眼,往这边走来。

"检察官先生,如果相信他们的话,男的叫春山文吉,是沟口一家的伙计,女的是三宫火车站前的一家名叫'龙'的酒吧间招待,名叫冈山澄子。"

警官又左右扫了一眼，弯下腰来报告道。

"雾岛君，怎么样？"

"问清了这些就够了。"

男的是沟口一家的人，这一点颇使三郎放心不下，但此刻他也无法采取强硬手段。不过他又想：看清他的模样，并且知道了他们的身份，如发生什么问题，也就有法对付他们了。

"是吗？那您辛苦了！"

当警官恭敬地行了一礼走去时，原田丰轻轻地拍了一下三郎肩头道：

"走吧！如果他不是追随你的狼，你就不必在这里磨磨蹭蹭了。"

两人很快地在候车室门口要了一部出租车。

"你大概认识那个女人吧？一听到她的名字，你竟然唰地脸都变了色。"

原田检察官点上一支香烟后问道。的确，原田察言观色的本领确实胜过自己一筹呀。三郎不无佩服地想着道：

"真是奇巧得很……想不到她就是曾经和我订过婚，后又在预定婚期前一个月私奔到别人怀抱的那个女人。"

"什么？是她？"

原田慌忙扭回头，透过车后玻璃，望着渐渐远去的机场大楼。

"据说，那个男人是公司职员。可是她怎么到酒吧间去干活呢？……这就奇怪了。她的变化之大，差一点使我认不出，以为是脸形相像的别的女人了呢！"

"她竟在临近举行婚礼前撕毁婚约，无怪乎她那正直的双亲，一时盛怒之下，将她赶出家门。可是这样一来，这个女人大概赌气就不回娘家了，或者，她的男人死了……"

原田检察官交叉着双手，两眼紧闭，自言自语地说到这里。

恭子在家里焦急地等待寺崎义男。过了五点，寺崎终于来了电话。他告诉恭子说，有很重要事情报告，在他来之前，请她在家等着，切勿出去。恭子问是什么重要事情，他只说在电话里不便说。他的声调显得比平常紧迫，仿佛不是出自他口，恭子感到有一股寒气，阴森逼人，不得不耐着性等待着。

七点就要到了。若这样等下去，置须藤俊吉的约会于不顾，他定然要暴跳如雷的。恭子很是担心，但又无可奈何。

"恭子，你怎么啦？从刚才你就开始坐立不安……你要是平静不下来，我可不能放心地回家了。"

悦子一直重复地这样问恭子。虽然恭子没有将须藤俊吉的电话内容告诉自己的好友，但悦子从她的神情看得出她又有什么相当重大的事，所以从刚才她就不离恭子身边一步。

"我不知道怎么办才好呀！要急疯了……可是这件事我和谁——包括你也无法商量。对此我只好一个人忍受着。"

"我理解你。我比谁都理解你现在的心情。可是从刚才开始，你一直不断地看手表。我猜你是不是要赴谁的约会？"

这时，恭子几乎要把所有的一切告诉悦子了。她想说出来，自己的心情或许变得轻松些。可是话竟然卡在喉咙里，讲不出来。

六点三十九分，寺崎义男终于来到。这是在通电话一个多钟头之后，但恭子想到市内交通的拥挤不便，也无法嗔怪他。

恭子赶快跑进客厅。寺崎两颊抽动着站在那里等着。见到恭子低下了头。

"怎么样？有什么重要报告？"恭子站着问道。

"失礼了！"义男说了一声才坐下。拿出一支香烟点上火，好像话难以出口而有意拖长时间。

"怎么啦？快说吧！"

"小姐，我，刚才，见到先生，不，是很像先生的人。"

恭子一下子跌坐在椅子上。刚才接完电话所担心的可能发生的事，这样从自己最相信的人口里，面对面地说出来时，恭子竟然感到全身血液象倒流了起来。

"果然是父亲……"

"因为从远处看，我也有可能看错了人。"

寺崎义男兴奋至极后反而发起呆来，大概对以后采取什么方针有些茫然不知所措吧！他说这句话或许含有安慰自己的目的吧！

"我相信你的眼睛……没错，是我父亲。如果偶然在街上撞见，那另当别论。可你是跟踪现在似乎和父亲有关的人之后见到的呀……这样一来……"

义男又低下头，他的头上烟雾缭绕。

我也觉得八、九成是先生。"

"知道了。"

在恭子看来这已是百分之百的断言。之所以要缩减为八、九成，只能认为寺崎是为了缓和自己遭受激烈打击的程度罢了。

"小姐，"义男一下子抬起头来："这种事态的发展，当初我也并非一点没料到。但我不得不承认迄今我的所有思考方式和行动，只是基于自己良好的主观愿望。今后的行动，必须要在先生极大可能仍然活着这个前提下进行了。"

"那么，您打算如何办呢？"

"说实在的，因为今天的事情对我震动很大，我无法冷静下来考虑问题。我来这里的目的，除先告诉小姐今天跟踪的结果外，还要和您认真商量一下今后的对策……不管如何，我都要为小姐效犬马之劳。这一点,我向您保证……"

"谢谢。不管结局如何……总之,我一辈子也不会忘记您的好意。"

恭子感觉已经干涸的眼眶,又涌进了泪水。寺崎还是低着头抽泣着。

客厅的门敲了一下,进来的是榎本总子。她端着两杯红茶放到他们面前道:"请用粗茶。"她俨然摆出一副主妇的架势。此时恭子也无法介意。待到榎本走出去时,恭子道:

"但是,寺崎先生,回头再商量对策吧!我现在有约会……"

"小姐,请等等。"

寺崎闪烁着锐利的眼光,以低沉有力的声音道:

"刚要和您商谈对策,您却要留待以后谈,是要外出吗?"

"……"

"可是小姐,对于现在的您来说,再也没有比这更重大的事了,您为什么要留待以后谈呢?"

"对不起,可是我……"

"或许小姐要到什么地方去见须藤俊吉吧?难道您真的相信他会让您与先生秘密相见吗?"

一句话开门见山地击中了要害。

恭子他们坐着汽车抄近路向前奔驰,并未发现后面有跟踪的车。

在寺崎义男的一再追问下,恭子终于"垮"了,说出了须藤俊吉电话的情节。本来在她这种精神状态下,即使是警察追问,自己也会坚持不住而把所有的事一股脑倒出来的。

听了恭子的话,寺崎不禁大吃一惊,浑身颤抖。

"那么,小姐向他作出任何牺牲也在所不惜了?"

"可是,我父亲的命现在掌握在他手里呀!刚才您不是也说今后必须在父亲仍活着这个前提下采取行动吗?这样,我甚至都不想活了……"

短短对话之后,义男搔着头发,痛苦地道:

"那好,既然如此,我不能勉强阻拦您。但是,大概还会有对付他的其他好办法,只是时间过于紧迫了……"

说罢之后,义男好像想出什么妙策似的闪亮着眼睛说:

"小姐,我和您一同去。在去饭店途中的车上,让我重新考虑一下,或许能想出好办法来。"

听了这句话,恭子宛如水中抓到了救生圈。说实在话,她极为讨厌须藤俊吉,恨不得要踢他几脚。即使义男想不出好办法,她也要用心对付他的。

坐进汽车后,恭子再也不问什么话了。虽然想要寺崎尽快详细告知的问题很多,譬如:在什么地方见到和父亲相像的人呀,是怎样见到的呀等等,只是因为看到他在苦苦沉思的样子,不想开口以免打断他的思路。

"小姐,车到山前必有路呀!"

车将近赤坂时,义男睁开眼睛以带几分明快的语气道。

"什么办法?"

"当然,这要看您的决心了。我想出的这个办法不敢说有绝对成功的把握,甚至不小心会弄巧成拙,把计划全盘打乱。不过,成功的可能性仍然相当大。"

"赶快告诉我呀!"

"让我代替您和他对峙。"

"那么,他不会发怒吗?"

"是会发怒的。因为在他看来眼看到手的食物……可是,小姐,且不说您将来还要和雾岛或者别的优秀人物结婚,像他那样道德败坏的人,您能眼看着自己成为他的猎获物吗?"

"我怎么都行……反正我打定主意这一辈子过独身生活了……现在首先考虑父亲的事了……希望您让我去吧!"

"但是,这反而向他表现出自己特别软弱了。"

寺崎义男将口附在恭子耳边,简直要碰在一起了,但恭子并未介意。

"小姐,他现在的行动就是窝藏罪犯。如果窝藏的人是他的家属,不构成罪行。可是先生和他一不沾亲,二不带故,若秘密败露,他非被问罪不可。当然我现在记不得他违犯刑法第几条,该判什么刑……"

"可是,他是一只狡猾的狐狸。这样的事,大概当初他就意料到了。你想拿这个威胁他吗?他会反过来威胁你:'判死刑的是龙田先生,我充其量被判徒刑,且缓期执行。'他就是那样的货色呀!"

恭子也附在义男耳边低语。这时,可能是车轮陷到工地道路的坑洼处,车身猛地震动了一下,使恭子的嘴唇触到义男的脸颊上。

"啊……"

她感觉似有一股电流刹那间穿过全身。她自懂事以来,除三郎外,身体接触到别的男人身上,这还是第一次……。

虽则如此,她却未产生嫌恶之感,而义男也好像不以为意。

"这倒是……"

"这样一想,倒不如我自己去对付他为好。您的心情我理解。在这种场合男人相斗,马上会把事态搞得不可收拾。"

"这也有可能。"

寺崎义男叹息了一声。这时,汽车驶近赤坂城门,离饭店只有不到一分钟的路程了。

"小姐,我终于想出好主意了。"

义男激动地小声叫起来。

令人听来这是很富有魄力的话。这时恭子甚至觉得眼前这个人比远离自己的三郎更可信赖。

汽车停在饭店大门口,身着制服的服务员走上前来,打开车门。

第三十章　又一求爱者

在饭店大门旁，寺崎义男用手按着恭子的肩膀，小声地说：

"小姐，我给一个地方去打个电话，——当然不是给警察，用不了五分钟就回来。你在这里等着，千万不要走开，也不要进去，好吗？"

等恭子点了头，义男并不进饭店，却以急速的脚步从大门前走了过去。当然饭店里休息室是有公用电话的，恭子想寺崎大概为避免为须藤俊吉发觉而不用吧。果然，不到五分钟他就回来了。

"好了，现在一切准备就绪。"

他呼吸急促，为使自己平静下来，用颤抖的手点上一支香烟。

"小姐，您进去以后务必拖长一点时间。他定会让您马上和他去什么地方，可您一定要在休息室里磨蹭他一段时间。要是能拖过十分钟……也许您就能逃出他的手掌了。"

"那您呢？"

"我在这儿稍等……如果我进去，即使走到您身旁，您和我讲话时也要装作初次在这里遇到我的样子。"

已经无暇让他详细说明行动计划了。但从他充满信心的语气里，恭子深感放心。

"那么，我……"

恭子紧咬嘴唇，从正面的自动门走进饭店。

在宽敞的走廊休息厅里，她没有看到须藤俊吉。时间已是七点三十三分，虽然对方是自己深恶痛绝极不想搭理的人，但是又颇为担心他会不会已经愤然离去。

她似乎被一块无形的磁石吸住，一直往里面走去。她终于看到在酒吧间前那高起一个台阶的廊厅里，须藤俊吉正坐在椅子上，紧绷着脸，举手向自己打招呼呢！

"迟到了吧？看来从来都是男人等女人。现在情况紧急，令我坐立不安。我们马上出去吧！"恭子走近时，须藤俊吉说着就站了起来。

"对不起，刚才路上车辆拥挤，我生怕后面有人跟踪……现在我口干舌燥，非要在这里喝点汽水不可了。"

恭子先发制人，打出这一招后，坐到椅子上了。要忠实执行寺崎义男的指令，她首先想到的是这一手。俊吉皱着眉头，招呼招待员过来，订了一杯汽水。

"总之，既然您来到这里，大概决心已定。预交手续费这个条件可是绝对的啰！"

俊吉得意地挖苦恭子道。

"这我知道……"

无论如何要拖延哪怕是一分一秒的时间。可是饭店送来汽水却如此迅速以至恭子不禁埋怨招待员的手脚过于麻利了。

"我父亲是去神户六甲的什么地方？"她以疑虑的口吻问道。

"六甲？您怎么竟知道得如此详细？难道问那个女人了？"

"可是……那录音的最后部分……"

须藤俊吉不禁啧啧称奇。

"我特地交代她录音只放到那个部分之前,大概她没搞熟练,竟按迟了停机按钮。但是这些与我们无关……您办完在东京的事以后,又何必特地赶到神户去呢?要知道这可同那种在码头上挥舞彩带尽情表达出发前惜别之情大不一样啰!"

"但是,作为女儿,即便见不到父亲的面,也想站在码头暗自目送轮船离去。这种为人子女的心情,您可以理解吧!"

"我并非不理解。但实行这种计划,切切不可带有儿女情长伤感情绪呀!一台精密机械运行起来,是掺不得什么情绪进去的呀!"

俊吉冷笑着说。使得恭子感到他的话里竟也具有一种与寺崎义男不同的自信心。

恭子没有开口,慢慢地饮着汽水。俊吉似乎等得有些不耐烦,从钱包取出一张千元钞票,叫来招待员付了账。寺崎说要拖十分钟,看来不借口去厕所什么的就无法再拖下去。可要是违背了寺崎义男交代的必须坚持待在休息室的指令的话……

这时,门口出现了一个身材矮小目光锐利的人。他朝里望了望,走近他们,在恭子面前停住脚步,用低沉的声音问道:

"失礼了。请问您是龙田恭子小姐吗?"

"是的……您是?"

"我是涩谷署的。因为有事要询问您,请您马上和我到搜查本部走一趟,好吗?"

"为什么?为什么?你们怎么知道我来这里?"

"府上电话簿留有'下午七时,新日本饭店'的字迹。虽然用铅笔写的那页撕掉了,但因铅笔用力大,把字迹印在下一页上了。"

恭子大声叹了一口气。她立即明白了这是寺崎义男想出的一招棋。但是难以理解，在如此短促的时间内，他竟能使出这高妙的一手。

当然，这一招并不能根本解决问题。但采用这种须藤不可抗拒的形式，带走自己，使自己能在不得罪须藤俊吉的情况下，摆脱他今夜的纠缠，待到明天，再依靠寺崎义男就会想出更好的甩掉须藤的办法了。

恭子暗暗睨视着须藤俊吉。他一听说是警察，愕然失色。急忙用颤抖的手摊开一本杂志。恭子马上领悟，他把自己装作是偶尔坐在同一张桌面上的无关之人了。

"那么……我跟您一起走吧……"

恭子低声地说了一声站起来。俊吉急速向这边投来一个哀求的眼色，随即又将眼睛朝向杂志。

坐在休息室的人，似乎并没有特别注意。从大门走出到了外面暗处时，这名假刑事压低声音道：

"小姐，您吃了一惊吧？我也很佩服这一招呢！寺崎先生在对面的一家名叫'极净乐园'的吃茶店等着您……"

这个自称寺崎义男同事的人，把恭子带到吃茶店前，说他有别的事要办，径自走去。

虽然没有见到父亲，但摆脱了眼前的危险，这简直使恭子把寺崎视若神明了。

"还好，我从您家给事务所去了电话，把他叫到饭店这里来，以防万一。起初，我并未想要他扮演这个角色，只是想必要时，让他跟踪你们。"

"丞蒙您鼎力救助了……托您的智慧……着实瞒过了他。只是这以后……父亲的事究竟怎么办呢？"

"这事，到外面谈吧！"

两人并肩走出店门，往山王方向的小路走去。这时，这里虽偶有汽车经过，但显得分外寂静。和白天相比，令人感到像换了一个地方，是个谈秘密话的好地方。

"我一直追踪她到新宿'梦游'店的经过，方才已经报告了。"

寺岭义男万分谨慎地小声说。

"我在那里坚持观察将近两个钟头。这期间，须藤俊吉来了，进行了一个钟头左右的密谈。至于谈话内容，我无法知道，因为这本来是非人之力所能办到的，这点请您原谅。他们两人从店里出来后，我又跟踪上那个女人。途中的情况，这里就不讲了。总之，她最后到的地方是距离上野火车站有十五分钟步行路程的一个歇业商店户。"

"我父亲隐居在那里吗？"

"在那里监视着实不易。因为那里过路行人颇少，长时间站在人家门口，势必引人注意生疑。我们不能像警察那样，借住附近民房进行监视呀……所以能够在远处见到与先生相像的人从那家门里走出来，坐上车，我还觉得自己运气算是好的呢！"

"当时父亲情形是什么样？"

"因为在远处看，不能绝对肯定那就是先生本人。譬如那人长着胡须，可是说不定是假胡须；戴着眼镜，也可能是平光镜。但在目前情况下，先生进行简单化装却是可以想象到的。所以正如方才所说的，可以认为极有可能是先生。"

"寺崎先生，您看这样办怎么样？您不是有开车执照吗？可否向租用汽车俱乐部，租用一部车，开到那家房子附近，停在那里，让我躲在车里，观察几个钟头。……这样，或许能像您那样看到父亲。"

"这也是一个办法。"

可能认为这虽是好主意,却难以实行。寺崎义男以不感兴趣的口气道:

"事到如今,最重要的事不仅仅是寻找先生,而是先生能否平安无事地逃往国外。况且,没有向须藤竣吉作出牺牲……所以今晚我们算完成了一定的任务。不过还有一件事。"

"什么事?"

"和陈志德氏打交道。当然从理论上说,我们决难成功……我们和他国籍不同,并且可以说是初次见面。他虽懂日本语,但谈到微妙的情节或含义时,究竟能对我们的想法理解多少,是个很大疑问。可是我们又不能带翻译……"

"是啊!那您还有没有信心?"

"虽说没有信心,但在这么恶劣的条件下,只要我们在他面前表现出真挚诚恳,实心实意,大概他会被我们打动的。因为中国人本来重于情义,或许他心肠会软下来。"

"是啊……也可能如你所说的那样。那么,我们就求陈先生,而陈先生又以别的办法……"

"这要是不问他,我们也弄不清楚。不过我认为,陈先生他们大概也能通过与须藤俊吉不同的途径认识其他一些船长的。因此,如果我们能尽早地把先生找回,然后交给陈先生他们的话……这样一来,即便须藤俊吉发怒告密,警察的搜查也会扑空的。"

要在平时,恭子可能会认为他过于自信,而对他的这个意见一笑置之。父亲犯下滔天大罪之后,要避过警察耳目,成功地潜逃国外,这本来就是极难做到的。如今又要在潜逃过程中,将他成功地转换到另一个人手里,这可以说是绝对不可能的。

恭子用业已麻木的头脑,稍加思考,想不出其他更好的主意来,也只能想到这种程度。因为恐怕很少有人像自己这样,被置身于如此困苦的境地……

"小姐……"

寺崎义男好像看准了前后没有人影和汽车时，站住了脚步。随即突然从前面抱住恭子，就要与恭子亲吻。

"不行……您要干什么？"

本能的警惕，使木偶般的恭子恢复了勇气。她使劲甩开义男的手腕，跑到路旁，用电线杆挡住了身体。

"您也干这件事？难道帮助我逃出须藤俊吉的魔掌，就是为了去仿效他吗？我一直认为您是可以信赖的呀！可是……"

"对不起……"

寺崎义男向前一步，低着头痛哭流涕道：

"我早就爱上小姐了。只是因为想到律师的女儿和事务员，身份悬殊，不敢高攀……我所以直到如今一个人不结婚，也是由于这个原因。不过，此次我主动卷进这起事件来帮助您，决不是为了无理要求您领情从而答应我。这一点请您相信。"

恭子沉默不语。可是刚才的恐怖和不安渐渐消失以后，她又对义男迄今的行动，油然产生感激心情。她天真地相信义男这些话，并开始同情起义男来了。

"我对刚才的行动向您道歉。因为我想到若将我刚才所说找回先生的建议付诸行动，我就和过去不一样了，要成为一个犯罪的人。我一想到即使这样也要干时，于是失去了理智。虽然是一瞬间，我竟变成一个冲动鲁莽的男人，不，可以说是一头野兽。我只希望您，如果能够的话，把刚才的事忘掉吧！"

"好了，好了。您的心情我理解。反正别人也没看见。就像您所说的，就在这里，我们都把刚才的事忘掉吧。"

"对不起，实在对不起了。"

寺崎义男又一步走到恭子身旁。

"那么,我再要求您让我像过去一样为您效劳,好吗?待事件结束后,我把对您的记忆深藏在心中,离开您。我对天发誓,在这以后,我决不重复刚才的行为了……"

"这也是我所希望的。"

恭子叹了口气回答道。不管动机如何,义男迄今的行动,是一种已经离开了私立侦探范畴的可谓纯粹的献身行为。再说在这与三郎联系断绝,哥哥又依赖不上的当儿,若因一时气恼,和义男决裂,那再也找不到一个能帮助自己的人了。

"谢谢您,那么,我们回到大街上去走吧!"

这时刚好一辆汽车从对面开过去,义男为避开汽车,走到恭子身旁,以好像又振作起精神似的语调说:

"我突然想到那家叫"梦游"的店或许是'相爱'的秘密存放麻药处所。警察若认真搜查,大概会发现相当数量的麻药。"

尽管说是要把刚才的事忘掉,义男似乎仍然感到羞愧,于是说出这件事来遮掩自己的不安。

"这件事已经与我们没有关系了……您倒不如告诉我一些有关您今天跟踪的事。"

"什么?"

"说和父亲相像的人,可以吗?他隐居的地方是什么人的住所?您在那附近徘徊了相当长时间,作为侦探,您理所当然地了解了那家住户的情况了吧?"

"这个……"

义男似乎犹豫一下停住话头。恭子想,他或许只注意出入那所房子的人,而未曾打听那住户的情况。可是听义男又接下去说道:

"我没有时间详细地调查,只向附近的人打听了一下。说是一个叫长谷川的香具师的家。此人过去好像是哪一个团体的头头,而今独自一人隐居在哪里。如果先生患上了麻药中毒症,那里倒是他隐藏的好地方。住户已不当头头而隐居,出入于他家的人肯定比过去少了,但内行人洞悉内幕,他毕竟能知道从什么地方能搞到药的。"

义男说到这里停了一会儿,又以忧虑的口气道:

"我想请您早则明天能否瞒着任何人飞往神户一趟,当然表面上是和我在一起采取另外一种行动的。不过这个计划也可能因今晚与陈氏交涉情况而变动。但去与不去您要决定下来,否则就无法制定今后的作战方针。"

第三十一章　堕落的女人

原田检察官的机关宿舍在神户市内的楠街，离法院和检察厅不远，步行即可到达。

外地出差到这里的检察官，一般多住在附近一所叫"楠庄"的检察厅公寓里，可是，原田丰定要三郎到他家住，三郎只得听从。

这是只有两间分别为六叠、四叠半狭小房间说不上是好的单元房。原田丰的妻子贵美子年轻貌美、和蔼可亲。摆在三郎面前的每一道饭菜，都包含着主人夫妇的深情厚谊。自己和恭子过去所梦寐以求的生活大概就是这样吧！三郎想着，一种不可言状的寂寞感掠过心头。

用饭后，三郎把案件的发展的经过，从开始到如今，有条理地详细告诉了原田丰。

"是呀……在我们处理的案件中，有不少其情节比小说还要离奇。可是还没见过检察官本人被陷在这种令人啼笑皆非、进退维谷境地的先例。"

原田闭着眼，交叉着手腕，默默地听三郎讲完以后，不禁叹息道：

"实际上，我也在诅咒自己的命运和这种检察官职业。可是仅怨天尤人，又有何用？因为关于本案件，我不能同一般人商量，只好希望你能给我出个好主意。我眼看要得神经衰弱症了。"

"你的心情我理解。旁观者清，作为老朋友和检察官同行，我当然要绞尽脑汁，替你出谋划策啰。倘若看法不同，选择取舍由你自己决定好了。"

原田丰慢吞吞地喝干了茶水。

"关于嫌疑犯逃往国外的问题。我认为在现实里，他有几种方法可行。若去朝鲜，则外从偏僻渔港，乘渔船出逃。可是这次很难设想他会走从朝鲜经由中国逃往香港的途径。我们既不知道他要从哪个港口逃走，又不知道他搭乘哪个国家的哪一条船，大概只可设想他是搭乘直接开往香港的大型轮船了。"

"嗯……"

"目前情况下，他决不可能乘小船到海上去寻找什么可以搭乘的航行中的大轮船。普通的办法是买通船长，搞到合身的船员服装，扮成船员，混入船内。因此如果我们责成警察和海关设在港口的检查所严加警戒，或许能水际逮捕到潜逃者的。捕风捉影，毫无目标地在六甲一带搜索一气，可能出现最坏的局面，反令对方逃之夭夭而无可奈何。倒不如横下心采用常规的'正攻法'更为妥当。"

毕竟是港口城市的检察官，这个方案一下抓住要点。只是'最坏的局面'似有所指，但此时三郎无法打断他的话，不好进一步追问以弄清对方内心的想法。

"也可以认为，说出所谓'神户的六甲'这个地名，可能是声东击西。对方巧妙地暗示那位尾形小姐，以致使你或警察把注意力集中在神户。这样，他就可以钻空子，从横滨或者北九州那些你们放松警惕的港口逃出去。"

"这种可能性不能说绝对没有。但当时尾形小姐的确流露出'这下子可糟了'的表情。当然如果认为她被龙田家欺骗了也未尝不可。不过我直感龙田的目标确在神户。用一种讲不出的道理的比喻吧:我当时的想法,就如同我们在讯问嫌疑犯时,对方不留神,偶尔漏出了真相的一鳞半爪那样,我们所产生的感觉一样。"

"好,既然如此,我也要有所准备。其次谈谈有关暴力组织问题。神户这样的大组织有五家。沟口一家和扇屋一家正在争夺第二、三位。他们都以为目标就在眼前,只加一把劲就能超越对方。竞争之激烈可想而知,就如同打棒球那样的体育比赛一样。本来他们为了私利就不择手段了,在当前情况下,更是如此。"

"那么,在神户市内,这两个组织之间,还以暴力相互争斗吗?"

"最近他们变得聪明起来了。用他们头头的话说,他们再不像过去那样,各自聚齐嫡系队伍,拿着日本刀,架起铁炮,双方打得血肉横飞了。说那是战国时代将军们一对一的古代战术。的确,这些家伙们在神户市内挂出舆行①风俗营业②土建业③这些正当行业的牌子,装出一付安分守己的样子。偶尔发生暴力行动,也是那些虽属他们系统,却是由一个头头和若干喽啰组成的单枪匹马小团体的家伙们干的。质问其本家,他们都说不知道。其实有人暗中策划,不过不知是谁罢了。"

---

① 舆行:戏剧等演出团体。
② 风俗营业:游乐的服务业。
③ 土建业:土木建筑业。

"东京的暴力团体中,最近多运用狡诈机智进行犯罪活动。这种倾向恐怕到处都一样吧。譬如过去这些家伙耻于搞诈骗之类的勾当,认为这是臭不可闻的。我以前处理过一起伪造支票的案件,其主犯是流氓,还一本正经地说:我要是为了钱,你们怎么惩办我都可以。总之,'总会屋'① 和'会司流氓'那样的无赖,在地方上可能较少……"

"另外关于神户麻药交易的事。神户是日本麻药交易的据点,这已是众所周知的事实了。据推测五个暴力组织无不与大宗麻药交易有关系,不过还没有抓到真凭实据。我们一年所处理的麻药犯罪案件约有三百件,和警察所处理的案件数目相当。当然其中有不少和这些暴力组织好象有联系,我们信心十足,乘势追查,但还没有追究到大头头那里时,线索就被切断了。他们竟像过去处于非法地位的共产党一样,具有严密完整的组织结构。犯麻药罪而被关进刑务所的流氓,刑满释放后,其经济收入都大有增加。据说还有的家伙,因走这条路子而发迹了呢。"

"从前的流氓不以杀人蹲刑务所为耻,反以为荣。可是现在不一样了。"

"说书界和电影里将过去有名气走江湖的人,美化为英雄什么的,其实他们对金钱的兴趣,也是很强烈的。只是他们除暴力外不懂得其他捞取钱财的手段。而现在的流氓据说能巧妙地运用若干种生财之道。譬如从前他们耻于与当官的勾结,蔑之为'穿两双草鞋'②,而今暴力组织的头头。争着巴结那些政治家。这大概是新时代的两双草鞋吧!"

---

① 总会屋:指取得参加总会资格而不受欢迎的人。——译者法
② '穿两双草鞋',喻一个人干着两件事。——译者注

"这么说,沟口一家和黑泽大吉,扇屋一家和冢原正直之间,正有着这种可谓'恶缘'的关系了?"

"有关黑泽和沟口的关系,我早听说过。而扇屋的事,这是初次听到。但是由此观之,冢原引诱你就不足为奇了。对于扇屋一伙来说,虽然他们不愿正面向沟口一家挑衅,但在这次竞选中,一旦黑泽大吉落选,冢原正直当选的话,他们将会如获至宝,高兴异常,因为他们会取得绝好的机会去扩充自己的势力。因此,对方要是不知道他们的所作所为,他们不知道要耍弄什么阴险手段呢。"

"你这样一说,有一件事我很怀疑:那个从东京和我同机来神户,戴着黑眼镜的人,果真是沟口一家的人吗?"

"你是说,他故意向警官谎报自己是对立组织的人吗?"

原田丰吃惊地睁开了眼睛。

"当然或许我判断有错。我在羽田机场休息室看到几个面目可憎的人,后来才知道他们是来接'大姐'友永寄子的小林一家的年轻家伙。如果那个戴黑眼镜的是沟口一家的人,大概会认识他们的。可是为什么他们形同陌路,一声招呼也不打呢?"

"有可能他们事先就已约定,装作互不相识的样子。"

"可是,我这次飞到此地是临时决定的。因而即便那家伙接受了跟踪我的任务,大概也来不及通知小林一伙的。再说他们也无须把组织的意图,告诉给这些不足道的小喽啰们。"

"嗯……"

"再者,如果他是沟口一家的家伙,难道他不认识经常来神户的友永寄子吗?他应该目击了机场休息室友永的那场闹剧吧?戴黑眼镜的所以不向她打招呼,只能认为他负有秘密跟踪任务或者他们压根儿就互不认识。"

"嗯,明白了。你说要得神经衰弱症,瞧你的头脑运转如此灵快，大可不必担心了。总之，这个问题责成警察暗中调查。因为案件奇特，只能这样从可疑的地方着手，一个不漏地弄清楚。"

原田丰停了一会儿又道：

"总之，让我认真思考一个晚上把，或许明天清早能想出什么好主意来。你要不是专为此案来这里，我还要带你去逛逛神户的夜景呢！"

"看不看夜景倒无所谓。不过今晚我倒想去一个地方，那就是澄子的酒吧间。说是酒吧间的女招待，也可能是她信口胡诌。而且即便是实话，也说不定今晚她去不去酒吧间上班。"

"你说什么？"

原田丰因感到意外，意将烟灰弹到茶杯里了。

"去会离开自己跟了别的男人，现已沦为酒吧间女招待的昔日情人，你不觉得有点残酷吗？"

"可是，我并无藐视她的意思。我自己现在也是相当不好受的。"

"那么，有什么目的呢？我们现在的心情大概还不能平静到双方促膝交谈回忆往昔的程度吧？你心灵上的创伤仍在作痛吧？"

"是的，不过此时我要挑逗她。如果那个和她说话的戴黑眼镜者知道了我的动态，或者会对我采取什么行动的。"

"仍是大胆的一招……这样说，我当然乐于当你的保镖啰。"

原田丰惊讶地说道。

三郎此时确实感觉身上涌出一股新的勇气。是因为经过短暂的旅行呢？还是因为见到老朋友？或者是因为邂逅昔日的情人，就像注射了麻药和兴奋剂似的受到刺激的缘故呢？三郎自己也无法解释。

他们很快就找到了那个酒吧间。但是原田丰采取了与大胆相反的慎重态度,他没有立刻进店里去,而是去到附近的派出所,拿出自己的名片,和警官谈了一会儿才回来。

"好像并不是什么坏店。当然,警官也未必知道这个店有什么秘密。"

"意思是说,这个店的经营者不属于哪一个组织的啰?"

"是的。刚才听说这是大阪一个企业家让二号开办的店。我刚走到这里时,就听人说神户太太什么的,果然如此。"

原田丰笑着推开玻璃门走进店里,随即向一位身穿白制服的服务员问了什么以后,回过头来向三郎轻轻点头示意,然后从大门旁边的楼梯上了楼。

三郎胸中开始感到一阵骚乱。虽则是自己提议要来的,但此刻又有点犹豫起来。幸亏"自己是一名检察官"的这种意识,才使忐忑不安的心情略微平静下来。

三郎比原田丰晚一步坐到桌旁时,澄子穿着开肩的西服上衣出现在他们面前了。起初一瞬间,因光线不亮,她大概认不出是谁来。可是紧接着她竟呆立在那里,用手扶着墙,睁大着眼睛。

"好久不见了!"

三郎先发制人,开口寒暄道。

"你……是你?"

虽然看不清她的脸色,但看得出她张着嘴嘟囔着,使三郎觉得她会不会大叫一声跑走。可是澄子却横下心似的,叹了一口气,静静地坐到三郎对面椅子上。

"是好久不见了。"

语言生硬冷淡,丝毫感觉不出女招待们所共有的娇媚来。

"今天，在伊丹机场，是你叫警察来调查我的吧？"

"是啊！想不到在那里见到你，想起了往昔的事。唉，我们让过去的事就过去吧！今晚好好玩一会儿好吗？"

"是以不触及过去的伤痕为条件吗？"

澄子似乎终于恢复了平静。原田检察官主动地自我介绍后，和另外一个女人开始聊了起来。

"你觉得我变化很大吧？"

澄子自嘲道：

"可是，我觉得这种生活正适合我的性情，而对检察官夫人呀，律师太太呀那种呆板的家庭生活，我大概适应不了。"

"可是，人有能马上适应所处环境的能力。我们检察官回到家以后，和普普通通的职员没有两样。"

"那么，你现在已成为一个幸福家庭的爸爸了？"

"可是，他现在还是一个光棍呢！好像婚姻运气不佳，这次能否顺利和未婚妻结婚，现在还不知道呢！"

原田检察官在旁接过话道。他虽然和另一个女人在说着笑话，却好像又很注意听着这边的谈话。

"您和我开玩笑吧？有这样的事…要说雾岛，多么好的女人都会嫁给他的…没娶上我这样的坏女人，算是幸运的呀！"

"可是，无论是男方还是女方，一生总不会忘记自己初恋的情人的。"

澄子好像不理睬原田检察官的话道：

"那么这次是出差来的？难道调到神户工作？"

"是为调查麻药案件来的。要在这里住三天。这位在东京地方检察厅的年轻检察官中被认为是屈指可数的人物，从明天开始要耍出什么手腕，您瞧着好了。"

原田丰不容三郎回答澄子，一个人滔滔不绝地说完后，问自己对面的女人：

"厕所在哪里？"

说着站了起来。

"我领您去。"

那个女人也站了起来。现在桌旁只剩三郎和澄子两人了。他们过去谈情说爱的订婚时代，也曾有过这种情景。然而此时三郎再也丝毫感觉不到当时那种甜蜜和快乐了，相反心中却掀起如饮胆汁般的痛苦感情。有人绞杀了背叛自己的女人而犯了罪，三郎觉得此刻自己似乎初次理解了这类案件中被告的心情。

"你是一个铁石心肠的人哪！你是想亲眼看看我是如何沦落成这样的女人，然后斩断情丝。是怀着这个目的来到这里的吗？"

"我没有这样想过。首先还是因有依恋之情。在机场我差一点向你打招呼了，只是因你身旁还跟着一个人，我只好忍耐住。"

"噢，那个人和我没有什么关系。我是送人时偶尔遇到他的。搞我这种工作，无论在什么地方遇见客人，不能不理睬人家。你要有时间，我们可在一起喝喝茶什么的。"

澄子两眼闪着夜猫似的光。她站起来附在三郎耳边，若有所示地说道：

"你是想利用我探听麻药的秘密吗？"

"不……今晚我不想作为一名检察官而仅仅作为一个普通男人来这里的。"

三郎也附在澄子耳边低语道。从女人身上散发出来的香气，他觉得她已远非昔日可比了。

"那么，在这里不好说话呀！"

澄子慢慢地坐到椅子上，点上一支香烟。

"约会我可要很多钱哟。特别你如果想听有趣的话,就更要……"

可能这个女人带有一种甘当下流的劣根性,但还故意抬高自己,卖弄已经凋零不堪的姿容。

"明天晚上我一个人来,那时再慢慢商量吧!"

三郎强抑兴奋地答道。

第三十二章　检察官与娼妇

　　三郎不想在这里追问下去，澄子颇感无趣。她以埋怨的口气道：
　　"你还和过去一样。那个时候你要是稍稍主动一点，我的命运大概会和现在完全不一样了。"
　　三郎只是苦笑。当然，现在他丝毫不为失去这个女人而感到后悔。可是对于检察官在私生活方面也必须谨小慎微这一点，三郎却一直抱着怀疑态度。
　　这时，澄子拿出笔记本，用钢笔很快地往上写了几个字，撕下来递给三郎。
　　"这是？"
　　"是我的住址，今夜十二点我等着你。"
　　"可是不巧，今天我没带钱哪！"
　　"你别把玩笑话当真的。"
　　澄子扑嗤地笑出了声。虽然善于因时因人惟妙惟肖地变换言谈举止，可谓娼妇们拿手的招数，对在这短短一瞬间，竟能如此迅速地来个一百八十度的大转弯，在娼妇里也是少见的。这是为什么？三郎也无从猜测。

"总之,我请你来,保证不会让你吃亏的。"

澄子谜一般地说这句话后,原田丰和那个女人回来了,坐在位子上。

"失礼了。再喝一点怎么样?如果还有什么要谈的,再说说也无妨。"

原田丰向服务员订了威士忌后说道。于是他们又闲聊了约莫三十分钟。

"该走了。虽然什么时候回饭店都可以,但熬夜要影响明天的事呀!"

三郎拍着原田丰的肩膀道。三郎突然说出饭店两字,令原田丰一时丈二和尚摸不着头脑。但他马上也意识到话中似有含意。

"是啊!你把东京的疲劳也带到我们神户来了。那就结束吧。"

原田丰随和着道。

他们站起向外走,到门口时,澄子拉着三郎的手,又附在他耳边低声说:

"你一定要来。今晚你若不来,日后你定会后悔一辈子的。"

"明白了。我一定去。"

三郎小声地应了一声,道上已先走出店门的原田丰。

两人又走进旁边的吃茶店。

"怎么回事?你突然进出饭店两字……短短一会儿,你心中昔日感情死灰复燃了?"

原田丰点上一支香烟后,皱着眉头道。

"对于她,我毫无重叙旧情之意,反而觉得那种轻浮下流令人恶心。只是不知为什么她有些地方令人可疑,我打算计对她的诱惑,将计就计。"

三郎把刚才澄子的话重复了一遍，原田丰听罢，歪着头：

"对。她的态度转变如此迅速突然，一般人也许感觉不出什么来，而我们检察官却能凭借直感，察觉出定有什么奥妙之处。大概在那里她受到了某个人的暗示了吧？"

"在光线那么暗的地方，无法传递暗号吧？"

三部说着咽下一口唾液：

"用火……譬如通过香烟烟头微光或火柴来传递暗号。"

"是啊，我也想过。刚才在你的斜后方就坐着一个流里流气的人，在那里喝酒。当时我没看出他有什么可疑之处。但也说不定澄子在你不注意的时候，和他交换了暗号。因为那样坐着的位置，是他们交换信息绝好的条件。"

"那人是沟口一家的人了？"

"我刚才从厕所出来时，也问了那个女招待这件事。可是据她说：经常光顾这个店的是扇屋一家的头头。这个店和他们之间的关系，好像还没有达到受其控制的程度，对待顾客也还能做到一视同仁。尽管如此，沟口一家也好像暂不出入此店。当然，也不能由此就断定那个人是扇屋一家的间谍。"

"这样说，看来我去找她并不会徒劳无获的了。说我是去叙旧情，也不尽然了吧？这样一来，我又增添了干劲！"

原田丰叹了口气。

"我上次见到你的时候，你相当消沉，这不足为怪，因为检察官也是普通有血有肉的人嘛！因而当时我也颇为担心。现在看来，你已从遭受的打击中完全恢复过来，有这样的信心和勇气，令人放心。不过，我们并不乐于冒险，看看还有更稳妥的办法吗？"

"这我自有主意。"

三郎喝了两三口咖啡道：

"不过还得多劳你予以协助。这次将计就计对付他们，或许能避免最坏的事态了！"

三郎到达澄子住的公寓"松山庄"，是午夜十二点零五分。

一个酒吧间的女招待住着如此高级的公寓二层一角房子，令人觉得过于阔绰了。走进房间，三郎就像那次走进鹿内桂子房间时那样，也产生一神奇妙疑惑：澄子或许也是什么人的"二号"吧。

她穿着玫瑰色睡衣，睡衣展现出柔软的曲线。

"让你到这样不干净的地方来，实在抱歉。不过，你果然来了，我就很高兴。"

刚才在店里初次见面的那种窘态已完全消失，好像也忘却了自己曾给三郎造成心灵创伤那件往事。

三郎被引进一个八叠宽的西式房间，除细节之处外，令人惊奇的是屋子里的布置酷似鹿内桂子的房间。"事物是再三反复的。"三郎想到这个谚语时，不由得身体打了一下寒颤。

"我不喜欢一个人住在饭店里。刚才因为他在眼前，怪难为情的，我不得不那样说。"

"是啊！再也没有像检察官这样的职业，要严格区分'公私'之别的了。不过，你今晚来了，决不会吃亏的。"

澄子从沙发站起来，从橱柜上拿过来一个陈葡萄酒的瓶子和两只玻璃杯。

"来干怀。事到如今再也不能为我们的过去……而是为了我们又能见面干杯！"

三郎同时也举起杯来。可是当澄子闭上眼睛一口气喝干那琥珀色酒浆时，他的杯子还没有碰到自己的嘴唇。

"你过于慎重了……难道现在我会毒死你吗?"

她那端正的嘴唇歪向一边,嘲笑似地说。

"最近我见过的一个女人,就是喝了被人投毒的威士忌致死的。自那之后,每当我喝这种东西时,总还心有余悸。"

三郎笑着,还是将威士忌喝了下去。澄子像是要撩拨三郎似地,跷起二郎腿,开始抽起烟来。那睡衣的开襟处,露出了妖冶的白皙皮肤,闪烁着磷一般的光。

"刚才你提到一件奇妙的事,好像是有关麻药的趣事……"

"我做这种买卖要经历各种场合,自然能听到各种各样的消息,当然,我若是随意传播这些消息,就会无法再干这种买卖了。我对你则将另眼看待。因为你特地来到神户,见到我可谓他乡遇故知……再说,我也想弥补过去自己的过错……"

最后一句,声调突然变低,像是嘟囔着说。

"难得你的好意。不过情报确实可靠吗?因为情报因来源而异,有相当多的情报是不可靠的。"

"像这样在别人讲话时,挑剔毛病,见缝插针,刺探人家秘密,是你的坏习气。不过,因为我做这种买卖,见过刑事的次数多了,知道这是你的所谓侦探的脾气。"

相当尖刻的讽刺话。但没有说是罔引①脾气,还算客气。从这带刺的话里,可以听出,今夜她的诱惑大概别有居心。

"不要再追问其来源了。我告诉你有关情报这件事,你千万要保密。否则我什么也不能告诉你。因为泄露有关麻药的情报,弄不好就有丧失生命的危险呀!"

"懂了,照你的办。"

"你终于听话了。"

澄子放心似地第二次把威士忌倒入两只杯子里。

---

① 罔引:江户时代的侦探。——译者注

"譬如，在两三天之内，将有一只轮船开进神户港。谁要秘密出国，只要交三十万元给这只船的船长，船长就肯秘密地将他送往香港，当然以上只是传闻。不过，有个事实却是千真万确的，即这只船装有相当大量的麻药，如果能逮住它，你可要立下大功了！"

三郎胸中突然忐忑不安起来。无论是秘密出国还是秘密潜入，都是地道的犯罪行为，因此敢于冒这风险的船长，毕竟不多。或许龙田律师所等待的，正是这条船。

"是啊，秘密出国还是秘密潜入这类案仲，对我们检察官来说是建立不了什么功劳，也得不到什么好处的。此所谓渣滓案件。可是如若破获一只麻药船，这我就立下莫大奇功了。怎么，请告诉我这只轮船的名字吧！"

澄子唇边浮现出得意的冷笑。

"怎么样？我不是说，你来我这里是不会吃亏？但是我这话只是在这里对你讲。如果我在此地检察厅，被别的检察官，譬如今天和你一起到店里来的那位原田先生，调查讯问，我就告诉他别的轮船名字，也就对付过去了。"

"有道理。你对检察官说你不知道，他也拿你没办法。你说出别的船名，结果他上了当或许去搜查而一无所获，但他也不能以伪证罪对你起诉。"

"我拿握着五个我认为可靠的情报，其中包括有关这只轮船的事。如果你成功地利用了这五个情报，哪怕其中的两个，你也要立下大功的。"

"或许如此吧？可是听你刚才的口气，好像你的情报提供要价很高，不知我能否交得起。这样吧，坦率地讲，提供一个情报需要多少钱？"

"你还对刚才开的玩笑那么认真呀？"

澄子向后仰着发出可怕的笑声。

"把衣服脱了吧……我先脱。"

"怎么?"

"实际,钱我一文也不要。只是……只是……别让女的再说下去,怪腻人的。"

三郎两手将澄子抱起,当他向前走出一步时,从角落上拉开的布帘里,放出一道耀眼的闪光。

一个男人拿着照相机站在那里。因为眼睛被晃了一下,三郎吓了一跳,赶快把手腕缠在自己脖子上的澄子放到地上挡住自己,怒斥那人道:

"你是什么人?怎么干这种勾当?"

看来有四十岁刚过的这个男人,翘着嘴唇笑嘻嘻地以奇怪的恭敬语气道:

"对不起,在您正快乐之际打搅您了。这样我就能和您做一笔交易了。不过,检察官先生,我不想动您一根毫毛,非但如此,我还想为您建立奇功创造条件呢!"

澄子突然松开缠在三郎脖子上的两手,拣起扔在地上的睡衣套在身上。然后若无其事地点上一支香烟。

"你……又背叛了我。"

"我反正是这种女人。为了钱我什么事都干得出来的。"

她表现出是那么令人恶心的一种神情。

"那么,这个胶卷,你想卖多少钱?"

三郎万万没想到会遇到这种突然袭击。他恨不得要用眼光把那人脑袋钻出一个洞来似地死盯着他道。

"我们绝没有胆量逮住现职检察官,对他进行恐吓和勒索。

但是只要你能说一句话,我就掀开照相机盖,让胶卷曝光。"

"什么条件?"

"我们将向您提供刚才她话已涉及的情报。请您保证在对情报来源绝对保密的前提下,马上利用这些情报。"

"我不明白你的意思。"

"还不明白吗?据说雾岛三郎先生在东京地检的年轻检察官中被认为是头脑最聪明的人呀!"

那人发出狡黠的笑声。可是刹那间眼睛里射出锐利的光。

"假如我们把这些情报告诉了警察,其结果麻药在没有被你们破获之前就会消失得无影无踪。虽然这是令人难以置信的,但由于警察官人数众多,难免混有为数极少的所谓'缺德警官'。我想,在麻药案件中,总逮不住那些大人物中的大人物,其原因就在于此了。"

"可是与你相比,我觉得日本的警察官是更可信赖的。"

那人轻轻摇了摇头。

"要是那样就好了。但在那种情况下,告密者必然会受到报复的。可是我相信你们检察官远远甚于警察官的。"

"这是因为检察官人数少。另外报纸虽时常登载所谓'缺德警察'的事,却未见有'缺德检察官'的字眼。"

"所以您和地检负责麻药的先生们商量之后,请只告诉给少数警察首脑,采取闪电的奇袭方式各个击破才好。您这样做,不仅不会蒙上'缺德检事'的臭名声,而且会成为一名名副其实的模范检察官。当然,您不是专管麻药犯罪案件的,可是我们所提供的情报,对您侦破令您伤脑筋的案件方面,未必不能在另一个角度上意外地有所帮助呀!"

这是一种变相威胁行为,其方式无疑是十分恶劣的。但他话语中所唆使的行动,莫若可说是有助于自己完成履行检察官职责的。且从他最后一句话可以听出，他是很了解自己心情的。三郎这样想。

"那么，我如果拒绝你的要求，又怎么样呢？"

"你要是一个有良心的检事，那就不会对我的话无动于衷的。再说，您要是被人指责为怠慢公务就更不好办了。"

那人接着又嘲笑似地说：

"您即便不能和龙田恭子结婚，当然还可以挑选别的小姐，但是，一个人一次又一次地在婚姻问题上，遭受挫折，心情大概也不大好受吧！再说检察厅长官，也不愿意看到自己的部下在公事还是私事方面的丑态吧？我是不想把事态扩大的。希望您再考虑考虑。"

"你的目的我明白了。就是说我一下手，某个组织就要遭受损失了。那么，你想借我的手搞垮哪一个竞争的……"

"检察官先生，清楚就行，别说下去为好呀！"

那人两眼闪烁出蛇一样的寒光。

"男人之间办事，需要心领神会。当然我知道，刚才我的贸然失礼行为，损害了检察官先生的尊严，在此我向您赔礼道歉。我们同伙中，谁要为了悔过自新或是赔礼道歉，必须割指发誓。您是现职检察官，我就没有必要这样做了。可是我也有向您认罪的方式，把胶卷曝光，向您提供重要情报。您觉得怎么样？"

此人大概出身香具师，善于娓娓动听地讲他的歪理。可是他的话令人感到含有一种由于竭力控制自己免于发怒而产生的急躁情绪。

第三十三章　局面的扭转

"我明白了你们的意图，愿意采取行动。"

三郎终于决定使用最后手段。

"根据你们所提供的情报，不管是否由我直接指挥搜查，作为一名检察官，我将马上进行揭发。关于情报的来源，我将守口如瓶，决不泄露给任何人。这样总可以了吧？"

"还得请您以检察官的名誉发誓。"

此人眼睛更加闪亮，却又如释重负似地叹了口气道。

"那好，我以检察官的良心发誓。不过我也附带提一个条件。"

"什么条件？"

"我以上的保证和对你们现在行为的追究，二者毫无关系。因为你们的行为已经构成一种胁迫犯罪。只是警察采取什么行动，检察厅以什么处分形式来追究你们，和我没有直接关系。"

"也就是说，您对今晚这一幕怀恨在心，耿耿于怀了？"

"大概没有一个男人被这样捉弄而不发怒的。"

三郎说罢，那人眼睛闪耀出一种充满杀气令人可怕的凶光。不过他那狡猾的天性使他竭力忍住怒火道：

"那么，针对您这一条件，我再提出一个条件。"

"可以。"

"请你们将追究的期限订为一个星期。在这期间，我们若是顺利逃出你们的手掌，过期你们不得再行追究。或者，在某个期限之前，只能由您亲自逮捕我们，若逮不住，过期即行作罢。您若答应以上条件，我将愿和您一赌输赢，见一高低。"

的确，这个人的想法已经荒唐到什么地步了！若在平时，为严守自己检察官的立场，三郎定然会喝退他的。可是滑稽的是此刻自己是光着身子的人……

但是，他从那人的话里，却得出一个绝妙的启示，他发现了能够一举扭转今夜局面的好机会。

"有道理。那么，由我亲自来逮捕你们好了。期限定为一星期。怎么样？"

"可以。不过在我们谈话完了马上离开房间后的三十分钟内，您能保证留在房间里，并且不得大声喊叫吗？"

"条件提得还相当细致呀！"三郎脸上终于绽开笑容说："也好，我同意。这对一个检察官来说，大概是前所未有的交易，请你们把窗户打开一下好不好？托你们的福，我感到热极了。"

"难道想从窗户跳下去吗？"

穿着睡衣，翘着上唇，嘲笑似地说着，澄子走到窗户旁，打开一个缝隙，往外看了看。

三郎慢慢地坐到沙发上，点上一支香烟。那个人也坐到了对面的沙发上，从衣兜里取出一张纸。

他在纸上写了一至五的几个数字。在前面四项下写的是人名、地名，最后在"五"的后面，写上"基隆号"这只船的名字。

"您大概对神户的地理还不甚了然吧？所以我这样写了以

后，请您分别抄录在其他几张纸上。然后按我写的顺序去采取行动。在一个行动还未结束之前，切勿让别人看到下一张纸。……只是解决第五个项目船的问题时，由于有这样那样的原因，可能会颠倒一下顺序，那也在所难免了。"

"真是想得很周到呀！对你如此热心，我深表感谢。"

三郎努力抑制自己的感情，但说出话未免带刺。不过那人并不在意似地说：

"这是您，检察官先生前所未有的经历，而我们伙伴中强迫别人去揭发一种犯罪行为，也是空前绝后的事……怎么样？我们准备走吧。"

说着，朝澄子使了一个眼神。

澄子走进旁边房间的同时，三郎也慢吞吞地站起来。

"你过去是香具师吧？"

"你说得不错。"

"你干这样的事，能得到多少钱？"

三郎靠近窗户问道。对方紧盯着三郎，注意着他的一举一动。

"对我来说，这不是金钱问题。"回答出乎三郎意料。

"不是为金钱？那么像古代江湖豪侠，纯粹出于义理人情了？"

"纯粹的义理人情，在现时的香具师伙伴中，难道还有一点吗？是呀！义理人情经常挂在嘴边，而其实则肚子里各有自己的算盘。这个社会，当然，要比一般人所想象的更加残酷无情！"

"那么你呢？"

"我呀，既不是为了金钱，又不是出于义理人情。在这个社会里，我是一个孤独的异端者。如果警察的手伸进这四个地方，我就能达到报仇雪恨之目的……的确,这是一个原因。除此之外,我有怪癖,好耍花招。别人认为办不到的事,而我,则使出巧计良谋,使之实现,从中感到其乐无穷。哈哈,检察官先生,你们大概会笑我是神经不正常吧?"

话中流露出奇特的哀怨。三郎想:或许他是个曾受一定教育,堕落的知识分子吧?可能还有前科。在检察厅所调查的诈骗惯犯中,具有类似这样思想和感触的人,真还为数不少呢。

这时,澄子换好衣服走了出来,以嘲弄似的眼光望着三郎,对那个男人说:

"咱们走吧。"

那人扔掉烟头站起来,以威吓的语调道:

"刚才的诺言,可要信守呀!"

"我不是以名誉和良心发誓了吗?"

"那么,失礼了,三十分钟以后,悉听尊便。另外,把大门钥匙放进牛奶箱里。"

那人郑重地低下头,当着三郎的面,揭开照相机的里盖。

紧接着的一瞬间,澄子打开了门,"啊"的一声叫了起来。一个人猛犬般地从门外闯了进来。来人把澄子推到房间里,望着三郎等人叫道:"我是警察!"

"辛苦了!我是检察官雾岛。将这两个犯有恐吓罪的现行犯逮捕起来!"

那个人的手马上被警察套上了手铐。接着又进来一名刑事,将摇摇晃晃站起来的澄子套上手铐之后,望着光着膀子的三郎道:

"纯粹是施用美人计的现行犯。"

"这……这……"

那人嘟嘟囔囔着。他从刚才就一直目不转睛地盯着三郎的一举一动，因而在这最后一刹那，局面骤然逆转，自己竟然束手就擒，弄得茫茫然百思不得其解。

"我一定信守诺言。不过作为检察官，即便在极其恶劣的环境下，也不能屈服于外部压力哟！否则就不成其为检察官了。我们不仅要调查你们所提供的五条线索，还要弄清你们行动的背景。检察官的生命在于'不偏不党'四个字。"

"可是，您怎么……"

"你刚才大概没注意我将一根烟头扔出窗外吧？那就是传给特地在外面待命的刑事的暗号。我预料今夜反正不能以纯粹的幽会形式结来，才准备下这一手呢！"

"我们中计了……以惨败而告终……"

那人悲痛地叫了一声，一下子低下了头。而澄子反而勃然大怒，恶狠狠地骂道：

"卑鄙的胆小鬼！亏你还是一个男人！"

三郎好像怜悯似地望着对方道：

"我作为一个男人，本想对女性要有礼貌的。可是对不起，想不到你，作为一个女人……不，你简直不算一个人！"

说完，他走到窗户旁，将刚才强忍住的一口痰，啐出窗外。

翌日上午十点四十分，雾岛三郎回到了羽田机场。

昨夜，他和刑事们将澄子两人送到警察署后，回到原田检察官家。就纸条上所写的五条线索和原田一起商讨。天快亮时，他才休息了片刻，紧接动身飞回东京。

神户警方或原田检察官只要认真作一番调查，定能弄清那两人是受哪一方面指使而设下这个圈套的。如果那两人提供的情报准确，原田检察官或神户地检负责麻药案件的检察官，通过这些线索，定有所获。当然此刻三郎无暇顾及谁能否立下功劳了。

从目前情况看,他自己若不回到东京,就无法订出下一步的行动计划。当然,他也预料可能还得来神户一趟。

不知是什么原因,飞机起飞时间稍微推迟了一些。三郎坐到机舱座位上,系好安全带,就沉睡起来。直到飞机在羽田机场的跑道上降落时,才把他震醒……

他觉得精神了一些,一边考虑着以后的行动方针,一边走进机场休息室。当他用眼睨视昨天友永寄子表演那出闹剧的地方时,不禁"啊"的一声叫了起来。

在离他不远的地方,恭子一个人无精打采地低着头坐在椅子上。

像受磁石吸引似的,三郎马上走了过去。恭子似乎意识到身旁来人,一下抬起头来,一瞬间她的脸色涨得通红,紧接着好像血液又逆向流回心脏似的,变得刷白了。

"恭子……"

"你……"

他们相互叫了起来。三郎忘记了一切。可能是由于刚从飞机上的梦乡中醒过来的缘故,他竟然产生了这样的幻觉:新婚爱妻恭子到机场来接自己了。可是刹那间,他又回到冷酷的现实里来。

"恭子,你显得分外憔悴啊!"

"你也瘦了呀!"

交换了这短短的两句问候,两人总算互相理解了对方的心情。

这里不是事先安排好的见面地点。三郎却竟感到自己眼前满布着金黄色的铁丝网,而自己业已身坠其中。

"那么,你去什么地方?"

"你呢?"

"因为关西有件事要办,昨晚离开东京,现在刚回来。"

恭子的脸闪过一个恐怖的阴影。她似乎立刻觉察出来,三郎挤出时间,跑了一趟神户,在那里采取了某些相应措施。

"我也去关西……打算和住在奈良的姑妈商量以后的事……"

她低下眼帘,声音微颤。话中有谎,三郎即便不是检察官也能听得出来。

"是吗?你的姑妈以前在台湾基隆住过吗?"

"什么?"

恭子吃惊地抬起头。从她的表情,三郎立刻感到:恭子或许知道接受龙田潜逃的那条船的名字。

恭子感到极为不安,但总算控制住自己似地道:

"雾岛……不要再说了。我们之间,已经不能像过去那样随便……"

"可是……这是偶然的……?"

"虽然是偶然,或许像那次在检察厅食堂那样被谁撞见了……,再说我们之间的关系已经结束了……"

恭子的眼睛闪着泪花。三郎心中隐隐作痛。大概恭子现在去见还活在世上的父亲,并且已经知道了所有的秘密。三郎心里这样想。

"那好,再见吧!请多保重!"

"你也要保重!"

恭子站起来,低下头,然后又无力地坐回椅子上。

三郎提起公文包,头也不回地走出国内线旅客休息室。

"雾岛先生!"

这时从旁边传来尾形悦子的叫声。三郎慌忙扫视四周。

"你也?"

"不。清晨我到她家，瞧她神色可疑，就神不知鬼不觉地跟在她后面……没想到在这里遇到您……"

"就她一个人吗？"

"是她一个人到这里的……不过在这里是否还等谁，或者到什么地方和谁碰头，我就不知道了。"

悦子满头大汗，身附幽灵似地眼里充满不安。可是在这里遇到了三郎，她觉得像是有神佛在保佑着：

"雾岛先生，在这里这样说不大吉利，我看着她的背影，有一种她像要不久于人世的可怕担心，掠过我的心头。您能否想个好法？"

"是吗？那么请你协助我。我保证决不会做出有损于她的事。"

"好，我一定……"

"这样吧，你在她上飞机之前，继续悄悄盯住她，不让她发觉。之后，你还要看清她乘日航还是乘全日空的飞机。"

"为什么？"

"因为在这里，日航和全日空是共同使用一个候机室，而在伊丹却分开为两处了。"

"您是想和那边联系，让人在那边跟踪恭子吗？"

"是的。这大概就能防患于未然了。坦率地说，我刚才和她谈话时，就看出她身上笼罩着一种大难就要临头似的阴影。"

"我遵命……"

悦子颤抖着身躯答道。

"那么，怎么和您联系？"

"我在二层休息厅的日餐食堂等着。"

说罢，三郎告别悦子，急忙跑到机场警察署。在这里检察官名片也具有绝对的威力。他将恭子的外表装束告诉了守候在那里的便衣刑事，责成他看准她乘坐哪一架飞机。虽然从刚才悦子的神情，看不出悦子会欺瞒自己，但为了慎重起见，三郎再次委托刑事盯住恭子。随即他又赶紧用警察电话与涩谷署取得联系。

电话里说，桑原警部有事未在，马上就会回来。三郎未能和警部直接通话，无法知道详细情况，但据留守接电话的警察说，案件的搜查，这一两天几乎没有进展。

不一会儿，刑事回来报告说：恭子已乘上十一时起飞，飞往大阪福冈的飞机了，没看到有什么同伴。

三郎点点头。马上用警察电话和神户的原田检察官联系上。

"怎么回事？从时间看，你大概刚到羽田机场不久吧？难道又有什么重大变化？"

原田丰颇为惊奇地问道。

"是呀。在机场我见到一个人，是雾……不，是龙田恭子，她已乘十一时起飞的日航班机飞往关西。我想，最后的时刻到底来到了。"

"嗯……在基隆号进港以前，她很有可能在神户或者什么地方和他秘密取得联系。"

"我也是这么想。所以，希望你能否在伊丹责成刑事或什么人了解她的动向。譬如弄清她住在什么饭店，那么，我们也好采取下一步骤的行动。"

"是呀，作为检察官只有这一手了。"

表面上听来，也可理解为自我解嘲的话，但和他刚刚告别的三郎，却听出来原田话里含有对自己深切的同情。

"那么，她穿着什么样的服装？"

"一套黑西服，令人觉得好像是丧服。左胸前佩戴装饰的银君影草。手提包是黑皮制的。此外，还有没有随机托运手提箱

303

之类的行李，那我就不知道了。"

"外貌呢？虽然是女人，在东京至大阪的飞机上，一般也不会更换衣服，所以就其衣着大概是能认得出来。不过为慎重起见……"

"年龄二十四、五岁。五官端正，但形容显得憔悴。大狼睛，薄嘴唇。脸形怎么看也是圆脸。身材中等……"

这样在电话里，就像介绍嫌疑犯的相貌似的将自己恋人的特征，冷冷地向人家说明，对三郎真是一种难以忍受的痛苦！

第三十四章 善意的背叛

三郎采取了一些初步措施后,来到机场二层的餐厅,看见悦子坐在一张靠窗的桌旁,心情沉重地喝着咖啡。

"让您多等了。我刚刚从这里的警察署与搜查本部取得联系。"

三郎走近了悦子说道。悦子叹了口气,低声告诉三郎:

"恭子已搭乘十一点的日航班机了,没有人同她搭伴,也没见到有什么可疑的人。"

三郎听完悦子的话,就走到门口对刚才跟着他进来的便服刑事道:

"你可以回去了。"

当然,悦子所谈情况自己已经知道,并且业已采取了相应措施,但是应该让悦子相信,是她的协助在起着决定性作用,以便其后好再托她办事。

三郎回来坐到悦子对面椅子上。三郎和刑事的谈话那么简短,悦子有些不放心,问道:

"您这就布置好了?"

"该办的都办了,只要知道乘哪班飞机就够了。"

"是吗?"

刹那间,悦子的紧张表情消失了。可是,好像又产生了新的不安似的问:

"雾岛先生,我不知道以后该怎么办哪?"

"对不起,我要向您道歉,是我作为一个检察官将您的好友逼到了这种境地。但是,悦子呀,我本人希望她幸福的心情,至死不渝。也许别人会认为,我这话是自相矛盾的。"

"不,别人不理解您的心情,我可理解呢!"

悦字紧咬嘴唇,沉默稍许又道:

"雾岛先生,我想,摆在我面前有三种对待恭子的态度:其一,我自感无能为力,索性放手不管她;其二,仍然一如既往,坚守誓约,和她共受其苦;其三,表面看来,我采取背叛她的行动,当然实际上是出于真挚的友情。您看采取哪一种合适呢?"

"作为我个人,无可奉告;作为一名检察官,我想说:'请您采用第三种态度吧……'当然,您如觉得不合适,也可不必勉强。"

"这一点,我是有顾虑的。因为我失信背约,一则良心受到责备,二则倘若恭子愤然提出与我断绝友情,我也无言以对呀。然而,若听任她如此下去,说不定要滑进女人们的罪恶泥坑里去。与其让她被几个男人蹂躏而后自杀或自暴自弃堕落下去,倒不如我甘冒失信背约之恶名而干些实际对她有利的事。"

这时,三郎眼前浮现出昨夜澄子的狂态。澄子从前不是也和恭子一样是良家女子一个天真无邪的姑娘吗?万一恭子也走上她那条道路——想到这里,三郎心急如焚。

"您说的几个男人是什么意思?不是就只需藤俊吉一个人纠缠她吗?"

或许出于一种嫉妒心理，三郎首先提出这个问题。

"不只一个男人……俗话说：'前头有狼，后头有虎。'昨夜，恭子被须藤俊吉叫到新日本饭店去了。当然，那只是约定见面的地点，而须藤俊吉是打算把她带到别的地方去的，后来，因为寺崎义男先生随机应变，才使恭子摆脱了这场危机。可是，没想到那位寺崎先生竟然开始追求起恭子来了。"

"寺崎义男君也这样？那么，他那表面看来像是献身行动的背后，也隐藏着这不可告人的动机？"

"您这样说，也可能过分了一点。寺崎先生原来也爱着恭子，只是因为他觉得身份悬殊，不能高攀，后来又听说你们订了婚，当时才作罢……可是现在恭子哪有心思谈情说爱呢？因而他遭到恭子的拒绝是必然的了。但是，目前恭子所能依靠的人，除了寺崎先生外，就没有别人了。因此我颇为担心，说不定要发生什么事情的。再说，须藤俊吉也不是那种遭到一两次失败就甘心撒手不干的人，他为了满足自己的欲望，也可能变换手法以求一逞的。"

"知道了。所有这些都是恭子告诉您的吗？"

"不。昨夜我得知恭子要去'新日本'后，也暗地赶到那里，尽管细节情况我不得而知，但亲眼看到一个像是寺崎先生助手的人，把她从须藤俊吉面前带走。其后我又跟踪寺崎和恭子，在山王一带昏暗小路上，我看到寺崎先生要亲吻恭子但遭到拒绝……后来不久，她就一个人回家了。"

"嗯。那么，也就是说，恭子去关西可能是受须藤俊吉的支配，也许是接受寺崎君的指示，反正不是她自发的行动了。"

"我是这样认为的。只是她本人确信，到了那里之后能够见到她父亲。"

"龙田律师现在果真在那里吗？"

"这，我就不得而知了。我不是保密，而是真不知道。她这次旅行非同小可。如果有出色的军师为她出谋划策，那就很难说这不是一种声东击西的战术：把警察或检察厅的注意力吸引到神户或大阪之后，乘机从横滨，北九州或别的港口逃脱出去。"

三郎认真玩味悦子的这段话，心想："虽然她外貌比恭子逊色，但头脑灵活，聪明机警并不亚于恭子，甚至有过之而无不及。"

"雾岛先生，经我再三考虑认为，我应该为尽早解决这起事件而竭尽全部力量，哪怕使恭子一时受到打击……问题解决后，她大概会很快平静下来，从而能够在哪里找到她终生幸福的。"

悦子的话题刚刚开始，说得委婉而且微妙。但三郎很清楚她想要说些什么。因此突然以检事口吻道：

"那么，从您的结论上看，是愿意协助我们逮捕龙田律师的了？"

"是的……所以我想还是把我所知道的一切告诉您们为好。"

"那就请您助一臂之力了。您的话一不作记录，二我一定为您保密。"

"谢谢。此外，我虽然还没有下定决心，但打算和恭子再接触一段时间，然后将了解到的情况，点滴不漏地告诉您，您觉得怎样？"

大出三郎意外，一时竟说不出话来。本来他认为悦子能将迄今的秘密告诉他，已是相当不易了，却未想到，她居然表现出如此积极主动的态度。

由于三郎沉默片刻，悦子似乎为刚才的话而感到难为情了。她低声道：

"我这样做可能会被人家说成是特务行动，可是，雾岛先生，您会理解我的心情吧?"

三郎颇感吃惊，他凭直感，觉得悦子话里另有一层深刻含义。

听到悦子告诉他的一席话，是三郎的宝贵收获。当然，悦子不是始终和恭子在一起，并且恭子也不可能将所有秘密全告诉她，因而她的话难免缺少许多关键成分，但对至今几乎一点也不了解龙田家动态的三郎，却很有参考价值。

但是三郎感到震动的是自己对龙田慎作仍活着的说法，此时几乎已不再怀疑了。从悦子的话可以判断不仅须藤俊吉，甚至寺崎义男至少知道龙田仍然活着。须藤和寺崎利害关系不同，且处于相对立场，可是两人却各自独立地取得这个情报，这使三郎也无法予以否定了。

三郎决定以后再和悦子联系，于是与她告别，首先驱车前往搜查本部。由于桑原警部有急事回了警视厅，三郎只得推迟和他碰头，先用警察电话与神户的原田检察官联系上。

"雾岛君，托你的福，终于有眉目了。"

今天上午对五条线索中的第一条进行了追查，看来已初步知道结果了。原田丰的声音振奋而热烈。

"也就是有收获了？"

"是的。第一个行动是搜查沟口一家嫡系喽啰佐藤良平的'二号'家。发现精制海洛因约十公斤——最近在神户还没有破获过一次有这么多麻药的案件呢。"

"好呀……也就是说那情报还比较可靠啰！只是这条线是不是和上面的头头连结在一起？"

"'二号'桧垣敏子已逮捕到案，而佐藤本人不在场，未能逮捕。我已派人到本宅和别的地方去缉拿，但还没接到逮捕到他的报告。抓不到佐藤本人，就难以知道更深一层的情况了。在这些组织中，嫡系喽啰是仅次于头头和他的继承人的人物，非其下基层组织的一般小卒可比。因而从他的'二号'家中搜出海洛因，给这一家的打击也是相当沉重的。如能逮住佐藤，或许就能直捣老巢，接近其头头的身边。"

"也不见得。一个相当大的组织中，那些铁杆人物虽则是流氓痞子，却大都是经风雨见过世面的。他们被捕后，怕波及自己的头头，于是就一身承担全部罪责。"

"这是可以想象的。不过据负责暴力团体的刑事说，逮住佐藤就等于断掉沟口一家的左臂。诚然，那样的组织如同下等生物，断其一臂，过段时间，可以再生出一条，但对我们来说，那是以后的事啰。总之，对付这样的暴力组织只能利用一切机会，采取一切手段，给予全面攻击，始能奏效。"

今天的战果，使原田检察官相当兴奋。虽然看来今天他不会是喝了酒，但说话声调却似酒醉了似的，不过，他似乎也立刻意识到了这点。

"好，不谈这个问题了。我也是不得已才用神户和东京的警察电话，谈论这个问题的呀！不过有一点是确实的，我们追查这些线索，在某种意义上说，对你所处理的案件，也是间接的援助。"

"在哪些方面？"

"今天逮到的桧垣敏子，据说是友永寄子的结拜姐妹。在他们那个社会里，女人比男人好对付一些。说不定我们能从这个女人口里，得到有关友永寄子或'相爱'的某些秘密呢。"

"那就有劳你了。还有别的事情吗？"

"关于如何追查第二条线索，我们已和检事正商量过了，打算在今天作出决定。有了结果立即通知你。"

"噢，还有威胁我的那个男人的身份，你查清了吗？"

"是呀，我倒忘了这件重要的事了。起初，那人顽固地行使默秘权。可是负责暴力方面的刑事，一眼认出他是扇屋一家的主顾田川庄介。我们查阅了前科卡片，查出他犯过三次诈骗恐吓罪。他的头脑似乎相当灵敏，可是一些想法却往往很怪，像个偏执狂。刚才他在警察那里说，他压根儿不知道你是一个检察官，只想到你是一个很有钱的人，所以想利用女人引诱你到那所房子里，然后诈取你的钱财云云。警察还是相信他的自供的，要写出调查记录。"

原田话中含有暗示：田川庄介大概为贯彻原先的本意，以其惯犯经验，编造出这样一套自供。另一方面，他提供的情报，已经取得这样的成果。因此看情况是否就这样接受了他的自供了呢？

三郎情不自禁地苦笑了。这样一来，有关田川庄介的事，就没有必要急于解决了。

"案情的梗概没有出入。至于对他如何处理，我认为可把他送交检察厅后再考虑，你看怎么样？另外那个女人现在如何？"

"正处于精神半错乱状态。警方说，她要吵就让她吵个够，预定下午讯问她。看来傍晚前后就能得出初步结论。"

三郎听罢，感到一阵喉咙涌出苦汁般的难受。甚至作为一个检察官，他也不想搭理这个女人了。

"总之，跟下告诉你的只有这些。恭子乘的飞机，大概已到伊丹，估计有关的人已跟踪上了她，若有报告来，我就电话通知你。"

"那就多多拜托了。"

三郎满怀希望地回答之后，放下话筒。此时，桑原警部刚好从警视厅返回，来到三郎这里。

"对不起，昨夜我不在东京。虽然一半是个人的事情，但相当紧急，走了一趟神户。在那里顺便和神户地检的原田检察官商讨了一下有关本案件的事。"

"是吗？目前此处毫无进展。不知您在神户有何收获？"

对于三郎昨晚的行动，警部表现出不抱有什么希望似的漠然表情，问道。于是三郎也淡淡地将昨天以来除关于悦子那一段以外的所有情况，告诉了桑原。警部的表情越发显得深沉，末了他像呻吟似地叹口气后，低下头道：

"令人佩服之至，在工作之余，取得如此之大的收获，确实不简单呀！"

"只是运气好而已。我去神户之前也没有意料到，是相当碰巧的事。"

"我长期从事这种职业，我知道所谓的'运气'、'碰巧'，也是努力的结晶。我也直感，大概能从那个友永寄子的结拜姐妹口里得到什么重大线索的。看情况，我打算派部下去神户一趟，若有必要，不妨我亲自跑一趟。"

警部这样说，表明警察官感觉到，这一情报具有出乎自己想象的重大意义。三郎这样想。

这时，神户的原田检察官又给三郎打来了电话。

"雾岛君？现已接到跟踪她的刑事的报告了。她从伊丹机场出来以后，径自来到神户。也就是说进入实实在在由我管辖的地方了。她对你说去奈良，确是借口。"

"她在那种情况下，在辩解中掺入谎言，也是可以理解的。那么，她到神户以后动态如何？"

"她住进东方饭店以后，把自己关到房间里，不露面了。大概在等待下一个指令吧。不过，虽然现在根据地设在这里，但也可能随时转移……"

"嗯。"

"另外,还告诉你,她在住宿册上用的是假名。你知道她用的什么名字吗?"

"不知道。"

"雾岛恭子。"

原田丰一字一顿地说。

第三十五章 询问

同神户联系之后,三郎把龙田慎一郎、榎本总子、须藤俊吉和寺崎义男等四人作为参考人,责成桑原警部传呼他们到搜查本部来。由于尾形悦子提供了秘密情报,三郎有可能采取与过去截然不同的询问方式,紧紧抓住要害问题,追问下去。

可是,须藤俊吉,据说从昨夜一直没有回家,寺崎义男也不知到哪里去了,一时难以找到。慎一郎和总子因住在涩谷龙田家,马上就传到了本部。

三郎必须直接询问这两个人了。和本来要成为自己内兄的慎一郎对峙,是三郎内心所不愿意的,可是在这种情况下,也只好狠下心来,何况还有别的目的呢?

慎一郎大概也意料到迟早要接受警察官的调查,可是没有想到此时此地三郎却出现在自己面前。于是他脸上浮现出一种交织着恐怖、不安和憎恨的表情。

最初作了一些平淡的形式询问后,三郎问道:
"请问您和榎本总子女士是什么关系?"
"夫妇。"
慎一郎如吐出苦水似的歪着头回答道。

"那么，是指内缘关系①吗？"

"不，在这时候我们虽然无法正式举行结婚仪式，但根据她的愿望已将她入到我们家的户口了，否则会使即将出生的孩子受委屈。因此在法律上可以说，我们是正式的夫妇关系。"

虽然措辞有礼貌，但声音提高，明显地表现出不愿意回答的神情。

"是吗？按理说我要向您道贺呢。"

"即便我们正式结婚，您，检察官先生。用不着也没有必要向我们道贺。"

话里的意思是：我们和你再也没有什么关系了。这使三郎哭笑不得。

"这件事您妹妹知道吗？"

"我也简单告诉她了。由于这次事情使她头昏脑涨，因而对我们的事无动于衷。再说，大家都已成年，妹妹在什么时候和谁结婚，我也没意见。"

"那么，现在她是把须藤俊吉当作对象吗？"

慎一郎一瞬间现出不安神情，但马上恢复平静。

"他过去一度向妹妹求过婚，但妹妹誓死不嫁他，他也无可奈何。这是不久前的事，妹妹现在未必就改变主意了吗？"

"是吗？可是我知道，您妹妹最近几次和须藤见面。譬如昨晚在'新日本饭店'见面。"

慎一郎脸色聚变，善于从脸色推测对方心理的三郎，立刻觉察恭子的哥哥对妹妹的行动，几乎一无所知。

"有这样的事吗？反正这次事件发生以来，她宛如变了一个人，每天象疯子似地到处奔跑。所以也可能偶然在饭店里遇到

---

① 内缘关系：非正式夫妇关系。——译者注

须藤吧。"

"我还知道令妹去过他家呢！这不能说是偶然的吧？如果他们是一对情人，那不足为奇，可是您对这个问题怎么看呢？"

"……"

"我们推定，须藤即便没有直接隐藏龙由律师，也会知道他隐藏的地点。从而须藤以秘密引她去见令尊为条件来引诱恭子……"

"您爱怎么推定就怎么推定。关于这个问题，我无话可说。"

"那么，令妹和寺崎义男是什么关系呢？"

"他过去在我们事务所工作过，现在是一名私立侦探……我想，他大概出于人情，协助我们吧。"

"单是出于人情吗？至少寺崎氏是恋着令妹的。这您知道吗？"

"哈哈哈！这大概是检察官先生的误会或胡乱猜测吧？"

"我还知道，昨夜他和令妹在昏暗小路上行走时，突然要和令妹接吻。"

慎一郎睁大了眼睛，表现出茫然若失的神情。

"寺崎氏好像要竭力寻找龙田律师隐藏的地点，这我们完全知道。难道如您所说的仅仅出于义理人情或者为了获得作为私立侦探的报酬，而不怀有别的目的吗？"

"难道他为了和妹妹结婚……这真是难以想象的。尽管妹妹被这起案件搞得如何昏头昏脑，尽管对他感恩戴德，我看也不会想到和他结婚吧。"

"那么，令妹今天在哪里？"

"今早又不知乘飞机到哪里去。她从来不把她的去向告诉我。"

"是不是远游去了呢？"

"难道……"

"其实今天我偶尔在羽田机场见到她了,说是要去关西……"

慎一郎顿时脸色大变。显然三郎这句话对他触动很大。但随后他冷静下来,沉默不语了。三郎将询问主要集中在有关须藤俊吉和寺崎义男方面,而慎一郎似乎认为三郎醋性发作,不时表现出轻蔑表情,只是重复道:"我不知道他人的事。"

三郎也知道从慎一郎这里不可能找到秘密的突破口。所以亮出作为一名检察官所能允许亮出的牌,让他知道些情况,目的在于使他间接牵制须藤俊吉和寺崎义男二人的行动。

如果龙田律师还活着,对于他,失去须藤的协助,就如鱼失水了。

这有助于尽早解决问题,并且也可间接达到保护恭子的目的。

与慎一郎相比,总子从一开始,对三郎的询问就表现出主动的协助态度。

但是,在这种情况下,协助检察官,就意味着直接背叛丈夫,间接背叛公爹了。

一般地说,接受警察官和检察官询问时,女人是比较胆怯、脆弱的。但三郎仍能从总子的表情变化和语调中判断出总子还没有自觉地把自己当作龙田家的一员。

作为检察官,三郎敏锐地感觉到,这个女人头脑里考虑的只有自己的事。她所高兴的是自己成为一位正式的妻子,而对龙田家的悲剧,对仅见过几次面的公爹命运,是不甚关心的,甚至内心暗中希望龙田律师如果还活着的话,早日落网,好使这一事件尽早了结。

当然,她这种心情是可以理解的。但三郎越来越觉得,女人的心是不可思议的，是令人可怕的。

譬如三郎巧妙地套问她："您到龙田家以后，听说过陈志德这个中国人的名字了吗？"总子稍稍犹豫一下，答道：

"这么一说我想起来。昨夜有一个这样名字的人，给我们家来了电话。我拿起话筒时，他用不流畅的日本语说：'我叫陈志德，您是恭子小姐吗？'我赶快把话筒交给我丈夫了。不知道是什么事……"

三郎暗自诧异。她说的好像是市内电话，如果没有撒谎的话，那就说明陈志德现在已到东京附近，并且打算亲自和龙田家联系。不能认为这和本事件或龙田律师企图潜逃国外的计划没有关系。

可能慎一郎因未留意忘记堵住她的嘴。但这个女人若稍动一下脑子也会理解丈夫的心情，而不会在这种场合贸然泄露这个秘密的。

三郎正考虑如何对待这个问题时，总子皱着眉头道：

"提起电话，昨夜我尽接到一些奇怪的电话，让人不知如何是好呢。"

"什么奇怪的电话？"

"每次打来的电话，好像不是来自一个人，但听声音都是男的。他们声音嘶哑，颇有相似之处。但我确信不是一个人打来的。电话内容，各次电话稍有不同，但大概内容是：'记住！瞧着！我要把龙田家全都杀死，一个不留！'起初我听了之后反问：'这么说，你是谁？'对方用老一套的话回答：'我用不着说出姓名，你们也会想得到的。'对方说完后狞笑着。我猜得出他们是流氓香具师或暴力团体的亡命徒……"

三郎听罢叹了一口气。他认为这样的电话是小林一伙的人干的，这是从羽田机场友永寄子的狂态和咒骂来判断的。虽说当时她正在火头上，语言过激，但他们将小林准一之死归咎于龙田家，这个估计是不会错的。可是这些人的思考问题方式也并非一般人所能理解的。尤其这次，这话乍一听觉得荒谬语言中往往包含着什么秘密……

"另外，检察官先生，我们想出外旅行一趟怎么样？当然，并非因为我们接到这些电话而感到害怕的缘故。"

总子抬起头来，望着陷于沉思的三郎，犹豫地问道。

"你们想去什么地方？"

"这时候，也不是去作新婚旅行，肚子再大就难以出门了。丈夫说，趁此机会去一趟广岛县的三次①龙田老家扫墓……"

以前三郎也听恭子说过，龙田家的祖辈是从这块土地上迁出来的。

一般说来，给祖宗扫墓本属人之常情的行动，可是这位纨袴子弟型的慎一郎也说要去给祖宗扫墓，却令人觉得他仿佛变了一个人，不可理解。而且恭子现在去的神户——这个大有文章的地方，却位于东京和三次之间……或许慎一郎从别的渠道也听到了父亲的行动计划，而想赶到关西的某个地方，和父亲去告别吧？三郎这样想。

可是，连外行人也能推测出来的这种事，为什么总子却故意要透露给三郎听呢？真是令人费解呀！

"怎么样？检察官先生。"

总子又追问道。

"那就请你们自己决定吧。"

接着三郎在搜查本部和桑原警部继续研究案情，并等待须

---

① 三次：地名。——译者注

藤俊吉、寺崎义男。可是六点过了，两人还都没来。三郎漠然想道：他们两人之中，至少有一个现已在关西、神户一带了。

之后，三郎把如何处理传讯来的两个人的事，托付给桑原警部，离开搜查本部，来到附近的吃茶应，和整装待发的尾形说子相见。

"恭子住在神户东方饭店 361 号房间。住宿册署名是雾岛恭子。您如住到东方饭店，然后和我的好友原田检察官联系，他定能给您提供各种方便的。另外，我已经给您想好见到她时的借口。"

于是三郎将绞尽脑汁想出的计划告诉了悦子。接着从衣袋里取出一个信封交给悦子道：

"另外，失礼了。这是您的旅途用费。"

"这，我不能收……我自己的存款足够用。我怎好意思用您的钱呢？"

"这些钱本来是龙田家的。事件发生前，恭子把这些钱放在我这里，说是留着以后成家时用。在这时候用掉它，恰是用得其所。"

话中虽有不实之处，但这钱取自恭子，却是事实。三郎把余款中的五万元放到信封里了。

"是吗？我已经准备了所有费用……既然如此，这些钱暂时由我保管好了。"

大概想起起飞时间将到，悦子看了一下手表，将信封放入提包后，站了起来：

"那我走了。您保重……"

"本想送您到羽田机场，因为没有时间，实在抱歉……"

在吃茶店前，悦子透过出租车的车窗，以一种深情的眼光望着三郎。三郎一阵忐忑不安。不过对这样的事，也不能过于敏感吧。三郎这样想。

他随即也要了一部车，到下落合①真田部长检事家。

真田部长预定明天出差去大阪两天。但由于该案件已经如此地波及神户，他觉得有必要听取一下这方面的汇报，于是打电话给三郎，要三郎到自己家里来。

一个约莫二十四、五岁，高个子、皮肤白皙的漂亮姑娘，出来给三郎开门。但此刻三郎没有仔细去观看她容貌的闲情逸趣了。

他被引到门旁的西洋式客厅。不一会儿，真田检事身着和服走了出来。

"干得不错，这次你在神户立了大功。来，干一杯，边喝边谈。"

真田检察官显得分外轻松愉快，走到房间角落酒柜前，想取下威士忌酒瓶。

"部长先生，汇报之后再喝，怎么样？"

"噢……"

真田检察官两眼闪亮，回到椅子旁坐下，喝着夫人送过来的上等茶，聚精会神地听着三郎汇报。除了尾形悦子这个名字没有讲出外，三郎把经过详细地向检察官部长作了汇报。真田检察官听罢，接连点头称赞：

"干得不坏，干得不坏。在搜查时，有时我们追查一条细小线索时，却在出乎意料的地方，窥视到主要大案件的线索。你此次在神户大概也是这样。"

"可是，对主要案件的追查却毫无进展。为此我焦急万分。"

"不，搜查到这个程度，解决这起案件只是时间问题了。看

---

①

来，这起案件的最后一幕，意外地要在神户展开了！如有出差必要，什么时候走都可以，或者也可提前去神户。"

真田检察官站起身来，取下威士忌酒瓶和杯子。

"今晚，你好好地在这里吃一顿饭。刚才在门口接你的是我妻子的妹妹，叫世津子……想不到她的烹调很出色。"

真田微笑着说，以至三郎暗自怀疑：这大概是非正式的相亲吧？可是真田检察官却像显示"机灵鬼真田"的敏感似地转换话题道：

"雾岛君，那些暴力团体有一种恶习：在给头头举行葬礼前，要耀武扬威一番，以装潢门面。我觉得这起案件的侦破工作，可能在最近两三天内，会有可喜的进展。"

"警察方面也这样认为。我本人将密切注意。"

"在此时刻，还是不劝你喝酒为好……要提防第三次袭击呀！"

真田检察官慢吞吞地喝着威士忌。

"我觉得在处理这起案件中，你和警方都干得不错。可是，搜查犯罪案件的大原则是否也能适用于这起案件呢？"

"大原则？"

"查出通过作案而能获得利益者——这就是大原则。可是，这起案件中，最大受益者是哪个？"

真田检察官转过眼光，一口喝干杯子里的威士忌。

第三十六章 倾吐

恭子到了神户，钻进东方饭店以后，整整半天未出房门一步。

当然，她是按照寺崎义男的指示来到神户的。

清早，寺崎给她来了电话，告诉她说，昨晚他终于能够和陈志德一起交谈，达到推心置腹的地步。因而去一趟神户或许能够达到某种目的。寺崎要恭子到神户后住在东方饭店，在那里等待他的音讯，大概他在明天也要去神户。

电话里无法谈到细节问题。恭子近乎恳求似地向寺崎提出，哪怕用一点时间和自己面对面谈谈，可是义男难过地说，

"我未尝不想这样呀，可是和陈先生商量后，觉得还是不在东京见面为好……有关那件事，我们两人尽力而为。因而详细的计划，到神户再谈。"

恭子毫不怀疑对方的诚意。寺崎义男如今是冒着窝藏罪犯的罪名协助自己的，显然是为形势所迫。想到这点，一种内疚之感掠过心头。尽管在进行中间无法完全理解义男的意图，也得按他说的去办。

可是自从机场邂逅三郎那时开始，恭子心慌意乱起来，思

湖起伏难以平静，以至从坐上飞机，到达伊丹，然后又到神户，恭子简直不知道自己在干什么。

把自己关进房间，待了一会儿以后，突然一种强烈的悔恨感，涌上心头。

——从伊丹机场直接来到这家饭店，或许是一个大失败。

——雾岛一定因犹豫不决而烦恼吧？不过男人性情转换快，此刻他大概对自己死了心，完全变成一名检察官了。他可能电话通知这里，让人从伊丹机场开始就跟踪上自己了。

——即使到这里来，也不应坐车直达这里呀！应该先到大阪还是什么地方，在那里的百货商店还是什么场所，采取隐蔽自己行踪的行动以后，再到这里才好呀！

她心乱如麻，独坐房间里，胡思乱想。

"犯罪者在犯罪之后，总要陷入一种精神错乱状态中。我经常为他们不知何故而采取自掘坟墓的行动，感到奇怪。"

恭子忽然想起三郎曾经说过的话，并感受到它那深刻的含义，甚至觉得自己就是一个生怕被人发觉而搞得惶惶然不可终日的一名罪犯。

时间不觉已过九点钟。恭子从清早就没吃进任何像样的东西，虽然毫无食欲，但她担心这样下去身体非垮不可，于是走出房间，下到一层休息室，在角落的吃茶室要了一份咖啡和三明治面包。

她丝毫感觉不到食物的味道，只是机械地将一片一片三明治往嘴里塞。突然她发现尾形悦子走进了门口，她竟然产生了一种近乎恐怖的情绪。几乎在这同时，悦子好像看到了恭子，快步向这边走来。

"果然在这里，房间号码是多少？"悦子扫了一下四周，低声问道。

"你怎么到这里来?"

"我很担心你呀……我怎么会知道你在这里,回头到房间里去说。你住几号房间?"

三层三一六室……"

恭子连把最后一片三明治面包塞往嘴里的气力也没有了。

"你不告知我去向,一清早就跑出家门……我焦急不安,不知如何是好,就给搜查本部雾岛先生打电话和他商量。他告诉我,他偶尔在羽田机场见到了你,说你好像要去关西。于是我想起你家女佣人近藤告诉我,她早上偶然听到你在打电话时说出'东方饭店'的名字,我查看了'火车时刻表'后面旅馆一览表,查出这家饭店是在神户。这样,我就急急忙忙飞来了……在伊丹飞机场出租汽车停车处,我又将你的模样一说,很凑巧遇到了将你送到这里来的那个司机。与其说是我跟着你来,倒不如说是神指示我来的。"

不一会儿,悦子来到三一六室,把这些'经过'说给恭子听。当然恭子决想不到这'经过'其实是三郎编造的。

"是吗?对不起,让你担惊了。"

"你不必客气了……在这样的时刻,不帮你一把,还能算是一个好朋友吗?我决心帮你到底。"

听到悦子的这些话,恭子自然落了泪。可能由于自己这么孤独地离开东京,就更感受到友情的可贵,而她绝没想到悦子也有背着自己的秘密呢。

"到这里来,是为了与令尊相见吗?"

"嗯……"

如若在东京,恭子定要想法搪塞,予以否认,可是此刻她却意外地承认了。

"是按照寺崎先生的指示吧？不至于是受那个讨厌鬼须藤俊吉摆布而来的吧？"

恭子的忍耐力象决口的堤坝，完全崩溃，她失去了一切克制能力，把过去即便对悦子也决不讲的所有秘密，如同奔流的河水，一股脑倾倒出来。

"是这样吗？你一个人就这样忍受到如今呀！"

悦子难过地擦着眼睛低语道：

"总之，今晚要好好休息，什么也不要想，或者吃一点药……我本来还有许多话要对你说呢，只好明天再谈了。这里有我服的安眠药，很有效，吃两片，大抵能睡着。"

悦子说着，给恭子倒了一杯开水，看着她把药吞下去之后，说了声'好好休息吧'走出了房间。

恭子脱了西服躺下去还不到五分钟，电话铃响了。

"东京来的电话……"

总机的业务性声音之后，紧接传来：

"小姐，是我，寺崎。东京的事总算办完，因而明天就能去您那里了。现在一切顺利，请放心。您一个人闷得慌吧？请再忍耐下。"

"谢谢，实在谢谢您了……"

"您在那里，不至于见到您认识的什么人吧？"

寺崎以叮嘱似的语调问道，这使恭子身体颤抖得竟无法停止下来。

"那个……我的朋友尾形悦子从东京赶到这里，百般地安慰我……"

"你说什么?!"

寺崎义男的声音几乎像是悲鸣。

"您为什么这样……难道您把我们的事，告诉她了吗？把秘密也说出来了吧?"

"那时,我好像要发疯似的……"

"你是说把秘密都已倾倒一空了?"

当然此刻寺崎义男肯定是极度激动,他好像一瞬间怒火迸发似地喊道。

"对不起…实在对不起呀!"

"有的事,说声对不起就行了,有的事,光道歉也不好办了。为了您,我已干下越轨的事。要是在这以前,还好说,没想到临到关键的最后时刻,却出卖了我。"

"我、我,为了赔罪,无论让我干什么都可以……"

"总之,事到如今,我也无法后退。再说,在长途电话里再谈下去也无济于事…明天,等我到神户以后再商量善后之策吧。"

寺崎义男连最后的晚安、再见之类的告别话也不说,就"呼"的一下像把话筒摔下似地挂了电话。恭子一下扑到床上,只是哭泣。

真田检察官挽留三郎在自己家里,一直坐到将近十一点钟。

检察官这种职业,无论怎么说,在私生活方面是与一般社会隔绝的。正因如此,工作上的检事一体制就不用说了,就是同事之间的交往,也比别的阶层更为密切。看来真田检察官为最近的工作,想犒劳犒劳三郎。

三郎很理解真田检察官的好意,但是心情却无法平静下来。他酒也不如平日喝得多,并且也无法使自己溶化到这种其乐融融的家庭气氛中。

八点左右,神户的原田检察官打来了电话,说傍晚第二次搜查的对象,还是沟口一家一个头头的情妇家,但事与愿违,未能搜出麻药来。

"第一次和第二次攻击的间隔是否拉得长了一点? 当然,那里也有这样那样的等等原因,因而也不能说三道四地批评东京还是神户。"

当真田检察官听到电话的消息后,歪着头这样说。不过,追查五条线索中,哪怕只取得一个收获,作为检察官,自己也不丢脸的。

三郎想,这大概是第一次袭击的消息传开以后,其他隐藏麻药地点感到危险,把麻药转移了的缘故吧。

三郎正想告辞的时候,神户方面又来了电话。

是尾形悦子打来的。悦子临走时,三郎把真田家的电话告诉了她,要她到达神户的饭店以后,将那里的情况,打电话告诉他。

"雾岛先生,有很重要的事。"

悦子声音颤抖。

"她怎么啦?"

"不,并不是说她发生了什么,只是她很疲倦…我已经让她吃了安眠药,嘱咐她赶快睡觉……"

"那您辛苦了,谢谢您,不过所谓重要的事是什么事呢?"

"当然,我们之间的秘密联系,她全然没有觉察出来。可能因为她孤身一人在这里,忍耐不住,结果把所有的秘密都告诉了我。"

"什么?"二郎用力握住了话筒。

"什么内容?有什么新的秘密?"

"因为相当微妙,在电话里恐怕难以说清……

"只谈要点也不行吗?"

"要是我明天清早能回东京一趟就好了。可是说不定,明天寺崎还要和她联系什么。瞧现在恭子的情况,我担心她要发生什么事而不敢离开。"

"知道了。再说，考虑您现在的处境，有关这个问题，恐怕您也无法和原田君商量。"

"是呀，我……"

"那就这样决定吧。"

三郎仅作了瞬间考虑，就决定道：

"我明天再去一趟神户，如可能当天返回东京……但是，请问，您要告诉我的事，是否包含直接有助于侦破这起案件的重大内容？"

"是……但是在您离开东京之前，请您调查两件事：第一，龙田今天在哪里，不知道。可是好像他曾隐居在一个叫长谷川的家里，从上野步行十五分钟可到那里。据说长谷川原来是香具师的头头，虽然现已隐居，问一问警察，大概马上就能知道其住所的详细地址。"

"从上野步行十五分钟，叫长谷川的香具师家？……"

三郎心里一震，重复道。他立刻感到悦子从恭子口里听来的秘密有多么重要。

"是的。据恭子说，寺崎追踪那个女人时，偶然发现从那所房子里走出一个像龙田先生的人。详细经过，一句话也无法说清…"

"我知道。另外一件呢？"

"请调查一下帝国饭店。从香港来的陈志德曾住在那里。不知今天是否仍然住在这家饭店里？"

"您知道他的房间号吗？"

"恭子说，她没有去过他的房间，只是在休息室见过面，而后一同去吃饭。据她说，这最初也是寺崎联系的。因而我想，寺崎大概知道他的房间号的。"

"不。我之所以这样问，是因为想到陈志德大概是用假的名字住宿的。若用真名，我责成警察，马上就能调查出来。另外您还有什么事吗？"

"我现在头脑相当混乱…我希望您在东京办的就这两件事情。"

"我知道。那明天再见…"

想问的事很多。但悦子虽说刚强，毕竟年轻，因而她相当兴奋，这种兴奋情绪，甚至通过电话，三郎也能感觉出来。三郎控制住自己焦急的心情，有礼貌地说了一番感谢的话，然后放下了电话。

回到茶之间①，真田检察官似乎一眼从三郎的表情看出发生了什么。

"雾岛君，你还要去神户一趟吗？"

真田说着站起来，走进客厅。

"刚才的电话是从神户好像由一个姓尾形的女性打来的吧？是不是和原来当过检察官的尾形律师有关系的人？"

"您竟然看出了这一点，我真没办法。她确是尾形律师的女儿悦子。目前正暗中协助我。作为检察官，使用这一手，大概不大对头吧？"

既然被部长识破，三郎只好将悦子如何协助自己的事告诉给他。当将刚才悦子的电话内容告诉真田之后，三郎重复道：

"所以我想明天再一次飞往神户……"

"那就这样办嗯！本来检察官正责成你处理这桩案，就是一招了不起的奇策，你不使用一般攻法，也只好如此。你赶快和警方联系，责成他们马上调查帝国饭店住宿人名单。长谷川的住宅，现在恐怕不好硬闯进去。看情况，可以借口有违反麻药

---

① 茶之间：家庭里的饭厅。——译者注

统制令或是什么的嫌疑,进行住宅搜索。全部责任由我承担,可叫他们和这里联系。"

真田虽然喝了许多酒,但方才那种温和的表情,一下被检察官那种严厉的神情所取代。于是三郎急忙跑到走廊打了电话,然后走了回来。

"等待报告大概需要三十分钟左右。你今晚还是住在什么饭店里,更为方便。"

真田像自言自语似地低声说罢,又带着忧虑口吻道:

"雾岛君,尾形的情报,还无法使我们弄清案件全貌,但仅凭刚才的话可以认为,龙田律师被须藤俊吉所控制,而恭子由于一心想救其父,因而如果说受须藤摆布,不足为奇,然而现实里,恭子却是按照寺崎义男的指示行动的。这其中大概有什么奥妙之处吧!"

"她现在处于一种精神错乱状态,如同失魂落魄一般。因此,如果她得到一种什么强烈的暗示,就会像木偶似地任人摆布。"

"这我知道。可是即便寺崎义男能调查出龙田律师所在处所和去向,也无法让他们父女相见呀。所以联结他们父女之间的桥梁,恐怕就是陈志德了…"

真田检察官沉默下来,表情愈显沉重,大概因为找不到一个满意的答案而心中不安。

这时,电话铃响了,是责成调查帝国饭店住宿簿的警察打来的。调查结果:该饭店这一个月的旅客中,根本就没有一个叫陈志德的中国人。

"果然是用假名……"

听罢三郎报告,真田检察官苦着面孔自语着。

"也许这样,也许寺崎义男也被蒙骗了。如若是后者,看来恭子的这次行动,凶多吉少。"

第三十七章 恭子失踪

翌日十点半钟,雾岛三郎同北原大八一起赶到羽田机场。

早晨,以有违反麻药统制令嫌疑为借口,搜索了香具师长谷川省吾的住宅,但结果不妙。

那家中只有长谷川夫妇二人。因是隐居,来往者颇少,又没雇女佣人,住宅里静悄悄的。警方没有看到龙田律师,甚至找不到一件可以认为是龙田的东西。

更未查出麻药之类物品,但却发现没有申报的日本刀两把和一把手枪,因而才能由被动变主动,以违反禁止拥有刀枪法为借口,将他们夫妇带往警察署,而后追究他们与龙田慎作的关系。但两人异口同声说:我们压根儿不认识这个人。当然,拘留时间可以有四十八小时,但在这个什么都满不在乎的死硬香具师面前只要拿不出确凿证据来,很可能无端地消磨掉这段时间。

在来机场前,三郎听到这个电话报告后,不禁长叹一声。

在这个机场候机室里,他曾先后两次意外遇到两个不同的女人,面临难堪的事态。或许今天在此地又要撞见什么人吧?三郎心里嘀咕着。十一点起飞之前,他一直注意四周,幸好并未发现什么面目可疑的人。

仍是由于疲劳,他一上飞机就打起瞌睡。飞机到达伊丹机场时,北原大八以孩子似的口气说:"检察官先生,今天的富士山可美丽呢!真遗憾,您一直在睡着。"

此刻三郎的心已飞到神户了。当车到达神户地检,他就对大八说:"我还有很多事要和原田检察官商量,你可以在市内逛上三个钟头。"然后,也请原田方面的事务官走开,接着立即和原田开始秘密商量。

"尾形小姐和你联系了吗?"

"是的。昨天她从机场给我来了电话,我将恭子小姐乘的车牌号,以及如何和饭店内的刑事联络方法告诉了她。今天她和恭子都在饭店里吧。"

"谢谢。其实昨天深夜,尾形小姐也给我来了电话。当时我正在部长家里等待。据她说,恭子由于孤身一人憋不住,把所有秘密都告诉给尾形小姐。其内容好像无论如何不能在电话里谈,于是我就飞到此地。"

"嗯…这是你负责处理的事。你来了,我就不必出面了。你大概急于听取尾形小姐的报告吧?可是我们不能将她叫到检察厅来,又不能在饭店休息室和她谈,以免被恭子发觉,坏了大事。"

"我打算约她到饭店附近的吃茶店还是什么地方去。在这之前,你能否将这里后来的情况给我作一简单介绍?"

"好。关于利用第二号检举麻药情报而进行的第二次搜查,以失败告终之事,我在电话里已告诉你了。为此,如何利用第三、第四号情报,目前正在斟酌考虑之中。本应对四处地方同时袭击,可是考虑到提供情报的那个人说要换顺序一个一个地搜查,可能其中有什么奥妙之处。…或许过于相信'歪人的歪话',是我的失策。"

原田丰颇有男子汉的气概,自我承担过失。当然三郎也不能说些什么责备的话。"歪人的歪话"这是一句意味深长的暗示话语。他觉得有关这一案件,到处出现这样的场面,很大程度上阻碍着他们作出正确的判断。

"现在警察正在讯问恐吓你的那对男女。看样子,女的已经软了下来。关子讯问她的报告,迟早会送来。虽然还不知道他们内幕情况,但表面上看,并算不了什么了不起的事件。所以我觉得在警察调查的四十八个小时内,我们检察官以不干与为合适。"

"谢谢。既然如此,这个问题以后再谈。还有别的问题吗?"

原田检察官脸色有些变得阴沉道:

"因为神户是我管辖的地方,你在这里有什么需要我协助的。我当然力所能及助你一臂之力。可是,我想向你提一个忠告,那个叫尾形悦子的女性,果真可靠吗?"

"为什么?她父亲原也是检察官,现在是律师……"

"她父亲是她父亲,其经历与她没关系。总之,女人往往是检察官难以理解的对手。"

原田丰又叹口气接下道:

"她是不是恋上你了?"

"难道……"

"对于检察官,'难道'二字是禁语呀!如果尾形小姐过去曾恋过你,因出现恭子而作罢;或者在为你们联系奔走之中开始恋上了你,不管是属于哪一情况,你和恭子婚约彻底破裂,对于她,决不是一件遗憾的事啰。"

"可是即使我和恭子不能结婚,也决不会马上和她……"

"我也想你当然不会这样做。可是任何了不起的女子,总不免沾着'嫉妒'二字。要是这种嫉妒在这种场合发生作用的话……朋友,我希望你在听她谈话时,作为一个检察官,应该像听取证人在谈有关被告人的证言一样,保持冷静的态度。"

三郎在检察厅给饭店里去电话,把悦子叫到离饭店不到一百米的一个叫"兰"的吃茶店。

"让您特地跑到神户,实在抱歉,没想到我们在这里见面呀。"

可能由于原田丰的忠告,三郎感到她的表情和语言洋溢着一种喜说。于是他暗自告诫自己要小心,并催促悦子说:

"实在给您添了麻烦,感谢您的话过后再说。首先请您谈谈她告诉您的秘密,好吗?"

于是悦子直截了当而颇得要领地将恭子在饭店告诉她的所有秘密,转告给三郎,三郎仔细咀嚼、推敲,冷静分析,认为除了语言表达上有些细小问题外,所谈情况从大的条理和逻辑上看,是不容置疑的。当然,有些不大自然和难以理解的地方,但这也不足为奇,本来这起案件就不同一般,而她们两人的处境,也很异乎寻常。

"知道了……我已照您所说的,搜查了香具师长谷川的家。但没发现龙田律师。考虑到恭子他们向西来,我们认为龙田本人可能也从东京来到了关西。即使长谷川夫妇受须藤俊吉委托窝藏起龙田律师,从他们的口里,我们也不可能得到证实,更不要说问出龙田的去向了。"

"那么,陈志德呢?"

"帝国饭店未曾住过这名旅客。但是,用假名住宿的可能性很大,因而难以断定这个消息是谎言。譬如也可以这样解释:寺崎氏已经知道他用的这个假名,或者,最初他只问客人的房间号码，而后打电话联系……"

"但是，雾岛先生，您不会认为我告诉您的不如实吧？我是尽可能将她告诉我的话，原原本本地准确无误地告诉给您的。"

"我从您的眼睛就能看出您没有撒谎。虽然在谈恋爱呀什么方面的，我是个盲人，可是作为一名检察官，还没有人公然在我面前撒谎呢！"

悦子叹了一声低下了头。如果原田丰的推测正确，这句话对悦子恐怕是相当尖锐的讽刺呀。

"那个……您特地来神户一趟，大概不值得吧。"

悦子低着头道。

"哪里的话。即使后果令人懊丧，只要我亲自来到这里，我就能在这里有所收获，不是在有关次要的麻药方面，而是在有关搜查的主要杀人案件方面……"

这绝不是仅仅劝慰悦子的话。三郎在东京就已得知，冢原正直大概为商量有关迫在眉睫的总选举对策，现在已回到神户他的住宅了，三郎想，现在的行动，在自己是预料之外的，可却是冢原正直所期待的，因而说不定能从他口里得到什么重要情报。

"那么，今后我应该怎么才好？"

"您能不能再盯住她两天？那家饭店与一般日本旅馆结构不一样，大概会给您的监视造成不便，可是我估计今明两天，神户一定要发生些什么的。"

这也绝不是三郎故弄玄虚。因为总子在受询问之后，泄露了他们将在明天出外旅行的计划。

去三次扫墓，只是借口罢了，而如果真正的目的地是神户的话，他们是不会在从三次回来时途经神户才去会见父亲的。

须藤俊吉可能向慎一郎提出一些不同于向恭子提的什么条

件，让慎一郎能秘密地见到他父亲。

"要是这样，我将力所能及地协助您。我将说服恭子，和我住在一起。"

"这很好。这样从外面与她有什么联系，您就能注意到，而且能够防止她遭遇到什么不测。"

悦子默默地站起身来，走到店前边的电话旁给饭店打电话。在通话时她身体突然颤抖起来，随即似醉如痴地来到桌旁。

"雾岛先生，恭子从饭店出去了。"

悦子喊了一声。

"什么？"

三郎甚至怀疑自己耳朵听错了。

"在你不在身旁时，大概是谁又和她联系了。一定是寺崎义男君……"

"我也这样想。她现在精神很反常，好像是梦游者似的。谁要给她什么强烈的暗示，她就会把我的话置诸脑后的……"

两人相对无言。过一会儿，悦手以自慰的口气道：

"但是……或许我们过于多疑了。今天她一人待在屋里，加上又没有什么人与她联系，也许感到烦闷，出去散散步？"

"您这种推测过于乐观了。"

三郎摇摇头。

"总之，请您赶快回饭店。本来我也想和您一起去，只怕万一恭子回饭店，事情就不好收拾。我现在暂时回检察厅和原田君商量下对策。一之后我如果还要到别的地方，会把去向告诉原田的……"

三郎立即驱车返回检察厅，与原周商量，但一时想不出什么妙策来。

"首先，难以设想是须藤俊吉、慎一郎夫妇他们把她引出去。极大可能还是寺崎义男来到了神户。……"

"或许昨晚,尾形小姐回自己房间离开她之后,她接到谁的电话了吧?因而可以设想,在悦子没注意她的时候,她走出饭店,到什么约定的地方去了。"

"因而,她此刻马上回饭店的可能性不大,至少在最初的目的未达到以前,她是不会回来的。"

原田丰紧咬嘴唇,脸色涨红。

"本来可以责成警察调查管区的旅馆饭店等处,可是看来她即便住在某个旅馆,也未必是在神户市内呀!再说,如若住在私人住宅里,除非能通过特别渠道得知其确切地址,否则根本无法搜查。此外,也不能以杀人嫌疑者的借口,进行指名通缉呀。"

原田丰说得过于严重了,但三郎想笑也笑不出来了。

"按道理说,如果她到什么地方去见她父亲,那倒不会有什么直接危险。只是我觉得有另外一件可怕的事。"

"什么事?"

"关于两次袭击我的对手。"

三郎抓起杯子,把茶水一气喝干。

"认为那两个女人是龙田律师杀死的,现在颇有根据。作案动机可以认为第一次出于痴情,第二次因自己秘密即将被鹿内泄露,感到恐怖,遂起杀人灭口之心。当然,凶手也不排除是他人,出于其它作案动机。但直到如今,搜查本部虽然经多方调查,却未能查出别的什么线索。"

"是呀……"

"可是如果说袭击我的也是龙田律师,这就难以想象了。即便是一般情况,一个杀了人四处逃窜的罪犯,怎能去拼命追逐负责本案件的检察官呢?所以我认为对我下毒手的是小林一家的什么人,还合乎逻辑。如是这样,他们为了报复去暗算恭子,也并非不可能。"

"雾岛君,你又患上神经衰弱症了。"

原田检察官以同情的眼光望着三郎。

"的确,那位'大姐'因男人死于囹圄而气得发疯,红了眼,有可能唆使没有拖家带口的亡命徒对龙田家兄妹进行报复。不过,以我看来,按常识推断,又似乎不大可能。另外……无论恭子还是寺崎,也不会轻易地让他们阴谋得逞吧?"

"我也这样认为。可是,那次在羽田机场我撞见了她如果说是偶然的,那么,那时尾形小姐也已成功地跟踪上了她。再说,寺崎义男目前采取什么行动,我全然不知,无法采取保护恭子的措施。要知道敌人甚至连我和恭子在地下食堂坐在一起的事,也能立刻知道呀!"

原田检察官听罢,眨了一下眼睛。此时电话铃响了。

"雾岛,是北原来的电话。"

反正这个事务官是不会报告什么要紧的事的。三郎这样想着,接过了话筒。

"检察官先生,有重要的事。"

北原兴奋的声音。

"什么,发生了什么事?"

"我刚才得到允许,坐船巡视一下港口后,登上港塔。没想到在我下来时,遇见了须藤俊吉。"

"须藤俊吉?他果然来到神户了?后来又怎么样?"

"是追踪他还是通知警察呢?我正稍犹豫之际,他坐上了出租汽车……不凑巧,那里没有别的汽车。"

"你看清车的牌号了吧?"

"看清了。是兵5-4198。"

"那你马上回来吧。"

三郎放下话筒,原田检察官从桌上探过身来问:

"须藤俊吉是乘的这个牌号的车?"

"好像是。是从港塔下面乘车走的。"

"赶快派人追踪。若是安有无线电传呼设备的车,就能马上联系上。"

说着,原田检察官用电话与警方联系,命令他们查找那部出租汽车。

在这当儿,三郎用手指把一枝没有点上的香烟揉碎,陷入了沉思。

这个看来掌握着龙田律师的须藤俊吉,突然出现在这里,确非寻常。

并且他又到港口转圈。看来是一种侦察行动吧?

又几乎在这同时,恭子却从饭店消失了……

单凭悦子的话判断,恭子现在好像不受此人支配。但这也不能绝对加以否定。如果须藤俊吉给恭子创造一个机会,使她哪怕能用电话和其父交谈,这么一来,恭子心里会产生什么变化,都不足为奇……

"雾岛君,我们已尽人事了,现在只好听天由命了。"

原田丰又以严肃的语调低声道:

"雾岛君,社会上只要谈到搜查案件,就把我们检察官当作神,罪犯中有人却把我们比作魔鬼。但是检察官是人,是普普通通的人,是个庞大检察机构里的微不足道的人。朋友,我常常是这样想的。"

这是所有检察官的切身感受,三郎听罢,感叹不已。

第三十八章 第三次杀人

三郎陷于忧虑焦急的一天过去了，暮色降临大地。

由于冢原正直正在乡下，会面的日期只得改为明天。

恭子从饭店消失之后，去向依然是个谜；而须藤俊吉出现，又未能跟上他的行踪。

检事这种职业，固然在某种意义上被认为需要具有比警察官更加坚韧的忍耐力，可是三郎自作为检察官以来，还从未遇到过如此劳心伤神的事件。

三郎回到楠庄，在毫无食欲情况下，胡乱吃了晚饭。这时，北原大八定要和他下盘将棋①。

三郎这时下棋，只能勉强移动着祺子。想不出棋招，也就无法计算步数。大八棋术并不高明，却使三郎连战连北。

"检察官先生，您的棋招毕竟不如往常呀。"

得意地走出了将军抽车的一着后，大八反而觉得有些过意不去了。

"可能太疲乏了，今天就下到这里吧。"

---

① 将棋：日本的象棋。——译者注

三郎苦笑着放下了棋子。这时原田丰打来电话，显然是愤慨的声音：

"雾岛君！又发生了一起杀人案件！"

"被杀的是谁？和我处理的案件有关系的人吗？"

一听"杀人"两字，三郎的手颤抖不已，产生一种要立即知道被杀者是谁的迫切心情。

"要是没关系我就不给你打电话了。听说是龙田慎一郎，刚刚听到，看来不会有错。"

"什么时候，在什么地方？"

"他们夫妇今天傍晚住在六甲山饭店，晚饭后出外散步，在离饭店不远的地方遭到手枪射击，详情不明。"

"他的妻子怎么样？"

"她的手提包被打中，吓得瘫倒在地，现正处在半疯狂状态，却又像不爱说话，但看来生命不会有多大危险。"

"这样说来，她准能看到这个凶手了吧。只要她平静下来，就能问出凶手的外貌形象以及其他特征吧。"

"我也是这样想的。负责这起案件的今津检察官听到龙田的名字，特地通知了我。现在我马上要赶往现场，如果你想和我同去，我顺便去接你好了。"

"我当然去，现在就准备走。"

直到这里，他还是用一名检察官的精神来对待这一事件的，在放下话筒的瞬间，作为一个人的情感恢复过来，从头上到脖颈冷汗淙淙。

慎一郎被杀了！昨天刚刚在东京还见了面的慎一郎，在神户被杀了……

他头脑中嗡嗡作响，对于这一事态，无法作出正确判断，甚至觉得，不去亲眼看看死者，简直就难以置信。

"怎么回事？检察官先生。"

北原大八奇怪地睁大了眼睛问道。

"龙田慎一郎被杀了。是被手枪打死的。好像在六甲山饭店附近。"

三郎说着，开始穿上了西服。

"他在神户……凶手一定是上次袭击您的人了？"

"有可能……不，可能性虽然很大，但这时候禁止主观臆测。"

穿好衣服，来接的汽车已到。北原大八也想去，但因车内座位不够，只容下三郎一个人同乘前往。三郎和今津检察官过去曾见过见面，因而他们只略作寒暄，而原田检察官可能出于体谅三郎此刻的心情，在车中几乎沉默不语。

汽车在夜色中沿六甲公路奔驰。展现在眼前的是绝妙的夜景：从神户街一直伸向港口的路灯，宛如银河中的繁星，闪烁着绚丽奇异的光芒。但是，此刻这个被神户人引以自豪，誉为"百万金元的夜景"，却引不起雾岛三郎的丝毫情趣。

汽车经过一座像是饭店的建筑物以后，在一处广阔的空地上停了下来。

"这里是眺望台，有通往有马①的公路，夏天，即便是夜晚，观光客人也是络绎不绝。"

下车时，原田检察官开始以深沉的语调这样说明着。

空地上停着几部警方汽车。前边不远的地方围着一堆人。之所以不让汽车靠近，大概是为了保护地上可能留有的足迹和别的什么证据吧。

三郎他们走进人群？原田检察官小声对身着制服的警官低

---

① 有马：地名——译者注

语了几句。

"雾岛君,请你确认一下尸体。"

原田丰说着蹲下去,揭开盖在尸体上的草席。

不错,果然是他,右额上有一个恐怕是在近距离被子弹击中的弹眼,血从那里流了下来,粘粘糊糊的。

脸部外形看来完全变样了,但三郎不会认错。

"雾岛君……"

原田检察官在三郎背后拍着他的肩膀,三郎用力挺住发颤的双脚,站了起来。

"没错,是他。怎么会变成这样子呢?……"—

嘴里只能说出这些一般的话,当他合掌向死者致哀时,宛如自己向自己哀悼一般。

三郎打算把这起案件马上告诉给东京的搜查本部,把桑原警部或是其部下的刑事,叫到神户来,协助当地警方进行搜查。

所以他决定在神户警方的基本搜查结束之前,自己暂取静观态度。可是事态的进展,并不像他想的那样如意。

确认尸体后不大一会儿,大概从原田检察官那里了解到情况的一个叫真锅铨造的警部,来到三郎面前:

"检察官先生,有劳您助我们一臂之力。"

"什么事?只要是我能办到的。"

"请您参加询问被杀者的太太。"

"噢,为什么?"

"这位太太,现在可以说是处于半疯狂状态。新婚丈夫几乎就在自己眼前被枪杀,不能不说受到极大刺激。从个人感情来说,我们很想搁置一段时间……"

总之,警部话的意思是:她曾经见过三郎几面,所以在她受到重大打击的此刻,或许还能将她亲眼看见的凶手外貌等搜查开始时所需要的各种情况，比较愿意地告诉给三郎。因而要求三郎协助洵问。其实，这正是三郎所求之不得的。本来他自己就想向神户方面提出由自己亲自询问总子的。于是他和今津、原田两位检察官商量以后，即提前一步来到六甲山饭店了。

饭店方面将一个平常作为举行小型宴会等用的房间，借给他们作为临时调查室。

总子已回到自己房间，当她被叫来时，其神情显得十分可怕。

可能因为受到过于强烈的刺激，她反而没有眼泪，两眼呆然无光。脸上脂粉脱落，嘴唇无力地耷拉着。见到三郎，好像从不相识似的，神情依旧。

"我是雾岛。想不到发生了这样的事……我从内心表示哀悼之意。因我刚好在神户，于是协助他们进行搜查。"

"是吗……"

不知总子听清了没有，只用低低的声音回答了一声。三郎觉得好像不是总子本人的回答，而是她的胎儿替她回答似的。

"我们决心尽早逮住凶手，供到您丈夫做佛事时的灵前。如果推迟搜查时间，就可能失去时机使凶手得以逃脱……我们很理解您现在的心情，但还要请您简单回答几个问题……"

"是的……"

"凶手的外貌、打扮？"

"因离电灯相当远，我没看清楚……我看好像是一个凶狠的年轻人……"

"您认识吗？"

"我一次也……"

"您丈夫呢？"

"我想，大概他也不认识吧？"

最初她的回答是结结巴巴的。后来她大概努力克制自己，逐渐讲得清楚而流利了。

"可是，夜晚你们为什么要到那样的地方去呢？大概不仅仅是去散散步吧？"

"是的……晚上，他对我说，咱们出去一会儿……对别的地方毫不理睬，径自往那里走去。因而我想，是不是事先和谁约定了在那里见面……"

"要是普通的客人，完全可以请到饭店来见面的。可见所要会见的对方，要避人耳目。这是否可以设想，您丈夫要在那里和潜逃中的父亲见面呢？"

"我也想大概是这样的。不，当时我只是稍稍觉察到这一点而跟在他后面……"

"这样说只能认为，他们父子之间通过谁进行了秘密联系的了。这个中间者是谁，您有印象吗？"

"我现在想不起来……"

"那么，话再说回来吧，你们到了现场那里以后，有什么情况？"

"起初，我们在眺望台观看神户的夜景……这期间，丈夫多次看手表。接着，我们从石阶下来，走到离此不远的地方，这时突然出现了一个人，开起枪来了。"

"当时，他们之间说话了没有？……"

"我吓了一跳，心慌意乱，不知眼前发生了什么。不过，确实听到了他们短短的对话：'是龙田先生吗？''是的。'除此之外，好像没说什么了。"

"对方的想法，恐怕是：认准是本人，就下手。那么，凶手开了几枪？"

"三枪。第三枪时我已经昏过去……凶手大概以为我们都被打死,就逃走了。"

"那么,您呢?"

"我记不起我昏过去多长时间。我虽然想要挺住,但毕竟是怀孕的身子……当我恢复神志时,我丈夫已死了。出乎意料地我未受伤,于是我慌忙跑回饭店。"

"知道了。从理论上说,把您丈夫诱骗到现场的人,极有可能就是凶手或凶手的同谋者。对此,您觉得有什么可疑的人吗?"

"没有……"

"你们到达饭店后,有没有接到什么电话?"

"在我去盥洗室时来过一次……其他我没注意。"

"在神户停留并住宿在这家饭店,是您丈夫决定的吗?"

"是的……"

"有关这件事,在东京时,您丈夫有没有和谁商量过?"

"我全然没注意……"

"譬如在东京时,须藤俊吉氏有没有给您丈头打过电话?"

"是的。有过几次比较长时间的通话。"

"寺崎义男也给您丈夫打过电话吗?"

"他好像一直很频繁地和恭子联系……可是据我所知,他一次也没和我丈夫联系……"

总子脸色发青,额头滚下汗珠。三郎看出,不能再过于勉强询问下去了。旁边的真锅警部好像也看出来似地,轻轻点点头。

"那么,您现在可以回去了。"

可是总子摇了摇头。

"是的,我也要稍歇一会儿。晚上,我一定参加守灵,否则我心里更难过了……另外,您和恭子联系了没有?她应该来神户了，要不通知她，我要被她怨恨一辈子的。"

这些话一下刺中了三郎的痛处。

"白夫，她不在东方饭店，大概到什么地方去了。我这里再和饭店联系，让饭店转告她，回饭店后立即来这里。"

"恭子会不会也发生万一？也许为了这个，我现在才如此心神不定呀……"

她自言自语地低声说。可这话却重重地刺痛三郎的心。

总子回自己房间后，三郎立即让人拿出那个中弹的手提包。

提包的一侧有一个弹孔，子弹打进去被装在里面的粉盒挡住了。银盖子压瘪，镜子粉碎。看来是这个粉盒意外地减弱子弹的穿透力而挡住了它。

"经过的细节还必须重新询问她。提包幸亏是挂在手腕上，若是手提着或是挟着，被害者一旦被击倒时，手提包定会掉落下去的。"

真锅警部叹了一口气，补充道：

"总之，凶手是一个凶狠的暴徒，这一点是毋庸置疑，另外，中间的接头人是谁，也如检事所说的，有待以后调查。不过，这个凶手属于哪一个系统，大概检察官先生心中有数吧？"

因为真锅警部不了解整个案件的全貌，所以提出这样的问题，不足为怪。

"我认为罪犯隐藏在神户沟口一家和东京小林一家这一条线上，或是这条线的延长线上。当然，这不过是我一人的推论，有没有错，难以肯定。"

"有道理。所谓'线上'是指这些本组织的人，'延长线'则是接受这些组织控制的'一匹狼'[①] 似的亡命之徒了。可是这

[①] 一匹狼：游离于暴力组织之外的暴徒。——译者注

些家伙中,有不少的人在作案之后会马上投案自首的。"

"可是这次就未必如此了。虽然我现还不知凶手是谁,但我预料其主犯大概是个疯子似的家伙,不得不承认,这个人狡猾多端,但他的想法和判断力又是十分古怪的……他的罪行似乎是一般暴徒难以干得出来的。"

"即便是流氓暴徒作的案件,如果显得奇特,案件背后大都有出谋划策的军师或参谋。因而往往逮住了表面行凶的暴徒,却无从得知案件的内幕。"

真锅警部又以搜查能手的口气道。

此后,逐渐知道了搜查所需的基本细节。

龙田慎一郎夫妇离开饭店的时间是在八点钟之前不久,而总子发疯似的跑回饭店的时间是八点五十分过一点儿。

以此推定,凶手作案极可能在八点十五分至二十分前后。如果凶手预先准备好逃跑用的汽车,当警察得到总子的紧急报案而出动搜查时,凶手大概已从容自在地逃进神户市内了。另外,也有可能从别的路,往譬如有马的方向逃去。

现在,没有听说有人看到他们走出饭店,也没有听说有人发现凶手似的人,也还没有人听见过枪声。

的确曾经有人给住在饭店的他们打来过电话,但因不是长途电话而是市内电话,因而无法调查电话是从什么地方打来的。

三郎和今津检察官、原田检察官、真锅警部一起就今后搜查方针进行了协商。此外,不断和东方饭店的悦子进行了联系。悦子得知慎一郎遇害,想到恭子,心急如火,在电话中叫道:

"还没有。还没有回到饭店,也没有什么联系……我想到您那边去一趟,可是一想到恭子要是回到饭店……她不会发生什么吧?"

对于现在的三郎,这是他无法回答的问题。

第三十九章 两条道路

这天夜里,恭子是在离须磨寺不远一个商业区的一家住户二层楼上度过的。

寺崎说这是他一个亲戚的房子,里面住着一对老夫妇,其经历不详,但看样子是老实的。房子的二层楼是空闲着的。

打开窗户,让夜里的凉风吹打着自己发胀的头脑,恭子回顾今天一天的经过,仿佛是一场噩梦……

从饭店溜出来,出乎意料的简单:她到地下西餐食堂,喝完茶,带着钥匙,从直通街道的门就走了出来。

然后她换乘了几次出租汽车,来到三宫车站前面一个叫"早苗"的吃茶店,此时寺崎义男已如约在店里等着她。

与往常相比,他脸色很不好,只是两眼灼灼有光。他并没有责备恭子。

"已经过去的事,现在再说三道四也无济于事。但是您必须警惕悦子。若是还在东京,尚有可说,但她竟然也跟到神户,并且和您同住一个饭店,说不定她就是雾岛他们的特务呀。您如再住在饭店里,就很危险了。"

寺崎依然用很平静的语调道。

"实在对不起。那么,我搬到别的什么饭店……"

"可以说全部饭店都已接到警方通知了。如果说我过于多虑,也没办法。在当前情况下,务必十分用心,要作最坏的设想。"

义男说过这些话之后,提起要到这里来住。但是恭子一听要她住到陌生人家里,吓得缩成一团。

义男不断地劝说她,说这户人家是极为老实的,并保证自己晚上住到别的地方去。至于向房主人说明恭子住在那里的借口,他说总会想出来的云云。恭子一时甚至打算放弃会见父亲的念头,但最后还是被说服了。

当然,可能这是因为自己已经疲惫不堪了,但寺崎义男那种苦口婆心的劝说,以及像催眠术师那催人入睡似的魔力,大概在起作用吧!恭子不由这样想着。

当然,寺崎义男亲自送恭子到了这户人家。

车上,恭子问义男道:"您见到我父亲了吗?"

义男摇了摇头,只回答:"没见到。但我相信,陈志德其人是可以信赖的。"

到了这家后,义男用了三个钟头,将详细情况告诉给恭子。他事先解释说,因为所有一切情况,都是从陈志德口里所到的,所以细节方面可能有出入。另外,这本来就是一件异乎寻常的,按普通常识难以设想的事件,在这种异常条件下,可以认为陈的讲述是说得通的。

本间春江是麻药中毒患者。据说她也和小林准一一样,为了赚取自己那份麻药钱,开始参加贩卖麻药活动。

当然,最初龙田律师对这件事全然不知。但是,就像"麻药夫妇"一语的含义那样,春江担心,自己的秘密暴露以后,有可能被抛弃,于是开始给龙田慎作注射麻药了。

起初她欺骗龙田说是注射强精剂。无论是多么聪明的男人，总是看不清自己钟情女人的庐山真面，加上这位律师并没有多少医学知识，因而春江得以蒙骗他相当长的一段时期，其结果龙田律师患了一定程度的中毒症狀，就不足为奇了。

后来，一次他检查身体，当医生告诉他病因时，他惊讶得几乎跳起来。本来他应该马上住院彻底治疗，可是他接受办理的一起民事案件，正处于紧要关头，这样他只得又坚持了半个月。据说，这期间他怀疑了本间，因而委托私立侦探对她的行动，进行力所能及的调查。

当他了解到事情真相后，怒不可遏，臭骂了一通本间春江。但春江露出了恶女人的本性，反唇相骂。这时，龙田律师好像因中断了麻药，精神状态异常，于是盛怒之下，杀死了本间春江。

如果说这就是第一次杀人真相的话，其经过是能够令人信服的。

其后龙田律师找到了麻药和注射器，给自己注射了麻药，总算恢复了平静。

如果他是一个不懂法律和刑务所恐怖的门外汉，或许当时马上去自首了。可他是一个律师，精通法律，对后果感到可怕，于是对下一步的行动，迟疑不决。

这时，他想起了陈志德这个人物，自然而然地产生了逃往国外的念头。

这以后，他的行动乱了步调，这也是常人所难免的。他去找鹿内桂子，在她那里度过了一夜。关于这一点，桂子在对警察的供词中撒了谎，不承认他住了一夜，这可能是这种女人的性格的表现。

龙田慎作和横滨的陈志德的朋友取得了联系，但是那人无力帮龙田潜逃国外，然而毕竟也为龙田尽了最大努力，很快地用国际电话与香港的陈志德联系上了。

其间这位律师开始苦于麻药成瘾性症状，他想起了须藤俊吉并请代为设法。这无疑是在无可奈何情况下试试看的行动，没想到俊吉却满口答应，愿效犬马之劳。这一方面大概是他奇怪性格的表现，另一方面他可能产生一种奢望：以恭子父亲的命运作为钓饵，诱迫恭子。

总之，须藤俊吉将龙田慎作藏到熟人长谷川省吾家，请长谷川提供龙田眼前需要的麻药，并开始争取和恭子接触了。

同时，须藤和横滨的中国人与香港的陈志德进行了几次联系。结果，陈志德在香港做好一切准备，并提前一步搭乘飞机来到日本。

陈志德秘密委托的船长，计划让龙田慎作在神户搭上轮船，把他带回香港。

因为必须等待这艘特定的轮船，龙田不得不在日本隐藏更长的时间。这期间，他发觉鹿内桂子背叛了自己，把秘密泄露给搜查方面的人，因而一怒之下又施毒手。使用的马钱子碱是他预备万一时自杀用而随身带着的……

寺崎独自找着陈志德并听到这些秘密的时候，据说龙田慎作已乘汽车离开东京去关西了。他所以不乘飞机或火车，是怕那样容易被警察发现。

可能出于怕以后万一这个行动败露，累及朋友，陈志德无论如何不肯把横滨和神户的两位朋友姓名告诉寺崎。

寺崎义男说，他探听到这些秘密之后，来到神户，秘密地住在某个地方，以等待陈志德的通知。最后，寺崎说了声："接到通知，立即来告诉你。"就走了。可是一直到晚上，寺崎没有露面。……

窗外的夜色,使恭子感到这是一个'无明的长夜'①。如果寺崎告诉给自己的话可靠,那么,父亲已不幸成了罪人。

但她暗自祝愿父亲逃往国外取得成功。在香港还是什么异国土地上,以自由之身,度过余生。

寺崎义男出现在恭子面前,是在翌日清晨。

"小姐,不得了!我也不知该如何办好。"

声音悲痛。如果说他昨天的神情显得忧郁沉重,那么,今天的神情却是悲怆颓丧,比之昨天,更加异乎寻常。

"怎么回事?难道父亲落网了……"

"不是。您没有看今早的晨报?"

义男两手挠着头发。

"没有……发生什么事了?"

"……令兄在神户六甲山上,被枪击身死了。"

恭子突然感到一阵强烈的头晕目眩,接着浑身颤抖起来。这时寺崎从提包里取出几份晨报来。

"为什么会发生这样的惨事,我毫无所知。只好尽快收集几份报纸,请您看看。"

说着,低下了头。

恭子用颤抖着的手,摊开报纸,看到了这一事件的报道。她觉得铅字在左右晃动,她竟花了相当长的时间,才看懂这个简单的报道。

"寺崎先生……我真不知该怎么办哪!"

"在这关键时刻,竟突然发生这样的事……我也想不出好办法。全凭小姐自己判断了。"

"可是我不知道怎么……"

---

① 无明的长夜:是佛教语,即漫漫长夜之意。——译者注

"现在我想有两条道路：第一条，小姐赶快向警察报告，以尽妹妹的责任。但这样一来，就不得不请您把会见令尊的计划放弃了。第二条，还是这样等待陈志德的通知。可是您就不能向令兄作最后告别了……"

再也没有比自己更为不幸的女人了。恭子这样诅咒自己的命运。

本来因为抉择是掩护父亲还是忠实于未婚夫，自己差一点发了疯；如今却又面临选择是坚持会见父亲还是赶去最后告别哥哥的深刻问题了。

恭子喘着气说道：

"我实在不知道哪一条办法好，您说呢？"

"可是这一次，连我自己该干什么，也无法判断了。"

义男的脸痛苦地扭曲着。

"不过有一点我是横下心了：尽管先生在人们眼里是坏人，是罪犯，但是我帮助他的决心，依然不变。因而小姐如果打算到警察署去最后见令兄一面，希望千万别向任何人哪怕透露一点儿昨天我告诉您的话……这次，您要对天发誓……万一将我的话传到警方或检察厅那里，不仅我被问成窝藏罪犯罪，而且等于是您亲手卡住了令尊的脖子。"

"知道了……"

"另外，有关刚才所说的第二条道路，是基于这种想法的：人既已死，不可复生，不必为死者费心，要紧的是为活着的人。这话好像说得过于不通情理，其实这种想法人皆有之。因而您就可以放弃见令兄最后一面，而继续贯彻最初的方针。"

"知道了。"

"总之，我希望小姐挑选两条道路中的一条。这次再也不能允许搞平衡了。倘若小姐要和警方联系，我马上就此告别，在没有达到帮助先生的最初目的前,是不会再出现在小姐面前的。"

"知道了……"

尽管恭子头脑完全麻木,但听得出寺崎义男的话里。包含着一个很大的道理。

"但是我不能马上答复呀!因为是重大的问题,能否让我考虑一会儿?"

"可以。我现在出去一会儿,可能午后就回来……其间我大概能和陈先生取得联系。在我回来之前,您即便作出了决定,千万也别自己轻举妄动。这一点,请您保证。"

神户六甲署从清早开始举行搜查会议。

东京搜查本部方面,桑原警部没有来,他的心腹助手津田沼和木岛两位刑事,乘夜班火车赶来,出席了这个会议。

讨论极为热烈,最后得出结论:只有彻底清查沟口一家和小林一家的亲信和与该系统有关系的单枪匹马干的人物,才能查出凶手来。

"这次对沟口一家的打击是够沉重的了吧?"

听了有关会议的报告后,原田检察官对三郎说:

"这样一来,警方就要施展本领了。譬如彻底地搜查他们的住所,大概能够不断搜出日本刀或手枪之类的东西。若在这些手枪中,辨认出这次杀人案的凶器,那么,这个案件就容易侦破了。"

"这的确是搜查的常规。可是能否取得较大成果。就不得而知了。凶手在行凶之后,很有可能把凶器销毁的。"

其实此刻三郎考虑的倒不是这个问题。他最关注的是去向不明的恭子,可是又不能从自己口里首先提出来。

"这起案件能对选举产生什么影响呢?"

三郎故意问起这个与现在无关的问题,而原田丰歪着头道:

"嗯,那些参加竞选的人,通常被一种群众心理所支配。因而发生些什么事件,容易产生一喜一忧的心情。如果这个事情继续扩大,说不定沟口一家会遭到毁灭性的打击。可是目前这种情况下,黑泽大吉的选票,大概不会受到什么影响的。"

原田丰只回答了这些属于常识的一般内容。

这时,尾形悦子给三郎打来了电话。

"雾岛先生,恭子给我打电话了。"

"是吗?是她本人吗?"

"不错,是她本人。"

"她在哪里?"

"这个,我怎么问她,她也不告诉我。她只对我说,她决不是被粗暴地监禁起来的,因为还能这样给我打电话,要我不必担心。"

"那么,她知道她哥哥被杀害的消息了吗?"

"她说她看了报纸,大吃一惊。本来她想马上跑去见死者一面,只是因为有特别重大的事情而作罢。她还说,过几个钟头以后还给我打电话,要我在这之前对她打来电话的事绝对保密……"

大概悦子为了抑制自己的激动和不安情绪,电话中断了一会儿。

"可是我一想到她哥哥本来自由自在地住在饭店,却被骗出去惨遭杀害。尽管有寺崎先生如此诚心诚意地为他们奔走,可是也难说就没有人欺骗他们两个人呀!想到这里,即便上次我并未提出要把恭子的事全都告诉您,我也不能就这样为她保密了。"

"是呀……她知道了唯一的哥哥被杀害而又不露面,只能认为她来神户的最大目的——会见龙田律师，实现就在眼前。有关这个问题，您问过她没有？"

"为这一点，我当然作了最大努力……可是一触及这个问题，她就要哭似的根本不予回答……面对面地追问她，或许能问出来，而在电话里……"

"知道了。还得麻烦您，请您在那里静观等待一段时间。"

三郎说着放下话筒。原田检察官好像在旁一字不漏地听了电话内容似的道：

"雾岛君，她安然无恙，这很好。但是对于检事，事态似乎不容乐观哪……"

第四十章　奇特的男人

"我也是从今天晨报上才知道慎一郎被害的消息，惊讶得竟说不出话来。不巧，当时有个约会，无法脱身……只好等和您谈完以后，再去哀悼。"

上午十一点钟，三郎如约去见冢原正直。他的家位于靠山地带的一条僻静街道上。当冢原见到三郎时，面露沉痛表情，皱着眉头，谈起这次事件。

"这起凶杀案件也完全出乎我们意料之外。我们已知道他们夫妇去关西旅行，于是派人暗中跟踪，可是被他们巧妙地甩掉了。搜查本部还责成羽田机场警方派了便衣刑事，但慎一郎他们却不乘飞机而改乘火车。在神户，地检的厚田检察官为协助我们，也派人到各旅馆、饭店调查，可是他们在住宿簿上不用自己真名，据说用的是笔名……因而我们未能防患于未然，着实遗憾。"

"这是无可奈何的了！可谓命运的安排吧。被死神召唤的人，往往选择了自以为安全的地方去躲避，却反而跳进了死亡的深渊。这是我在这次战争中的亲身体验哪。"

有志于政治的人，大都能说会道。可能今天正直由于颇为感慨，说起话来却也并不那么流畅。

"但是慎一郎不像一般的读书人，他竟然埋头研究起所谓超心理学的心灵学来了。因此应该说他预测危险的能力，要比普通人高明吧！"

"他竟有如此爱好，也就是说他研究起像灵媒①现象那样的东西来了？"

"象占卦问卜那样所谓神谕活动有各种各样。慎一郎信奉的好像说是能够治病的'灵疗法'，和由手掌放出来的人体放射能。据说使用这种魔术的人名叫什么熊泽。因为和战后不久出现的那个自称是熊泽天皇化身半疯癫的人同名，我才记住了。"

"嗯，因为这是一种精神疗法，对神经系统的病或许有疗效，而对一般的病就难说了。"

"不过，我间接地听说，大约三个月以前，这种疗法竟然完全治愈一种现代医学束手无策的病症，从此慎一郎君好像更加着迷似地信奉起这种灵疗法了。"

"大约三个月之前？"此时，三郎脑海里闪过一个奇妙的想法。"是什么病？您听说了没有？"

"我对此毫不关系。龙田君告诉我的时候，我只是嗯嗯地点点头。"

"……那么您对慎一郎被害，有何看法？能否提供一些线索？"

"报纸上写的罪犯是一个流氓似的人，追下去，说不定还是沟口一家或小林一家的家伙吧？"

"是呀，目前搜查方面多数人持有这种看法。"

"据我所知，小林一家是东京高岗地带贩卖麻药的相当大的

---

① 灵媒：死人的魂灵或神鬼的附体。——译者注

组织，为什么警方过去竟没注意到，我深以为怪。其头头小林准一、光是叼着香烟，坐地为王，每月就有百万元以上的金钱流入他的口袋里。因此，当他眼看财源要被切断时，就不得不杀两三个视为危险的人，以保住他的财源。"

"是呀，您从过去一开始就认为龙田律师已被杀害了。如果解释为这是由于龙田氏的调查触及他们秘密的核心，是可以说得通的。可是这次案件呢？您有何高见？为什么他们连慎一郎也不放过呀！"

"在他们的头头被逮捕以后，他们不是还袭击过您了吗？他们把头头的狱死原因，归之为开始由于龙田律师的触发，继而是您亲手逮捕所引起的。于是产生了奇怪的强烈报复心理。"

"可是我却有一种想法：树倒猢狲散。失去了头头的小林一家，大概从此就一蹶不振了。如果说过去小林一家的麻药主顾有相当数量人的话，那么，就有可能出现一个取代小林一家的组织，以供给他们麻药了。可是这个组织有可能不属于沟口、小林系统，而属于其反对派系统呀！"

"雾岛先生，难道说我是这桩案件的幕后策划者？"

冢原正直面露怒色。

"不，我不过只想问您，您认识扇屋一家一个名叫田川庄介的人吗？"

正直嘴里吐出的烟雾，开始显得有点紊乱了。

"好像在什么地方见过，记不起来了。"

"此人以恐吓嫌疑罪，被这里的警察逮捕了。他威吓的人偏偏是我。可是听他说的，恰似是您的代言人。他说要不惜任何代价，争取借检察厅之手搞垮沟口一家云云。这完全和您的想法一致的。他的问题确凿，究竟波及什么方面，还有待于今后的调查。"

"……"

"看情况，还要不止一次地请您作为参考人到警视厅或检察厅了。在此大选前重要时刻，这样做，我虽然觉得遗憾，但也迫于无奈呀。"

可以看出，正直眼露不安神色。

"雾岛先生，那么，您要我怎么办？"

"如果您能在这里将您知道的全部秘密告诉我，我将力所能及地设法避免最坏事态的发生。"

如果说这是故弄玄虚，也未为不可。但对检事来说，有时还是需要耍弄一下这种把戏，这对工作是必要的。

"这就麻烦了。我竟然被您怀疑与这个案件有关……我一直坚持主张在选举中要光明磊落的。"

正直这样低声自我标榜时，检察厅给三郎来了电话。三郎想，在这时候再给正直施加一些压力，或许能从他身上，得到什么线索。可是原田检事说是有紧急的事，他只好暂时放开正直。

"雾岛君，尾形小姐立了不小的功劳。"

原田检察官声音振奋。

"噢，关于恭子的事？"

"不是。须藤俊吉出现在东方饭店，她马上给110打电话，将此消息告诉我们。现在须藤正在被带往六甲署途中。"

"好呀，终于逮住他了……"

三郎不禁松了一口气。他想："这个疯子似的坏家伙，竟然梦想快要吃到天鹅肉了吧。"

"那么，我立即去六甲署。"

三郎放下电话，回到客厅时，正直好像已在短短时间内恢复了平静。他道：

"雾岛先生，我现在有一个约会，非去不可。或者明天再和您好好谈谈，怎么样？"

他以此借口，想溜之乎也。

"很好，我在明天下午之前传唤您。"

如果过去两次袭击自己，是扇屋方面干的话，今晚恐怕自己又要遭到第三次袭击的。三郎这样想着，两眼盯着正直，以激烈的语气说道。

在六甲署的调查室，当须藤俊吉一眼见到三郎时，皱了一下眉头，马上摆出一种傲慢态度，以若无其事的口气开口道：

"雾岛先生，没想到在神户见到您。"

"你来神户干什么？"

"我是来消遣的。"

"又为什么去东方饭店？"

"是去吃午饭的。"

"那么，你知道慎一郎氏昨夜被害的消息了吧？你又要说没有看晨报，是吗？"

"我看报纸从来只看体育栏。从警察那里听到这消息时，也吓了一跳。还想希望你们现在让我去见死者一面，供上一炷香呢。"

"你昨夜住在什么地方？"

"大阪一个'祷乐'的旅馆。但是晚上在一个业余酒吧间玩，因而不缺旁证的人。"

虽然他看起来像疯子，但头脑相当敏锐。他这样回答，大概是为了抢三郎的先手。

"你认识上野的那个叫长谷川的香具师吗？"

"我一点也记不起来了。"

须藤这时眉梢稍动了一下，但语调几乎没有变化。

"你请他窝藏龙田律师，是否也记不起来了？"

"噢，您有何证据……难道你们已经逮住龙田先生，是他自己这样供认的吗？"

三郎此时感到有些焦躁和气愤。他是很清楚对方的行动，并且也能推测出其行动的理由，可是自己的弱点，是缺少关键的证据。

"那么，你也记不起你曾指使一个女人带着录音机和打火机，到恭子家去吗？据说那个打火机是龙田律师的，而录音机里录有你和他的秘密对话，是吗？"

"您可以说我唆使什么样的女人，携带什么东西，到什么地方去。可是我问您，这个女人是谁？家住哪里？那录音机还是打火机，是否警方已经作为证据没收了？"

三郎心中十分恼火，真想给对方一记耳光。

"但是，如果没有那两件东西，恭子大概不会到'新日本饭店'去的吧？你用那些东西作为证据，说是要引恭子去见潜逃中的龙田律师，把她叫到那家饭店去，是吗？"

"我虽然不知道那女人和什么录音机打火机的事，可是和恭子约会，却是事实。对于沉陷于无限悲哀中，痛不欲生的女人，男人的爱慰是比什么都珍贵的灵丹妙药呀！我是过着一种被人认为是浪荡生活的男人，因而揣摩女人内心的能力，能够胜人一筹。"

三郎过去已觉得他是一个道德败坏的人，可是却没想到他竟厚颜无耻到如此地步。

"既然你如此矢口否认事实，那么，我们只好以你有窝藏罪犯之嫌疑，逮捕你了。长时间地被监禁在旅行目的地，也不是滋味吧？"

"果然要蹲上二十二天拘留所,是吗?"

须藤俊吉歪着嘴唇笑着又道:

"当然,拘留所谁乐意进?但又有什么办法呢?一想这是飞来的灾难,也就横下心来了。但是您即便怎样讯问我几天,也决不能抓到任何能把我提交法庭的证据的。看来,您这位检察官先生要吃大败仗啰!"

三郎自当上检察官以来,还未曾被讯问对手如此激怒过。他想这家伙大概具有这两重性格:以折磨他人为乐的所谓"施虐性"和以苦作乐的所谓"被虐性"。…

"是呀,我也没想到读书人中竟有想进拘留所的。不过你还是进松泽医院①较为合适。因为如果把你提交到法庭的话,律师肯定会申请对你进行精神鉴定的。"

三郎只能以这种强烈的讽刺挖苦来发泄心中的愤慨。须藤俊吉冷冷地眼光充满愤怒,却以嘲笑口吻说:

"说我是疯子吗?可笑……我的心身都很健全,可以被认为是疯子的,还大有人在呢。"

"在精神病患者眼里,唯独自己是正常的,周围的人都是异常的。你说谁是疯子?"

"让我说,那位被害者慎一郎,就是一个很反常的人,难道不是吗?"

"噢,你说他哪些地方不正常?"

"因为谁都可以自由地以个人的意志来决定自己的生活方式,因而如果有人稍有些不正常的行动,也不能以此就说他是精神不正常云云。可是慎一郎君却要另当别论了。他对灵疗之倾倒,简直可以说达到狂热的地步,以至令我都目瞪口呆,打

---

① 松泽医院:设在都世田谷区上北泽的都立精神病医院。——译者注

算给他浇盆冷水,让他清醒清醒。"

"这究竟为什么?"

"正如一般医生所认为的那样,疾病是一种精神感,有十分之六的病症,是可以置之不理而能自愈的。如果是这样的病,采用精神疗法,难以断言说就治不好。可是,明明现代医学已证明绝对治不好的病,却说已被精神疗法治好了。这如果不是奇迹,便少说也是个骗局。我这个人是不相信什么奇迹的,因而我口干舌燥地劝告慎一郎君:'你可能被他们两人欺骗了。你若相信这样的谎言,你就是一个十足的疯子。为慎重起见,还是找个可信赖的医生商量为好呀。"

"所说的病是什么病?他们两人又是指谁?"

"这,你们自己可以调查。慎一郎君的遗体就在你们手中,进行法医解剖,反正怎样宰割,他也感觉不出疼痛……再说,高兴把谁当作嫌疑者还是参考人,传呼到你们面前,那就传呼谁吧,这最你们的权力呀!"

他对恭子垂涎三尺,却又不能征服她,内心充满着激愤,大概这种激愤以这种奇特的形式发泄出来。在目前阶段,再讯问下去,也不能问出什么来。三郎这样想道。

在检察厅的原田检察官大概急于知道这里的情况吧。

当三郎将这里讯问的大概情况,用电话告诉他以后,他说:

"过去我认为须藤俊吉是一个十足的疯子,可听说又是一个典型的色鬼,就感到他特别令人厌恶。"

"但是就像有偏执狂一说那样,一个奇怪的令人觉得是疯子的人,当把心思集中在某一问题土,却表现出令人惊讶的机敏来。譬如在这次案件里,他竟没有干过什么笨拙的事,致使我们抓不到他的尾巴。"

"据了解,他从来不对恭子说让她去见'令尊',只说让她去见'一个人'。仅从这一点,令人觉得他是一个头脑相当灵活的人……从法律上说,恭子的话只能当作'传闻证据'。除非逮住龙田律师,从他口里审出所有秘密,否则我们是没有充分理由以窝藏罪犯罪对他提出起诉的。"

"同感。我甚至觉得我们即便让他蹲上二十二天拘留所,对他进行多次讯问,他也不会再供出什么来了。"

"另外,这时虽然逮住了他,但对龙田律师恐怕不会产生什么影响了。极有可能龙田已被转移到陈志德手里了。"

电话中传来原田丰的大声叹息。

"雾岛君,此后你将采取什么行动?"

"我觉得刚才对他的讯问,并非一无所获。根据慎一郎随身笔记本,我已责成东京搜查本部调查一个问题。另外又向解剖尸体的法医,提出一项补充要求。从医学上说,这是相当大的难题。不过,如果我推测得不错,就能抓住案件的关键线索,本案件就能迎刃而解。"

"噢,究竟是什么问题?"

"这等见了面再说。我预感终于看到了这桩复杂案件的关键所在了。歪人的歪想法——我们过去可能一直在围着歪人的歪想法团团转哪!"

"嗯。您恢复信心,令人高兴。但是恭子杳无消息,让人担心……"

"我开始觉得不必担心了,如果我的推测没错的话……"

第四十一章　所谓奇迹

下午两点左右，寺崎义男出现在恭子面前。

也许由于在异乡神户，为完成这微妙而艰巨的任务，费尽了心机，他的脸色显得比早上更为憔悴，原来不大明显的眼皮下的黑圈，现在一下变得更黑了。

"小姐，实在对不起。我完全按对方的指示行动，可还是未能联系上。"

义男俯首道歉，把责任全部担起，归咎于自己。

"为什么？这到底是怎么回事呀？"

"我也不知道。不过我闪过一个念头：或许我们被陈先生骗了。"

"可是，您不是说他是一位可以信赖的人吗？"

"是的。我说过。并且现在我仍不改变这种想法。正因为他是可以信赖的人，就有可能出于善意而蒙骗了我们呀！"

"您这话究竟是什么意思呢？"

"怎么样，小姐，请您现在不要只站在我们自己的立场，而要站在对方立场上，设身处地地替人家考虑一下可以吧？对宇陈先生眼下最紧迫的事就是让龙田先生顺利地逃往国外，至于让您和先生见面，在他看来，恐怕不过是父女之间感情的小事，是次要的。"

直到刚才恭子那颗一直紧张着的心，突然一下松弛下来了，而眼前义男的面孔，也似乎一下变得模糊不清。

"是呀，这也是可以设想的。"

"其实我心里明白。是我特地把小姐带到神户来的，现在对您说这些话，是不近情理的呀。"义男含着眼泪接着道："请你原谅呀，我可没有坏意，这一点请您相信。"

"好了，好了。我是不知如何感谢您呀。"

"对不起，您这样说我心情就轻松一点了……陈先生可能冷静地有这样的考虑：把龙田一家三口人、同时叫到神户到各处活动，好把警察和检察厅的注意力引到这边，使龙田先生得以从别的港口逃出去。现在雾岛检察官先生急忙赶到这里，能否说明了这一点？"

"他……不，检察官先生是因为发生这起案件才来这里的，这是当然的。"

此时，恭子心中又产生一种强烈不安：如果这一次自己又作为参考人，接受三郎的询问，自己或许要当场发疯的。

"当然，刚才所说的都是我的推测。不过，既然如此，小姐暂且回饭店去，然后见令兄最后一面为好。如果是普通病死的人，必须等待四十八小时，才能火化。可是这种经法医解剖的尸体就不一样了。我过去听说过，这样的尸体由解剖室可直接送往火葬场的。"

"那么，我就按您说的办。这样，我终于能尽到兄妹之情了。可是您呢？"

"我是很想和您一同去的。至少我也应该送令兄遗体去火葬场呀，这是我应尽的义理。可是，我还对陈先生的话抱有一线希望。先不说您,我既然已等到现在,那么,还是再等一段时间为好。"

恭子虽然头脑发胀,但也觉得义男的话很有道理。自己特地赶到这里,未能和父亲惜别。无疑是遗憾,但已尽到为人子女之情了。再说,此后,寺崎义男虽则只他一个人,能留下来,自己心情也感到一些宽慰。

"那就拜托您了。虽然不能予知结果如何,不过,日后还得请您详细谈谈。您如能见到我父亲,请代我转告他要保重身体。回头再向您道谢了。"

"您不必客气了。或许此后一段时间,我们不能再联系了。如果我的行动被警方知道,我以后的活动就困难多了。我刚才提醒您的话,千万要记住呀!"

"就是在一段时间内,不要把您告诉我的话,泄露出去。是吗?这我当然明白。"

"另外,您也不要说出这所房子……也不要任何讲,昨晚您住在这里。"

"知道了……"

恭子漫不经心地回答她。她并非不知道,为什么义男要一再叮嘱自己,可是此刻她的心早已飞到亡兄身旁。她和慎一郎过去一直是不和睦的兄妹,但骨肉之情竟有如此强大力量,是她没有意料到的。

"那么,我们就在这里告别吧。请您理解,我为什么现在不能送您出去呀。"

"我知道。我先回一趟饭店,然后再和警方联系。不过,最后我还想请问一个问题。"

"什么?"

义男睁大眼睛问道。

"您刚才说是陈先生把我们三人叫封神户。那么通知我哥哥他的是您吗?"

"绝对不是。"

义男摇摇头。

"陈先生好像说过,他想通过别的联系办法。我想,他或许通过须藤俊吉和慎一郎他们联系的吧?"

"什么?您是说她一个人安全地回来了?"

刚回到检察厅不一会儿,三郎就接到悦子这个电话,情不自禁地颤抖着声音问道。

"是呀……最初,我甚至觉得这是不是个幽灵呢?她憔悴的脸,发青,毫无血色,又像饿了许久似的,两条腿直发颤……"

悦子说着竟抽泣起来了。

"那么,现在回来,说明她已经达到最初的目的了?

"我也试探地问她:'你见到你父亲了?'可是她紧咬嘴唇,眼睛凝视前方,沉默不语。当时我自然而然地想:她现在正处在即将变成疯子的状态了。我虽无法从她表情上判断出什么……不过,从哪一方面讲,我敢打赌,她已经见到她父亲了……"

"那么,这以后她要干什么呢?"

"说是要到警察厅,去见她亡兄一面。我答应陪同她去之后,说要准备一下,就回到房间里,给您这个电话。请问,这以后该如何办好?"

"又是白天,并且她一个人又能回来,我估计她现在不会有什么危险。不过,为慎重起见,请您还是跟她一起去警察那里,然后再给我来电话。"

"明白了,我照办。"

三郎一放下电话，原田就睁大眼睛，从旁边尖锐地问道：

"恭子回来了？她没出事，这比什么都好呀！她究竟送到目的了没有？"

"不知道……尾形小姐说，仅从恭子的表情，无法判断。不过她打赌说，恭子已见到她父亲了。"

"可是，现在还是大白天哪！一个避人耳目正在潜逃中的犯罪者，竟在即将秘密逃出的日本前的关键时刻，敢于冒这么大的的危险，在光天化日之下和女儿见面吗？"

"是吗？那你有何高见？"

"大概是过了约定的时间了吧？"

"有道理。你是说她一直等待到关键时刻，可是所盼望的父亲没有来。如果等下去，又见不到亡兄最后一面，到头来会一无所得，于是她就回来了。是吗？"

"另外，还有一件事是可想而知的。如果她达到了目的，寺崎义男自然会同她一起回来的。因为至少昨晚他们两人是在一起度过的。"

最后这句话，本是原田丰无意顺口讲出来的，可是又重新刺疼三郎那颗带伤的心。

"如果这在一般情况，警察可以马上讯问她。"

"但是她不会讲出什么来的。她……因为龙田律师是她的亲属，一般情况下，她的行动没有构成窝藏罪犯罪。另外，她很倔强，即使身心疲惫不堪，也不会将最后关键的问题吐露出来的。我们的努力，还是不要加重刺激她的神经为妙……"

两人相对，沉默许久。

"可是，事态发展至此，你的假设还能成立吗？

"是呀！这要看东京方面来的报告了。如果报告内容符合我的推测……"

这时，等待着的东京电话来了，打电话的是搜查本部的桑原警部。

报告十分简短。三郎听罢，如释重负，深深地出了一口气。

"果然不出所料，很好。"

原田丰从三郎的表情，一眼就猜出了电话内容，眼睛闪动着泪花，点了点头。

当晚六点开始，在六甲署的调查室，三郎对参加慎一郎火葬式后回来的总子，继续进行讯问。

"本来我也应该去参加火葬仪式，可是因为我现在的立场，不能去呀。实在对不起慎一郎君了。"三郎以平淡和自言自语的语调道。

"不要那么说，我体谅您的立场。我丈夫在九泉之下，听您这一讲也满足了。我希望能早日逮住凶手，使我丈夫死能瞑目呀。"

总子垂下红肿的眼帘，低声说。

"我也有此决心。瞧，我甚至不必回东京，就在此地解决本案件。希望您给予协助。"

"如果我办得到的话……可是，制造复合照片①，我却没有信心。"

"没有这种必要。甚至连当面对证也不需要。只要您将所知道的一切，全部如实地告诉我，那十拿九稳就能逮住凶手了。"

"那么，我把我所知道的原原本本提供给您，这也是为我丈夫，为我们身上的孩子呀！"

---

① 复合照片：在某些案件中，警察根据证人提供的材料，制造出的凶手模拟照片。——译者注

三郎深深地吸了一口气，然后像用尽全身气力问道：

"你肚子里的孩子——他的父亲是谁？"

总子睁开眼睛，推开椅子，站了起来。

"检察官先生，您怎么问这么不礼貌的问题呢？"

"这绝不是不礼貌的问题。您刚刚不是说，为了逮住凶手，把自己所知道的，要原原本本讲出来吗？坐下请回答这个问题。"

"好……"

总子用双手扶住桌子，支持身体，又坐到椅子上。

"我原来从事待人接客的工作……不能说在我丈夫之前，没有和一个男人有过关系。可是我敢对天发誓，在有这个孩子之前两个月开始，除了丈夫以外，我没和任何男人有过这种关系。"

"你是在对天发誓？你是在撒谎！"

三郎望着女人开始颤抖起来的肩膀说：

"慎一郎君患有精子缺乏症——用古话说是'无后之身'。以医学的话说，他的精子数量只是普通男性的几百分之一，而且软弱无力。你难道不知道吗？"

"这……丈夫在一次酒醉时，我听他说过。可是我对他的爱情却丝毫没有变化。我也听别人说过，现在医学对这种病是毫无办法的。……可是我又想，即便科学和医学无能为力的病，如果借助信仰的力量，可能会有希望治好吧！当时，我听说有一种叫灵疗的疗法。于是我们两人每周一次去那里，让他进行治疗。就在那时候，我竟然怀孕了。先生感到十分高兴，说这是神创造的奇迹。"

"你所说的先生是叫熊泽由信的祈祷师吗？"

"是的……"

"现在东京的搜查本部正在调查他的问题。他也承认，慎一郎君患的是那样的病，是你最初去求他给慎一郎治疗的。之后，你们两个人一起去他那里。至于说那个病已经痊愈了，是神创造的奇迹呀等等，可能是他为了骗人而胡诌的。如果将他作为诈骗和违反医师法的嫌疑犯，进行讯问，大概他会马上说出实话来的。"

"可是，我真的……"

"你还想顽抗吗？对，你大概以为尸体业已成灰，再也无法调查，这已成为没有任何证据，可以狡辩，甚至不屑一顾的问题了吗？"

"我没这样想。可是，世上总有奇迹的东西呀。"

"可是，你所说的奇迹，已被科学证明是不会发生的。"

说着，三郎拿出一张表格放到总子面前。

"这是今天法医解剖的临时鉴定书。所谓临时二字，是指在提交法庭作为正式证据的正式鉴定书产生出来以前，作为搜查参考资料使用的意思。可是其内容和正式鉴定书完全一样。一般情况下，是不作精子检查的。但我很怀疑这个问题，就提出这项特别要求。据检查，慎一郎君的尸体呈现出明显的可以说是无精子症状。因而你还敢硬说发生了奇迹，敢于否认在怀孕时和别的男人有关系吗？"

总子两肩开始激烈晃动起来，喘着气，一句话也说不出来。

"寻找通过犯罪而能取得利益者——是搜查犯罪者的大原则。这次三起杀人案件中，至少第三起案件，这一点是很明显的。如果慎一郎氏死在你正式入籍之前，那么，要使肚子里的孩子被承认为龙田家血统后代，就难啦！可是，一旦你入了籍，就取得财产继承权，孩子也被承认为龙田家的人……但是，这孩子的父亲却是别人，他究竟是谁？"

总子仍然低垂着头，默不作答。

"想使用默秘权吗？那只好把你作为杀人同谋的嫌疑犯来处理了。"

三郎又变了一下语调，继续追问：

"你果真是抱着手提包被击中的吗？你说因为吊带挂在手腕上，所以在你丈夫被击倒时，提包还挂在手上。其实只要把提包放在什么地方，用子弹穿一个眼是不难的啰！还好，子弹没有穿过手提包，要是搞不好，子弹把提包打穿了，你还得故意把身体什么地方搞伤，以给人们一种被害者之一的强烈印象。对吧？"

"不是……检察官先生，这样的事……"

总子张口结舌，无法回答。

"难道说不是这样吗？现在正责成精密检查子弹的入射角度。弄清这一点，就知道你是否真的抱着手提包被射击的了。"

三郎又加强语气道：

"警察只要认真调查，你过去的行为，就会马上调查得一清二楚。或许，有人已经委托什么地方的私立侦探，将你的问题调查好了。你可以行使默秘权，但提醒你注意，你若在这里，使警察或检察官不愉快，那么，审判将更对你不利。总之，今天一晚上，你就在留置所，好好考虑吧！因为是怀孕之身，怪可怜的。但这是你咎由自取。"

总子这才抬起扭曲着的脸。

"那么，谁来守护遗骨呢？"

"有资格守护龙田家遗骨的，还有人在。"

三郎大声喊道。

第四十二章 夜港的事件

"恭子,昨晚你怎么啦?已见到你父亲了?这些情况能如实告诉我吗?"

在东方饭店四层角落的一个双人房间里,悦子正认真地劝说着恭子。

"现在你不必问……等到能说的时候,我保证把所有的一切都告诉你……"

恭子蜷曲在椅子里,两手按着额头,低声答道。

"……不过,总可以告诉我,你继续待在神户,还是马上回东京吧?"

"这我想以后和你这位干姐姐商量之后再决定。现已九点多了,你的询问该结束了?我听说过,要是拿不出逮捕证,过了九点,就不能询问人了,否则将触犯人权哩!"

恭子有气无力地说道。恭子说出了这番话,悦子感到惊讶不已。看来恭子现在已经不能独自主宰自己的行动了。

这时,原田检察官给悦子打来了电话。

"尾形小姐,我告诉您一个消息,传达不传达给恭子,由您决定。已经提出要逮捕龙田总子了,不是由于怀疑她窝藏罪犯什么的，而是怀疑她参与了杀害龙田慎一郎。"

"您说什么？"

此刻悦子竟然忘了恭子就在身旁。

"结婚至今没有多久的太太，竟然参与了枪杀自己的丈夫、肚子里孩子的父亲……这怎么能够令人相信呢？"

"最初我也不相信。这里的大部分警方人员也和我持有同样的'常识论'、'人情论'，可是雾岛君对其讯问后强行逮捕她。当然，理由是充分的。"

"什么理由？"

"一句话，已推定出她肚里孩子的父亲，不是慎一郎氏。虽然医学上还有若干问题，但推定的根据是十分充分的。"

"是吗？"

悦子目瞪口呆地站在那里。在龙田家曾见过总子，第一眼就觉得她有些特别，是一个不可等闲视之的女人。可是其后自问道：是不是因为像自己这样人家的女子，戴着有色眼镜来看那些干过待人接客的女招待呢？现在却不得不认为：自己的第一个印象没有错。

"我们现在在'楠庄'，有何变化，请给我们来电话。"

"知道了。"

当放下话筒回过头来，悦子不由一愣，恭子在直瞪着自己。

"怎么回事？这个电话……"恭子带着疯人似的眼神："难道说，她，总子杀死了我哥哥？"

"恭子，别这样激动。坐下来喝着茶，慢慢谈吧！"

为了间隔一会儿，缓和一下气氛，悦子打电话要服务员把泡好的茶拿到房间来，然后慢慢地把刚才电话的内容告诉了恭子。

"竟有这样的事？我觉得，人，没有一个可以相信的了。"

恭子茫然地望着天花板，以嘶哑的声音，喃喃自语。

"以你目前处境，说出这样的话，是可以理解的。既然如此，恭子，我觉得你是否有必要重新考虑一个问题：即使寺崎先生，真是一个可靠的人吗？"

"至于他，我觉得，至少在对我父亲的问题上，要相信他。"

"那么，昨晚你是和寺崎先生在一起的吗？"

"没有这回事。你要这样怀疑我，我也无法。可绝对不会有这样的事。我决不会在这种心情下另爱上一个新的男人。"

恭子叫道。

有敲门的声音，悦子站起来，拉开门。这时，身后电话铃响了，她赶快回过头来，看到恭子已用颤抖的手，拿起了话筒。

"喂，是我……您说什么？终于见到我父亲了？"

悦子站在门口旁边，想走过去靠近恭子，但却迈不动双脚。

"好，好。无论什么地方我也去。只要不使您陷于危险……"

饭店的服务员，通常情况下，是不表情外露的。但此刻那个把茶盘放到桌上，抬起头来的服务员，却情不自禁地面露惊奇之色。显然这桩案件已成为饭店从业人员的话题了。

"知道了……我马上就去。"

放下电话，等服务员走出房间后，恭子走近悦子。

"悦子，你听到这个电话了吧？"

"是你的电话……对方是寺崎先生吧？"

"是的……请你这次不要给我制造麻烦。不要给检察官先生还是警察打电话……否则，我们之间的友情，就算到此结束啦！"

"是否患有精子缺乏症，若是活着的男人，当然能够马上检查出来，可是我听说过，死后超过十个小时的尸体，因为精子已完全死光，甚至用显微镜也难以检查出来了。总之，这是医学上的问题，我的记忆不足为凭。是否在你的授意下，才把这个问题这样写进临时鉴定书里，用以吓唬总子的？"

在"楠庄"的房间里，原田检察官深情地问道。

"这也是我要的一个'花招'呀。本来我不喜欢使用这种战法，这次是不得已而为之。可是我预料，已取得了效果。她已经露出极大的不安。我想，明天或许能见分晓了……这样，若得知她的那个男人，而且是我意料中的男人，本案件将会迎刃而解。"

三郎好像被什么东西吸引住了似的说。

"但愿如此。好了，恭子也已平安而归，为在战斗中犒劳你，今晚我特地带来威士忌。喝完之后，好好睡上一夜。"

"是呀！最近连日睡眠不足。我心里也想，今晚别做梦，睡上一个好觉。"

三郎脸上泛起一丝寂寞的微笑。这时尾形悦子打来了电话。

"这回，我自己去接。"

三郎不由站起身来，此时脑海里闪过一种不安的预感。

"尾形小姐吗？是我……"

"雾岛先生，不好办了。我预料这回恭子要和我断绝交情了。"

"究竟发生什么事了？"

"寺崎先生直接给恭子打来了电话，据说，他终于见到龙田先生……"

三郎额头和掌心都冒出汗珠，他顾不得去擦，对着话筒大声道：

"是说，寺崎在神户见到龙田律师了？后来呢？"

"为了听他介绍见面情况，以及商量今后对策，恭子大概就要去会寺崎了。她已化了装，走出了房间。我一个人留在房间里，下了最后的决心，才给您打这个电话……"

"谢谢！真的要谢谢您了……我马上布置追踪。我不能让您为难，如果您方便的话，请马上盯住她。我想，眼下您还不会有什么危险的……"

"只要您让我干什么，我都高兴地去干……"

放下电话后，三郎回过头，对着原田丰道：

"原田君，请安排在东方饭店附近严密警戒。恭子为见寺崎，刚刚从饭店出去。?

"好！"

原田丰快步走到电话旁，拨动转盘，急速下了指令。之后对雾岛道：

"雾岛君，今晚你又休息不了了。看来，这桩案件今夜要在这里展现出最后一幕了。"

恭子走出饭店，急忙要了部出租汽车，沿着夜色中的海滨公路，来到港塔前，然后很快钻进那里等候关西轮船的候船室。

因为是内海航线，深夜还有出航的轮船，因而候船室内人很多。恭子很理解寺崎为什么选择这里作为秘密联络的地点。

约莫过了十分钟，寺崎义男从另一头的侧门走了进来。他机警地扫了一下周围，并不径直走到恭子身旁，只是向她轻轻地点了点头，又走了出去。

恭子判断他是示意让她跟着去，也就走出了侧门。走到码头边沿的一个地方时，义男站住，望着昏暗的水面。

"没有跟踪的人吧？"

待到恭子走至他跟前时，义男望了望四周，不安地问道。

"我是坐车来的。大概,不,绝对没问题。"

义男点点头,从衣兜里拿出一个领带别针,用打火机照着给恭子看。恭子一眼就认出,这是父亲一直随身带着的东西。

"令尊让我把这两样东西转交给小姐作为留念之用。这您就可以相信,我是见到先生以后来这里的。先生显得分外消瘦、落魄,简直让人认不出来了。他颇惦念小姐,但更为令兄悲伤。他流下了眼泪,并痛切地说,他为了想见儿子最后一面,供上一炷香,差一点去自首了。"

"父亲吃了很大的苦了……但事到如今,那么,我只能请您按最初的计划行动了。"

"我已向他们提出这样的要求。他们的计划,业已万事俱备,详细情况,现在不能说。明天晚上,就能上了轮船,而后天就可离开日本。当然,直到船抵达外国港口之前,即便我被警察逮住,也绝对不讲出轮船的名字……"

"那么,我就不问您这只轮船的名字了。可是您能让我见我父亲一面吗?这也许是无理要求。"

"嗯。因为加上发生了令兄的事,令尊和陈先生正为此前思后想呢。陈先生说他是委托须藤君和令兄联系的,现在已经后悔不迭了,说这是他的失败。"

"但是,那也是无可奈何的呀。是过去的许多情况造成的……那么,这以后您有何打算呢?"

"我暂时不公开露面。我想代替小姐,哪怕在塔上,目送先生搭乘的轮船离开港口。不然,我也过意不去。"

义男嘶哑着声音笑道:

"不过,先生还委托我办一件事。要我直接去见恭子,把一个东西递交给她。她现在怎么样?"

"发生了不得了的事。据说检察厅对她产生了一种奇怪的疑心，以杀人嫌疑，将她逮捕起来了。本来我想，她最晚在十点钟之前就能回来，可是……"

"以杀人嫌疑逮捕？竟有这样混账事？大概雾岛检察官无从得知先生去向，脑袋急昏了吧？"

义男叹了一口气说：

"小姐，我们现在就告别吧。我争取能再暗地见先生一面。请您以后再来这里一趟，怎么样？我还不会马上就离开这里的，或许会打电话到饭店和您联系。"

"好……我照您说的办。"

两人沿着原来的方向，并肩往回走时，恭子突然"啊"地叫了一声，停住了脚步。

因为她看到了雾岛三郎和悦子正站在关西轮船的候船室门前。

要是义男在这里被逮捕的话，她闪过这样的想法，猛然感到一阵目眩。

"怎么啦？小姐。"

义男张开手，抱住恭子。这时，恭子的手无意中碰到他上衣口袋里一件硬邦邦的东西，但她不知道那是什么东西。

不料刹那间出现了这样的情景：义男猛地把恭子推倒，发疯地叫道："你竟然出卖了我！"

恭子不知发生了什么事，她只看见义男的脸马上变得像魔鬼那样凶狠可怕，而右手里握着一件黑光闪闪的东西。她不由惊叫了一声，瘫倒在柏油路面上。一段时间过后，她才意识到她身旁那种咝咝如同撕裂空气的声音，是手枪射击声。

看来周围发生了难以形容的混乱。警笛声、呼叫声、脚步声和连发手枪的子弹呼啸声交织在一起。好像逐渐从近处向远方流淌而去。

"恭子，恭子！振作起来！"

耳边响起一个熟悉的声音，不知是谁抱住了自己。她终于睁开了眼睛，悦子的脸在眼前晃动。

"没关系吧？没受伤吧？"

"没有，我是因为一阵头晕而倒下去的……"

悦子抱起了恭子。恭子睁眼向四下看望，离她不远的地方，站着雾岛三郎。

"受伤了没有？"

"没有。什么地方也没有。究竟？"

"我们现在正在逮捕寺崎义男。在这个三面环海的码头上，虽然他持有手枪，但逮捕他只是时间问题了。"

三郎话还未说完，响起警官的警告枪声和叫喊声："放下凶器出来！否则我们就开枪了！"

"他……寺崎先生究竟干了什么坏事？不，他协助我父亲出逃；确实犯了罪……但也算不了什么大罪呀……"

"当然，如果仅仅是这样，我们也不会布置这么大的阵势来逮捕他了。刚才，他从自己衣兜里抽出手枪要打倒你哟！凭这一点，他已犯了地道的杀人未遂罪了。你落到如此境地，还把他当作好人吗？"

"……"

"如果检查他的手枪，恐怕那就是杀死你哥哥的凶器。如果得出这个结论，那就能证明他和总子有肉体关系，并且他们两人就是合谋杀人犯。"

一辆急救车，拖着一阵冗长的警笛声，在旁边停下来。车上下来几个穿白衣的人，拉住恭子的手，可是恭子却甩开说：

"不，我没关系。三郎，请你再说下去……"

"他刚才对你说了些什么？他是不是对你说，你父亲还活着,现隐蔽在神户,他刚刚见到了你父亲等等,是吗?"

"是的。这又……"

三郎叹息了一声,摇摇头。

"你完全被他欺骗了。不,就连我们,也一直被他欺骗到最近。如果我的推测没错,第一次、第二次杀人案件真正凶手就是他,是他把本间春江和鹿内桂子杀害的。"

这时一个警官气喘吁吁地走了过来,向三郎他们敬了一礼后,报告道:

"罪犯已被逮捕。他的脚虽负伤,但无生命危险,也缴了他的手枪。我们真担心,他把凶器扔进海里呀。"

急救车又鸣起警笛,向码头尖端驶去。

"那么,我父亲平安无事吗?"

"这回,寺崎必须坦白出所有秘密了。即便他妄图顽抗到底,那个同案犯的女人,恐怕也会支持不住吧。现在,我虽然对详细情况,不甚了解,但是,我想龙田先生和第一个被害者本间春江,几乎在同时被杀,而尸体则被埋在了什么地方,这一点是不会错的。至于那个逃往国外的计划,乃是凶手编造出来的故事罢了。"

恭子抬起泪眼,望着夜空。天上繁星和伸进半山腰里的电灯交相辉映,在她那双泪痕模糊的大眼睛里,闪烁着绚丽的光芒。

"那么,我和你都……"

恭子竟说不下去了!

第四十三章 真相

案件最后的一个场面在神户港塔下结束两个星期之后,雾岛三郎在东京地检的刑事部长办公室,开始向真田检察官汇报。

"通过迄今的调查,除了部分细节有待继续核对外,案件的主要内容已经完全清楚了。现在向您作中间报告。"

真田检察官好像为了慰劳三郎似的,以从未有过的温和眼光望着三郎,点了点头。

"主犯寺崎义男退出龙田法律事务所以后,参加了东京秘密探侦社,可能由于职业关系,这期间他接触了很多社会上的可耻阴暗面,原来蕴藏在他心中的罪恶意识,开始蠢动了。加之他刚刚参加私立探侦,经济收入不多,于是不知在什么时候,他加入了麻药的黑市投机活动,并且和神户的扇屋一家客户田川庄介勾结起来了。"

"是威吓你的那个人吗?在神户用照相机拍摄那可笑照片的……。"

"是的。过去曾和我订过婚的安藤澄子,和别人结婚遭到遗弃后,大耍意气,不回娘家,于是流落神户,当了酒吧间的女招待,并成了他的情妇。这里也许存在着一条无形的命运绳索吧！"

三郎轻轻喟叹了一声。

"可是那些贩卖麻药的组织，暗中都划分着自己的势力范围。这种势力范围表面上是看不出的。各个组织在进行买卖投机中，保持着微妙的势力均衡。他们能够相互了解对方某种程度的内部情况。他们之所以不秘密告发其他组织的内情，并非出于同行的仁义，而是由于害怕对方的报复。在这种情况下，如果某个组织因外界原因而遭到毁灭，则恰是其他同行组织扩充自己势力的绝好机会。譬如，警视厅或检察厅介入某一事件，摧毁了某个组织，其他组织就会坐享渔人之利了。"

"这就是此次案件的幕后背景吗？"

"是的。总部设在神户的沟口一家和扇屋一家，表面上他们在地方并没有什么争端，但骨子里他们却是水火不相容的。那个可以说是沟口一家支店的小林一家，在东京的山冈地区贩卖麻药，其生意兴隆，在全国屈指可数，这就为田川庄介所觊觎，从而绞尽脑汁，想方设法企图取而代之。近一年来，他利用寺崎等人侦探到对方的某些秘密，抓住对方的一些弱点。龙田恭子和寺崎去"相爱"店时，看到寺崎对老板娘的追问是那么尖锐，就觉得在事件刚刚发生不久他怎么就能如此了解对方内情，颇为惊讶，略有生疑。——这也说明寺崎在当时由于漫不经心曾暴露出一点庐山真面目。后来，因力寺崎逢场作戏般地表演了惊人的"献身"行动，龙田恭子的这一点怀疑，也就不知不觉地冰消云散了。"

"他不是毛遂自荐，还要做你和恭子之间的联络员了吗？当初你如果答应了，那么，这起案件大概就不会以这种形式顺利终结了。"

"我常嗟叹检察官实在是一种艰难的职务呀！那是在仙台执

行一次死刑判决时,开始产生了这种想法的……"

三郎停了一会儿,继续报告。

"当时正临近选举。冢原正直的内情,我不甚了解,但他大概是相信了田川庄介的鼓动,决定不惜代价去削弱沟口一家的势力。因为沟口一家是他的政敌黑泽代议员的资金来源之一,并且拥有黑译代议员的相当数量的组织票。围绕本次事件,除了主要的杀人案件外,幕后涉及的人相当多,并且投入相当多的金钱,其原因就在这里。"

"不仅是金钱,还有物品呢!譬如麻药……"

"是的。光是送到第二律师会馆写明由龙田律师收的麻药,基本价格就在二百万元以上。固然,我们并不认为这是毫无意义的白扔的东西,但这对他们来说却是一笔重要的投资,虽然暂时不能生利,却是花费不大的投资。因为虽然基本价格高,但他们能够以接近于批发价的中间价格搞到麻药。"

"有道理。"

"龙田慎一郎——榎本总子——寺崎义男之间的三角关系,我们是根据犯人们的自供知道的。寺崎和榎本总子发生关系在后。他在当事务员时对轻视自己的主人耿耿于怀,竟然产生了以征服他儿子的情人作为一种报复的想法,并为能做到这点而感到自我满足。"

"应该说用一般常识看来,寺崎是无法和慎一郎相比的,真不知这个女人是怎么想的。"

"的确,像我这年轻人是无法理解女人之心的。总子好像一下子被寺崎就勾引住了。正如您说的,用一般社会的标准,二人无法相比,但赤裸裸男女间的关系也许是无法用社会常识去想象的。'恶缘难断',寺崎和榎本总子是恶煞般的一对难解难分的孽种。"

"慎一郎君的性格也有怪僻的地方,是否因此他不能抓住女人的心?他是不是被什么病纠缠着呢?"

"可能是这样。之后我了解了常给龙田家看病的医生。据他说,慎一郎在学生时代,一次他和几个朋友闹恶作剧,一时兴起,志愿人工授精,而发现自己患有精子欠缺症。这种病被现代医学判为不治之症。这种病虽然不影响一般的性生活,但慎一郎受到极大的打击。谁都想留下子孙,这是人之常情,也是人的本能。当知道自己没有这种本能时,慎一郎的性情就开始出现了各种各样的异常。"

"作为一名检察官,这我可以理解,不必用弗洛伊德的学说去解释。变态的性欲造成犯罪原因的案例,屡见不鲜。"

"这种变态的性欲还能引起狂信吧?总子劝说去灵疗时,慎一郎一下子就被灵疗吸引住了。总子怀了孕,又给他一个强烈的暗示,使他觉得自己的病治好了。毫无疑义,他确信孩子是他的。但是寺崎义男却暗中高兴,他当然对龙田家的财产了如指掌。作为孩子的真正父亲,当他知道这笔巨额财产的大部分将要成为自己儿子的东西时,其内心喜悦之情,虽不敢流露,但是可以想象得出的。不过,当时大概他还没有起下直接杀人之心。"

"那么,在什么时候他决定下毒手的呢?"

"当慎一郎提出要和总子结婚时,龙田律师出于慎重,决定对榎本总子进行调查。很凑巧,委托调查的单位是东京秘密探侦社。当然,当时他大概不会说是为了儿子的婚事,想是借口别的什么理由吧!可是当寺崎义男从同事嘴里得知自己时名字上了调查报告时,大吃一惊。本来他想通过熟人的关系把自己名字从报告上抹下去,但未成功。就在正式调查报告书即将交给龙田律师时,寺崎义男慌张起来,于是顿起杀人之心。估计是在这期间,即九月中旬以后。一般人尽管这样的阴谋即将败露,也不至于想冒极大风险去直接杀人,可是寺崎其人由于不断进行麻药投机的犯罪活动,对于犯罪作恶已不当作一回事了。"

"但是他毕竟也考虑到简单而直接地杀死龙田律师,会是很危险,于是采用了颇为奇怪而复杂的作案'战术',是吗?"

"是的。我的调查证明了这一点。这个'战术'和企图搞垮小林一家进而引火烧到沟口一家的'田川战略'相结合,构成了现实的这起案件。寺崎义男早就得知本间春江是个麻药中毒患者,她的药是从小林一家搞到手的。麻药中毒者要是一心想搞到廉价的麻药,是很容易被人钓上钩的。这样寺崎义男就轻而易举地接近了本间春江。可是另一方面,他又故意暗中将此秘密透露给龙田律师。至于说龙田律师也染上了麻药中毒症,那纯粹是寺崎编造的谣言。这事传来传去,自然也会传到冢原正直耳里。于是寺崎义男选好适当的微妙时机,在一个晚上,首先将本间春江杀死,然后埋伏在本间春江的宿舍楼外。当龙田律师来到时,他说有重要事情报告,把律师骗上汽车杀死。随后把尸体运到离东京约有一个钟头汽车行程的青梅市郊外,埋在山林中一个预先挖好的坑穴里。从而造成了龙田律师杀死本间春江后逃之夭夭的假相。现正押犯人去现场对龙田律师的尸体进行挖掘确认,这一点已向您汇报过了。"

"这确是一桩棘手的案件呀!那么第二次杀人案件呢?"

"坦率地说,有关第二起杀人的真相,在凶手坦白交代前,我还没注意到。鹿内桂子是寺崎进行麻药投机的同伙。她的宿舍形式上是家庭酒吧间,暗中却是麻药投机的场所。这种女人擅长撒谎,善于掩饰。但寺崎仍不放心,为慎重起见,在杀死龙田的那天晚上,他故意让一个外表酷似龙田先生的同伙,闯进桂子房间,以迷惑另外那两个醉眼朦胧的人,给他们以龙田先生作案后仓促逃窜的印象。"

"的确是个巧妙的骗人情节。使人觉得煞有介事。不过鹿内桂子已经觉察到你是一名检察官了吧?"

"可能。是我把事情搞糟了。我把自己说成是一个有志当小说家的人,这是对的。但是因事先疏忽,我忘记了一般小说家除了本名以外,还有笔名,仓促间说出了利根健策、黑岛三郎这两个本部检察官的名字。现在想来,这是我的失误。其实,她不是寺崎谋杀龙田律师的同案犯,只要如实交代所知道的事情就没事了。可是她当时一听我说出的这两个名字,一定暗暗吃惊,于是随机应变,耍弄撒谎的本领,编造出比对警察说的更为精密和巧妙的谎言来骗我。"

"那么寺崎是在你走之后出现在房间里的了?桂子肯定将你的事情告诉了她。他害怕桂子再次被传唤去,可能会交代出他的问题,于是又将桂子杀死,是吗?"

"是的。寺崎本来就不相信鹿内桂子。有可能曾因这个女人靠不住的嘴吃过苦头。他们的组织是极害怕哪怕泄露一点秘密的。为了保守组织秘密而杀人灭口,是他们习以为常的事……至于寺崎本人,他发现这个女人已经不能起作用了,为了自己不可告人的目的,杀死她只有好处而无害处。"

"关于须藤俊吉呢?"

"这个人的出现,想不到帮了寺崎义男的大忙。寺崎最初的计划,是想让那个外貌酷似龙田氏的同伙,出没于各地,制造所谓凶手龙田氏仍活着的假相。可是因为须藤,他改变了这个行动计划。须藤患有妄语症,这恐怕是医学上所说的麻药中毒的后遗症吧。是一种精神病,其特征是把撒谎当家常便饭,而且在重复谎言过程中,连自己也相信谎言是事实了。因而当他梦寐以求哪怕一次占有恭子时,编造出是他自己想了办法窝藏了龙田律师的故事,并且越演越像,那我们就毫不奇怪了。"

"那么,连打火机和录音机这些所谓证据都是假的了?"

"就连须藤俊吉自己也承认,他因为钱多,空闲多,空虚无聊,于是挖空心思,'润色'自己的谎言。当恭子提出要拿出证据时,他马上托什么声乐模仿家模仿龙田氏的声音和自己对话,把音录下来。对话内容是他煞费苦心编出来的。另外,以前他曾见过龙田氏的那个打火机,于是他照样买了一个,让人刻上同样的书体。若是平常情况,恭子或许能觉察出声音以及打火机的微妙差异的,可是当时在她那样的精神状态下,则是无法鉴别出来的。"

"送录音机和打火机的女人,是香具师长谷川的熟人吗?"

"须藤和长谷川以前有着各种联系,两人关系密切。须藤估计长谷川是老香具师,颇有江湖义气,定能替他保守秘密。当然他大概也没有将更秘密的事告诉长谷川。当须藤希望长谷川秘密托哪个女人把两样东西送给恭子看时,长谷川做到了,并且后来长谷川也未把此事说出来。至于寺崎义男追踪上那个女人,须藤却没有料到。

"也就是说,须藤的谎言诱发起寺崎的谎言,两个谎言相辅相成,产生了奇妙的逼真感。可是,须藤突然出现在神户东方饭店是怎么回事?"

"这是寺崎佯动作战①的一个方面。他让同伙打电话通知须藤说,恭子已经飞到神户,住在东方饭店。而怪人须藤的性格常常表现出迥然不同的两个方面:一方面一旦把心思集中到一个问题上时,头脑显得比普通人更为灵敏;另一方面却常常干

---

① 佯动作战:为掩盖真相的作战。——译者往

出呆傻缺心眼的事。当他接到电话时，他连想都没想，是谁且为什么打这个电话给他，一下子就飞往神户，赶到东方饭店。这大概最因为他被恭子这条已经逃走的鱼，搞得眼花缭乱，失去了冷静的判断力，以及为了这次要把恭子钓上勾而急不可待的缘故吧！当时，我们因为他来到东方饭店，曾神经过敏地以为所谓凶手就要逃出日本，这也确是事实。"

"这就是对有资格送进精神病院的人放任不管的恶果呀！让这种人在社会上游游晃晃，一旦和某种案件有些牵连时，就给警察带来奇特的麻烦。这起案件真是例外中的例外……那么有关陈志德呢？"

"确有陈志德其人，不过寺崎所说的陈志德是个冒充者。……龙田律师曾经在中国救过陈志德，后来陈在香港发了迹，这是事实。不过陈在这起案件发生后，压根儿就没到日本来。是寺崎让一个同伙的中国人以陈鸿阳的姓名，住进帝国饭店，然后介绍恭子去见他。因为都姓陈，倘若以后警察追问起来，他就可借口说自己被欺骗了。而且，由于他说陈志德住在帝国饭店515室，警察调查出是一个叫陈鸿阳的人住在那里，反而会以为寺崎的话是真实的。警察大概会作出这样的判断：陈鸿阳是陈志德的化名，或者是陈志德同族的可靠亲戚，陈志德本人因事不能离开香港，托这位亲戚代表他来到日本。"

"由于本案件凶手手头有的是钱，所以才有条件要弄如此种种手段。"

真田部长微蹙一下眉头，叹息道。

"把恭子引到神户之后，寺崎的一系列行动安排得很细致、很巧妙。他好像打算在完成这些行动计划之后，在一个相当长的时间里，把自己隐蔽起来。因为射杀慎一郎以后，他如果处理了手枪，逃之夭夭，那么，我们起码就做不到这一点：及时地对残存在凶手手脸上的硝烟进行科学化验。从而只得束手无策，空着急罢了。即使以后逮住他，我们也会倾向于凶手已成功地逃往国外的想法。那时恭子一定不会把他的事如实告诉我们的。这样一来，他行使了默秘权，我们就连起诉他犯了窝藏罪犯罪，也因没有充分证据而做不到……"

"这真是一场微妙的对峙战呀！那么，突破案件的关键一招，是你在神户那场对榎本总子的巧妙讯问了。不过，恭子也被寺崎充分地利用了，是吗？"

"确是这样呀！开始，他对恭子说要调查文件，有几天得到准许待在龙田事务所不露面，这是因为他得知，探侦社已将有关总子的调查报告书送到龙田事务所。在那里他神不知鬼不觉地销毁了这个报告书。之后，他提出要充当我和恭子之间的联络员，其用心在于在销毁证据之后再刺探搜查方面的秘密。但是，因为他的要求遭到我的拒绝，以及其后须藤的出现，他改变了想法，采取了另一形式的行动。为什么榎本总子也自告奋勇要当联络员呢？考虑到他们的关系，是可以理解的。榎本总子的要求被我拒绝，我送她走以后，我即遭到手枪袭击，这是他们的配合行动。用电话向部长诬告我和恭子在食堂约会的，也是寺崎义男。他当时一直跟在恭子身边，恭子的一举一动，他是知道的。"

"我因心里焦急，错怪了你们。我当时还担心，卑劣的告密者，是不是检察厅里的人呢……"

"这也在所难免。当时我也怀疑是北原君干的。后来，我在神户犒劳他时，向他赔不是。也可能他因酒醉，竟流下眼泪道：'检察官先生，您可再不要怀疑我了。'是呀，我想今后他定能和我同心协力，做一个我的好帮手。"

真田检察官面带笑容。

"嗯。检察官和事务官是一对没经过'相亲'就结合的'夫妇',不是短时间内就能做到互不猜疑,同心同德地共事呢。……另外,慎一郎是怎么被杀的?"

"他是第三个,不,是第因个被害者。杀死慎一郎成了寺崎急于求成而自掘坟墓的行动。慎一郎将自己的婚事告诉须藤俊吉时,关于他的病和灵疗的事,被须藤狠狠地奚落了一番。想不到须藤的毒舌在当时产生了奇妙的效果。被奚落之后,慎一郎虽还不能完全从狂信中清醒过来,但他决定,为慎重起见,将去医院检查一下。这使寺崎、榎本这对男女慌了手脚。他们害怕露出马脚后,慎一郎只以承担极少赡养费的条件解除和总子的婚约。这样一来,他们一直煞费苦心,甚至不惜三次杀人的所得,将要付诸东流……于是又对慎一郎下了毒手。这样,他们犯罪的真实动机完全暴露出来。但我们竟还没有看出来。这是因为我们过去搜查目标几乎被寺崎引到他和田川庄介打击的对象沟口、小林他们身上。在寺崎看来,只要让警察钻进认定这几次作案是小林他们一伙的某个亡命徒干的这个牛角尖里,他就万事大吉了。最后一次作案经过是这样的:寺崎和榎本狼狈为奸,但要把慎一郎带到神户来也不易办到。于是以秘密引见其父为诱饵,便轻而易举地把慎一郎骗到神户那个饭店外的现场。在那里寺崎射杀了慎一郎之后,也射击了总子的手提包,以制造假相:她也同时受到袭击。接着总子编造有关凶手外貌等以及其他方面的假证言。作案之后,寺崎认为已达到初步目的,为了继续刺探搜查方面的动向,打发恭子回来。他满以为奸计得售,因而当他知道总子受到嫌疑时,其颓丧神情是可想而知的了。最后,他为了刻不容缓核对事实,暂时放弃逃走计划,再次将恭子叫了去……当他在码头上发现我时,其恼怒是可想而知的了。多数罪犯在关键的决定时刻,往往因忘乎所以,采取了愚蠢行动，搬起石头砸自己的脚。寺崎也不例外。他竟敢在三面背海的码头和检事对峙。后来他可能想到自己还手拿杀人凶器，并将有可能被化验出自己在最近使用过这支手枪时，就失去了冷静，一瞬间变成疯子似的……我的中间报告很简单，到此为止。"

真田检察官满意地点了点头道：

"你的确干得不错。当负责本案件的检察官责成你处理这起案件时，我就想他在耍弄一种了不起的奇策。果然你不负他的期望，圆满完成了任务。对负责本案件的检察官还托我向你传达一句话。"

"什么话？"

"你们不是曾经要求他当媒人吗？他说，什么时候举行结婚仪式，得赶快通知他。"

三郎轻轻低下头答道：

"谢谢！现在恭子正在伊东静养。一个女人受到如此打击，要使身心恢复到原来状况，还需要一段较长时间。而且，她的父亲和哥哥几乎是在同时死去，因而恐怕不能在一周年忌日之前正式举行仪式。届时，我们还要请负责本案件的检察官光临充当媒人呢。"

又是两个星期后的一天，恭子终于恢复了元气，回到了东京。为了感谢悦子的帮助，三郎、恭子决定请悦子晚六点半在"帕丽期"饭店的餐厅一起共进晚餐。

快到六点半时，三郎结束了当天工作，赶到饭店。此时，悦子已站在门口外边等着，她的脸上似乎浮现出一种不可言喻的寂寞感。

"让您久等了，请进去吧！"

三郎虽然对悦子为什么不到休息室等待感到有些奇怪,但也只好这样催促着。可是悦子目不转睛地望着三郎：

"我……我是想来到这里告诉您,你们为我举行的晚餐会,我不能参加了。"

"为什么?有什么急事?如果这样改日再请您……"

"不,没有什么急事。我和你们两人一起吃饭,心情难以忍受。"

三郎忽地一愣。

"大概因为您和恭子的誓约的事,您神经质地过多考虑了。当然,您可能有内疚之感,但结局却是好的呀!如果没有您为我们特地赶到神户,作了那么大的努力,那么,这起案件恐怕要推迟解决,而我们今天大概也不能如此愉快地聚会了。总之,希望您忘记过去的事,坦然接受我们真挚的谢意。不仅是今天,还有今后乃至永远……"

悦子默默地转过身走了开去。三郎慢慢跟随着,在拐角地方,悦子站住,深情而难过地说道：

"我也希望永远忘记这次事件。可是,由于我协助您这一段时间,内心却萌起了一辈子也难以忘怀的东西。"

三郎不知如何回答是好。此时,他想起原田检察官曾经说过,尾形小姐大概恋上你了的话,心里感到一阵难过。

悦子脸上又浮现出一丝寂寞的微笑。

"不,这不是哪个人的过错,而是由于我自己的任性,是我自己的不好。"

"这……"

"请您让我一个人走吧。结婚仪式就别叫我参加了……我虽然不出席你们的仪式,但我内心祝愿你们幸福。"

"尾形小姐……"

"请您保重……"

悦子说着,加快了脚步,消失在皇居前广场的夜角中。

悦子的背影深深吸引着三郎,他又往前走了几步,停住了脚,望着悦子离去。

然后他慢慢地返回饭店。当他走进一楼里面的休息室时,看到恭子脸上泛着幸福的微笑,站起身来。

她似乎完全恢复了健康。

从她那明朗的笑脸上,似乎看不出失去父兄的悲痛以及这件事对她打击的伤痕。

高木彬光给译者的信

施元辉先生：

　　您四月十三日写的信，我已在两个月前收到了，我很愉快地拜读了您的信，只因当时没有收到中文版《零的蜜月》，加上我怯于给外国去信，所以很失礼，拖到今日才给您回信。

　　托浅冈先生带的《零的蜜月》的书前天收到了，还听说，您又译出我的另一部长篇小说《检察官雾岛三郎》，预定今年出版。出版时，请您务必还赠送译本来！

　　我为我的小说，能够在辽阔的中国拥有读者，感到由衷的高兴和荣幸！

　　祝您身体健康

　　　　　　　　　　　　　　　　　　　　高木彬光
　　　　　　　　　　　　　　　　　　一九八四年六月十五日